中国公安文学精品文库（1949-2019）

中篇小说 卷三

全国公安文联 编

群众出版社
·北京·

图书在版编目（CIP）数据

中国公安文学精品文库：1949—2019. 中篇小说 . 卷三 / 全国公安文联编. —北京：群众出版社，2019. 10

ISBN 978 - 7 - 5014 - 6017 - 5

Ⅰ. ①中… Ⅱ. ①全… Ⅲ. ①中国文学—当代文学—作品综合集②中篇小说—小说集—中国—当代 Ⅳ. ①I217. 1

中国版本图书馆 CIP 数据核字（2019）第 209223 号

中国公安文学精品文库（1949—2019）

中篇小说　卷三

全国公安文联　编

出版发行：群众出版社
地　　址：北京市丰台区方庄芳星园三区 15 号楼
邮政编码：100078
经　　销：新华书店
印　　刷：北京市科星印刷有限责任公司

版　　次：2019 年 11 月第 1 版
印　　次：2019 年 11 月第 1 次
印　　张：12.375
开　　本：880 毫米 × 1230 毫米　1/32
字　　数：350 千字

书　　号：ISBN 978 - 7 - 5014 - 6017 - 5
定　　价：60. 00 元

网　　址：www. qzcbs. com
电子邮箱：qzcbs@ sohu. com

营销中心电话：010 - 83903254
读者服务部电话（门市）：010 - 83903257
警官读者俱乐部电话（网购、邮购）：010 - 83903253
文艺分社电话：010 - 83901330　　010 - 83903973

庆祝新中国成立70周年献礼丛书

《中国公安文学精品文库（1949—2019）》编审委员会

中篇小说卷

主　编：

武和平　全国公安文联副主席

副主编：

吕　铮　北京市公安文联干部

姜海波　中国人民公安出版社文艺分社编辑

前言

为贯彻落实党的十九大精神和习近平总书记在文艺工作座谈会、全国宣传思想工作会议上的讲话等系列重要讲话精神，隆重庆祝新中国成立70周年；落实公安部领导关于发展繁荣公安文学的指示精神，集中展现中国公安文学的发展轨迹，荟萃70年以来我国公安文学的优秀创作成果，讲好警察故事，发好公安声音，树好警察形象，切实履行中国公安文学肩负的新时代使命，全国公安文联、中国人民公安出版社经认真研究，决定编纂、出版新中国成立70周年献礼丛书——《中国公安文学精品文库（1949—2019）》。本套丛书编纂的指导思想和主要目的为：以习近平新时代中国特色社会主义思想为指导，积极推出讴歌党、讴歌祖国、讴歌人民、讴歌英雄的公安文学精品力作。

2019年5月9日，全国公安文联向各省、自治区、直辖市公安文联，新疆生产建设兵团公安文联，铁路公安文联发出《关于开展〈中国公安文学精品文库（1949—2019)〉征集编纂工作的通知》(公文联［2019］35号)。通知要求，征稿内容为：1949年10月1日新中国成立后至2019年全国各地公开出版、发表的公安题材长篇小说、中篇小说、短篇小说、纪实文学和散文、诗歌作品。通知确定所征集作品分长篇小说卷、中篇小说卷、短篇小说卷、纪实文学卷、散文卷、诗歌卷六大部分，由群众出版社分卷出版。为确保此项重点图书编纂工作顺利进行，经全国公安文联王俭主席批准，成立了《中国公安文学精品文库（1949—2019)》编审委员会。

根据全国公安文联［2019］35号《通知》精神，在作品征集过程中，编委会共收到全国各地公安文联推荐和作者自荐、专家推荐作品2668部（篇、首)。中国人民公安出版社组织编辑力量对所有征集作品，按照长篇小说、中篇小说、短篇小说、纪实文学、散文、诗歌六类进行了初选归类。

7月2日，全国公安文联召开了《中国公安文学精品文库（1949—2019)》第一次编纂工作会议。会议确定了文库的选编原则、目标和要求。选编原则为：坚持文学性、时代性、权威性、历史性、文献性的有机统一。选编目标为：凡入选作品的思想性和艺术性，一是要经得起历史检验，值得传世；二是要公认有影响力，确能服众。选编要求为：一是真正的好作品不能遗漏；二是代表性的作家不能缺席；三是公安战线重大事件的文学反映不能忽略。

7月11日，为贯彻好文库的选编原则、目标和要求，全国公安文联批准组成《中国公安文学精品文库》各分卷工作班子，明确各分卷工作班子由文库编审委员会成员牵头负责，由全国公安文联选派同志与出版社责任编辑组成，分工负责文库的各卷选编工作。

7月12日，编审委员会顾问张策、副主任李国强、编委易孟林与负责《中国公安文学精品文库（1949—2019）》的长篇小说卷、中篇小说卷、短篇小说卷、纪实文学卷、散文卷、诗歌卷的责任编辑，就编纂工作的重点和难点分别进行了指导和交流。

7月23日，编审委员会主任、全国公安文联主席王俭亲自听取张策、易孟林关于《中国公安文学精品文库》编纂工作进展情况的汇报。王俭主席要求，一定要把这套向新中国成立70周年的献礼图书编纂好。他特别强调，这套献礼图书成功的关键在于选出来的作品的确是公认的质量高的好作品。各卷主编、副主编务必负起责任来，真正把高质量的作品选出来。

7月29日，第二次编纂工作会议召开，通过了《〈中国公安文学精品文库（1949—2019）〉编纂体例说明》。

8月27日，第三次编纂工作会议召开，初步通过了《中国公安文学精品文库（1949—2019）》的基本入选篇目。

在作品征集、选编过程中，各卷负责人根据编审委员会历次会议要求，从认真阅读每一部作品入手，结合各个时期作品的获奖、评论、报刊转载、改编影视等情况，对前期初选归类的各卷篇目进行了多次调整，加班加点，任劳任怨，以对公安文学高度负责的历史责任感，反复研究、论证，最终形成了长篇小说卷4卷，共收录4位作者的4部作品；中篇小说卷4卷，共收录29位作者的28篇作品；短篇小说卷3卷，共收录60位作者的59篇作品；纪实文学卷3卷，共收录52位作者的50篇作品；散文卷1卷，共收录70位作者的70篇作品；诗歌卷1卷，共收录79位作者的100首作品。全套丛书共计16卷，收录294位作者的311部（篇、首）作品，总计528万字。各卷收录作品均按发表、出版时间排序，且在文末附有作者简介。在长篇小说卷四和纪实文学卷三附录有“长篇小说存目”和“长篇纪实文学存目”，对本套丛书编选过程中征集到的比较优秀的公安题材长篇小说、长篇纪实文学予以存目，列有作品名称、作者、出版社和出版时间，以备公安文学爱好者、研究者查览。

需要特别说明的是，本套丛书的编纂，得到了公安部新闻宣传局和全国各地公安文联的大力支持，也得到了全国各地作家，尤其是公安作家的积极响应，推荐、自荐了多部（篇、首）优秀公安文学作品。在本套丛书的编纂过程中，编委会全体成员，包括各卷主编、副主编本着对公安文学高度负责的精神，秉承公正、严谨的态度和编纂原则，认真对待征集到的所有作品，最终经编委会和各卷主编、副主编集体研究确定了各卷入选篇目。但由于本套丛书只有16卷（原计划出版30卷），卷帙有限，现有收录作品一定会有遗珠之憾，希望能够得到各位相关作家的理解和包容！同时也衷心希望有更多的作家切实增强并践行“四力”，积极深入警营，扎根生活，倾心于公安文学创作，不断推出更多更优秀的坚持“四个讴歌”，无愧于我们这个伟大时代的公安文学精品力作，讲好警察故事，树好警察形象，共同推动、促进公安文学的大发展和大繁荣！

我们衷心期待，通过编纂出版这套大型文库，能够将中国公安文学的发展脉络清晰地呈现出来，以公安文学的力量，服务于公安现实斗争，服务于公安队伍建设，为平安中国、法治中国建设作出新贡献。

《中国公安文学精品文库（1949—2019）》编审委员会

2019年10月9日

目　录

前　科

陈建功

一

“作家，试试吗?”

“当啷啷”，苏五一把手铐掏出来了。怪不得他的裤兜儿老那么鼓鼓囊囊，原来揣的是这玩意儿。他的手背向上弓着，把这玩意儿拢在他的手指头中间。这手特白，还又瘦又长，就跟眼下酒桌上时髦的、被漂白过的凤爪一样。这又让我想起了一位当钢琴家的朋友，那一位的手也是这样，修长的，白皙的。没事的时候，很悠闲地很绵软地待在袖管里；一旦搁到了琴键上，那白白的，突起的骨节，会泛出一片冷冷的辉光来，透着那么儒雅，那么自信。

而现在，苏五一这只手，非但不亚于那位钢琴家，反而因为手指间有黄澄澄的手铐相映照，除了儒雅、自信之外，更平添了几分君临天下的高傲。对这只手欣赏得正入境，只见那上拱的手背慢慢地翻将过来，亮出了张开了嘴巴的铐子。他漫不经心地举起了小臂，手腕轻轻地向前一扣——这动作真他娘的潇洒透了，像什么？像河边柳下甜言蜜语哄着姑娘的小伙子，顺手捡起了一块石头子儿，朝水里那么一丢——“当！”一道黄光朝横在我们座位前的铁栏杆飞去。“咔”，手铐的一端一下子咬住了栏杆，另一端还扯在他的手里。他直直地拽着那铁链，顺着汽车的颠动，腰板儿挺挺地颤了两下，那神气，就跟这奔驰的警车是一匹狂荡的马，而他，正拽着马缰绳，闯入了无人之境似的。

笑一笑，点点头。

其实昨天我就跟他声明过了，您就可劲儿跟我这儿“牛”吧，我愿意满足一切人的自尊心。

“怎么样？”人家还不依不饶，非得让你把“服气”那两个字明明白白地吐出来。

“挺棒的。”又点了点头，瞄了他一眼，我又说，“我敢说不棒吗？我敢那么说，您就敢把这玩意儿冲我扔过来。”

他嘻嘻地笑了起来。

正是黄昏，白花花的阳光变成了金灿灿的一抹，斜斜地照过来。小马路两旁是一排一排的平房，平房的上空弥漫着纱一样的轻烟。一间一间自盖小厨房的窗口里，不断传出菜下油锅的“滋啦”声。一个老头儿，一耸一耸地努着嘴里的牙签儿，蹒跚地走出来，在路旁支他的帆布躺椅。一个女人，在院门口卸着自行车后架上的菠菜。几个孩子正在前面的马路中央“跳房子”……警车“呜呜”地号着，卷起一股一股烟尘，从老头儿和女人身边冲过去，从画着“房子”的路面压过去，把一张张惊愣的面孔甩到后面。

警车里唯一穿便服的，就是我了。从车窗外看热闹的人的眼神里不难看出，他们都把我当成了被抓的杀人犯，至少也是个流氓小偷儿。这挺让人觉得开心。不过，更开心的，倒是我们这股子虚张声势的劲头儿——“快来人呀！快来人吧，出事儿啦!”报案的老太太在电话里说得上气不接下气，那架势就跟她家的铺底下发现了大卸八块的尸体似的。听了半天才算是听明白了，不过有那么一个在公共厕所门口耍流氓的家伙，那小子的全部罪行，也就是他不该管不住自己，向异性亮出了男性公民应该敝帚自珍的东西。再说，老太太们也已经把他扭住了，即使民警们溜溜达达到了那儿，也能稳稳当当把那兔崽子擒回来。老太太们这一惊一乍的当然可以理解，在首善之区，这种听见闹猫都恨不得扭送派出所的老太太多了去啦，可我们，似乎不必这样：出动四个精壮汉子，又是提警棍，又是揣手铐，一路警笛嘶吼，闹得鸡飞狗跳的吧？

“您哪，至少，对敌人心慈手软！要不怎么您是作家呢!”苏五一不以为然地摆摆手。这当然是我预料中的。当我的心里升起这种滑稽感的时候，我已经意识到这个心思瞒不过他了。当然，还把这当个事儿说，更是我的“修行”不到家的表现。只见他把目光从车窗外收了回来，头靠到靠背上，仰脸儿朝上望着。警笛仍旧在车顶上嘶叫。过了一会儿，苏五一又歪过了脑袋，高声对我说：“我告诉您，逮着逮不着，那都另说，无所谓！这一趟，得让那些不安分的小子们，全他妈心惊肉跳三五天是真的！这叫什么？这叫无产阶级专政的威慑力!”

我大概又笑了笑。

“啧，你看，你又不信。”

“信，信。”我说。

他斜眼看了我一眼。

“真的，挺棒。”我又补了一句。

……

警车急急地拐过一个弯儿，他的身子挤到了我的身上。

“要不，人家都说你们这号知识分子难对付呢……”他把身子往外挪了挪。

“怎么难对付了？”

“我能跟您说透吗？说透了不就不含蓄了？”他乐呵呵地晃了一下脑袋，不再说下去，把脸扭向窗外，稍顷，又扭脸瞥了我一眼，笑了笑，说：“您这‘挺棒’用得可够勤的啊。”

“真的挺棒。这两天净跟着您了，能不长进吗？”我说。

他不再理我，欠起身，撩开警服的前襟儿，从拴在裤腰带上的一串钥匙里，找出了一把，拽着它屈下腿挺过肚子往铁栏杆上的手铐那儿凑。车子一颠一簸，他的钥匙老是对不上，这姿势颇不雅观。终于，他把手铐打开了，坐了下来，把手铐又一次拢在那弓起的五指间。他也不说话，那捏着手铐的手，冲我的身前递了过来，我张开手掌，“啪”，他把它拍到了我的手里。

这玩意儿沉甸甸的，攥在手里满满一把，我把它哗啦哗啦地揉搓了几下，忽然想起北京的老头儿们喜欢揉搓的保定铁球。

我知道他这一拍是什么意思。

北京的老百姓们，对看热闹真是有无穷的兴致。新华里临街的公厕门前，居然围了密密匝匝的好几十号人，其中有那么几位的手里，还端着饭碗，嘴里甚至还吧唧吧唧地嚼着。简陋的公厕对他们来说，有那么点儿“久居鲍鱼之肆，不闻其臭”的意思，而警察抓人，不敢说千载难逢、百年不遇，但到底透着新鲜。热闹送到了家门口，谁要不看那可就亏了。又有谁愿意错过？警车就是在这众望所归中莅临的。当我们从警车里鱼贯而出的时候，周围突然变得鸦雀无声，我却觉出了四周的每一个瞳仁儿里都透着的快意，透着被焕发起的期待，而那一个个瞳仁又告诉我，他们对我更是情有独钟：身穿便服的我现在已经不再让他们误认为是罪犯，相反，还就因为这身便服，加上我的年龄，再加上我的微凸的肚皮，我被人们看成了三个小伙儿的上司。当然，我知道，最有说服力的，是我手里攥着的黄澄澄的铐子。

“这当官儿的够派啊！”有人悄悄地说。

“至少也是个分局长！”北京的老百姓，对自己的判断充满自信的人多如牛毛。

“让开嘿，警察来啦！”有人高声嚷嚷。

人群闪开了一条通道，放我们走进去，随即又封死了，把我们围在中间。

那个“敝帚”不够自珍的家伙可怜巴巴地站在那儿，他的身边，是三五个臂带“联防”红箍的老头儿老太太们。那家伙的年龄和我相仿，是一位眉眼清秀、白白净净的中年汉子。说实在地，也就是这会儿我才仿佛突然明白，原来这耍流氓的人，并不见得全是满脸横肉。不过，不管怎么说，眉清目秀的流氓比起满脸横肉的流氓来，好像总是有那么点让人惺惺相惜似的。比如，眼前的这位，一脸沮丧，下颌还有点儿微微发抖。这模样就让我这心里挺不落忍：这人就算不是有病，也可怜得可以，不然，得熬到什么份儿上，才色胆包天，敢冒天下之大不韪，干出这等事？……想归想，脸上还是正气凛然的——我们干什么来啦？何况，苏五一岂止正气凛然，这会儿应该说威风八面。

“是你吗？耍流氓的？”挑出一根修长白皙的中指，戳了戳那位的肩膀。

实话跟您说，事后我偷偷试了半天：一会儿伸出食指，一会儿伸出中指，试了无数回，我觉得，伸食指要比伸中指方便得多，令人百思不解的是，苏五一为什么要舍易就难，偏偏要挑出根中指来？

“是他，就是他！”不等那可怜的家伙说话，老太太们先七嘴八舌地告发起来。

“冲谁耍流氓啦？事主在不在？”苏五一扬起下巴，目光在周围的人群里搜巡。

老太太们闪开了身子，从身后推出了一个面红耳赤的姑娘。

“他冲你耍流氓了？”

“啊，是，我……我刚从厕所出来，他就……就……”姑娘的目光游移着，支支吾吾。

“行啦，你也甭说啦，跟着上派出所去一趟。”苏五一说完了，回头看了看我，我知道，该我上了。

刚才把手铐拍过来，就是这意思。

在电影电视里，我是看见过警察给犯人铐手铐的，譬如美国的警察，往往抡起手铐那么一勾，就跟肉店的伙计抡起大铁钩子，往整扇的猪肉上甩似的。中国的警察庄严一点，没这么随便，可也够利索的了：郑重地走到犯人面前，“啪”“啪”，左一下，右一下，拍两下巴掌，那手铐也就铐上了。这回轮到自己来一回了，美国警察那一手咱玩不了，咱就中国特色吧。我板着脸，郑重其事地走过去，这会儿心里突然冒出了一股子什么滋味？还真有点说不清道不明的。是不是有那么点儿发虚，好像老大对不起人似的？甭管怎么说，您铐的可是一个大活人哪，咱从来都是“宁可天下人负我，不可我负天下人”不是？再说，咱也没干过这活儿，不知怎么下手啊。那家伙倒挺自觉，看我拿着手铐过去，早早儿就把胳膊抬起来，把手并一块儿，伸过来了。我把半月形的一半托在他的一只手腕上，把另一半扣过去。也邪了，电影里看民警“啪啪”那两下子，觉得那手铐铐得挺松快的呀，轮到自己上去铐了，这才觉得这手铐的钢圈并不算大，真的也“啪啪”，弄不好就得把人家白生生的手腕子给夹了。我用一只手托着手铐的一半，另一只手的手指把那手腕上的皮肉往边儿上推，趁着有了那么一点儿空隙，将那手铐的另一半一压，只听“咔”的一声，算是把一只手给铐上了。当我拎起手铐的另一头，找犯人的另一只手腕的时候，苏五一过来了。拍了拍我的肩膀，插到我和犯人中间。我知趣地让开了地方。只见他漫不经心地提起了手铐，当它再被提起的时候，钢圈的两瓣已经张开了，像一位说快板书的，立起了那两块竹板儿，马上就要击板开说一样。那“竹板儿”凑到犯人的手腕边，只见上边的那一瓣猛地向下一叩，“啪”，大功告成，一个黄澄澄的圆，把那白生生的手腕箍了进去……

警车依然呜呜地叫，拉着我们回派出所。

“带手铐的旅客”，蹲在一进车门的空地儿上。

我在外地坐长途车旅行的时候，见过那些走亲戚的农民们带上车的鸡，它们被缚住双足，也是被扔在那个地方。

我坐在前排，他就蹲在我的膝盖前面。

“首长，首长，我……我错了，我认罪，您打我，骂我吧，罚钱也行……可我……我求您，甭告诉我爱人，行不？我求您……”他突然趴到了我的脚下，先是结结巴巴地说，一会儿竟呜呜地哭起来了。

“别，别价！”我赶紧把被他攥住的脚缩了回来，那会儿好像已经忘了这是我们抓来的违法分子了，竟手足无措地喊了起来。

要命的是，他居然也把我当成了“首长”。

“去！”苏五一伸过他的脚，把脚尖往远处点了一点，示意这位离远点儿。

他乖乖儿地，退了回去。

“这人哪，老是处理不好‘老大’跟‘老二’的关系，你说，这是怎么回事？……没辙，这‘老二’，就是调皮，一不当心，就给‘老大’找了麻烦啦！”也不知道苏五一是在对我说，还是在自言自语。听下去，才明白他是在教育蹲着的那位，“早知今日，何必当初？‘老大’管严点儿啊，净让‘老二’乱跑，也不讲个交通秩序，违章了吧？后悔了吧……”

那位不再吱声。

苏五一也不再说什么，头靠到座席靠背上，闭目养神。

“我说‘首长’，”苏五一的眼睛仍然在闭着，“您对这些家伙挺仁义的啊……”

“谁？我？”我冲蹲着的那位瞟去一眼，扭脸看着苏五一，他的眼睛现在算是睁开了。

“可不，您没瞧您刚才铐手铐那架势啊。那哪是铐手铐啊，那是萨马兰奇给奥运会的金牌得主发奖哪！”

……

二

早在六年前就想写这篇小说了，不信您可以查一查 1987 年年初的《光明日报》。那时候我刚刚写完了《鬈毛》，反应挺“火”，于是就来了个《光明日报》的女记者韩小蕙，说是想写写“作家动态”，请问下一步的打算。按说一个写家是不应该早早就为自己尚未出世的作品做广告的，不过，韩小蕙可是个老朋友了，甚至在我开始学着写小说的时候，和她就是“一条战壕里的战友”——我们一起被《北京文学》约稿，凑到一块儿写小说。后来各行其道，却也离不开舞文弄墨。这么久的交情，是很难不从实招来的。这么着，《前科》也就早早儿地被预报出去了。

然而，到了今天才写。

或者说，到了今天，才算是有了一点写下去的把握。

我不知道别的写家是不是也会遇到和我类似的困难，唯独我一个人低能也未可知。

之所以写不下去，是因为对这位苏五一最初的心思，总是琢磨不透。

这位苏五一现如今已经成了我最好的朋友之一，时不时就过来看看我，有时候甚至是他夜里巡逻的时候，没什么事了，偷偷上楼来陪我喝二两。有时候专门给我带来一位有趣的人物，为我提供很多趣闻。当然，更实际的帮助也有，冬储大白菜的时候，他率领他们所里的几位小民警，把一抱一抱的大白菜给我送上了楼。最有趣的是，有一次他在现场值勤中不知怎么逮着了一部“大哥大”，深更半夜给我打过来，对他们正在进行的任务来了一次“现场直播”：“……我们在楼丛里猫着哪，真他妈冷。您说，这叫人干的活儿吗？那家黑着灯，没动静……您说什么？……没事，我这用的不是执勤的电话，是一个小子借我的，大款的，没错儿，‘大哥大’……闷得慌啊，跟您聊聊啊，您不就想打听这玩意儿，写出来骗钱吗！没错儿，这滋味儿真他妈不好受，一宿哪……得，不能跟您说了，那边过来一个人影儿，保不齐兔崽子回来了……哦，不是，咱接着聊……我们派人去看了！派街道居委会的老太太去的，嗨，假装收救灾的捐款呗……说朝里屋看啦，没动静。我们估计这小子得……得，甭说了，这回是真的回来了……”

交情到了这个份儿上了，还是没好意思问他：你当初跟我这儿人模狗样的，是当真，还是装孙子哪？

北京人的正话反说，反话正说，有时候连最地道的北京人听着都不把牢。

有一位上海来的编辑到我家，抱怨北京的某某作家不通情理。

“他怎么能说我是骂他？我怎么能骂他？我是诚心诚意地去约稿的呀！他可好，听我说了一大堆好话，最后倒跟我这儿板了脸，说：‘您这可是骂我。’我……我……说的真的全是好话，也全是真心话，我可没有半点讽刺的意思。再说，我又何必偏挑跟您求稿的时候讽刺您？……”

我忍不住哈哈大笑：“他应该怎么说？在您说了一大堆好话以后。他说：‘谢谢！——Thank you！’那说不定是个老外。他说：‘过奖过奖，不敢当，不敢当’？俗了。北京人哪能俗啊。他不给您来个正话反说，怎么能透着幽默？”

有一位记者到我家，嘲笑王朔“放狂话”。

“狂得可以，狂得可以！敢说他那部《爱你没商量》一不留神就写成《红楼梦》，再不济也是一本《飘》。你们北京的侃爷，可真敢吹！”

您瞧，王朔该怎么说才好？说我这剧比《红楼梦》差一大截哪，比《飘》也还有一段儿？傻不傻？要要小聪明，来个反话正说吧，还是没有人听明白，惹出一肚子气来。

北京人啊，难怪您老是让人摸不透，您又老是让人觉得挺有味儿。

我自认为这双贼眼还是能分得清谁说的是真话，谁说的是假话的，什么是正话，什么是反话，哪样儿是玩笑，哪样儿是认真的，毕竟在北京混了这么多年。

可想想和苏五一初识的那几天，我还是一阵阵儿犯嘀咕：那会儿，他是在正儿八经地“教育”我哪，还是跟我开心打镲玩儿哪？

三

不要说在警察里了，搁哪儿，苏五一也够得上是个美男子。

小伙子身材挺拔，高鼻梁，低颧骨，下巴微翘，薄唇紧闭，满脸英武之气。他又属于那种注重仪容的人，坐定的时候，永远把大檐儿帽摘下来，露出一头柔软细密的黑发。起身的时候呢，几乎每一次都举起右手，叉开修长的五指，顺着发型，梳理一下，这才小心翼翼地戴上他的大檐儿帽。后来我才知道，我们相识那几天，他正搞着对象。有时候，我们正说着事儿。他忽然说："哟，我有点儿事，您先待着！"一溜烟儿地走了。有时候，都到伙房买下各自的饭了，他却不吃了，不知干什么去了。

其实他去的地方不远，就在派出所旁边的一栋楼上，那是他女友的家。他结婚以后才告诉我："那会儿我没少盯着她家窗台儿上那盆花！她妈不在家，我就偷空儿去会会。中午要是家里有好吃的呢，也有暗号通知我——她妈老说：'哟，小苏子，你怎么那么有口福啊，老赶上我们家吃好吃的！'……"

苏五一的聪明，当然不是光用在搞对象上了，跟了他几天，我才知道"管片儿民警"有那么大的学问。他把管片儿里所有地痞流氓、不良少年的外号背给我听——大龙、小凤、泥鳅、狗蛋、二刁、四喜、傻鹿、愣青、茄皮儿、紫包儿、酱瓜儿、蛐蛐儿、大肚儿、小瘪儿……他记得滚瓜烂熟像是背绕口令。他还知道大龙和二刁争风，小凤和四喜吃醋，蛐蛐儿和茄皮儿"叫横"，大肚儿和小瘪儿"谁也不夹谁"……至于这帮小子谁专事偷鸡，谁专事摸狗，谁惯于溜门谁长于劫道，甚至谁撬锁爱用改锥，谁撬锁喜用铁棍，谁习惯自上往下掰，谁习惯从下向上扛，他全都了如指掌。因此，哪儿出了案子，只要他到现场看看，说不定就能圈出自己管片儿里嫌疑分子的名单来。管片儿民警的差事，也不光是破案。就说苏五一，没少给管片儿里的孤老户干活儿，甚至连在服刑的犯人家属都得侍候。换煤气罐啦，买取暖的煤啦，虽然在那连连不绝的感激声中，他会骂骂咧咧地说：“得啦得啦，给您家那不争气的东西写封信，争取早点儿回来，让咱也少受这份累，比什么都强！”……

我们认识的当天办的第一桩案子，是传唤东华里的“黑子”。

东华里、新华里和我家那栋楼眼皮底下的兴华里，都是苏五一的“管片儿”。苏五一说，铜材厂丢了三百公斤铜锭、一卷电缆，他怀疑是黑子干的。

那天中午快吃饭的时候，黑子被传唤来了。

一看模样便知，这位是在地道的北京南城外，贫民百姓的排房里、大杂院里滚大的。看这类小青年有两条：第一你看他的脸上、脑袋上是不是有疮疤伤痕。穷人家的孩子，养得不那么金贵，小时候满屋里乱爬乱滚，不定哪儿就磕个口子，长个癞疮；大了呢，精力过剩，阳气充盈，一脸的“青春美丽痘”，又没人告诉他怎么整；上房揭瓦，偷鸡摸狗，让事主打，让互不服气的半大小子们打，让喝多了酒的老爹打……几乎没有不留下痕迹的。第二你得看他的眼睛，那是一双没有多少光泽的眼睛，是一双永远不会正视别人的眼睛，可你又觉得，这双眼睛的后面，好像还有另一双眼睛，在窥视你、揣摩你，特别是当他走进的不是别的地方，而是派出所的时候。

“苏叔……您……您找我？”挺热的天，穿着一件国防绿的军褂，敞着怀，里面露着个光板儿的胸脯子，那胸脯子好像还沾了点儿黑黑的油泥。

如果不是这一次来了这么个差事，我对派出所的了解，也就是大门口那个办户口的屋子而已。而这位黑子却显然是常来常往的了，到了派出所，直接就找到了宿舍，推开了门，张口就喊“苏叔”。其实，这位“苏叔”一点儿也不比他大，从面相看，说不定比他还小。有趣的是，“苏叔”对这个称呼似乎习以为常。更有趣的是，“苏叔”并不像我们在无数的电影电视里所看到的那样：把他领到一间空屋子里，让他坐到一把方凳上，自己呢，威严地坐到桌子后面，神色严峻地开始讯问。

想到这儿立刻觉得自己特可笑。因为我也准备好了，也坐到那张桌子的后面，人模狗样地板起脸子，努力从眼珠子里挤出两道凶光来。

“来啦？吃饭了没有？过来，坐这儿！”“苏叔”就那么随随便便地迎过去，用手拢住了黑子的肩膀，拉他一起坐到铺板搭成的床上。

宿舍里一共住十个人，除了我们，有两位民警正在他们自己的铺上睡觉，我知道他们昨晚出了一夜现场。还有一位躺床上看《参考消息》，一边看，一边吹口哨。他们对这边的事毫无兴趣，只有我，坐在苏五一和黑子的对面，看他们真的像叔侄一样在扯闲篇。

“黑子，回来以后怎么样，都干什么啦？”苏五一漫不经心地问他。

“回来”，指的是“劳教”“劳改”之类，这我听出来了。

“没干什么呀，我就是跟我哥修车来着……哪儿也没去呀？”黑子翻着眼皮，那神态好像努力在想，语气却是嘟嘟囔囔的，像是受了多大的委屈。

“得嘞黑子，又跟我来这一套不是？……实话跟你说，就别打马虎眼啦。想不想回家呀？带衣服来没有？不行咱们就奔分局？……我可告诉你，奔了分局我可帮不上你了。你说，咱哥们儿对你怎么样，咱哥们儿能害你吗？就这儿，说了，没事，该干吗干吗去，政府的政策也不是不知道，是不是……”

“我……我真的没干什么。真的，苏叔，我哪儿也没去，您说，我妈刚把我给盼回来，我敢再‘执拗’吗？”还是一肚子委屈的样子。

苏五一没说话，斜着眼睛看了看他，那神情好像在运气。垂下眼睑想了想，说：“你妈在家干什么哪？”

“烙饼哪。”

“你看，我就猜出来了，你们家老吃烙馅儿饼。上回路过你们家，你妈还非给我吃了一个哪。是他妈好吃！是你妈的馅儿饼好吃还是大牢里的窝窝头好吃啊，说！上回还他妈没吃够啊？……告诉你，你把我的中午饭可耽误了，一会儿，你可得领我回去吃馅儿饼去……”

“不就俩馅儿饼吗！”黑子进屋的时候，嘴角的那块肌肉是紧绷着的，说到这会儿，好像一下子放松了许多。

“这不结了？说吧，说完了咱哥儿俩一块儿，吃你妈烙的馅儿饼去！什么也不耽误！”

“……”黑子嘴角的肌肉又绷起来了。

“你可真他妈‘面’！我都他妈给你把话说到这份儿上了，你还这儿给我玩‘深沉’！……黑子，说不说？不说，我他妈陪着你，咱不吃馅儿饼了，咱们呀，别渗着，一块儿，分局去吧！”

“苏叔，您……您别火啊。我说，我说还不行？”黑子支支吾吾，眼珠子一劲儿地往苏五一脸上瞟。

“说啊！”苏五一吼起来。不过我看得出，他那嘴角一颤，闪过一丝得意，当然，黑子是不会发现的，因为随即苏五一急赤白脸，粗声大嗓地接着跟他吼，“你不能让我两头坐蜡不是？我他妈的在所长那儿一个劲儿保你，这才没捕你，你可好，这儿一个劲儿给我撒劲……有种儿你丫的别说，死扛，你说你都是孙子，咱哥儿俩一块儿，你吃你的窝头去，我挨我的处分……”

……

再往下，结果就不消说了。黑子反倒磕磕巴巴地求起了“苏叔”，劝他甭生气：“我说还不行吗，我不说对得起您吗苏叔，我要是再跟您斗心眼嘿，您就骂我八辈儿祖宗。”苏五一好像老大不情愿才“消了气”，起身到桌边取来纸笔，记录黑子的供述。

我不知道，苏五一后来或是时不时地用话“敲打”我几句，或是时不时让我在关键时刻上去“萨马兰奇”一回，和这时我“得罪”了他是不是有关系。不过天地良心，我绝没有一丝一毫小瞧他的意思，恰恰相反，他刚才传讯黑子来的那一手儿，已经让我服了。可我非但没让他知道我的五体投地，反倒干了一桩让人误解的蠢事。

“我……我偷了铜厂的30米电缆。”黑子一开始就交代了。

苏五一在记录纸上一笔一画地写着。他写得太慢了，我实在不明白，这么简单的几个字何以磨蹭这么半天。当然，对此道一无所知的我，只有耐心在一边熬着的份儿。再说，别看我是个写家，小伙子绝对没有启用我的意思。

“老陈，”他忽然抬起头来，“电缆的‘缆’字怎么写？”

我赶忙在一张废纸上把“缆”字给他写了出来。写完了，不由得瞥了那黑子一眼，好像倒是我干了什么见不得人的事情。

回想起来，全是他娘的多心。黑子这会儿哪有心思笑话我们，他自己的账还算不过来呢，再说，他不会觉得这事有什么不正常的，可以肯定地说，他也不会写，最后看他往笔录上签名时费的那个劲，我就不难明白。

“我还偷过……偷过几块铜锭……”什么事也没发生似的黑子接着供。

苏五一仍然沉住了气在写着。过了一会儿，他抬头看了看黑子，又转脸儿看了看我。

我知道他要干什么，没等他开口，赶忙把“锭”字给他写了出来。

中午吃饭的时候，我开始干那桩蠢事，其实在干那桩蠢事前我还着着实实把小伙子夸了一顿，当然我不会那么肉麻，我笑着说：“小苏子你小子可够毒的，让人家黑子进了套儿，把该‘吐’的全‘吐’了，到了儿还是把人家送进了分局。”苏五一得意地嘿嘿一笑，说：“我心眼够好的啦，谁让他偷的超了500块？我不是对他说啦，我倒想放他，可由不得我啦。再说，我算是对得起他，我不是还跑了他家一趟，给他妈报了信儿，还把他妈烙的馅儿饼给他捎来啦。”我说：“要不说你‘毒’呢，到了儿还得让人家黑子感激你，下回还得上你的套儿……”这时我才很随便地说一句：“往后凡有不会写的字，只管空下来，反正我也在一旁听着呢，事后补上就是了，咱哥们儿不能在兔崽子面前丢份儿不是！”

他歪过脸看了我一眼，没说什么。

午饭以后，我们一起去东华里的居委会了解另一桩案子。太阳很猛，眼前白花花的一片，晃得眼睛有些难睁开。骑着车，沿着曲曲弯弯的胡同绕来绕去，不知怎么，苏五一好像忽然变得高兴起来。

“人家都说，你们这‘献身文艺’的，是‘卖身文艺’，是吗?”

“怎么个意思?”

“比如，想演个电影电视的吧，这当女明星的，非得先跟导演睡了才行，是吗?”

“这我可不知道。我不认识女明星，就算认识，恐怕人家也不把这事告诉我。”

“噢，对了，你是写小说的。不是我说你哪，你们，闹不好更坏，写得那么花，不干那事写得出来吗?”

“别人花不花咱管不着，咱自己不花就成了。”

“你也一样，花了，恐怕也不把这事告诉我。”

我们一起大笑起来。

“我跟你说，我和那帮小流氓、小痞子的打交道多了，你知道现在这犯罪率为什么这么高？我看，报上说的没错儿，全是你们这号搞精神污染搞的!”

“是吗?”我忽然觉得特开心，我说，“要那么着，倒简单啦，把作家全他娘的逮起来，世界就干净啦。”

“逮不逮的再说，让你们来见识见识，受受教育是真的!”苏五一撇着嘴，看了看我，“啧，你看，你笑什么，你又不信!”

“我哪儿敢不信啊，挺棒，真的，你说得挺棒。”我是不假思索地哂然一笑，把“挺棒”两个字说出来的。再也没有任何一句更适合表达我这时的心态了。随后，我很快为这两个字而越发洋洋得意起来。难怪苏五一后来说我“用得够勤的”。

“我知道这会儿你心里想什么。”苏五一说。

“说说看。”

他一笑，没往下说。

我相信我瞒不过他，就跟黑子瞒不过他一样。

“您甭老觉得冤得慌。您想啊，又不是您一个，比您有名的作家多啦，谁不得来啊？……再者说了，我们是什么？我们是……算了，难听，不说了，我们就是工具。您呢，您比我们高，您有文化不是，会写字不是？那您也得想明白了，您也是工具。”

“嘿，你这一套真他妈棒！就冲你这一套，嘿，我没白来，我来得不冤！我今儿晚上就把铺盖卷儿搬过来，就跟你学着怎么当好这工具！……我明跟你说呗，你的话说到了这个份儿上，我算是彻头彻尾服了您嘞！”我喊起来。

打这儿开始没几个星期，我们就成了铁哥们儿，可说老实的，至今我也没闹明白，是他把我给“教育”好了，还是我把他给“污染”了，或者根本就说不上谁把谁怎么样，我们哥儿俩本来就都是活得挺明白的人——不，不，还是他比我活得更明白，他棒，他把我给教育好了，我真的服了他，别看他不会写“缆”，也不会写“锭”。

四

很久以后我才明白，这地界就是这种哲学的故乡。

也是苏五一的功劳。因为他的引见，后来使我更多地结识了附近一带的居民们。

一个在新华里街边儿遛鸟的老头儿告诉我，人哪，总得有几招儿，才能活得那么踏实。

“您得听听，您得记下来，保不齐什么时候您就得用上。”他说。

他告诉我，什么时候家里出了事，譬如闹了耗子吧，可千万不能起急，也不用动气。您看看东家，再问问西家，看看他们是不是也闹耗子。没跑儿，一准儿也闹得欢着哪。那您生什么气哪，您哪，踏踏实实的，活吧。

还有呢？

还有，譬如物价涨了，您也别抱怨。您抱怨什么呀？又不只是您一家受着。别人能过，咱也能过，看谁熬得过谁。

还有呢？

还有，您老得想着，咱是草民。草民是什么意思？草！驴吃也行，马啃也行。受点子委屈，那叫委屈吗？咱有委屈吗？您有什么想不开的？活吧。

……

我信，因为那天我已经受过苏五一的启蒙了。

那天和苏五一分手后，满腔的郁闷一扫而光。

俗话说，退一步想，天高地阔。诚哉斯言。

一边骑着自行车往家走，一边想，刘厚明在哪个派出所哪？刘心武又在哪儿？还有理由、赵大年……这一回，全北京的作家们大概是一网打尽啦。都跟我似的，提着警棍，捏着手铐，跟在苏五一们的前后，去搜查、逮捕、审讯、取证、出现场，坐在警车里满北京号哪。

我有什么气不忿儿的？

想起了那哥儿几个可能是个啥模样，甚至忍不住想乐。

厚明会是什么模样？梗着硬化了的颈椎，也上前“萨马兰奇”一番？就他那双手？怕是连手铐怎么个铐法儿都掰扯不清吧？厚明是全国青联的副主席，虽说是虚职，但这“官”还是不小的。没少带着这个团，那个团，这回非洲，下回欧洲，替社会主义挣脸。我和他一起参加过几次活动，在台底下看他主持全国青联的会，看他给人家发奖，看他给英雄纪念碑献花圈，就跟国家元首似的，还知道理理花圈上的挽带，人五人六的，像着呢，如果让他这样“萨马兰奇”一回，不知作何感想？

悲天悯人的刘心武呢？谦恭好礼的老北京赵大年呢？风度翩翩的报告文学家理由呢……

妻子不在家。我们的女儿还小，为了让我安心写作，她们都在姥姥家住。车子快骑到家的时候，想起来回去还没有饭吃，就拐到一家干净点的小饭铺，胡乱吃了点东西，回了家，沏上一杯茶，躺到沙发上，继续胡思乱想。

最遗憾的，是让陈祖芬逃了。其实，最该“萨马兰奇”一回的，是陈祖芬。

“哎呀，我可去不了，真的，我就怕接触那些流氓、小偷，我写的全是光明的东西，我接触不了阴暗面……”据说，当文联的领导把上级的指示告诉她的时候，她在电话里急赤白脸地嚷嚷起来。

据说，这情况又被反馈回了那位发指示的领导同志那儿，那位领导语重心长地说：“越是这样，越要锻炼锻炼嘛！”

没错儿，越不敢“萨马兰奇”的，就越得要她“萨马兰奇”一下！

可惜到了儿还是让陈祖芬逃了。不知是不是因为祖芬不是党员，所以他们不好再逼她。

而刘厚明、刘心武和我，简直就跟被人押送去的差不多。

那几天我们正在友谊宾馆开全国青联委员会会议，一辆上海轿车拉来了我们文联的书记和作家协会的书记。

这次活动的意义，早已向我们宣布过一次了：“这是一场不是‘运动’的运动，这是一场比土改还要深刻的运动！”

下面的话同样在电话里给我们传达过了：“所有的作家，写长篇的，放下长篇；写剧本的，放下剧本；开会的，请假。限你们三天内到公安局报到。除了老得走不动的，病得下不来床的，谁也不能例外！”

两位领导就是专程到这儿来接我们来了。

真难为这两位，看得出，他们也想不通，可还得苦口婆心地来劝我们。

那时候的我，还是个“士可杀而不可辱”的我。

其实，早从苏五一那儿，或是从新华里老者那儿学到一招儿，我又何必口干舌燥七窍冒烟滔滔不绝慷慨激昂了足足有三个小时？

那三个小时里我说我当然欢呼这场不是运动的运动，我说我对犯罪分子的仇恨一点也不比别人少。我刚买的一辆崭新的“凤凰18”，就让他娘的这帮乌龟王八蛋给偷了；我老婆回家晚点儿，我就得为她提心吊胆；我家门口安了两把锁，出差三天右眼就开始跳。我也恨不得把那些兔崽子统统枪毙，可这事不是我能干的呀，我不会侦破不会擒拿不会审讯不会搜查，我不明白干吗偏偏要让我们去侦破去擒拿去审讯去搜查。再说我正在写历史小说，写共工写颛顼写刑天写蚩尤，虽说这帮东西也闹腾得可以，可和“刑事犯罪”沾边儿吗？再再再说能不能容我写完了再去“补课”？哪怕容我写完了这一章？不然拎上个把月的手铐警棍，我的情绪怕是找不回来啦……

同样“士可杀不可辱”，同样口干舌燥七窍冒烟滔滔不绝慷慨激昂的，是刘厚明和刘心武。不过，我们的结局也都是同样的。谁也没能在那两位苦口婆心左右为难不动员成功无法复命的领导面前铁石心肠。最后，我们到底坐进了那辆“上海”轿车，让它拉着我们到了公安局，我们微笑着，和局长副局长分局长副分局长握手寒暄，我们说我们很高兴能有这样一次锤炼锻炼磨炼大开眼界的机会……然后我们又分别被送到了各自住家附近的派出所，和所长副所长指导员副指导员握手寒暄，我们说我们很高兴能有这样一次锤炼锻炼磨炼大开眼界的机会……最后，我就到了苏五这样的手下。

据说，一个多月以后，当我们圆满结束了这次活动的时候，领导同志根据下面的汇报，对我们几位写家的表现是有个“说法儿”的，很不好意思，据说表现最好的，是我。我这消息的来源，是我早年写小说的入门恩师，《北京文学》的副主编周艳茹，一个最正统的共产党员。她是带着和我分享喜悦的心情跑来告诉我的：“听说只有你一个人是真正深入了！你的表现最让派出所的同志满意了！你抱着铺盖卷儿去和他们‘三同’——同吃同住同办案了！”

艳茹已经去世了，现在我觉得她那喜形于色的样子还历历在目。

当时我只是一笑，我没有跟她细说，我之所以有如此良好的表现，主要是因为我有结识苏五一的荣幸，他使我忽然活个明白，思路豁然开朗。

五

是的，当天晚上，我就用自行车驮着一个简单铺盖，到派出所去了。

那天正好轮到苏五一在门口的值班室值班，我去跟他一块儿。

派出所是很简陋的，据我所知，这是当时北京最艰苦的派出所之一。其实，波及北京的1976年唐山大地震都已经过去七年了，北京的地震棚也基本消灭了，这个派出所却可以说是当年遍布京城的地震棚中硕果仅存的一个。

据说老派出所在地震时成了危房，只好到这块空地上盖了一圈“干打垒”来办公。现在，它的四围，已经盖起一圈崭新的家属楼了，而派出所，还没有找到合适的地皮，更没有充足的资金。

“干打垒”围起了一个不小的院子，坐北朝南的一溜，主要是办公室、会议室，东边的两间，是伙房，东南角的一大间，因为是在院子一进门的地方，所以成为了接待来访、受理报案、办理户籍的值班室，剩下的南房和西房，就都是民警们的宿舍了。

院子里立了几根水泥柱，拉着两行铁丝，上面老是挂满了民警们的衣物。西北角有一个砖砌的盥洗池，从早到晚，不断地有民警在那边儿上刷牙洗脸，可见他们谁也说不好什么时候能睡觉，什么时候才起床。平常的日子，他们分成两班，每天都要有一班人在所里待命，以应付各种任务。可“严打”这日子，已经没有待命这么一说了，警车没白没夜地出动，甚至连警车都不够使的了，从附近的单位又借来了一辆吉普车，一辆面包车，公安分局的预审处也不够用的了，包下了一家很大的旅馆，各派出所逮来的罪犯，够条件的就“报捕”，分局长一批，警车就呜呜地往那儿送。别说民警们一个个熬成什么样儿了，就连围在“干打垒”四周楼房里的住户，也都给熬得五脊六兽的。

我到了派出所的门外，从自行车后架上卸下驮来的铺盖的时候，警车正好也停在了门口，从车里下来了一个姑娘，她的后面，跟着一个女民警。

那姑娘相貌平平，看那肤色，有些像农村人。穿着一条深灰色的的确良裤子，上身是一件紫红色的的确良长衬衫，手里提着一个尼龙网兜，里面装着一些简单的生活用品：毛巾、漱口杯、卫生纸之类。又逮来一个？卖淫还是偷盗？我愣愣地打量她。她往派出所的门里走的时候，歪过脑袋瞥了我一眼，我至今认为就是因为这一眼，才给我带来了那个让人哭笑不得的故事。

和苏五一一道在值班室里待了一会儿我就明白，我的铺盖带得实在是多余。值班室的一个角落里倒是立着两张钢丝折叠床，可什么时候能睡下且不必说了，什么时候这值班室里能消停一会儿，让我们有空闲打开这床，铺开那铺盖，都大成问题。

值班室简直是一个不断上演、交叉上演一幕幕小品的小舞台。

九点一刻的时候，送来了一个醉鬼，蹬三轮儿的“板儿爷”说，他说他到永定门，可永定门哪儿呀？到了永定门，这位呼呼睡个不醒，不管你怎么问，也问不出个屁来了。永定门大了去了，我不能把他扔在永定门大街上吧。明儿您再在大街上见着个尸首，给我安个谋财害命的罪。得嘞，我不要车钱啦，把他给您搁派出所来吧！……板儿爷还没出门，又进来两位，河南驻马店来的，住下了什么什么旅馆，上街溜达，天一黑，找不回去了，只好找到派出所来了。那醉鬼倒不碍事，倒在一米高的柜台底下打上呼噜了，苏五一说，先甭理丫挺的，丫挺的且睡呢，今儿晚上不用咱把被子匀给他就算不错。他坐到桌面上，详细询问那俩“驻马店”，还没问出个所以然，拉拉扯扯进来了五个人，一下子把值班室的门口挡个密不透风，后面还跟着一群看热闹的，黑咕隆咚的不知有多少位。

“民警同志，你给评评这个理，我的孩子，我让她回家，他凭什么拦着，凭什么？”那个50岁上下的女人说。

“我不拦，我不想拦，可我得找派出所说明白，不然你把孩子领走了，出了什么事，我担待不起！”另一方是个60岁开外的老爷子。

“我不回去，我不回去，我怕我妈打我，她肯定打我！”女孩儿倒没有哭，可她铁青着脸，躲闪着她的母亲，往老爷子身后藏。

“瞧见啦瞧见啦，是我拦她吗？您说，这么着出门，他们娘儿俩不得打起来？”

“那你别管，我家的孩子，我们做家长的，有找她回家的权利。”女人身后，一直没说话的一个男人开了腔，“你们家私自扣我们的孩子，这……这就是违法的……”

“可孩子现在在我们家，我们家秋子又没在家，你们非拉她走，有个三长两短，我们怎么交代？”一个30多岁的男人帮那老者，看那模样，是他的儿子。

“你别搭茬儿，我们孩子她舅还没说完呢，你听我们孩儿她舅的，她舅是科长……”原来说“权利”“违法”之类的那位，是“孩儿她舅”，原来又是个科长，怪不得比起那几位来，有那么点儿“端”。衣着也透着不同，不到50岁，肚子有那么点儿鼓，绷着一身的确良做的短袖猎装，还真有点儿“派”。

没想到，那女人对“孩儿她舅”职位的宣布，好像没有多少威慑力，那老者和他的儿子还是喋喋不休地声明，自己家绝无扣人之意，但必须到派出所来，当着民警的面交人，而且，还得要求她当面下保证，保证女孩的安全。

“老说这个，老说这个，我让你们听我们孩儿她舅说完行不行？她舅是科长！”女人又一次搬出自己的弟弟。

……

苏五一也不着急，就跟看小品似的看看这位，看看那位，有时候也不看，想起了什么，翻翻电话本，又打个电话，替“驻马店”问旅馆的事。问完了，接着看。看一会儿，又找出一张小纸片，往上刷刷地写什么，看来是给那俩“驻马店”用的地址。写完了，又接着看，然后把纸片儿给了“驻马店”，让他们出门，打“的”，走人。

“行了！完了没有？”“驻马店”走了，苏五一好像也腾出精神来了，从桌面上跳下来，冲女人、老者、孩儿舅喊了起来，“一个一个说，瞎吵，想不想让我听明白？”

女人说："对，一个一个说。民警同志，您先听我们孩子她舅的，她舅是科长！"

"是吗？"苏五一歪过脑袋瞥了"她舅"一眼。

"对，机械厂总务科的。""她舅"递过来一张名片，咳了一下嗓子。

苏五一捏着名片，懒洋洋地说："我跟您说，您，先别说哪，别说哪……您先办这么一件事，就这会儿，也别远了，到永定门火车站，拿块砖头，朝那人多的地界来一下子。砸着的那位，您问问他，一准儿，是个处长！……您是科长不是？那就先甭说了，再过两年，继续进步了再说吧……"

除了女人和"她舅"，大伙儿都笑了。

"你多大啦？"苏五一也不笑，开始掉脸儿问那女孩儿。

"15。"女孩儿的回答让我一愣，看她身段，说 20 你也得信。

"15？15，你不跟家待着，到人家家里干什么？"

"我妈老打我，骂我，我……我就到秋子家去了……"

"秋子是我那儿子，他俩搞对象哪。"老者说。

"行了行了，别说了，我全明白了。"苏五一伸出右手，张开个巴掌，在脸上一通胡噜，胡噜痛快了，看了看老者，说："你可真敢干，想抱孙子也没有这么急的，鼓动着儿子搞 15 岁的，你还替你们家儿子看着，调教人家的闺女，不让她回家，你就不怕犯法？"

"……"

"你，更够呛！当妈的，别以为自己没事儿！这么大的闺女，看都看不住，拉也拉不回，这妈，还当个什么劲！我告诉你，当妈当不好，也犯法！有胆儿你把她接回去接着打，再打跑了，我跟你要人！"

"……"

都不说话了。

"说呀，怎么办？"苏五一高声问。

还是没有人说话。

"不说，可就听我的了！……去，都到边儿上去，一人给我写篇保证书来……你，保证不打她，让她好好回家！你，保证不留她，不许她再到你家过夜。听明白啦？”

都说明白了，都到一边写去了。

……

就这样，一幕幕小品热热闹闹地在值班室里上演，直到凌晨3点，上演的频率才渐渐地放慢了。

那醉鬼还在柜台下瘫着，呼噜声越发惊天地泣鬼神。这呼噜打得人实在受不了的时候，苏五一就蹲到柜台下面去，捏捏他的鼻子，给他一个小耳光，让他调整一下高音低声轻重缓急。有一次刚刚让他给调教好，从柜台下直起腰来，所长老边就进值班室来了。

“所长有事吗？”苏五一问。

“有事。你们兴华里那位，还没拿下来呢。”

“拿下来了”，就是招供了。“没拿下来”，就是没招供。

“哟，都他妈3点了。”苏五一看了看表，想了想说，“别他妈抓错了吧？”

“就是，我也怕是抓错了，要不，快一宿了，怎么也得招啦。我说，你清理清理这儿，让事主在这儿辨认一下吧，我看这屋还亮堂点儿。”所长说。

所长出去了，一会儿又想起什么事似的，回来把苏五一叫了出去。没多大会儿，苏五一回来了，领来了两个同事，让他们把那醉鬼拉了出去。他招呼我帮他把墙根儿那儿的一把长条椅子搬到日光灯底下。

“这干吗？”

“不是说啦，准备让她辨认吗。”

苏五一告诉我，“兴华里那位”，不是他抓的。那是天津公安局转来的案子。事主在天津跳了海河，被救了上来，一问，原来那姑娘从河北农村到东北找她哥，到北京转车时，被一个小伙儿骗到家里强奸，又被抢了钱。她回了火车站，又被另一个老流氓骗到了天津，玩够了甩掉，走投无路，才跳了河。事主已经被接来了，因为她说她记得在北京被骗强奸的那一片房子，叫“兴华里”。刚才所里派民警领着事主到兴华里转去了，还真把那间屋找着了。那家还真住着一位年龄长相和事主说的一样的人，所以就“传”来啦。按说，不管是什么案子，只要是边所长亲自出马来问，如果真是罪犯的话，用不了那么长的时间，就一准儿“拿下来了”。问到这会儿还没招，是不是抓错了还真是有点儿悬了。保不齐，那可保不齐，黑咕隆咚的，你敢说那姑娘记那房子就能记得那么准？事到如今，也只有让那姑娘出来认一认啦。

“你知道所长刚才把我叫去商量什么？辨认的人不够，没几个穿便衣的，所长问我，你能不能算一个。我说啦，老陈没得说，别看是个作家，没有一点架子，就算一个吧！……怎么样，我说得没错吧？”

“没错儿没错儿，我算一个！”我主动坐到了刚刚摆好的那张长椅上。

我这才明白，原来这辨认，也不是那么简单的事。不是说把事主带来，指着嫌疑犯问：“是不是他？”事主说是，或不是，了事。辨认时得同时找上四五个人，让嫌疑犯夹在中间。然后让那事主躲在一个不被人发现的地方，认认真真看个遍，从中挑出罪犯来。是啊，这么晚了，让苏五一到哪儿去找四五个穿便服的人？再说，这回咱又成了“嫌疑犯”了，让一个被强奸的姑娘上上下下认一认，这不是比当“萨马兰奇”“发奖牌”更够味儿的差事吗？

随后走进屋，和我一块儿坐到长椅上的，是三位30岁上下的男人。两位我认得，是附近单位为了支援“严打”，派来的两辆汽车的司机。另一位我想肯定就是那位真正的嫌疑犯了。这嫌疑犯留着寸头，长着一张胖胖的大脸，腮帮子被刮得铁青。看得出，是让这一夜的审讯给熬的，一副蔫头耷拉脑的丧气样儿。不过说实话，我想我的尊容也好不到哪儿去，因为我看那两个司机，让日光灯从头顶上一照，说他们是罪犯，也一样有人信。

“你们都听着，我还得给你们交代交代政府的政策啊。坦白从宽，抗拒从严，你们比我可清楚……别低头，把头抬起来，好好听着……”苏五一板着脸，站在我们的左侧。这我明白得很，他不能站在中间，中间正对着值班室的后窗户，他不能挡着黑漆漆的窗户外投过来的视线。

听他一声喝斥，我也下意识地抬起了头，一时间，我觉得自己还真的体会到了一点当犯人的滋味儿。

我不能不服气哥儿几个干这一行实在是天衣无缝，我瞪圆了双眼，使劲往黑漆漆的窗外看，愣是什么也没看见，可没过一会儿，边所长领着几位民警进来了，他拍拍苏五一的肩膀，苏五一很快结束了演讲，说："……都去，再想想吧！"那三位在民警的陪同下，分别出去了。我知道，辨认已经结束。

"认出来没有?"苏五一问所长。

"认出来啦！你猜认出谁了?"

"谁?"

所长用手指着我，呵呵地笑，说："在这儿哪！"

后来我才知道，那姑娘，就是傍晚时和我在派出所门口照过一面的那位。没错儿，正因为照了那一面，我就成了她辨出的"强奸犯"！

三个人拿这事说笑了一会儿，忽然，所长不笑了，好像有什么心事。

"我就估摸着有点儿问题，不然，怎么会那么难审！"所长的一只手按在办公桌上，中指和食指交替地弹着。

"怎么着，我去跟那边说说，放人?"苏五一问。

"跟司机说，开车送他回去，一宿了……瞧这事干的！"

"没事，所长，丫挺的有前科，不能参翅！"

"好哇，这位秦友亮，反正是你们管片儿的，交你办了。"所长边说着边往外走。

"我不管，又不是我传来的！"苏五一说。

"敢！"

所长走了，苏五一冲我嘻嘻乐。我知道到了没别人的时候，他是得拿我被认出的事寻开心的。

"甭乐。请神容易送神难，还是先想想所长说的，怎么送人家回家吧。"我说。

“瞧你说的，还有什么难的？你以为我说不管，是怕丫挺的秦友亮啊？跟所长那儿尥尥蹶子，开开玩笑罢了！”

212 吉普车的声音在门外响起来。

苏五一从值班室走出去，站在汽车的门边。一个黑黝黝的身影从北边的排房那边走过来。借着屋里照出的灯光，看得出，就是他们说的那位秦友亮，腮帮子青青的那位。

“小秦子，今儿怎么样？”苏五一递给了他一支烟。

“哟，谢谢……谢谢……”小秦子挺意外的样子，忙着从口袋里往外找打火机，替苏五一点上烟。

“听我说，小秦子。”

“哎，哎。”一口烟好像还没来得及往下咽，顺着鼻嘴，冉冉地往外冒。

“今天呢，叫你来，是为了帮助你，没别的意思。”

“是，是。”

“你呢，就得正确对待政府的帮助，不应该有什么想法。”

“哎哟，我能有什么想法啊，我感谢您还来不及呢。这一晚上了，先是所长，陪我熬着，现在又是您……我能有什么想法呀，您这么辛苦，还不是为了我吗？……”

“砰”，212 吉普车的车门关上了，发动机又轰轰地响起来。

苏五一回到值班室里。

“怎么样？”问我。

我笑着说很受教育，很受启发，我真是得向这位小秦子学，他是“理解万岁”的典范，“娘打了儿子不恨娘”的标兵。这一晚上，我可没白跟着耗，我又大大地长进了。

苏五一像个哥们儿似的往我的肩膀后一拍，哈哈大笑，他说是那么回事，人民群众的确就是那么好，别说有前科的了，就是浑身没有一点儿渣儿的，也没脾气。他又拍了我的膀子一下，说你说的还真是那么回事，你真的长进了。

没过一个月，当我“下来”的日子快到期的时候，我更得到了一次向全社会宣布自己“长进了”的机会：上级派来了几位摄影记者，为我拍了几张“参加严打”的照片，有参观过军事博物馆的“严打展览”的朋友告诉我，在那儿看见了我的一张好大好大的照片，说明是：“作家陈建功在派出所和所长研究案情。”天哪，我哪有这水平和资格？我只是遵了摄影家之命坐在了那儿，和所长凑着脑袋看了几秒钟的报纸，“咔嚓”被拍下一张。

不管怎么说，这的确是给了我一次机会，让我表示了对领导组织我们参加这场“不是运动的运动”，这场“比土改还深刻的运动”的理解万岁。

不过，这机会给我带来的麻烦大概就无人知晓了：又一个月以后，文联一位管保卫的同志找我谈话，问我：“在生活作风方面是不是有足够的检点和自持?”问话是很客气、很委婉的，却使我出了一身冷汗。

有人给公安局去了匿名的“检举信”，字字血声声泪地控诉说陈某人野蛮地强奸了她。

那信，据说不仅匿名，而且还是从报纸上剪下一个一个印刷体的字，拼贴成的。公安局连笔迹都无从查找。

当然是为了对我负责，他们把信转到了文联。

幸好我经过了几个月前的锻炼磨炼锤炼，似乎有一种曾经沧海难为水的镇静。当时我好像又想起了那位“小秦子”，那楷模使我的回答越发冷静。我说没什么，没什么，我衷心地感谢组织，感谢公安局，我理解非常理解，不能说没有想法，这想法只是两个字：理解……我没有把这事告诉苏五一，我想，如果他知道这件事，一定会认为我是彻头彻尾地出师了。

好像是说远了，我应该把话题拉回来，说说此后不久发生的，我和那位“小秦子”之间的故事。

六

第二天，我们就逮住了那个真正的强奸犯。那个姑娘尽管指错了地方，让派出所抓错了人，但她的记忆应该说已经是很不错的了。她说她被强奸后立刻就被轰了出去，走出那条小胡同，她看见了一个公厕，不远又看见了钉有邮政编码的红牌牌，还有写着“兴华里”的白牌牌。她说的这些，后来都得到了证实。第一次的错误主要是因为天黑，也因为没有找管片儿民警苏五一跟着。她领着民警找到了一个公厕，又找到了它对着的胡同，她看一栋小破房子似曾相识，说就是这儿，结果害得“小秦子”在派出所里过了大半夜。第二天我们领着她再去时，才发现还有另一个公厕，顺着那胡同走几步，那姑娘指着一栋房子确认无疑。苏五一领我们走了进去，开门的那小子一见是民警，立马就筛糠，没费几句话，就对自己的罪行供认不讳。

我们把那兔崽子和有关案卷一起送到了公安分局，坐警车往回走的时候，我忽然又想起了昨晚那位“小秦子”，忍不住好奇，问苏五一，那位“小秦子”犯的是什么“前科”。

小秦子？秦友亮？苏五一沉吟片刻，说：“他哥叫秦友光，跟他们兴华里的一个小妞儿好得要死要活，都快结婚了，那妞儿接他爸的班，进了合资饭店。要不怎么说人穷志短，马瘦毛长呢，本来在兴华里这儿活着，踏踏实实的，秦哥秦哥地叫，甜着呢，一进了‘合资’，就他妈不是她了，也难怪，成天瞅着别人过好日子，不说也过那日子吧，至少，是不是跟秦友光过兴华里的日子，她得掂量掂量啦。没仨月，就要吹。秦友光倒有点儿爷们儿劲儿，不找她算账，找她爸玩儿命，他说他知道，都是那老东西挑唆的，还专挑了个日子，趁那妞儿不在家，哥儿俩一块儿上，把妞儿她爸、她哥打个满脸花。就这么着，折进去了，现在，他哥还在天堂河劳改哪。”

“真不值当的。”我说。

“要我说，势利眼，欠揍，要换上我，也得揍丫挺的。”

“你可是执法的，你说的可是‘法盲’才说的话。许他拿我开涮，也兴我抄抄他苏五一的‘拐子’。”

“是。可你不知道，‘小秦子’那一家子，全他娘的指着那妞儿给他们作脸哪，那哪是秦友光搞对象啊，全家都围着那妞儿转！……

这么跟你说吧，哥儿俩，老早死了爹，妈又扔下他们走了，不知哪儿去了。由他们那奶奶拉扯大，容易吗？他们那奶奶干什么的？过去天桥唱小曲儿的。是，天桥是出了侯宝林和新凤霞，可侯宝林和新凤霞不就一两个吗，更多的是谁？小秦子奶奶这号的。解放了，翻身做主了，可天桥没了，平地抠饼的地方找不着了，靠什么过日子？再说，就是有天桥，那么大岁数也没法儿唱了呀。靠什么？靠卖破烂儿。就这么个人家，住那么窄巴的一间破房，兴华里谁不知道？这孙子竟然还能搞个妞儿，容易吗？到了儿到了儿还让人给甩了，他一家子不得找人玩儿命？”

我没说话。

“话又说回来，玩儿命有你个好？你是没赶上，秦友光被判的第二天，我给老太太送判决书去，老太太都有点儿神经了，不说也不哭。接过了判决书，愣呆呆地像根木头。我心说，我甭在这儿陪着啦，省得老勾人家的伤心事儿。可出了门，又不放心，回头万一这屋里真的出点事，算谁的？在门外转了一会儿，听见屋里竟然哼哼唧唧地唱起来了，给我吓得。”

“唱什么？”

“我回去，问：‘老太太您唱什么呢？’她说：‘小苏子，你来，正好，我给你唱唱《十二郎》，听完了你就明白了。别给你妈惹事。你妈养活你不容易。’我心说：‘这哪儿和哪儿啊。’可说实话，听着听着，觉得这老太太呀，这会儿可不就得唱这个？我记不住，真的记不住，大概意思是说，一个老太太，养了 12 个儿子，老大在州里当捕快——老太太还给我解释，说捕快是什么？捕快就是警察呀！——老二在县里当衙役——老太太又说，衙役是什么？也是警察呀！——老三开的煎饼铺，老四卖的是烤白薯。老五办的绸布庄，春夏秋冬给送衣服。老六撑船走通州，走亲串友我不愁……反正啊，五行八作，全让她儿子给占全了。十一郎开的是棺材铺。老太太连棺材都甭操心了，第十二郎更绝，出家当了和尚——老太太连念经放焰口的人都有了……你瞧，你得乐不是？我乍一听，也乐了，我差点儿说，甭说您家没有当捕快的当衙役的，就是有，这年头，该判也得判。转念一想，我这儿较个什么真儿啊，你是给这老太太送她孙子的判决书来啦，人家神经兮兮地唱，你有什么可笑的？”

我也不笑了。

“现在秦友亮靠什么养活他奶奶？”

“这么跟你说吧，你在你家的后窗户里看兴华里，没少看见鸽子吧？”

“是。我住五层。从后窗户看，整个兴华里都在我的眼皮子底下。我又是在北屋写作，常常有一群一群的鸽子，带着嗡嗡的鸽哨声，从我的窗外掠过。有时候，鸽子还落在我的窗台上，咕咕地叫。如果到了天黑，它们还乐不思蜀的话，我这儿还会招来几只呼叭作响的‘二踢脚’，明摆着是它们的主人在轰它们回家。”

“保不齐那‘二踢脚’里，就有秦友亮的。”苏五一说。

“那干吗？”

“他可养了不少鸽子，他就靠倒腾鸽子卖卖鱼虫儿什么的养活他奶奶呢。”苏五一说。

这天傍晚，我回到了和兴华里仅一条小马路之隔的那栋六层楼上的家。一场雷阵雨刚刚下过，天空澄澈如洗。如果说，这一天的傍晚和其他的傍晚有什么不同的话，那就是我对窗外飞过的鸽子有了更多的注意，所以，我今天忽然觉得天上的鸽子变得格外多了起来。它们嗡嗡地，仿佛从很远的天外飘过来，嗖地，呼啸着从窗外掠过，俯冲下去，到了远远的地方，又轻盈地扬上高空。一会儿，掠过了灰色的一群，一会儿，又掠过了白色的一群。鸽哨的声音时而缥缈辽远，使人遐思悠悠；时而却轰然而至，给人一种钻心透骨的震撼。

那首《十二郎》究竟是什么调子的小曲？是“莲花落”？还是“单弦儿”？

站在窗前俯视兴华里，兴华里像一片刚刚被机耕过的黑色的土地。

一排一排灰色的屋顶，就像一道一道被卷起的土垄。这屋顶上间或有一两间自家加盖的阁楼突兀而起，我三岁的女儿偶尔来这儿住几天的时候，曾经指着那阁楼喊道："拖拉机！拖拉机！拖拉机在耕地哪！"

我追踪着飞翔的鸽子，看看它们往哪一间房上落。

我想，那应该就是那位唱《十二郎》的老人的家，当然，那也就是秦友亮的家。

从这天开始，伏案之余，想休息一下的时候，我常常不由自主地把目光投向窗外，投向那鸽子，投向那一排一排简陋的房屋。最初那几天，我甚至总把映入眼帘的画面编进我从苏五一那儿听到的那个故事里去——一个身材高挑衣着入时的姑娘，推着深红色的自行车，沿着几乎被自盖的饭棚子堵死的小路，走进了兴华里。一个老太太，提着一个灰色的铁桶，蹒跚地走到公用的自来水龙头前，"哗……"自来水把铁桶砸得山响。她提起了它，一寸一寸地往自家的屋里挪。两户人家吵得天翻地覆，男人们在互相拉扯，女人们在互相訇骂，街道的老太太在中间拦。凌晨的薄雾中，传过来屋门的开启声、自行车的丁零声、水桶的叮咚声，这是居民们又开始一天的生活了……然而，这里，却一次也没有真正出现那个秦友亮的身影。

我一点儿也不讳言我的期待里带有某种功利的目的。我们站到一起，接受了一次"辨认"，这作为一篇故事的开头，已经有足够的韵味，没有想到，我们的家竟又只有咫尺之遥，倘若能看到他的家，他的老奶奶，他的街坊邻居，当然，最重要的是看见他，那么，这故事该有一个多么有趣的发展！

可惜，没有。他一次也没有出现。

然而，几个月以后，时值深秋的一个傍晚，他却突然出现在我家的门口。

他当然不是找我来了。他对我一无所知。而我，虽不敢说对他了解得有多深，但毕竟有过期待，也有过想象，对他的到来，可以说是喜出望外。

他是找他的鸽子来了。他敲开了门，嗫嚅地说："……师傅，麻烦您一下，我……我的鸽子落在您家窗台儿上，它……它老不下来，您……让我进去抓一下，行不……”

我一看那张圆圆的、被刮得铁青的脸，笑了。甚至他这嗫嚅的神态都和那天晚上毫无二致。我让开身子，请他进来。他径直进入我的书房，打开了纱窗。我还真没留意，一只鸽子不知什么时候待在了我的窗台上。他伸出一只手，把鸽子搂了回来。他用另一只手替它捋了捋毛，它乖巧地待在他的手里，只是滴溜溜地闪着一对莹莹的眼珠子。

他一边谢我，一边往门外走。

我问他，是不是叫秦友亮。

他吃惊地停下来，瞪着我说：“您……您怎么知道我的名字？”

我说：“你不知道我的名字，你也应该认出我的呀，你忘啦？”

“哎哟，真对不住您，真……真想不起来了。”

我说：“夏天的时候，你是不是让派出所传过一回？”

“是啊。”眼神里还是一片惊疑。

“后来让你进了派出所的值班室，和几个人一块儿，坐一张条椅上挨训。想起来没有？”

“有这回事。那您是……您是那民警？可那不是您，那是小苏子呀！”

我没办法了。看来，这位当时就没敢放开眼神四面看看。我告诉他，我就坐在他的身边，和他一块儿听着小苏子的训话。

“哥们儿，您……您那会儿也……也进去了？”

我笑了，告诉他：“没错儿。”

“那……那您，您犯的是什么事儿？”

我哈哈地笑起来。

笑够了，我当然把实情告诉了他。

“怪不得您这儿有这么多书。原来您是干这个的，嘿，听说您干这行，可来钱啦！”他递给我一支烟，我挡了回去。我不会抽烟。

“听他娘的瞎扯，明跟你说吧，幸亏我还不抽烟呢，有的写东西的，抽烟，一晚上写的，还不够烟钱呢。”

他看着我嘿嘿地笑。

“笑？真的，我没蒙你。”

“我是笑您，您也说‘他娘的’？您可是……是作家，可以说您是作家吧？”

“作家？作家可不如你！不信你问问小苏子去，好嘛，那天夜里我跟你这儿可学了不少！……坐下，喝点儿什么？”

“不喝不喝，我这就走，省得打搅您……您净跟我逗，我有什么可学的？”

“嗬，学问大了！要是我，白白让人扣了一晚上，我冤不冤啊，我不玩儿命，也得骂两句出出气呀……你可好，态度好着哪，好说，没事儿，理解万岁，还没忘了给人家民警道辛苦呢。”

“什么时候来着？”

“小苏子在出车送你的时候啊。”

“噢……那会儿。怎么，您是不是以为我那是装孙子哪？嘿，您可真逗！我可没装，真的，咱天生就是孙子，咱装干吗？认熊最好啦，好死不如赖活着不是……再说，我有气，该找谁找谁，干吗跟人家小苏子过不去？都是混饭吃的，谁跟谁啊。人家小苏子也没跟我过不去不是？我在农场劳教的时候，人家没少去帮我奶奶。再说，我横？我找不自在呀！那会儿，我敢横吗？那是什么时候？我没事往枪口上撞？”

“要不说得拜你为师呢……得，咱哥儿俩认识，可是有缘。我说，我还没吃饭哪，要不，你陪陪我，咱找地方喝二两去？”

“哟，对不起，对不起，不敢当，不敢当，我这就走，这就走。”

“我是实心实意地请你！跟你小哥儿们聊得开心，我老婆孩子都不在，也闷得慌。再说，你不觉得咱哥儿俩特有缘？”

“没错儿，甭管真的假的，一块儿受了小苏子一通训嘛。再说，您可没架子，真的，没架子，我跟您，是有缘。”

临出门的时候，秦友亮说：“咱也别远了去，就兴华里把角儿的小酒馆，喝二两，怎么样？那地方……您可别嫌弃，那地方就是惨点儿。”

“你别给我说这个，再惨的地界我也见过。我挖过十年煤呢。我在小酒馆喝过。”我说。

“陈哥，您可真痛快。咱奔派出所拐个弯儿，把小苏子也叫上吧，就是不知道他今儿是不是在那儿值班儿。”秦友亮说。

“是，是得叫上他，让兔崽子再教育教育咱们。”我说。

七

下楼以后我们碰上了一群衣冠楚楚、香气四溢的男女，他们好像在谈着一个什么开心的话题，嬉笑着从小轿车上下来。一辆是红色的“夏利”，一辆是灰色的“切诺基”，还有一辆是米黄色的“拉达”。他们潇洒地甩着轿车的车门，楼门口响起了一片优越的“砰砰”声。从“切诺基”上下来的那位，我知道他住在我的楼上，602 室的主人，他优雅地朝我点了点头，环顾了一下他的客人们，领着他们拥入了楼门。楼门外飘拂着他们留下的衣香。

“嗬，你们楼真住着人物啊。”秦友亮扭脸朝门里看了一眼。

我说：“不是‘人物’，是‘人物’的儿子。”

他告诉我，得先跟他回家一趟，跟老太太打声招呼。

我们一起顺着一条岔道，走进了兴华里。

“我好像见过他们，特别是开‘切诺基’的那位。”秦友亮说，“夏天的时候，他们在你们楼前面滑旱冰来着。”

我当然知道这件事。我相信，不光我，我们附近几栋楼的居民，只要他们那天在家，大概没有不留下深刻印象的。秦友亮说起来，当然也毫不奇怪。我们这栋楼的前面，是一片开阔的水泥地，我想大概是这场地又勾起了 602 小伙儿的玩儿兴？夏天的一个傍晚，小伙子把他的哥们儿姐们儿招来了，不知是不是刚才那几位。不过，有一点是肯定的，来的姑娘一个个如花似玉，小伙儿一个个风度翩翩。他们每人蹬着一双旱冰鞋，拉扯着、笑闹着，把宁静的黄昏闹得沸沸扬扬。没多会儿，四周就围上了不少看热闹的人，甚至连楼上不少住户，都被欢笑声召唤出了阳台，探着脑袋往下看，就像农村的场院来了一伙儿要把戏的。天色渐黑时，开心的男女们一个个甩下了脚下的旱冰鞋，把它们扔进了小车的后备厢。然后又一个个钻进了车里，把一片空荡荡的水泥地，留给了眼巴巴的看客们。

那会儿我也站在阳台上朝下看着，面对那空荡荡的水泥地，说不上心里是一种什么感觉。

也整个儿一个空荡荡？

“全他娘的白活了！”不知是谁喊了这么一嗓子，不少人都笑了起来，近观的，远看的。

不知道是在骂人家，还是在说自己。

“我也听见这一嗓子了。人家活人家的，你活你的，甭比，人比人得气死，比个什么劲儿。再说，人家那么活，该着，天下都是人家老爷子打下来的，甭生这份气。”秦友亮的脸色冷冷的，声音也是冷冷的。

我不由得又瞥了他一眼，这感觉怎么跟当初认识苏五一时一样？他说的，是真心，是反话？天知道。

走过了两排房子，他领我从第三排房前面的一条路走进去。

“我只见过他们一次，刚才是第二次。”秦友亮说。

“他们没在这边住。他们在城里有房。时不时地，过来玩玩儿。”我说。

“噢，我想起来了，有时候，你们楼上好像有人开舞会，特吵，是他们吧？”

“没错儿，一两个礼拜一次吧。”

“哦。”

其实，关于他们，我或许还可以告诉他更多的一点什么，可我却又打消了这念头。

说了，他会不会又冷冷地来一句：人家活人家的，咱活咱的，比个什么劲？

不过，如果我想写一部新的《日下旧闻考》的话，是一定要把我和这家芳邻的故事写进去的。

我们这个楼至今还实行着轮流收房租水电费的制度。这制度当然不是什么人给我们规定的。不过，不管是电力公司还是自来水公司，他们每个月都是只管查整个单元的总电表或总水表而已，那么，只好由住户们自己组织起来，挨家挨户地查分表，收钱，再到银行把该交的钱交上。这真是一桩苦不堪言的工作，且不说收来的钱每每和那总表对不上，你得挖空心思，把国家规定的水价电价一分一分地抬高，好把那差额凑齐，这就得劳多大的神了。一次一次地爬楼梯，一次一次地敲门：查表，一次；收钱，一次；收钱对不上数，又一次。遇上出差的，家里没人的，更得无数次。我们这栋楼里，“雷锋”是有的，一楼的小脚老太太，就是一个活“雷锋”，可是这位“雷锋”不识数，而识数的呢，又都忙得没工夫当“雷锋”，唯一的办法，就是轮流。

各家各户，谁收水电费，谁怕602。

他家没人，老是没人。什么时候来，不知道。哪儿去找他们？不知道。

有一次又轮到我收水电费，我把602的房门擂得山响，出乎我意料的是，当我正要失望地走开的时候，忽然听到屋里传出了响动。

我又一次敲门，敲了好半天，里面那人就是不出来。我只好作罢。

那一次，602的房租水电费是我给垫付的。没有多少钱，垫付一下，并没有什么。可是我觉得，明明有人，敲门不开，至少主人缺少起码的礼貌，即便你有所不便，等你方便时，下楼找我一趟，交上应该交的费用，也是可以的吧？我当时毕竟还留了一张字条，从门底下塞了进去。

我是在几周以后才找到那家的主人的，和以往一样，他们男男女女的来开“派对”，我敲门，这回开了，我觉得自己不像是来讨债的，却像是来要饭的。是的，那么高雅的“派对”，音乐柔美悦耳，男士风流倜傥，小姐暗香袭人，我却说，请给我二十八块三毛六！……二十八块三毛六掏给了我，我像干了什么亏心事，跟人说有扰有扰，匆匆忙忙地退了出来。忽然想起了什么，又鼓起勇气对主人说，以后若是听见没完没了的敲门，喊收水电费，请务必开一下门，省得老在您来客人的时候打扰，不好意思。

“没有人啊，我们都不在这儿住，平常没有人啊。”602 诧异地瞧着我。

“是吗，可前几周，我来敲门，可听见您屋里有动静。”——并不是成心和人家论是非，听他这么一说，倒为这家的安全担上了心。

602 想了想，一拍额头，笑了起来，他努起嘴，吹了一声口哨，一条北京种的狮子狗摇摇晃晃地跑了过来。

“就是它，莎莎。哦，还有贝贝，今儿没来。它们在这儿住哪，好多哥们儿想让它们给生儿子，我们让它们一块儿住几天，培养培养感情……它可没法儿给您开门，开了门，也没法儿给您钱。”602 笑得更欢了。蹲下身，按住小狗的脑袋胡噜了两下，一拍它的屁股，它又摇摇晃晃地跑了。

我明白了，那几天，这儿成了狗的婚姻介绍所。

……

有必要把这些当个事说吗？是的，秦友亮说得没错儿，人家怎么活，咱都管他不着，人家的狗怎么活，咱更不用操心啦。

何况，已经到了秦友亮的家了。

站在他家的门前，算是知道了他家在这鳞次栉比一片中的位置。如果说，我住的那栋楼像是戳在兴华里面前的一幅大屏幕的话，这一排排的平房就是观众席了。秦友亮的家，就在观众席第三排最靠西边的地方。它太偏了，站在我家的楼上，必须从后窗户里探出头来，才有可能看到这间房子，难怪我没有发现它。

这实在是一个简陋的家，不过我并不感到意外，和苏五一逮那个真的强奸犯的时候，我已经来过了兴华里，见识过这儿的住房了。而秦友亮的家，不仅房子简陋，家具也比其他人家简单、破旧得多。就一间房，面积不算小，里面却摆了一张双人床，一张单人床。这就把屋里挤得没多少地方了。秦友亮说，他哥在家的时候，哥儿俩睡双人床，奶奶睡单人床。这不奶奶瘫在床上了嘛，他哥一时又回不来，他让奶奶睡在大床上了，这样翻个身不是方便嘛。除了床，还有一张八仙桌，一个五斗橱，橱上放着一台黑白的电视机，还有一部录音机。我们进门的时候，老人家正仰靠在床上看电视。

秦友亮没有把老人家介绍给我，也没有把我介绍给老人家的意思。我主动和老人家打了一声招呼，她好像听也没听见。我想这一家人大概从来就没有这样的习惯，或者说，秦友亮的朋友们，从来也没有谁会把这躺着的老太太当一回事，而老太太呢，也不认为孙子的朋友和自己有什么相干。

瘦得像一具骷髅的她，正专心致志地看电视——京剧《四进士》。

秦友亮让我坐下等他一会儿，说着就出了屋门，到了对面的饭棚子里。没过多一会儿，端过来了一碗糊糊状的东西，像是杏仁霜，又像是炒面。他先把碗搁在八仙桌上，又从桌下拉出一个小小的炕桌，把炕桌架在老人的身前。老人伸出一只枯干的手，捉住碗里的铁勺，哆哆嗦嗦地把勺里的东西往嘴里送。一切都是那么默契，双方对同一程式，都早已烂熟，因此，谁也不说话，也无须说话。孙子看着奶奶，看她默默地吃，时而过去，帮她用炕桌上的毛巾，擦一擦嘴，又回到自己的座位上，看她默默地吃。

如果没有那咿咿呀呀的《四进士》，这里还有什么可以显示一点生气？

“你家干吗要弄这么高的一个门槛儿？”我问。

“哪光我家啊，兴华里家家都是高门槛儿。”秦友亮说。

“是吗，我还真没留意。”

“不把门槛儿弄高了，夏天就得发大水。”

“怎么会？”

“您可不知道，您没看见兴华里四周的高楼吗，连上您住的那栋也算上，一块儿，把我们围起来啦。严严实实，不透风就甭说了，地势也全高上去啦，夏天一下雨，整个儿一个水淹七军！”

我愣了一下，好像不知道该说什么好了。我觉得挺惭愧，好像兴华里水淹七军，有我不可推卸的责任似的。

我们这个世界真逗，就我这号的，不知为什么，沾边不沾边，时不时就惭愧一下子。几天前作家协会开会，大伙儿还一起反省了“贵族化”的倾向呢。专业作家的专业，是不是就是专业的“反省”和专业的“惭愧”？

沉默了一会儿。

“你的鸽子养在哪儿？”我觉得我应该找一个不至于再惭愧的话题。

“房上。有几个鸽子窝。还有几个哥们儿家，也替我搭了几个。一般的，弄来就到鸽子市卖啦，好的，才多养几天，等卖好价钱。”

“鱼虫呢，不是也捞鱼虫吗？”

“捞，天天早上骑车到南边，20 里地吧，那儿有野坑子，到那儿捞鱼虫儿。”

“怎么样，来钱儿吗？”

“来钱！大街上卖鱼虫儿的您没见过？两毛钱一勺儿。哪天也得闹个两张儿三张儿的。说实在的，我不缺钱，我攒了好几万啦。您帮我出出主意，咱是买辆‘大发’，干出租呢，咱还是奔广州，倒腾衣服去？”

这话题倒不错，可是躺床上的老太太，却支支吾吾地嚷嚷起来了。

“我哪儿也不去，在家陪您！不学开车，也不出远门儿！”秦友亮冲他奶奶喊。

老人不再嚷嚷，继续看她的《四进士》。

“我哥要是不回来，我什么事也干不成。”秦友亮的眼睛里闪着幽幽的光。

我们离开了他的家，一起往派出所走，去找苏五一。

月光挺好，整个天空清亮清亮的。

“老太太不是怕你出门，而是怕你惹祸。”我说。

“没错儿。开车，闹不好就撞死一口子；跑买卖，闹不好就打一架。她就不知道，捞鱼虫儿也悬，哪天掉水塘里淹死了呢？”秦友亮呵呵地笑起来。“我看您是明白人，您给出个主意，是干出租，还是跑买卖？……我奶奶的话，甭听。”

我哪儿懂得拿这主意！

“主意你自己拿。”我说。“不过，你要是想买车，我倒有个路子。你要是想下广州呢，那边我也有亲戚。帮忙，我还行。”

“嘿，有您这句话，我心里可踏实多啦。……陈哥，我……我叫您陈哥行不行？您说，我……我得怎么谢您？”

“你要是能像刚才那哥儿几个似的，混出个人样儿来，就算是谢了我啦。”

“哪哥儿几个？”

“刚才，我们楼门口见过的。”

“那我可比不了，他爹一批条儿，钢材就跑他家去了。什么不是他们家的？国家都是他们家的！玩儿似的就把钱赚了！”

“那你就甭跟他们比，跟自己比，把日子过好点儿。”

“那还用说吗，谁不想过好日子啊。我早想了，我要是发了财先他娘的把我们家房给换了，就他妈这狗地方，是人待的吗！”

“还想干吗？”

“我娶仨媳妇！……您别笑，我是给气糊涂了，我知道，那犯法了不是？谁让那些妞儿净给我眼面前添堵呢，晃，晃，天天眼面前晃，就没一个是给我预备的，我冤不冤啊，我都他妈 27 啦……”

……

那天晚上我们三个人在那家小酒馆里都喝得晕晕乎乎。出门的时候，互相拉着手，就跟三个英雄共赴刑场似的。

这个画面，也是小酒馆的那位姑娘事后告诉我的，而我，一点儿也记不得了。

据说，站在他们酒馆的门口，我们哥儿仨为了排座次，竟然争了好半天。

开始的时候，我是站到了他们两个人的中间，像一个老大哥，牵着俩小老弟。

“不行……不行……我……我的位置不……不对……五一，你，你站中间，你……你是我的老师，你带领我……带领我反精神污染，前……前进……”

我真想象不出，那时的我，是个什么样子。

据说苏五一更逗，咧着嘴，嘻嘻笑着，当仁不让地往中间站，抓着我们两位的手说：“对，对，这……这就对……对了！我……我说刚才怎么觉得……觉得有……有那么点儿……不对劲儿……”

秦友亮却跟他急了：“扯臊！……你……你靠边，让……让我陈哥站中间，论……论学问，论……论年龄，没……没你的事……”

苏五一说：“我……我知道……知道你，你丫的不……不就想……想自己……自己当……当老大……吗？我让……你，……谁让你丫……你丫就……就要发财……发财了呢……你……你来，行，他……他不行……连……连手铐都……都不会铐……能……能当……当大……大哥……”

我们就这么拉着，扯着，推着，让着，说着，笑着离开了那家小酒馆。

第二天醒过来的时候，我发现不知怎么已经回到了自己的家，而那两位，躺在我家的地毯上，还在呼呼地睡着。

八

不能说从此就成了那小酒馆的常客。不过，一个月去那么一两回，总是免不了的。

与其说是为了“喝”，不如说是为了“品”。

这小酒馆特有味儿。在此之前老是从这儿经过，可不知为什么没有注意到它的存在。门脸儿不大，一丈来宽、两丈来深的铺面，摆了两溜方桌。不管白天黑夜，老是开着门，还老是满满当当的人。也不管什么时辰，总有奔饭来的，也总有奔酒来的。就说早上八九点那会儿吧，你一准能从这里揪出俩“酒腻子”来，到了半夜呢，兴许就闯进来个没吃晚饭的。当初被秦友亮和苏五一领着一走进来我就明白，这是到了“引车卖浆者流”中间来了。

特别是晚上，进来的好像大多是熟脸儿，这哥那哥的，谁都得打几个招呼。喝着喝着，隔着桌子就扔开了烟，远远地就拼上了酒。我第一回进来那次，秦友亮就和隔桌的划上了拳，两人相隔足有半间屋，吆三喝四，吐沫星子乱飞，观战的人一边喊着“掌柜的，拿伞来吧”，一边又添油加醋，唯恐没人出溜桌子。有时候不拼酒，幽幽地唱歌，一个人唱，全饭馆的人听。没人说话，只有顺着手指头，顺着鼻眼悠悠飘升的青烟。有时候又不唱，三五一伙儿地侃，侃的净是哲学：

“……这地球，这地球我盼着丫挺的爆炸！没劲，忒劳神！爆炸了，都清净！……什么什么？问我干吗还造儿子？没劲才造儿子呢，造儿子不劳神啊……造出来？造出来就后悔啊，造出来就明白啦，不是省油的灯！所以更觉得没劲啦！连他妈造儿子都是个麻烦，这地球上还有什么劲？你说，有什么劲？”

“……我们单位那几个头儿，又得换啦，还让我们提意见，谁合适，谁够格，民主民主。我说，你们他娘的别换啦，也别民主了，就这么挺好的。换一个，来套四居室，换一个，安排他的七姑八姨儿，谁受得了？好不容易，喂肥了一个，又下去了，又上来一个饿得瘪的，我们还得喂他一道。咱们呀，还就是原来那个吧，好歹，他不要四居室了不是？好歹，甭说七姑八姨儿了，连他娘的他二舅的小姨子都安排好了不是……”

你不能不来，听听他们的哲学，当然，也听听他们那幽幽的歌。

第一次来的时候我就发现，秦友亮是这儿的歌王。

我知道旧北京的饭馆里有那么一家，可能是“致美楼”，那老板爱听，也爱唱，所以他准备了胡琴，供有同好者用餐之余一展清音。

我没有想到，这么一个衰颓拥挤的小酒馆，居然也可以边喝边唱。

这里准备的，是吉他。

那次和秦友亮、苏五一喝得微醺，秦友亮回头朝柜台那儿看了一眼，那小姑娘就心领神会，立刻递出一把吉他来。

秦友亮低下头，旁若无人地唱《橄榄树》。曲子和歌词都是再熟悉不过的了，可是我从来也没听过有哪一位歌手这么唱《橄榄树》。

那是一头狼在悲凉地嚎。

我盯住了他那铁青色的两腮，我想他如果能到舞台上去唱，一定能风靡京城。当然，他未必会作曲，会作词，他只能唱人们耳热能详的歌，可是，他能把所有的耳熟能详唱得陌生。

唱完了《橄榄树》，苏五一说，唱《十二郎》。

我知道，这首歌，是为我点的。

秦友亮唱这首小调的时候，我开始丢掉戒备，忘情地喝酒，一直喝到晃晃悠悠。

我发现，每次从这小酒馆回去，坐到自己的写字台前，我的心就像鼓满了风的帆。

秦友亮不光在酒馆里唱，有时又在酒馆外边的小树丛里唱。那时候，小树丛里坐着很多和他一样的年轻人，黑乎乎的看不清他们的眉眼，你只能听到从他们中间传出来一把吉他的弹拨声，继而听到一头狼在嚎，或者是一群狼一块儿嚎。我知道他们都来自兴华里，那个又窄又闷的屋子把他们逼出来，这是他们唯一可以大口地喘气的地方。

这使我激动不已的路边吉他队，后来被我写进了和赵大年一块儿合搞的室内剧《皇城根》，可惜在拍摄时，这一段被删去了。

来的次数多了，我发现，秦友亮来到小酒馆，不仅仅是为了唱，更为了那个老给他递琴的姑娘。

那姑娘不能说有多么漂亮。不过，一双善解人意的眼睛，饱满成熟的身材，就已经足以使小伙子心驰神往了。在我的印象中，和秦友亮一起喝酒的时候，除了要吉他，他从来没有看过她一眼。然而我凭着直觉，一眼就认定，在他们之间，存在着一个“场”。

“……‘场’？什么意思？”

“想娶人家当媳妇的意思。”我冲秦友亮笑着。

“没错儿，我想娶仨媳妇哪，这算一个！”他故意装出一副漫不经心的样子，“等着，等我发了财……”

我只好作罢。

此后不久发生的事，至今使我怀着深深的歉疚，尽管秦友亮不知道我竟在这中间扮演了这样一个角色。

我是无意的。不过我知道，这哥们儿后来受的伤害，皆因我的冒失。

不知道秦友亮有没有机会看到这部作品，虽然我写的时候，已经把他的真名隐去，但我相信，个中奥妙，他一看便知。

一个很偶然的机会，使我把兴华里的这家小酒馆介绍给了我的芳邻，602 的那个小伙子。后来我知道了，他也姓陈，和我同姓。

一天晚上，大概又是从城里开车过来开“派对”，那位“小陈”很突然地敲开了寒舍的门，说有一些朋友来他家玩，很偶然地说起您住在这里，其中有两位小姐是读过您的作品的，很想结识，但不知是否在忙，是否给个面子，到楼上来坐坐。

人的弱点是不必讳言的。如果我听说对我感兴趣的是两位男士，或许也没有这么高的热情。虽然并不抱任何非分之想，但觉得能让两位小姐有请，是很愉快的事。随后自然是随他上楼，到那套装修华美的屋子里去会那两位小姐。

屋子是来过的，来这里收过房租水电费。这屋子的别致之处是：除了缘墙而设的一圈没有扶手的沙发以外，几乎没有更多的家具。看得出，这是他们为了开舞会、办“派对”的方便。我在进来时，几个男士和几个小姐正坐在沙发上聊天，一对舞伴在屋里转来转去，一会儿在这个屋，一会儿转到了那个屋。寒暄过后，我客气地请说得正上劲的男士继续聊，原来他在讲一个“荤故事”。

“……通信员过来了：‘连长，首长命令：出击吧！’连长说：‘好！全连注意，越军上来了，全是女的，出击吧！’……”

小姐们在哧哧地笑。

为了表示自己不是傻蛋，只好也笑笑。

小姐们开始把话题扯到了文学，问这个作家那个作家，问这桩离婚那桩离婚，敷衍来敷衍去，说到了流行音乐。

谁说的？“女人的肤浅会大大削弱她们的美貌”？哪儿啊，恰恰相反，女人的美貌会大大掩盖她们的肤浅。这就是为什么在明知她们肤浅以后，我还要和她们滔滔不绝的原因。女人的美貌岂止能遮掩自己的肤浅，她还会勾出男人的肤浅呢，我，便是这理论的最好注脚。我在鬓影衣香的包围下灵魂出窍，惹祸的根苗便在这滔滔不绝中种下。我告诉她们真正的好歌手或许在民间，不信你们不用走多远，就在兴华里的小酒馆，你就能听到从别的歌手的嘴里听不到的声音……回想起来，这纯粹是一种自以为高明的炫耀，或者说，是为了在小姐们肤浅的男友们面前，显示自己的深刻。

小姐们被说得意兴遄飞，她们说要去听，要去唱，甚至要去一起喝。我心里暗暗地一笑。我知道她们不过是想换换口味。我说我很忙恕不奉陪。其实我在那一刹那觉得她们如果真的由我陪同踏进那酒馆，我会在所有熟悉的目光中读出惊诧。

我没去，却有人陪她们去。

这也罢了，去了不说，竟又把柜台后递琴的那姑娘勾了走。

我的罪过大了去了。

消息是苏五一告诉我的。这已经是第二年夏天的事了。那天夜里，他巡逻完了，没什么事，从兴华里过，看见了我屋里的灯光，上楼来和我聊天。

“你不知道吧，你们楼上，602 那小子，把兴华里小酒馆那个妞儿，勾上啦！”

“什么？”

“您犯什么愣啊，净来您这楼上跟他们一块儿跳舞，您就没见过？”

我说：“没有没有，我这写着东西呢，天天不出家，我哪儿就碰上了。”

“好嘛，挺热乎的，我还见着她和他们一块儿坐车走呢。”

我一时说不出话来。

“您楼上那哥们儿，带了男男女女的几个，去酒馆喝过一次。那次小秦子也在，一块儿唱歌儿来着。后来，他们又来了几次。再后来，就看见那妞儿和他们一块儿啦……”

我的话都到了嘴边了，最后还是没勇气告诉他，这事的罪魁祸首是谁。

“那……那小秦子怎么着了？”

“什么‘怎么着’？”

“嘿，小秦子没找他们玩儿命？”

“找谁玩儿命？”

我指了指楼上。

“嘿，瞧您说的，那妞儿和小秦子有什么关系？”

我说：“你是装傻还是真傻？小秦子跟我这儿都承认了，那是人家想娶的媳妇。”

“您可真逗！他想娶，他想娶的妞儿多了，娶来了吗？他连说也没跟人家说呀！天天去那儿唱，就算你有那心，你倒说呀！再说，那妞跟602那位玩玩，谁管得着啊，咱知道人家怎么个玩儿法？民不举，官不究，我他娘的就是想帮他小秦子一把，都不知从哪儿下嘴！”

……

第二天晚上，鬼使神差一般，我放下了手头的工作，到了那个小酒馆。

那个姑娘还在柜台后面忙碌着。

酒馆里没有秦友亮。我退了出去。

我到他家找到了他。

我说我请他去喝酒。

他说不去。

我说我知道你为什么不去。你他妈的就那么熊？就没本事把自己喜欢的妞儿弄过来？

他说他压根儿就他妈的没喜欢过她。

我说那更好办啦，那就不耽误到小酒铺喝酒啦。

他说可他不想喝，他反胃。

我没办法。我回家了。

回到家，想趴到桌上写我的小说，却无论如何也写不进去。站到窗前，望着灯光熠熠的兴华里愣神。忽听楼下传来汽车的刹车声，男男女女的喧哗声，随后又是带有几分优越的，砰砰地甩车门的声音。

又跳舞来了？

我走到自己的屋门口，差点开门出去。我想看看那酒馆的小妞儿是不是也跟了来。

想到自己全是多管闲事。我又回到了北屋的窗前。

“砰砰”的舞曲响起来了，天花板上，还传下来沙沙的脚步声。

忽然，隐隐地，听见楼下传来了一阵凄清沉重的哀乐声，那声音先是远远地飘过来，渐渐地，越来越响，响得人心里凄凄惶惶，没着没落。

楼上的舞曲也戛然而止。

我忙走到客厅，打开电视机。四个频道，没有任何一个频道在播哀乐。

我又回到了北屋的窗前，哀乐仍在继续。

楼上的舞曲也继续。

我把笔掷到桌上，回卧室睡觉。

忽然间我想到了这哀乐响起的因由。我下了楼，到了秦友亮的家门外。

哀乐确确实实是从他家里传出来的，在哀乐声里，还听得见他奶奶在含混不清地骂。

第二天中午，苏五一到我家来了。

“找小秦子来了！……这小子，喜欢音乐，你喜欢什么不好？买了一盘《哀乐》，昨儿放了一宿。你这儿听见没有？嘿，今儿一大早，好几家找我去啦，说让这哀乐闹得，心里没抓没挠的！我劝他，他小子还跟我贫，说他就喜欢哀乐。是黄色歌曲不是？不是。国家禁止不禁止？不禁止。完了，他倒有理了！”

……

九

电视台预报：今天晚上，有雷雨大风。

倘若我和秦友亮之间没交情，对兴华里又毫无了解的话，对夏季里一次雷雨大风的预报，是不会动什么心思的。鲁迅夫子说，煤油大王哪儿知道北京拣煤渣老婆子的辛酸。有人说不定得给我上这个纲。可我不是煤油大王，不过“煤气罐”阶级而已，有了“罐儿”，对“拣煤渣儿”阶级的辛酸，的确是知之甚少了。不过“拣煤渣儿的老婆子”，好像也不知道我这一天天爬格子的辛酸。邓小平讲话，都是劳动人民。说得对。那就谁也甭说谁了。老太太，您拣您的煤渣儿，我爬我的格子，都不容易，谁也甭说谁了。

谁也甭说谁了，咱们再一块儿说理解万岁。

我还真的对那项预报挺上心，上午写作的时候，往兴华里瞄，我想应该在下楼散步的时候到秦友亮家说一声，好让他有个准备。后来因为写得顺，就一直没动窝。等到要起身下楼时，看见兴华里不少人家都在苫屋顶哪。行，没跑儿，秦友亮应该也知道了。我也就不用去了。

大风是夜里 11 点左右起来的。乌云却早早地从西天压了过来，朝窗外看去，居民区的灯光好像都被一层迷迷蒙蒙的水汽罩着。远处的天空闪过几道闪电，却听不见一点雷声。窗外的一株株大叶杨也一动不动，阴沉着脸，等待着什么。渐渐地，它们像是有了灵性似的，个个深藏阴森，时不时哼唧几声。忽然，一阵狂风漫无边际地卷过，砰砰的窗响，哗哗的树声过后，又万籁俱寂。“哗——”又一阵狂风突兀而起，把大叶杨的树冠重重地往左往右一晃。“哗——哗——”紧接着，狂风一阵紧似一阵，山呼海啸般扫过。大粒大粒的雨珠，被抛打到狂风所及的地方，夜幕中回荡着乒乒乓乓、叮叮咚咚的击打声。一道闪电刷地闪过，大叶杨湿漉漉的叶片反射出一片小镜子般细碎的光。一声炸雷轰然在当空爆响，仿佛要把天空崩塌。“哗！”雨水无遮无拦地倾泻下来了！

借着兴华里昏黄的灯光，可以看得见雨水砸在房顶上腾起的一片片水雾，那水雾不断腾起，不断被风吹散。就在这雷鸣电闪、风声雨声的交织中，兴华里默默地忍受着。突然，好像不堪忍受了似的，雨声中传来一声喊叫，却立即被风雨之声压了下去。然而，喊叫声越来越大了，循声望去，只见兴华里家家户户的屋门忽然洞开了，原本灯光星星点点的一片，一下变得灯光通明。人们在喊着，叫着，喊叫声中又夹杂着铁锨、铁簸箕蹭到水泥地面的金属声。大敞的屋门里，明亮的灯光照耀下，是一个个弯腰弓背，端着簸箕，挥舞铁锹，往门外撮水的身影……

我想起了秦友亮家那高高的水泥门槛儿。看来，比屋顶漏雨更尴尬的事，终于发生了。可以想见，兴华里四周高地的泥水，是怎样千沟万壑般往这窪地流淌。到了家家户户原本都有的门槛儿已经敌不住雨水的倾灌的时候，那里的水至少不会低于20公分了。嘈杂的喊声愈演愈烈，再往下看时，家家户户的门口，已经没有了往外撮水的身影，倒是看得出他们在搬动家里的家具，看得出，他们已经放弃阻止水漫金山的妄想了。他们要把贵重值钱的东西往床上搬。

我抓起雨衣，跑下了楼。

谁也拦不住仍旧肆虐的风雨，不过，或许我可以帮助秦友亮照顾一下那位瘫痪的老人。

风，毫无减弱的迹象；雨，也没有休止的可能。雨点打得人睁不开眼睛。脚下，黄浊的水流早已淹没了楼前的小路，横着向兴华里涌动。我将手掌遮在眉头上，这才有可能睁开眼寻找道路。走下通往兴华里的土路时，只觉“嗵”的一声，水已经没到了我的膝盖，当即灌满了我的雨靴，从居民家中漂出的茄子、西红柿，在我的腿边碰来碰去。我一步一步往第三排挪，又一步一步往西走，好不容易到了秦友亮家。

“小秦子……小秦子……”

没人应声，推门一看，秦友亮不在家。

屋里已经灌进了10公分的水了，幸好老人已经被安置好了，半躺在床上，身上盖着棉被。她的身边，堆放着面袋米袋之类。这架势，有点像被供品环绕的佛祖。

问她孙子哪儿去了，她咿咿呀呀地说不清，还咿咿呀呀地老想说。

“算了算了，您甭说了，甭说了，我自己找去吧。”

出了门，忽然听见这排房子的西口外有人声喧闹。

怎么？竟然还有笑声、掌声！噢，更多的是嗷嗷声，听那意思，好像有一伙子人在起哄。

谁家？居然还有这种雅兴。

西口直通一条大马路。马路上也已经是一片汪洋了。一辆灰色的“切诺基”窝在水里，显然因为水太深而熄了火。五六个小伙子围着“切诺基”嗷嗷着，有人端着脸盆，舀起水来往那车身上淋，有人索性弓下身子，蹲在水里，将手掌一推一推，把水击向驾驶室，也有的用脚踢，“哗……哗……”水被掀出一个扇面，一下一下地冲到发动机舱里……与其说他们是破坏，不如说他们在找乐子。

“让你兔崽子美美地喝上一壶吧！”“哗”，满盛的一盆水，连水带盆扣过去，撞到车身上，发出清脆的金属声。

“给丫挺的再来一下子！”

……

这中间，首当其冲的，当然就是秦友亮。

车里坐的是谁？602那伙子？不像，别看也是灰色的“切诺基”。

秦友亮是不是把这车当成那小子的啦？

我呆呆地看了一会儿。我不知道自己是应该过去制止，还是应该袖手旁观。

正犹豫着，只听“咔”一声，“切诺基”的车门被打开了，司机从驾驶室里钻了出来，与此同时，从后车门儿也钻出来一位。

“打丫挺的！”

“给丫挺的脖子里灌两壶！”

……

秦友亮们虚张声势地喊着，从车里钻出来的两位不知就里，落荒而逃。

秦友亮们哈哈大笑，又故意追了两步，有一位还走了两下太空步。

没等他发现我，我回自己的家去了。

这事，叫我说什么好？兔崽子那会儿那个明白劲儿呢，都他娘的哪儿去啦！

我想秦友亮这一晚上一定睡了美美的一觉，虽然这瓢泼大雨下了一夜，他家里让水泡得跟花园口似的。

他不会想到自己惹下了什么祸。

当然，他惹下的祸，半个小时后他就知道了。

苏五一来了，他是被所长派人从东华里提溜回所里的。那会儿他也没闲着，正在东华里提醒一家危房户，当心大雨淋塌了房子。

所长的办公室里，坐着分局的两位处长，一位姓廖，一位姓张，就是刚刚让秦友亮们折腾个够的那两位。

“去兴华里给我查查，这事是谁干的！”所长差点儿冲苏五一吼起来。

这些，是苏五一到我家后告诉我的。

第二天一早，他就到了我家，他的身后，跟着秦友亮。

“您说，我该怎么处置他？”苏五一是真急了，那对修长的中指又挑了出来，指着秦友亮的脑袋，就像是指着一个什么东西。

“……”秦友亮倒老实了，铁青着脸，随你怎么说，也不张口。

我说：“他肯定不知道这是分局的警车，再说，廖处长他们也没穿警服。真知道是警察，打死他也没这胆儿啊！”

“甭说是警察了，不是警察，你也不能这么干！……大雨天的，人家廖处长干什么来了？人家是怕这儿的房子出事，专门提醒我们来啦！你倒好，倒知道孝敬，给人洗上车了……”

也是，这世界上净是误会。

“那怎么着，你们到我这儿来，什么意思？”我问。

“实话跟您说，直到现在，我也没敢跟我们所长说，查着这个人了呢……”苏五一瞟了秦友亮一眼，“……不说，我犯错误。说了，有他好儿吗？他可是有前科的主儿，干这么一档子，不逮进去才他妈怪了！”

我说："逮不逮的我可替你拿不了主意，你说，我能干什么吧？"

"我寻思着，还是算了，饶他一回吧，谁让他还得养他奶奶呢！……不瞒您说，我有点儿私心。他要是进去了，他奶奶不又得撂我身上？人民警察爱人民不是？……可我要是说，在我的管片儿里查不出这帮子人来，也他娘的太栽啦……"

"黑灯瞎火的，查不着也没辙。"我说。

"至少，我也得递份儿检讨……"苏五一说。

"写呗，有什么难的。"

"对您说，不难；对我说，不易。您看，我写了一早上了，就写成了这模样。今天，就是请您帮忙看看来啦。别……别让人看出破绽不是？"

原来这位的检讨都写好了还跟我这儿兜圈子。

不过，他这检讨写得也实在不敢恭维。

"怎么改改，您跟我说说。"

"算啦，有那工夫，我都替你写出来了……你们先一边儿待会儿去。"

十分钟，我把那检讨写完了。"啪"，拍给他。

"怎么样？"

"挺棒。"苏五一说。

（原载《中国作家》1993 年第 4 期）

陈建功，1949 年生，广西北海人。曾任中国作家协会副主席、书记处书记。著有长篇小说《皇城根》（合著），短篇小说《丹凤眼》、《飘逝的花头巾》分别获得全国优秀短篇小说奖，根据中篇小说《找乐》改编的同名电影获 1993 年柏林电影节青年影评大奖等多项大奖，《放生》获庆祝新中国成立四十五周年中篇小说优秀奖，《皇城根》获庆祝新中国成立四十五周年长篇小说佳作奖。

警官老塔

蓝玛

老塔死了。差三天44岁。

我说过给他过那个生日，买个蛋糕什么的。他苦着脸说：别扯淡，没劲！

我不认为那是扯淡，我很认真。我说："咱们都是太阳偏西的人啦，好歹找点儿乐子。"

老塔笑笑，笑得很短促也很无奈："算了吧你，不如把过生日的钱直接给我得了。"

老塔穷。他的钱都给那个半身不遂的老父亲抓药了。我好几次提出接济他一把，他说："没有了我自会张口的。"但是他从没向我张过口。

"你肯定揭不开锅了。"我说。

"没那么邪乎。"他说。

"别撑着，咱们俩谁跟谁呀？"

“打住，再说就更没劲了。”老塔把罐儿里的啤酒一口干掉，站起来抹了抹嘴，“说正经的，能不能把你的车借我用用？”

今天派出所的小庞来向我传达老塔的死讯，并问：“肖经理，你最近一次见到老塔是什么时候？”

我泪流满面地想到了那个晚上，想到了许过的愿，直到小庞让我在记录上签字的时候，我才模模糊糊地想起了他最后那句话。

“等等，小庞……他好像跟我借过车！”

小庞一愣：“这是哪天的事儿？”

“同一天晚上。”

没错儿，老塔的确向我借过车。回忆他当时的表情，肯定不是开玩笑。老塔一辈子都没开过玩笑，他是那种把别人的玩笑信以为真的人。

“肖经理，你分析一下。”小庞十分重视这个情况，“他之所以向你借车，会不会和那天晚上的事儿有关？”

有这种可能。我认为。因为老塔被害是在郊外。

老塔的尸首是被狗发现的。

据说，当时那个采石场的大组长正带着狗往料场去，半道儿上想起了那包帆布手套没带，便打算回工棚去取。就在这当口儿，那条土黄色的狗没命地狂吠起来。

大组长站住了，他发现那狗叫得邪乎。

当时天还没有亮透。远处的村子朦朦胧胧地隐在淡淡的薄雾里。山区的早秋，这样的雾一见太阳就散了。大组长走近那条狗，在那畜生的屁股上踢了一脚。

“这阵子料场上老丢东西，我估摸着那狗发现了什么可疑物。”大组长如是说。

狗没理他，继续猛叫。那声音里渗透了从未有过的惊恐和兴奋。大组长觉出事情有些不对头。他挠了挠腮帮子，弯腰提上鞋跟。

“八戒，过去看看！”

那条狗叫八戒。

八戒得了命令，箭似的冲了出去。绕过一片乱石滩，他和狗同时看见了草丛里的一条人腿。大组长的脑袋“嗡”的一家伙就大了。

死人！

那条腿的裤管挽上去一些，露出一截挺白挺白的小腿肚子。于是大组长认定，那不是他手下的民工。他手下的民工一个个都黑得跟驴似的。

他把肩上那捆绳子扔在地上，心惊肉跳地拨开了草丛。立刻，他眼睛直了。死在地上的是个警察。

那身草绿色的警服和警服上已经凝结了的血迹，使他得出了一个正确的结论。

小庞说，那个大组长看上去挺憨厚，不像那种一肚子花花肠子的人。更主要的是，他懂得保护现场。尸检报告称：老塔共中了11刀，最致命的一刀是从背后刺进去的，估计老塔当时就死了。唯一的线索是他手里的一把头发，那显然是凶手的。

出事地点叫石井，距城里30多里地。毫无疑问，老塔向我借车正是为了到那儿去。

“不成，兄弟。”我说，“车子我不能借给你。明天我还要到机场接几个韩国客户。”

老塔没再坚持，推着他那辆破自行车走了。勘查现场时，人们在附近的一片小树林里发现了那辆破车。

“他到乡下去干吗？”我心烦意乱地问。

小庞一口接一口地抽着烟，半天没吭声。看得出，我提出的问题同样在困扰着他。随后他抬起头来，往茶色落地窗那儿瞟了一眼。透过窗子，可以看到半座立交桥以及立交桥上穿梭的车流。

“问题的关键就在这儿！”小庞把烟头杵灭在烟灰缸里，“他背着大伙儿接触了一个案子，而且干得滴水不漏。肖经理，您不觉得他在违反纪律吗？”

这是不言自明的。作为一个片儿警，老塔干了件不应该干的事。倒不是说破案不应该，而是采取的方法有问题。

“别说了行不行？人都死了。”我替老塔难过。

小庞不言语了，好半天才低语道：“也许……他原本是不该死的。”

我走到窗前，默默地望着外边那个大千世界。人，满街都是人，正是这些人组成了眼前这个所谓的城市。而他们的内心在想什么呢？那何尝不是个纷纭的世界？你可以说我了解某某，但你绝不可能洞悉那个人内心的每一个角落。我和老塔的交情不算浅了，打穿开裆裤那会儿就在一起，但是我不敢说自己真正读懂了他。

老塔这个人过于内向，性格中蕴藏着很浓的自卑成分。这一点连他自己都不否认。他妈死得早，他爸是个老实巴交的锻工，从来不会也不愿为自己争取点儿什么。老塔完全继承了他爸的毛病，有过之而无不及。按说这样的人不太适合当警察，可他偏偏干上了这个，据说干得还行。

因此，我有理由怀疑，老塔发现了情况而不汇报，有可能和他内心深处的自卑感有关。都说自卑的人潜意识中往往存在某种“英雄情结”。

小庞看看表，抬头对我说：“肖经理，咱们走吧。”

小庞今天来找我，除了了解情况外，主要是希望我陪他去看看老塔的父亲。想在合适的时候，把老塔的死讯通知家属。小庞说有我在他心里会踏实些。

我们俩离开了我的办公室，向着电梯走去。小庞又问了一句：“肖经理，你再想想。石井这个地方，老塔到底说没说过？我的意思是……”

“我懂我懂。”我打断了小庞的话，“等我平静一下行不行？我现在脑子跟粥似的。”

小庞不吭声了。

电梯向着下方平稳地滑行着。我靠在角落里，眯着眼睛望着头顶上的环形日光灯。老塔每次到我这儿都坐不长，连水都不喝一口。他说我这儿楼高，站在窗户前心里头豁亮。他还说那小胡同能把人憋屈死。

换句话说，老塔本质上还是不甘于平庸的。

谁又甘于平庸呢？我敢说没有这种人。但愿望与现实的距离决定了干大事的毕竟只是极少数。

“他最近的情绪怎么样？”我顺嘴问了一句。

小庞吸了吸鼻子：“谁都没留意，看不出他有什么反常。死后我们回想了一下，觉得他这一阵子话比原先更少了。其他方面没有什么变化。”

“有半个月了吗？”

“差不多……对，差不多！”小庞扭过头，“怎么？你是不是想起了什么？”

“嗯，半个月前我们搞了一次聚会。那天老塔喝醉了。”

发起聚会的是我们老兵团的一个职工子女。

当知青那会儿，我在芭焦园小学代了几个月的语文课，教的就是这帮孩子。

课本儿是那时候的——

“在很久很久以前，鲁国有一个人。他的名字叫孔老二……”

孩子们跟着我念：“在很久很久以前，鲁国有一个人，他的名字现在叫孔老厄（二）。”

现在那个孩子长成了一个很标致的小伙子，西服革履的挺帅，名片烫了金边儿。普通话说得也不赖。虽说没脱尽农场人的纯朴，但明显地多出些买卖人的狡猾。

“肖老师，您应该记得我。那时候我老是把孔老二念成孔老厄！您让我到黑板前头罚站。”

我实在想不起他了，被我罚过站的学生太多，而把孔老二念成孔老厄的几乎是全部。

我很虚伪地冲他笑笑：“噢，是你呀。”

这个孩子到北京的目的是推销他手里的白糖。我不太惊异于他所从事的买卖，因为农场也和其他地方一样，统统搞活了。我惊讶的是他居然能找到这么多当年的老知青。我们生活在同一个城市里，十年八年也难得见上一面。没有人张罗的话，这一辈子很可能就那么过去了。

这小子真行！

发名片，抽烟，回忆当年的丑剧和闹剧，听那个孩子描述云南边疆毒品走私现状种种，随后我看见了老塔。

老塔一个人坐在旮旯里，没穿警服。头发剃得很短，一只袖子挽着，另一只没挽，脚上还是那双永远也擦不出模样的皮鞋。他的面前堆了好大一堆瓜子，脚底下扔了不少瓜子皮。不知因为那个角落的灯光太暗，还是因为其他什么原因，到场的人好像都没有注意到他。

我分开众人朝他走过去。

“喂，干吗呢？大伙儿多年不见了，怎么不过去聊聊？”

老塔一言不发，呸呸地往地上吐着瓜子皮。我递给他一支烟，他接了。

“走走走。”我说，“聊聊去。”

“聊个×！”

“怎么啦你？”我发现他的情绪不对。

他朝那几个聊得正欢的家伙努努嘴：“瞧那几个丫挺的，屁眼儿全都朝天了。刚才我和他们打招呼，那几个孙子就跟不认识我似的！钱真是王八蛋！”

原来是因为这个。

我知道老塔的敏感区域又被触伤了，于是无话。说什么呢？人和人之间就是不一样，不管你当年是不是一块儿住过茅草房，是不是一块儿吃过没油没盐的空心菜，那都是过去了。当你以一个有钱人的身份回忆过去的时候，这一切都变成了某种作料。生活有时候的确是不公平的。

我不敢说那些人的“屁眼儿全都朝天了”，但眼前的事实的确如此。过去不分你我的人，如今自然而然地分出了你我，能聊到一块儿的人往往是社会层次相同或相近的，这是一种无可奈何的事实。

不过，老塔的心理感受也太过了一点儿。

吃饭的时候，那个“孩子”过来敬酒，一套一套的话甜得发腻。最后他转向了老塔：“大哥，我听说您是带手枪的，认识的人肯定不少。方便的时候帮小弟引见引见，回扣好商量。”

这小子真他妈的不懂事！我眼瞧着老塔的脸变了。

“你丫卖的是白糖还是白面儿（海洛因）？”老塔抓起酒瓶子仰着脖子一通猛灌，“听着，你丫别犯在我手里！不然的话……”

老塔醉了。

我和小庞走出电梯，外边等了不少人。有的认识，有的不认识。我向所有的人点着头，然后快步地向敞亮的大门走去。

天是灰蒙蒙的，像我的心情。

小庞跟在我身后，摸出空瘪的烟盒看了看，然后攥成球扔进旁边的花圃：“肖经理，老塔喝醉后是谁送他回的家？”

“那还用问吗？当然是我。”

“他说没说什么其他的？都说酒后吐真言。”

我抬头望了望天上那轮朦胧的太阳，默默地摇摇头：“不，他差点儿把苦胆都吐出来。这个人喝起酒来一点儿数都没有。”

小庞没再追问，我们钻进了汽车。突然，我的心像被什么人揪了一下，捏着钥匙的手出汗了。

“小庞。今天是几号？”我下意识地问道。

“18 号。怎么了？”

我说不出话来，手脚冰凉。眼前慢慢浮现出一个又老又瘦的瞎子。

那年我办事儿路过崂山，吃饱撑的请那个瞎子算了一卦。那瞎子不紧不慢地摆弄着青石板上的三枚大铜钱，口中念念有词。

“您是个掌柜的。”

“嗯，我年初当的经理。”

“您眼下正在走背字。”

我一愣，发觉这个瞎子不可小觑。一般算命的都是拣好听的说，此人与众不同。“没错儿！你接着说！下一步怎么样？”

瞎子挤着什么也没有的空眼窝，把三个大子儿摞在一起，颠来倒去地折腾了一会儿，脸上绽出个笑：“您的运程不错，越来越好，一年之内准能翻身！”

还别说，那年年底我的买卖就顺了。

事情到这儿也就不值一提了，关键是接下来。我付了钱，本打算拍屁股走人。可不知为什么我又站住了。

“喂，能替我朋友算一卦吗？”

“是男是女？”老瞎子让我坐下。

我说是男的。老瞎子把那枚稍大些的铜钱拣出来让我攥着，而后问我老塔的生辰八字，没问别的，只问了生辰八字。我盯着他的脸，等着结果。

“对不住，此卦不算。”

“为什么？”我看出他是认真的。

“多问无益，您快走吧。”老瞎子收回了那枚铜钱。

经不住我死磨硬缠，他最后好歹吐了真言：“这个人命里凶气太重，44 岁之前必有一劫！”

说实话，我当时虽说心里特不是滋味儿，却也没把此话当真。回来当玩笑话讲给了老塔，老塔一口水喷在脚上，笑骂道：“真他妈操蛋！你！”

我也觉得自己挺操蛋的。

小庞听了我的叙述，立刻傻了。好半天，我们俩坐在车里一句话也说不出来。我弄不懂自己为什么直到现在才想起那档子事儿？唯一的解释就是我从未把此事当真过。

可眼前的现实作何解释？无法解释。

“小庞，刚才说的你知道就行了，千万别到处嚷嚷。”

“我懂我懂。”小庞用手帕擦着脑门儿上的汗，“可这……可这也太邪了！”

“别想它了。”我把车倒了倒，缓缓地开出了停车场。

老塔家住在城南，是那种空心砖砌的筒子楼。使用期据说早到了。老塔好像告诉过我，那片楼年内有可能拆。他甚至琢磨把户口从他爸的名下分出来，那样分新房的时候多少能占点便宜，分两个单居也说不定。

想到这儿，我的眼睛第一次湿了。我把车停在路边，对小庞说：“你来开吧。”

我们俩交换了位置，重新上路。我告诉小庞，上次晋升警衔的时候，老塔一直像欠着你什么似的。

“欠我？”小庞显然感到突然，“他欠我什么？”

“他觉得那个机会原本应该是你的。”

“没有的事儿！”小庞叫起来，“他比我的资历老多了！别说我了，就是我们所长也……”

“真的小庞，我说的都是实话。老塔不止一次对我说过，他说你有学历，他没有。你有一次立功，他没有。更主要的是，他为那事儿求过局长——他好像对此很内疚。”

“至于吗？”小庞飞速地超过一辆货车，“别说找局长，就是找部长也是应该的。这人真是！”

“老塔这人心太重。从小就这样。”

话说到这儿，我猛然间想起一件事：“靠边儿，小庞。好像有线索了！”

“该死的，我怎么把那事儿给忘了！”

车子在路边熄了火，小庞快速地摇上了车窗，目光紧张地射在我的脸上。

“小庞，你再说一遍，老塔出事那个地方叫什么？”

“石井。”

我一拍大腿：“没错儿！我想起来了，他跟我说过这个地名！”

记得没错的话，那是两个月前的一个晚上。一个下着小雨的半夜。我迷迷糊糊躺在床上想事儿，想着想着就快睡着了。忽然，妻子紧张地捅了捅我："你听，有人敲门。"

我坐起来听了听，没听到什么动静。刚要躺下，门果真被敲响了。那声音不重，听上去犹犹豫豫的。我起身下床，走到房门那儿，隔着门听到的却是下楼的声音。我赶快拧开了门锁。

老塔已经走到了楼梯角儿，听见开门的声音回过头来。

我被他那副外表吓了一跳。妈的，这还是老塔吗？从上到下精湿精湿，半边身子上全是泥，腮帮子上有一块血道子，不多的头发紧贴着头皮，人不人鬼不鬼的。脚下是一摊水。

妻子从我背后伸出脑袋，立刻"哟"了一声："老塔呀，站着干吗？还不快进来！"

老塔艰难地笑笑："算了吧，都什么时候了。"

我火了："既然知道晚了，你干吗还来敲门？把人都吵醒了还说这些废话有什么用？快滚进来！"

老塔什么屁也没放，随着我们进了屋。

我扔给他一条毛巾，又叫妻子去放洗澡水："怎么啦你，抓人去了？"

"没没……骑车不留神摔了一跤。"老塔的脸在台灯底下苍白得吓人，嘴唇是紫的。

"没吃饭吧？"

"早上吃了。"

老塔从口袋里掏出半包泡糟了的烟。

我当时真想给他两个耳刮子。

洗澡，换衣服，又吃了一碗面条，他的脸色好歹像个人了。我张罗着给他安排睡觉的地方，他说算了，我还是回家吧。

"你权当我这儿是不要钱的旅馆行不行？在沙发上对付一夜。"我把茶水推到他面前。

"这么好的沙发让我一睡不是糟蹋了吗？"

他在沙发上捶了一拳，"真皮的吧？"

这人真没劲！

不过，他今天的情绪似乎比以往好些。我在他对面坐下来，问道："你今天是不是碰上什么喜事了。"

"没错儿，我今天把一个教授弄臭了。老王八蛋，居然想强奸他家的小保姆。"

他说那个教授已经快七十岁了，红光满面的，看上去顶多六十岁。没儿没女，老伴也在去年春天得病死了，他把那个小保姆请到家里来，估计当初就没安好心。他问我，一大把年纪的人了，是不是有毛病？

我们俩笑。

他说那个小保姆长得确实不错，要身材有身材、要长相有长相，看不出是乡下出来的。起先那个教授对她动手动脚，她还没太当回事儿。后来就不对了，那老帮子好几次偷看人家洗澡，还拿一些乱七八糟的书给她看，一天比一天放肆了。直到今天，他终于克制不住了。

"没得手？"我问。

"幸亏没得手，不然我非把他的蛋挤出来！"老塔的眼睛眯成了一条缝儿，嘴角挂着那种不太好形容的笑。

这个人疾恶如仇，眼睛里揉不得沙子。别看他平时话不多，心里对什么都有数。小保姆打电话到派出所的时候，正赶上老塔值班，于是那老家伙便落在了这位老弟手里。

他揪着脖领子把那个教授交给了所在的学校，又帮小保姆把那个月的工钱要到了手。接下来就是30多里地的跋涉，愣是用自行车把那姑娘送到乡下她妈手里。

两顿饭没吃，回来赶上了这场好雨。

"没错儿，小庞，他说过那个地名儿，石井！"

小庞的胳膊肘支在方向盘上，兴奋不安地眯着眼睛。过了一会儿他说话了："这个线索非常重要！肖经理，你肯定那个地方是石井吗？"

"肯定！"

“你没问问那姑娘叫什么名字?”

“好像叫小丽。姓什么老塔没说。”

“以后呢? 我是说老塔没有再提起过这个人吗?”

“说过。”我的思路此时完全活了，“他好像帮那姑娘找过工作。还问我这儿要不要人。”

“哦!”小庞有些激动了，“也就是说，那个小丽没在乡下待多久。”

“对，那种孩子十之八九待不住，她又找到了老塔。雨夜后没几天，老塔打电话问我缺不缺人手，干什么都行。我那时候正在裁员，没法儿安排她。老塔说算了，他再找大头问问。”

“大头是谁?”小庞警觉起来。

大头也是我们当年的老知青，在云南干了几年办了个病退。其实他狗屁毛病也没有。回京后先是在一个铸造场当了两年多的翻砂工，后来就出来干个体了。起初倒腾服装，挣了些钱，然后租了个铺面开了个小餐馆儿，去年那个餐馆变成了酒吧。我去过那个酒吧，条件还行。

小庞听罢我的陈述，不假思索地轰着了油门儿：“走，带我去见见那个大头!”

车子在前边的转盘那儿掉转了方向，朝着城西扎了下去。小庞问我大头收没收留小丽，我说不清楚。但是不管怎么说，有了这个线索，老塔的命案就有了激活的可能。小丽是石井的人，老塔又偏偏死在石井，这绝不是一般的巧合。

不到一刻钟，大头的酒吧到了。酒吧前头没有停车场，我们只得把车子开进附近的一条小胡同里，走过来的时候，大头正在指手画脚地安排人把几箱空酒瓶子往车上搬。

几个月不见，大头又胖了一圈儿，肚子也明显地起来了。当知青那会儿，他是我们当中最瘦的一个，浑身上下刮不下四两肉。这家伙比谁都能吃，就是怕干活儿。连队里安排他到伙房里去帮忙，干了三天就因为偷腊肉被踢了出来。从此就见他成天坐在晒场上晒太阳，所以，他办病退的时候顺得连他自己都不相信。

拉酒瓶子的车开走了，大头靠着酒吧门前的石狮子往街面上看，一副无聊透顶的样子。我叫了他一声，他没听见。又叫了一声，他转过头来。

“哟！稀客来啦！”他朝我打着招呼，眼睛却瞟着小庞。干他这行的对戴大盖儿帽的特别敏感。

我把小庞介绍给他，他点头哈腰地摸出万宝路。小庞没拒绝，但是推开了他伸过来的打火机。

“有些事儿向你了解了解。”

大头的脸上透出些不自在，却还是热情有加地把我们让进他的酒吧间。

酒吧里装潢得十分考究，色调很柔和，吧台和隔成一圈圈的雅座都留有很适度的空间。廊柱那儿安放着一只装满鲜花的花篮，白色的马蹄莲和紫红色的康乃馨相映成趣。

白天没有生意，我们找了个角落坐下了。

“喝点儿什么？”大头还是不太自在。

“不必了。”小庞点上了那支烟，深深地吸了一口，眼睛瞟着吧台那儿站着的一个姑娘，“老板贵姓？”

“免贵姓郭。”

“坐下行吗？”小庞指指旁边那个位置。

大头忐忑不安地坐下了。

“肖经理，你先说吧。”小庞用胳膊肘碰碰我。

我知道他让我说什么，于是便把老塔遇害的情况讲给了大头。大头没等我说完就哭了，拳头砸在桌面上嘭嘭作响：“你们他妈是干吗吃的，啊？怎么让他一个人行动？其他人都死啦！啊？”

老塔生前顶看不上大头，说大头是个小人，为了几个臭钱能把他爸爸卖了。奇怪的是，说归说，一点儿也不影响他们俩的来往。现在看来，大头不是小人。那满脸的鼻涕眼泪绝不是装出来的。

人和人的关系有些时候很微妙，在兵团那会儿，老塔和大头的关系很一般。矛盾谈不上，老塔主要是烦他那好吃懒做的毛病。在老塔看来，干活挣钱是天经地义的，不干活也挣钱，那就说不过去了——尽管那时的工资少得可怜。

我们仨住一个宿舍，磕磕碰碰的事儿是免不了的。有时大头赖床不起，老塔就会把洗脸盆弄得叮当作响，叱骂一句：那孙子又装病了。

大头从来不还嘴，他知道还嘴的结果会更惨。老塔打他还不跟掐小鸡似的。

但最终他还是挨了一顿暴打。

大头这人不但懒，而且特损。那年砍甘蔗，大头趁一个老职工不注意，偷偷地往人家酒壶里撒了一泡尿。那个老职工喝了好几口才觉出味儿不对，于是爆发了。也不知怎么就赖到了老塔头上，那个老职工那只装酒的军用水壶砸在老塔肩膀上，当场就砸扁了。老塔有嘴说不清，最后忍了。晚上下工后，老塔把大头堵在了水库边上。

“说，是不是你干的？”

大头起先想装傻，可是老塔那张脸叫他说了实话。老塔一步步逼上去，大头险些下跪。老塔狠狠击出一拳，大头的鼻子流血了，又是一拳，大头躺在了地上，老塔照准他的肚子一通猛踢，险些把大头踢成残废。

太阳落山的时候，人们看见老塔扛着大头溜回了宿舍。问大头怎么了？老塔说：“他身体一向不行。”

后来大头对我说：“听了他那句话，我一点脾气也没有了。”

挨过打后，大头的出勤率明显地有所上升，虽然还是骂骂咧咧的，但是好歹总能拖着锄头下地了。那一阵儿老塔越发沉闷，除了干活儿就是抽烟，一天也说不上几句话。后来他对我说：“大头要是继续装病我心里还踏实点儿。”

大头果然又开始装病了。老塔一改以往的摔摔打打，总是默默地看看捂在被窝里的那个难兄难弟，然后就一声不吭地上工去了。

那年夏末，连队里组织了20多人上山砍竹子，因为我们住的宿舍都是用毛竹做檩条。几个月后，来了一批成都知青，他们住的茅草房就是我们的杰作。

砍竹子是个苦差事，因为毛竹是野生的，谁砍都行，所以轮到我们砍的时候，够尺寸的竹子在山边儿上已经差不多绝迹了。我们要完成任务，必须得穿过荆棘丛生的地带到大山的深处去。进去不难，最要命的是出来，原因很简单：进去是空着手，出来则必须把自己的“任务”扛到山下的公路边上。每人每天 70 根竹子，少一根都不行。

能干的人每一趟可以扛三根到四根竹子，体力差的就惨了。最惨的是大头。

假如大头继续装病，谁也不会说他什么。可恨的是他偏要跟我们上山，这无形中给我和老塔增加了一份儿不小的压力。主要是老塔。

老塔的任务总是第一个完成，我不如老塔干得快。于是我说：“老塔，待会儿帮大头一把。”

“我知道。”老塔答应得挺痛快。

事儿就出在这痛快上。

那天大头干得还算卖力，中午饭之前已经完成了一半儿任务。可这龟孙子不闲着，吃完饭就钻到山里去了。他的贪玩儿和他的懒一样叫人头疼。干到太阳偏西，大头一直没见人影儿，老塔提着砍刀胡乱挥舞了几下说：“我进去看看。他丫挺别是迷路了。”

结果大头并没有迷路，而是发现了一个洗脸盆那么大的马蜂窝。老塔赶到时，大头已经把马蜂惹毛了。无数的马蜂围着大头的脑袋乱转，大头吓得半死，完全慌了神。老塔也吓傻了，拉上大头就跑。可没跑出几步他就明白了人是多么的不顶事。他脱下小褂，冲大头骂了句难听的话，随后便迎着那个马蜂窝扑了上去……

后来老职工说，多亏老塔内行，不然他们俩都得被蜇死。原来那不是马蜂，而是山里特有的一种土蜂，那种土蜂连牛都能蜇死。

我们把老塔弄下山的时候，他已经被蜇得人不人鬼不鬼了，脑袋仿佛大了一倍，后脊梁上的蜂刺足足摘下 40 多根。那种蜂刺不同于马蜂，形同弯钩儿，紫黑色，看着都怵。那些蜂刺我用信纸包起来保存了好久，直到返城才不知怎么弄丢了。

老塔被扔进拖拉机的货厢里，直奔农场医院。有人说老塔这回完了，我听了头皮直发麻。可他到底醒过来了，醒过来的第一句话差点儿把我气背过去。

“嗨，那个蜂窝别扔了，里头的蜂蛹特有营养。炸着吃别提多香了！”

这就是老塔。

那事儿以后，老塔和大头的关系密切了不少，隐隐地透着一种共过生死的意味。

回城后，他们俩的往来一直保持着。那年大头的妹妹办出国，还是老塔托人解决的户口问题。大头悄悄在他的兜里塞了 2000 块钱，老塔发现后当场就给了大头一个耳刮子。

“王八蛋，你丫害我！”

大头那个嘴巴挨得心服口服。

老塔不是不需要钱，但他拒收不义之财。大头开了酒吧后，请他晚上去帮忙看着点儿，不干别的，只需要他那身警服。条件是一晚上 30 块。

老塔去了，可干了两天他就不干了：“算了，你丫另请高明吧，我不能让你当狗使唤！”

大头对我说起那事儿时，十分感慨：“老肖你说，老塔这人还有治吗？”

那语气中除了无奈，仿佛还隐含着某种难以言说的敬重。

等大头发作够了，小庞开口道：“算了，郭老板，眼下要紧的是破案，是把杀害老塔的凶手找到。所以请你协助我们的工作。”

“我他妈又不是警察！”大头依然犯浑。

我说：“大头，你别这样行不行？我们不是来找骂的。老塔死了我就不难过吗？小庞就不难过吗？问题是难过有个屁用！关键是寻找破案线索。”

小庞站起身来，请店堂里的闲人回避。他盯着刚才那个姑娘出了后门儿，返身问大头：“郭老板，刚才那个女孩子叫什么？”

“哪个?”大头不知所指。

小庞在他对面坐下来：“郭老板，你这儿有几个女孩子?”

大头扳了扳手指头：“五个。你问这个干吗?”

小庞摆摆手，继续问：“有没有一个叫小丽的?”

“小丽？苏金丽?”大头的眼睛瞪圆了，“你说的是不是老塔介绍来的那个?”

我和小庞对视了一眼。看来问到点儿上了。

小庞道：“郭老板，请谈谈关于小丽的情况。”

大头不解：“谈她干吗?”

“我既然问了，就肯定有目的。”小庞盯着大头的眼睛，“如果需要的话，我还想见见她本人。”

“见她本人我可没辙，她早就不在我这儿干了。”大头抖出支烟叼在嘴上。

我急了，一把夺下他嘴上的烟：“她到哪儿去了?”

大头比我火儿还大：“你叫唤什么？有能耐你把那个臭娘们儿找到！小丽八成跟她走了。”

我心里咯噔一下，恍然明白了什么。也许小庞还没反应过来，大头说的臭娘们儿是老塔的前妻。

老塔的婚姻是失败的，这里头有老塔自身的原因，但主要还在于那个女人不是东西。

老塔在兵团的时候曾经交过一个女朋友，但时间维持得很短。也许那短短的一段恋情是老塔此生最满足的日子。那里头有空虚中意外得到的补偿，更因为那时候双方都那么年轻。年轻时代的初恋是最美好的，老塔品尝过那种美好。因此，即便最终劳燕分飞，也同样刻骨铭心。

后来大伙儿都回城了，都前后脚成家了，老塔却一直形单影只地过了十多年。我们一块儿喝酒的时候，老塔时不时地念叨起他的初恋，每每说到动情处，他的眼睛便很少有地泛出些奇特的光亮。老塔也就有了十分短暂的神采。

那是一个很平常的恋爱故事，既无波澜，也没有生生死死的曲折。女孩子一点儿也不漂亮，说话还多少有点儿结巴。她是成都人，很勤快，具有吃苦耐劳的美德，繁重的体力劳动在她看来是天经地义的，秋收大忙时节，她敢跟我们这些小伙子比着劲儿干。嘻嘻哈哈谁也没觉得怎么样。

不知从哪天开始，我们发现老塔懂得干净了。时不时还用掉了牙的破梳子把头发往后梳。破了的裤子也在某一个时候意外地打上了整整齐齐的补丁。那时候我们的裤子很少补，从头到脚比叫花子还不如。

老塔的秘密于是便包不住了。

他那天正把脏床单往窗户外头扔，被我当场擒住。那女孩子没发现宿舍里的动静，捡起床单往水库去了。老塔在屋里向我坦白了一切。

那时候知青谈恋爱的不少，把肚子搞大的事儿时常发生。可问到老塔的行为时，他一概否认。没抱过，没亲过，更没有其他越界的行为。换个人我百分之百不信，但说话的是老塔，这就不由得我不信了。

老塔这人撒谎都撒不像，我看得出来。

“那你们谈个什么劲呀！”我捶了他一拳。

他无地自容地搓着手说：“和她在一起心里特舒服。”

这就是老塔对爱情的理解。

许多年后，每当我们谈起过去时，老塔仍然用“舒服”二字来形容当年的那段恋情。

“没有啦，老肖。那个感觉再也没有啦。”

当时朋友们正在张罗着给他找对象，他勉强见了几个，比吃药还痛苦。用现在的话说，叫做找不着感觉。

那个女孩子在 1975 年年底得了肾炎，病情发展得很快，送回成都时已经快衰竭了。老塔好几次想到成都去看看她，却最终没有去成。钱是问题，但最终使他没有成行的是那女孩子寄来的一封信。他到死也没给我看过那封信。这是我们俩之间所遗留的唯一秘密。我曾经幻想过某一天的早上或者晚上，老塔会悄悄地把那个秘密告诉我，真的，我相信会的。可是现在，那个秘密被老塔带进了天国。

很平常的一个爱情故事，由于这个秘而不宣的背景，多少蒙上了一层圣洁的色彩。

另一个走进老塔生活的女人，就是大头所诅咒的那个臭娘们儿了。那个女人跟老塔生活了不到两年，日子过得相当糟糕，以至于他们最终的分手不光使老塔，也使所有关心他的朋友同时松了一口气。

他们的相识多少有几分传奇色彩，说俗一点儿，挺像美人爱英雄。

谁也不敢肯定老塔的潜意识里是否具有我所谓的那个“英雄情结”，但老塔那次舍身救人的冲动绝对和这个“情结”无关。他事后对我形容当时的心情时，说了句叫人害怕的话。

“那会儿我连杀人的心都有了！妈的！天底下居然有那样的父母，为了一时之欢，险些把孩子毁了。”

说起来，那天是老塔的休息日，管户籍的小康临时和他调的班，所以那事儿就让老塔赶上了。时间大约是上午 11 点多钟，老塔到街上买盒饭，看见不远处的楼下站了好多人，人们仰着脖子往楼上看，他也跟着往上看。这一看可把他吓惨了，就见三楼的阳台沿儿上站着个三四岁的小男孩儿，手里头举着个变形金刚，正朝楼下的人比画着笑呢。

过后老塔说：“操，我脑袋‘嗡’的一家伙就蒙了！心脏差点儿从嘴里蹦出来。楼下有几个老太太，吓得快站不住了。没人敢叫，就那么傻瞅着。谁都拿不出辙来。我也强不到哪儿去，小腿肚子一个劲儿打哆嗦。那孩子随时都有可能掉下来！下头都是水泥地呀！”

老塔冲过去的时候，那孩子也正好掉下来。最后一刹那的情景谁也形容不出来，百分之百的惊心动魄。孩子掉进老塔的怀里，老塔砸在了水泥地上。臂骨骨折，左脚由于姿势的缘故，严重崴伤。

但那个孩子皮毛未损，这就是结果。

当晚有报社的记者到医院去采访他，还要给他拍照片。老塔说："拍我干吗？要拍就拍拍那对狗男女，邻居砸开门的时候，他们连裤子还没穿上呢！"

老塔获得了平生第一次嘉奖，也获得了一次使他心里流血的"爱情"。

那片楼的不远处有一排卖服装的小摊儿，看小摊儿的大多是外省雇来的女孩子，那些女孩子差不多都目睹了老塔救人的情景，而其中的一个女孩子最终成了老塔的妻子。

"她说她崇拜我。"老塔把事情透露给我的时候这样说。"崇拜"二字从他嘴里说出来多少有点别扭，但他的确很在意，这是事实。

作为一个男人，不管你愿不愿意承认，也不管你是否留意过，总之在他们的血液中有一种渴求崇拜的需要。这种需要对某些人来说，往往在不经意中就得到了。而对于另外一些人，很可能一生都只能是愿望，随着年龄的增长而淡化、消失。老塔属于后一种人。

按说，当警察的成为英雄的可能性高于普通人，但大多局限于刑事警察，片儿警不行。他们所接触的多是鸡毛蒜皮的事。

正是缘于那女孩子的"崇拜"，她给我的第一印象确实不错。她长得很小巧，一口北京话说得溜熟。张嘴就管我叫大哥，叫出一种不谙世事的纯洁。我把老塔叫到厕所里，当胸给了他一拳："抓住别放，就是她了！"

老塔露出少有的憨笑："年龄上是不是悬殊太大？"

"小姑娘嫁给外国老头儿的不有的是吗？怎么啦你？"

"问题我不是外国老头儿呀？我有什么？有钱？还是有势？我们家十八代也找不出个海外关系。她图我什么？"

"她图你是条汉子！"

我没有任何理由把别人往坏处想，事实也证明那女孩最初对老塔的感情是真实的。于是他们俩的关系也就顺理成章地从溜马路发展到领结婚证。老塔托大头帮她在一家饭店的客房部找了份工作，我出钱给他们包了几桌宴席，婚事搞得还算风光，老兵团来了不少人为老塔捧场，功德圆满。

结婚不久，那女人的户口问题也解决了。老塔过起了正经日子。至于破裂，那是以后的事。

大头歪着脑袋问小庞：“老塔的婚礼你参加了没有？”

小庞说：“没有，我那阵儿正在进修。”

大头转向我：“老肖，婚礼上有一个人我估计你还记得。姓车，橡胶连的，有没有印象？”

我望着天花板上的吊灯，怎么也想不起什么姓车的。

大头点拨道：“小胡子，一脸臊疙瘩，五短身材……想起来没有……”

我还是想不起来：“你说他干吗？”

“嘿，老塔的媳妇就是被那丫挺拐跑的！你连这个都不知道？”

我愣住了：“他姓车？”

“废话，你装什么傻呀？”

“不是装傻，大头。我真不知道他姓车，老塔从不在我面前提那个人，他一直埋怨他自己。”

小庞插嘴道：“对不起，郭老板。小丽跟这个姓车的有什么关系？”

大头一捶桌子：“姓车的派那个臭娘们儿来了几次，小丽从此就失踪了。你说有什么关系？”

小庞一愣：“哦，你是说小丽也被姓车的拐走了？”

“没错儿，肯定是这么回事儿！”

“你这么说是有根据呢？还是单纯出于想象？”

“喂，等会儿。”大头站起来，“你们找小丽究竟有什么目的？”

我告诉大头：老塔被害的那个地方正是小丽乡下的家。

“你们听我的，找到那个臭娘们儿就能找到姓车的，找到姓车的就能找到小丽！准没错儿！”大头满脸不在话下的味道。

小庞的双手扶在桌沿儿上，道：“你还没有回答我刚才的问题呢，郭老板。你有根据吗?”

大头极不耐烦地摆摆手：“根据没有，信不信是你的事儿。”

“小丽失踪以后。老塔的前妻来过没有?”

“再也没露过面儿。”大头毫不犹豫地说。

小庞沉思了一会儿，抬起头问：“如何寻找你说的那两个人，能提供点儿线索吗?”

大头十分没把握地想了片刻，让我们跟他到后边去看看。他说抽屉里有不少名片，也许能找到姓车的。

小庞借这个空当给局里去了个电话，要求派人到石井去调查一个叫苏金丽的女孩子，顺便把老塔的前妻与姓车那家伙的情况讲了一下。局里说马上行动。

小庞进来的时候，大头已经把一抽屉乱七八糟的名片扣在了床上：“都在这里头。慢慢找吧。”

花花绿绿的名片足有几百张，我没心思找，全都推给了小庞。名片堆里有一枚挺大个的石章，我拿了起来。不用看，那是老塔的作品。离婚后，老塔消沉了一阵子，不久便迷上了篆刻。这个人从小手就巧，学什么像什么。虽说文化底子不足，但刻出来的东西还挺像那么回事儿。

那些日子，他逮谁给谁刻，几乎达到了走火入魔的程度。这从某种角度表现了他当时的心态。我从中感觉到隐隐的危险正在逼近。我恨那个女人，恨那个拐走他人妻子的畜生，但是我压根儿没想到那个人是我们老兵团的人。

“大头，那个姓车的叫什么?”我看着眼前的那些名片，“我好像有点儿印象了。”

大头说他也想不起那家伙叫什么了：“他的外号好像叫菜豆儿。”

“菜豆儿！是不是在糖厂放热水把女生烫得一塌糊涂的那个杂种?”

“没错儿，就是他。”

“车久仪!”我叫出了那个名字。

是的，那家伙就叫车久仪。此人在农场一直很臭，偷鸡摸狗，无恶不作，知青间的几次斗殴都是他挑起来的。后来大伙儿认识到他的小人行径，共同收拾了他一顿，把他的上嘴唇打成了豁子。对了，他留那撇小胡子正是为了掩盖嘴上的残缺。

农场那个榨糖厂每年秋末开机，要从各个连队借不少人去帮忙，知青都很愿意去那儿。因为糖厂发工作服，发肥皂，弄好了还能得到些加班补助。这一切对我们这些成天抡锄头把儿的人来说，具有很强的吸引力，它使我们获得了一种当工人的感觉。

那时候，糖厂在我们心目中很像现在的特区。

糖厂的热力车间有充足的热水供应，女知青每天都要抓紧时间享受洗澡的愉快。这在当时无疑是很奢侈的。可她们做梦也想不到，有一个贼眉鼠眼的王八蛋早就憋着坏了。他发现了调整水温的阀门，知道怎么一转就可以使水温骤然上升。这个王八蛋就是车久仪。

事情发生在一个挺冷的下午，先是有人听见了女孩子的尖叫，紧接着便看见七八个一丝不挂的姑娘从洗澡间里奔了出来，她们尖叫着，双手捂着不愿意叫人看见的那个地方，那情景使男人们既怜悯又冲动。而多数女知青没有勇气赤身逃命，结果都不同程度地被热水烫伤了，最重的住了三个月的院。

当时没有逮着肇事者，有人甚至怀疑是一个湖南人干的。直到半个多月后，“真凶”才被抓出来。被烫的女知青中好几个都是“有主儿”的，她们的男朋友一个比一个横。车久仪的“末日”于是到来了。

挨揍，审查，最后农场为了平息众怒，将车久仪“发配”到边境线上一个远离人群的连队接受监督劳动，那混蛋便渐渐被人们遗忘了。

我不明白，老塔为什么请这个杂种参加他的婚礼。

“你冤枉老塔了。”大头说，“好些人都不是老塔请的，你传我、我传你，那孙子可能是从谁那儿听说的。”

我还要说什么，小庞抬起头来：“哎，是不是这个？”

我接过名片看了看：“对，车久仪！”

名片印得很考究，水蓝色的底，上头是烫金的字，繁体。后边还有外文。当然，对小庞来说，最具价值的是上边的地址和电话。

大头说：“先别高兴得太早，这名片有年头儿了。你们不一定找得着他。”

倒也是。小庞请我和大头联系一下参加婚礼的来客，其中保不齐有了解车久仪的。我觉得小庞的提醒有道理。

小庞强调了一句：“说话讲究点儿艺术，最好让对方觉得你在闲聊。明白我的意思吗？”

我和大头都懂。

走的时候，我让大头把那枚石章送给我。大头说什么也不干。

狗要是能改掉吃屎的毛病就不是狗了。

我断定姓车的只会比以前更坏！老塔的媳妇跟了这个人，学好的可能几乎没有。

我眼前不由得浮出那张小巧可人的脸。我无法把她和为虎作伥这四个字联系到一起，她真的会帮车久仪拐骗另一个女孩子吗？

小庞一只手扶着方向盘，盯着前头那辆车的后玻璃。隐约能看见两个靠得很近的脑袋。小庞一言不发。

我知道，他现在心里肯定很不安。大头说得对，凭一张老名片找到要找的人，把握的确很小。

我有些烦，很烦。那个女人的身影在我眼前晃来晃去，赶都赶不走。过去我一直不愿意把那个女孩子称作女人。她小巧得让人心疼，不乏天真。老塔带她到我的公司来过两次，他们俩走在一起，看上去的确有些不对劲儿。老塔是过于沧桑了。

现实的反差总让人不太踏实。

老塔嘴上不说，可心里比谁都那个，我看得出来。

人有时总是自己欺骗自己，老塔是这样，我也是这样。也许因为我鼓励并且促成了这门婚事，从我嘴里说出某种不合适的话真是难上加难。我不时地在心里祈祷，希望时间能磨合他们之间的反差，使他们慢慢地协调起来。我给了老塔一个很不错的电动剃须刀——这是我唯一能做的。

他们俩的生活在初期还算可以，女孩子像刚刚领回来的小猫，看着什么都新鲜，看着什么都充满警惕。以一个城市人的身份介入大都市的旋律，对她来说的确需要慢慢适应。然而，适应所带来的负效应又使人不敢多想。

遗憾的是，她总归要适应的。你不能指望小猫永远是小猫。出乎我们意料的是，她的适应过程短得可以。

“她今天朝我爸爸拍桌子了。”老塔那天找到了我，“帮我出个主意，是不是应该调理调理?”

“怎么调理?”

“揍。”

“你他妈疯啦!”我脱口而出。我觉得老塔是个混蛋，这才几天呀，居然要动手，“撒泡尿照照，你有什么不知足的?”

“我爸爸把我拉扯大，容易吗?”老塔把一肚子邪火撒到了我头上。

他孝顺，这我知道。在我认识的朋友中，老塔的孝顺当数第一。可总不能顾了这头就不顾那头吧。

“你看着办吧。这种事别人怎么说都是个得罪人。”

老塔连个屁也没放就走了。他没敢动手，甚至连厉害的话都没说一句。于是，那女人一天比一天放肆起来，家里的活儿越干越少，最后当起了甩手掌柜的。不知底细的人永远猜不出她曾是个村姑，还以为是哪儿来的千金小姐呢。她自己的工资一分钱不交，还理直气壮地朝老塔伸手。老塔的钱本来就紧，这么一来就更没法儿过了。

老塔是个不会享受的人，除了给他爸看病，没有什么大的开销。他当时娶这个媳妇，本指望从农村人的勤劳和质朴中获得点儿城市人所没有的东西，而事实却令人失望，农村人一旦发生了质的变化，一旦觉得自己是城市人后，他们将比城市人还“城市”。当然，她所有的资本就是年轻及其上天赐予的几分姿色。

老塔过得忍气吞声，一是为了维持这门婚姻；二是为了不惹他爸生气。老头子觉得自己成了儿子的累赘，有一次居然想吃耗子药。老塔发现后，把家里所有危险的东西一股脑儿地藏起来。老头说：“算了，我不犯傻了，你们把我弄到小屋去，大的这间归你们住。”

老塔照办了。

老人腾了房子，家里消停了一些日子。但很快，那女人就开始买化妆品了，并且给自己置了个很漂亮的梳妆台。一向充满烟气和蒜臭的家庭里有了脂粉气。老塔腻歪那种气味，能不在家就不在家。

大概就是那个时期，女人在外头有了人。

老塔一直到死，也没有说过她媳妇勾搭的是什么人。估计一开始不是那个姓车的，假如是，他肯定会告诉我。那段日子，老塔表现出少有的忍耐。他是警察，不可能不知道自己的老婆干了些什么，但是他装没看见。我不认为老塔窝囊。老塔确实活得比较窝囊，但在这事儿上绝不是窝囊，也许是自卑，谁知道呢？

他曾经不意间说过这样的话：“我把人家耽误了。”

那是他真实的内心。

也许有人会觉得老塔活得不够“男人”，而我却恰恰觉得他太男人了。男人的气魄绝不仅仅限于动刀子。俗话说：“有容乃大！”

老塔是有肚量的，这个肚量建筑在深刻痛苦的基础上。那个痛苦不光因为失去了爱的忠诚，更因为他觉得那份爱不够平等——我把人家耽误了！

这种愧对他人的心理，使老塔容忍了所发生的一切。他曾试探性地问过我：是不是应该早点结束这桩婚姻？

我无法表态。

随即，事情发生了一个情理之中的变化：那女人怀孕了。我有理由认为，那女人如果不怀孕，首先提出离婚的肯定是她。那女人查出“有了”以后，连撕带打地和老塔干了一架，愣是把老塔抓了个满脸花。老塔这回表现得真不够男人了。他求她、哄她，下没下跪都难说。那毕竟是他的孩子（也许不一定，但老塔固执地认为那是他的，谁也没办法），他求那女人把孩子保住，为此他宁愿答应她的所有要求，包括离婚。

是的，“离婚”二字的确是老塔先提出来的。

谁都不会相信那是老塔的心里话，但又不得不承认那是一种必然。在分手之前为老塔留下一个安慰，这对那个女人来说并不是太难的事儿，可是那该诅咒的女人连这点儿愿望都不肯满足他。

她偷偷地把孩子“做了”。

老塔受了很大的刺激，一个多礼拜才缓过来。他说那个女人心毒，没再说别的。这回倒是我先提出揍，他说何必呢，爱谁谁了。

老塔他爸不知内情，还以为儿媳妇“小产”了，逼着老塔给她炖只乌骨鸡，老塔还真的照办了。他没别的念想儿了，只盼着和平分手。可万万没想到，临近分手，他还是把她打了。

起因似乎是为了一瓶子醋，事儿不大。可闹着闹着那女人就撕扯起来，她揪掉了老塔的帽徽，用力砸在水池子里，还不干不净地骂了好多难听的。老塔一个嘴巴上去，那娘们儿的脸被打肿了。

“她管我叫破警察。”老塔事后说。

也许是职业的敏感，小庞的情绪开始躁动。他用力地捶着车笛，发出几声噪音。然后快速地解开了领扣儿。

前头有些堵车。

时近正午，车流越发密了。远处林立的高大建筑以及建筑上的广告花花绿绿地扑进眼帘，使我们本来就十分烦躁的心情越发烦躁了。

我索性闭上了眼睛。耳边飘来小庞的声音：“换成我，不把她打出屎来！”

这分明是气话。我没搭茬儿。

老塔一般不打人，他宁可把抓住的人犯铐在地下室里饿上两天，也很少打人。说到那个臭女人，他真有心打，每天都找得着理由。可他毕竟在最后那一刻动了手。我不敢说是不是积郁太久的缘故，但有一点是肯定的：老塔的心被刺伤了。

老塔不属于抱负远大的人，他知道自己不可能成为什么“家”。五六岁的时候他想当工人，七八岁的时候他说不当工人了，应该当警察。说这话的时候，隔壁的二奶奶已经被大人们从房梁上放了下来。那老人的舌头吐出来一些，看上去有几分狰狞，原本挺白净的脸，死的时候竟然是黑紫色的。天知道老太太怎么够到的房梁，怎么把脖子伸进了那个绳套儿里……当时的情景，对老塔是个不小的刺激，并使他把“警察”二字深深地嵌入了脑海。

二奶奶的13斤粮票被扒手偷了，事情出在饥饿的1960年。为13斤粮票而上吊，在现在听来无异于天方夜谭，可在当年谁都能够理解。那时候什么东西都能吃，榆钱、槐花、豆饼……13斤粮票呀！

老塔那天晚上告诉我，他长大了要当警察。要把那些偷粮票的人斩尽杀绝！他把一只抓来的家雀儿（麻雀）狠狠地摔死在地上，脸上充满了令我恐惧的杀气。

说实话，那一刻并不存在什么崇高或者神圣，能体会到的仅仅是杀气。它从某种角度印证了弗洛伊德的学说。

“小庞，你相信潜意识吗?”我扭头问。

小庞的脸上映着一块亮斑，他伸手把帽檐儿朝下拉了拉，说道：“没研究过，不过我信。”

我没有提及那件往事。因为老塔最终干上了警察这一行并不是主动或自觉的选择。那时候满北京都是等待分配的返城知青，他得到了这个差事，首先是得到了一个赖以生存的饭碗。

硬要找出点儿说道的话，那可能是一种天赐的巧合。

按照名片上的地址，我们找到了一个很堂皇的铺面，叫金鑫汽车配件公司。这个公司的人没听说过什么车久仪，连他们的经理都不知道有个姓车的。

“你们打这个电话试试。”经理在台历上写了个电话号码，“这排房子是从这个单位手里接过来的，他们的头儿可能和你们说的那个车什么仪打过交道。”

小庞按照那个号码找到了电话那边的一个人，对方很横，一问三不知。直到小庞亮出了身份，才老实了。

“对不起，真没听说过这个人，真的！”

“你是头儿吗？”小庞问。

“不，头儿在开会呢！”

“请你们的头儿说话！”小庞不耐烦地嚷道。

不一会儿，那边儿有人了。小庞听了一阵儿，压下了电话：“肖经理，咱们还得跑一趟。你下午没事儿吧？”

我说没大事儿，于是上路。

见到的那个人是个麻子，说话十分啰唆。他说他认识车久仪是四年前的事儿，那时候他手里只有不到 20 万元。车久仪出让这排铺面的底价是 25 万元，好说歹说降到 22 万元成交了。姓车的不是人，腾房子的时候连个灯泡都没留下，还成心砸碎了临街的不少玻璃。不过他承认，随着地价上涨，他把铺面让给金鑫公司的时候，还是赚了。

小庞忍无可忍地打断了他的话：“对不起，我对买卖铺面的事不感兴趣。请谈谈姓车的。”

“我谈的不就是姓车的吗？”麻子说。

小庞噎住了，和某些人谈话你还真得有点儿耐性。

我凑近那麻子问道：“车久仪的去向你知道吗？”

“不太清楚，听说到南方去了。”

“海南？”

“不，云南。仅仅是听说。”

“再没见过他吗？”小庞问。

麻子先说没有，随即又想起了什么：“噢，见过一次，见过一次！在汽车展销会上见过。他跟我打招呼，还问我捷达和桑塔纳哪种车省油。”

“这是什么时候的事儿？”小庞摸出了记事本儿。

“去年夏天。发售国债的前后。”

小庞沉思了一会儿，扭头问道：“他带没带什么人？比如女秘书什么的？”

麻子回忆了片刻，肯定地说："带着一个。挺漂亮，个儿不高，丹凤眼。"

我相信他说的正是老塔的前妻。

谈话到此结束，小庞说我们有事还会来找你。麻子说那是那是。送我们出来的时候，他问我们姓车的是不是犯事儿了？小庞装没听见。

老塔离婚是前年冬天，麻子见到老塔前妻和车久仪在一起是去年夏天，时间上是吻合的。但那个时候还不存在小丽这档子事儿，线索卡在这儿了。

小庞说这些情况要集中向局里汇报，统一进行研究。我们找了个饭馆对付了肚子，又买了些熟肉和罐头，便直奔城南老塔的家而来。

老爷子坐在轮椅上，膝盖上搭了条挺厚的毯子，焦黄黑瘦的脸埋在乱草似的胡子里，头发也好久没剃了。他们爷俩一个脾气，见人没话。我们进来的时候，他正在小心翼翼地择着桌上那堆烂了一半儿的茴香，他先是看看我们手里提的东西，又看看墙上的月份牌儿，那一刻我知道他全明白了。

在这个世界上，最了解老塔的无疑是眼前这个老人。那种了解并非来自语言，更多的是来自心灵。知子莫如父，指的就是心灵上的东西。

"大爷，您老好吗？"我不得不说这句废话。

老人没言语，转动着轮椅向里屋"走"去。我和小庞对视一眼，不知怎么说才好。

这是个安分守己的老工人，一辈子没做过对不起良心的事儿。要说对不起，永远是别人对不起他。老塔曾问我是不是给他爸找个老伴儿，我说可以。结果老塔嘴上说说，一直没见行动。

我不知道他是怎么想的。

这老头儿的身子骨过去相当硬朗，手上的活儿也没得说。退休以后又返聘了几年，带出了一茬儿徒弟。后来厂子里发不出工资了，老头便自觉地结束了几十年的锻工生涯，在街口摆了个修自行车的摊子。

起先老塔说：“算了，爸。别在这儿现眼了。咱们俩的钱够花。”

老头说：“我给自己挣口棺材，你少唧唧。”

老塔说：“爸，您真想干，我给您打听个更好的差事。何必在这儿日晒雨淋的。”

老头说：“日晒雨淋我乐意，又没连累你！”

老头儿没连累儿子，儿子最终却连累了父亲。他不想连累父亲，可他是个警察，谁让他是警察呢？不知有没有人做过诸如此类的统计，究竟有多少警察的亲属替警察本人受过委屈？估计这个数字不小。

老塔知道自己有仇人，扬言要放他血的杂种少说也有两位数儿。老塔不怕这个，要是怕，他早就不当警察了。老塔有一次指着他的眼睛问我：“你看，我有没有点儿威慑力。”

我说看不出来，除了血丝和眵目糊我看不见别的。

他不是那种一瞪眼就叫人打哆嗦的人。要见识老塔的身手，非得玩儿真的不可。他的威慑力只有在那种时候才能体现得淋漓尽致。

他和所有的同行一样，身上的每一块伤都讲得出一段叫人后怕的故事。

而真正后怕的往往不是他，而是老爷子。

老爷子被人打过，他说不清打他的是谁。家里的玻璃被人砸烂过无数次，最后只得用三合板钉在窗框子上。他好像还收到过匿名信，是一封写在烟盒儿背面的恐吓信。老爷子把那封信偷偷烧了，没让儿子看。老塔为此大发脾气，说通过笔迹鉴定能找到写信的人。

终于有一天晚上，老塔打电话跟我要车，说他爸坏了。我赶到时，老人浑身精湿口吐白沫，人中已经掐出血来了。人是从河里捞出来的，据目击者说：老爷子黑灯瞎火地在河里摸东西，摸着摸着就倒在水里了，幸亏水不深，否则一准淹死。

直至老头儿醒过来以后才弄明白，原来是几个痞子把他的修车工具扔到河里去了。老头儿连气带急中了风。

那几个痞子是谁，他始终没有叨叨清楚。老塔的苦日子从此开始了。他说他想活劈了那几个王八蛋，可是，那几个王八蛋究竟在哪儿呢？

这是一个没有结尾的故事。

“坐吧，要喝茶自己泡。”老爷子终于开口了，眼睛不看我和小庞，只盯着墙上的月份牌儿。

沉默。

“死还是伤？”他吐出了第二句话，所指非常明确。

我们张不开口，肚子里的话像鱼刺似的卡在喉咙处，怎么也挤不出来。

老人收回目光，一双老眼里闪动着像泪又不是泪的东西：“哪天的事儿？”

“大前天。”小庞道。

“尸首全乎儿吗？”

“完整。”

“什么时候烧？”

小庞一把抱住了脑袋，呜呜地哭了出来。我望着天花板，泪水在眼眶里打转。接下来老人开始咳嗽，一声比一声剧烈。我们俩赶忙站起了身子。老人拨开我们俩，摇着轮椅滑到壁橱那儿，脑袋顶在壁橱上，雕塑似的“凝固”在那里。

真没用，我们俩。

“槐树槐，槐树槐。槐树底下搭戏台……”

一段久远了的歌谣猛地撞在我的心口上，我的眼泪流了出来。

那是一段老百姓的歌谣，宁静而安详。唱歌的人把他的儿子扛在肩膀上，从胡同的这头儿走到那头儿，买一块关东糖，再买俩烧饼，然后往回走，嘴里头翻来覆去老是那两句：槐树槐，槐树槐，槐树底下搭戏台……

唱歌的便是老塔的爸。

老塔他妈死得很突然，据说正在晒被子，把被子往绳子上搭的时候，一使劲儿就倒下了，从此再也没有站起来。那时候老塔还不太懂事，死亡对他来说形不成概念。

老塔他爸原先还想要个闺女，这证明他并不怎么封建。抓得紧的话，要俩闺女也有可能。直到长大后我才听我母亲说，老塔他妈那时候和老塔他爸处得很不好。原因是老塔他妈报名去参加志愿军，被人家刷下来了，理由是不要结过婚的。老塔他妈就把所有的责任都推到了他爸头上。

唉，人生真不好往回想。假如老塔他妈真的参加了志愿军，假如她没有牺牲并且立了功，以后的一切会不会是另一种结果呢？不过，真那样的话，还会有老塔吗？

这种假如毫无意义。人还是得活在真实里。

妻子死后，老塔他爸学会了所有女人干的活儿。连做棉袄都难不住他。白天把老塔托付给街对过的一个寡妇，晚上接回来。再大些就和我们一起玩儿了。那时候孩子养得糙，活得也挺自然。

当时院子里的孩子有一大帮，显不出老塔有什么特别。事实上，他确实也没有什么特别的，就是话少，显得有些阴。我们做那时候的游戏，骂那时候的脏话，吃那时候的零嘴儿，惹那时候的祸……老塔变成了大家的跟屁虫。

只有春天做柳哨的时候，他才略微可以显示出些天才，短暂地成为小世界的中心。他手巧，做出的柳哨就是不一样。连大人都说，这个小兔崽子将来可以搞技术。老塔他爸很得意这一点。

不过得意归得意，打的时候也真打。老家伙认为棍棒底下出孝子永远是真理。有些时候因为老塔惹了祸，有的时候因为他喝多了酒。没准儿的事儿。

老塔他爸似乎有过一个相好的女人，那风声在大人中间传过一阵子，后来便慢慢地消失了。有人猜想此事和老塔有关。谁也不愿意一进门就当妈。

我和老塔是同一年上的学，他在二班，我在四班。我们俩在班上都不太出众，老师待见的是那些伶牙俐齿的同学，我不行，老塔更不行。他喜欢手工和语文，我喜欢体育。后来他的特长终于被发现了，因此比我风光了一阵子。

发现他手工做得好的是一个年轻漂亮的女辅导员，她夸奖他，让他参加校与校之间的竞赛，还在他入队的事情上出过一把力。所以老塔比我早一年戴上的红领巾。

没有母亲的老塔对那个辅导员有一种很特殊的感情，这种感情直到我们长大后才逐渐懂得了。那个年轻的辅导员经常把老塔留在办公室里，双于托着美丽的下巴，目不转睛地凝望着老塔铰出各式各样的窗花。老塔的头埋得很低，像犯了错误似的一言不发。剪子在他手里转来转去，很快就铰出了一个漂亮的东西。辅导员请老塔去吃炸焦圈儿，手搭在他的肩膀上，哼着一首好听的歌：一条小路曲曲弯弯细又长……

他们的身影沐浴在夕阳里，融入一个令人羡慕的傍晚。

记不得是哪一年的秋天了，一个年轻的军官走进了辅导员的生活。那男的个子很高，下巴骄傲地朝前翘着，军装很精神，皮鞋擦得也很亮。他经常等在学校门外的影壁前，手里攥着一本电影介绍。

我们放学的时候，女辅导员也连蹦带跳地出来了。那时候仿佛我们统统不存在，她向他迎了过去，脸上洋溢着迷人的微笑。有一次我发现老塔站在墙犄角，不眨眼地看着走远的那两个人，我估计他那时一定很悲伤。

女辅导员不久便调走了，就像护城河上的雾，渐渐地消失在初升的阳光里。老塔依然很悲伤，我和他的友情差不多就是那年真正建立起来的。说不清为什么，我觉得老塔特可怜。

闹“文化大革命”的时候，天知道老塔怎么打听到了那个辅导员的地址。他约我去看她，可是那个军队大院的门房说什么也不许我们进去。接下来我们就卷入了“文化大革命”的红色狂潮，我们像口唇上的茸毛一样，渐渐从少年走向了青年。

我们没有参加任何组织，从头到尾跟着起哄。一些新鲜的名词充塞着我们的大脑：莱茵河、左派和右派、红色恐怖、莫斯科郊外的晚上、痞子运动、拍婆子……

老塔很快就腻歪了这些，跟着几个差不多岁数的人到城北去砸石子儿铺路去了，一天挣两毛钱。我没去。

那年从云南回城探亲，他领我去看了那段路。位置就在现在的官园到西直门之间。很窄，像一节盲肠。

我们从西直门坐车往西，第二次来到了那个军队大院儿。这次门房没管我们，我们打听那个辅导员在哪儿，最后终于在操场的另一端看到了她。她正扶着一把长把儿扫帚在喘气，而且看见了我们。

那是一张木讷的脸，眼皮浮肿，嘴角上涂着一块紫药水儿。她肯定没有认出我们，刷刷地扫着地上的黄叶远去了。我们又站了一会儿，最后默默地离开了军队大院儿。一路上，老塔一言不发。那天，我睡在老塔家里，聊过去的事和人，谁谁谁去东北了，谁谁谁去内蒙了，谁谁谁和谁谁谁好像要结婚。老塔望着顶篷说："崔老师过得一定挺惨。"

那个辅导员姓崔。

老塔他爸在外屋忙活着，用一块马口铁铰成圆形，然后焊在一节烟筒上。他把炼好的猪油灌进那节封了底的烟筒里，而后再铰同样一块铁片把口焊死。我们扛着那节灌满猪油的烟筒回了云南。

我始终忘不了老塔他爸那张映在灯光下的脸和被松香呛得眨个不停的眼睛。那情景使我懂得了什么叫——岁月。

望着眼前那颗苍老的头颅，我和小庞只有傻站着。我们能说什么呢？安慰在这种时候是不起作用的。老年丧子，岂是"悲伤"二字能够容纳的？

我扶住了老人的肩膀，默默地在他身边蹲了下来。老人开始发作，哭着，用头撞着壁橱，壁橱的薄板很快就被撞裂了。我死命地搂住他。

“大爷，别、别……”

小庞上来帮忙，好歹把他拉住了。我把他抱到沙发上，他又开始往茶几上撞头。我们只得将他摁住。

“大爷，往后我管您叫爸行不行?”我真没辙了。

老爷子叫着我的小名，满脸的鼻涕眼泪。我让小庞倒杯水来，结果小庞把脚烫了。老爷子这才止住了哭闹。

“四来（我的小名)，你们走吧，我死不了。”

“不不，大爷。我有车，您干脆到我那儿住些日子?”

“我哪儿也不去，你别费心啦。你大爷还活得了几天?”

老爷子瘫软在沙发上，两条不听使唤的腿弯成了古怪的形状。难道就让他用这两条不中用的腿来支撑所剩不多的岁月？我不敢往下想了。

小庞显然也意识到了这一点：“大爷，您有什么要求？尽管说，我一定向局里汇报。”

老头儿不吭声。小庞又重复了一遍，他还是不吭声。我们就那样陪着他坐了好一会儿。最后他抬起头来。

“你跟局里说，不用张罗啦。人死如灯灭，烧了算了。我这儿不用组织上惦记。”

接着又说：“抽屉里有底版，把孩子的相片放一张大的给我。”

小庞把老人的话一一记下，然后朝我使了个眼色。我不明白他什么意思，他便直接开口了。

“大爷，老塔最近和没和您说过什么?”

老人基本上恢复了平静，他摇着头说：“他什么也不跟我说——这个兔崽子！除了朝我瞪眼。”

小庞道：“他是不是心情不好?”

老人叹气：“他什么时候心情好过?”

“他真没和您念叨过什么吗？您再想想。”

“甭想。”老人不假思索地说，然后抬起头来，“你老问这个干吗?”

“不瞒您说。”小庞朝前探过身子，“老塔暗中接触了一个阴谋，他的死很可能和这个阴谋有关。大爷，您仔细想想，哪怕想到一点儿也好。”

老人挤着两只红肿的眼泡子，认真地想了半天，还是摇了摇头：“没有，确实没有。”

小庞还是不甘心：“大爷，老塔这阵子是不是很晚才回家？”

“一贯！”老人狠声狠气地说，“他都快变成夜猫子了！不过倒也是，他这些日子比原先回来得更晚。开门跟贼似的，不洗脚就上床。”

小庞看了我一眼，起身到老塔的屋里转悠了一会儿，没找到什么有用的东西，他坐回原位继续问：“大爷，他跟没跟您说过一个叫小丽的人？”

老人无声地摇摇头，忽然又扬起了脸：“对了，他媳妇来过一次！”

突如其来的柳暗花明使小庞下意识地站了起来：“他媳妇来过？”

“嗯，是来过。”

“和谁一起来的？”

“独个儿来的。还给我送来一盒点心，喏，那不是在窗台上吗？”

我上前拿过了那盒点心，打开摸了摸。点心还没有干硬，这证明时间不算太长：“您还想得起她来的日子吗？”

老人低头想了一会儿，不太有把握地说：“有八九天了吧？不到半个月，不到。”

小庞道：“她的来意是什么？是来看您，还是来找老塔？”

老人沉思道：“表面上她像是来看我，可我听出她是为老塔来的。她让我转告他，凡事都别较真儿。免得自个儿吃亏。”

“她没细说？”

“没有。说完那话，她搁下东西就走了。前后待了不到三分钟。”

小庞没有再问下去，而我凭借直觉认为：这是到目前为止最关键的一个线索。说话天快黑了，我再次提出请老人到我那儿去住，老头儿打死也不走。我们没办法，只好把他托付给隔壁赵大妈。

赵大妈闻听老塔死了，“哎哟”一声便顺着门框出溜下去，接着就连说带唱地号啕起来。她那个又胖又大的傻儿子从里屋蹦跶而出，浑身上下兴奋不已。

赵大妈抡起扫帚把他打回屋里，傻子发出一阵干号。

老塔生前和傻子格外投缘，只要抽得出时间，他很乐意听傻子瞎白话，而且听得十分投入，连赵大妈都怀疑他听懂了什么。

老塔告诉赵大妈：“傻兄弟30好几了，生理上的需求很强烈，要是能找个女傻子……”

赵大妈说：“算了吧你，这一个就搭进我半条命。”

有一次背傻子去打针，一路上连遭拒载，老塔愣是挣扎了四站地。要知道，傻子少说也有160斤。那次老塔险些个气疯喽，他记下了所有拒载的车号，利用两个礼拜的时间，不屈不挠地将那些司机收拾得差点儿管他叫爸爸。

赵大妈说老塔他爸命好，不像她摊上这一个除了吃什么都不会的东西。老塔他爸头也不抬地吐出一个字：屁！

车子开上了三环路，前方灯河灿烂。

扭秧歌的老人在路边的空场上花里胡哨地闪动着，锣鼓家什敲得惊天动地。唉，生活毕竟是生活，绝不会因为一个普通人的消失而发生任何变化。这世界也许有些残酷，它不同情弱者。不是有人说过那样一句话嘛：上帝永远帮助那些不需要帮助的人。

我琢磨着那句话，觉得挺有道理。

假如把它当作尺度来衡量老塔，我可以毫不犹豫地说：老塔正是那种不需要上帝帮助的人。他抱怨过命运吗？也许抱怨过。但那仅仅是特定时刻的牢骚，牢骚过后他仍然默默地生活着，默默地走着自己的路。可恨的是，上帝在帮助那些不需要帮助的人时，莫名其妙地把老塔忘了。

老塔生活得苦，他接受这种苦，于是便透出非凡。

他看不起那些凄凄惨惨的人，认为那种人永远也不值得同情。那年夏天他在火车道上救下个想自杀的高考落榜生，第一个动作就是一记耳光。结果，那记耳光把男孩子打进了大学。

人生往往由于某种偶然而改变方向，老塔给别人提供了这种偶然。

小庞的家到了，车子在路边停了下来。

“肖经理，我打算搞一次募捐。”小庞歪头望着我，“你认为有必要吗？”

“没必要。”我连想都没想地答道。

“不，肖经理。老塔毕竟是公安局的人，我们不能把困难转嫁到你身上。”

“你误会了，小庞。我不是那个意思。”不知为什么，我心中忽然涌出一股热辣辣的感情，“我觉得老塔一旦地下有知，他肯定会拒绝。”

小庞道：“这是两码事，我说的是老塔他爸。”

我道：“你知道什么叫父子吗？”

小庞不言语了。他推门下了车，把烟头扔在地上踩灭了，然后整了整帽子对我说：“肖经理，您和大头都抓紧点儿，尽可能打听一下车久仪的去向。”

“放心吧，我记着呢。”我本想问问小庞对老塔的前妻那举动的看法，见他没有说的意思，便作罢了。

车子重新开上了环线。我感到浑身没劲儿，口干舌燥。扶着方向盘的手不停地打哆嗦。此刻，我无心回家，只想这么一直开下去，开到哪儿算哪儿。

挺好的一个人，怎么说死就死了呢？这个没有答案的问题，像蛇似的缠在我的脑子里，挥之不去。

折腾到小半夜，我才头重脚轻地回到家。妻子一眼就看出了我的反常，我把老塔的死讯告诉了她。妻子木然地跌进沙发里，随后便嘤嘤地哭起来。

我抓过电话，按照印象里的人头打通了参加老塔婚礼的那些人，有几个已经接到了大头的电话，对老塔的死表示了深切的悲痛，其他的人也感到非常吃惊。我拐弯抹角地把话题扯到车久仪的身上，遗憾的是毫无所获。

那一夜我几乎没睡。

第二天接到小庞的电话，问我了解得怎么样？我照实说了，小庞没太感到意外。他告诉我那个叫苏金丽的女孩子的确是石井的，父母是老实巴交的农民，一问三不知。对女儿的失踪，他们除了着急上火，没提供出任何有用的东西。他们说老塔来过，也是打听小丽的。一共去过三次。

按照这些情况分析，大致可以得出两种可能：第一种可能，小丽被人贩子卖掉了，老塔在尽力寻找她；不过这个可能有一处站不住脚，试想，如果小丽真的被卖掉了，老塔要寻找的方向不应该是石井，而是其他什么地方。于是，第二种可能便显得非常关键了：小丽并没有被拐卖，而是在伙同姓车的跑生意。她八成掌握了什么秘密，而那个秘密才是老塔迫切想知道的。

联系老塔对小丽有解救之恩，最大的可能是：小丽向老塔透露过什么情况，而那个情况在当时还像水面下的暗礁一样不甚明确。

是的，这个分析最有说服力！

由此便不难演绎出这样一组关系：车久仪和老塔的前妻，为了某种目的，将小丽拐走并利用了。而小丽在和他们的接触中发现了什么可怕的情况，她将情况透露给了老塔（那个情况小丽并不十分明了）。老塔想从小丽那儿落实某些重要事实，结果他的行动被车久仪发现了。最后，姓车的在老塔寻找小丽的过程中向他下了毒手。

这个分析应该能成立。但有一大漏洞，即小丽假如真的知道内情，被杀掉的应该是她而不是老塔。可公安局调出了近期所有的死亡档案，没有发现能和小丽相吻合的资料。案子在这儿停滞了下来。

“所以说，”小庞的声音显得很沉闷，“小丽在此案中的分量最重。难怪老塔那么玩儿命地找她！”

我提出了昨天晚上没问的那个情况：“老塔的前妻不是找过老塔吗……”

小庞在电话那头迟疑了片刻，说道：“对，这证明那个女人还有救。”

当天下午，老塔的尸体被火化了。没开追悼会。

此后将近一个月没得到小庞的信息，我去过两次电话，回答是他出差了。接下来我办业务去了趟镇江，再见到小庞的时候已是11月底。

他是来送老塔的照片儿的，希望我陪他去看看老塔的父亲。我真不明白，挺大一个小伙子，怎么连这么点儿事儿都不会办。小庞说：“不是，我主要怕老塔他爸问起来不好说。真的，帮帮忙。”

“也就是说，案子毫无进展？”我冷冷地问道。

小庞不吭声，等于回答了。

我打开包着相框的报纸，看见了老塔那张苦瓜似的脸。直到此刻，我才发现老塔的脑门儿特窄——这种面相往往会被看相的贬得一钱不值。

小庞告诉我他去了趟云南，了解到一些车久仪的情况，但都是陈年老账了，对破案没有多少帮助。那家伙在滇中的一个县上注册了一个公司，倒腾中草药和一种叫作发菜的山货。而那个公司前年就注销了。当地人对他的去向一无所知。

我没说什么，陪着他去看了看老人。老塔他爸活得和以往没什么两样，只是更不爱说话了。

我们告辞的时候，他忽然让我们看看阳台上的一棵豆苗。他说那是他从老塔的鞋壳里发现的一粒黄豆，就给栽到花盆里了，想不到真出芽了。小庞的担心完全是多余的，老人只在这事儿上提了提儿子，别的话一概没问。

我们像瞻仰圣物似的瞻仰了那棵豆苗。

阳历年前，小庞又来了一次，说他准备去趟安徽。我问他去安徽干吗？他说试着去摸摸底——老塔的前妻是安徽人，户籍处的人出的主意。

“希望这次能有收获。”我说。

小庞说：“但愿。”

我看出他说话毫无底气。小庞的安徽之行没白跑。他了解到老塔的前妻往老家寄过钱，通过邮局查找，确认钱是从广西北海市寄出的。一共两笔，时间间隔为24天，共计6600元。

广西方面态度十分积极，无奈人海茫茫，最终没有找到目标。

大约就在人们对案件失去信心的时候，转机出现了。精神病院来人汇报了一个情况，说若干个月前，有个女人送来了一位患重度迫害狂想症的女孩子，他们接收了这个患者。可那个女人走后再也没有出现过。医院根据登记寻找那个女人，结果发现一切都是假的。

患者姓名苏金丽。

或许是天意，如果没有这个转机，老塔被杀事件有可能归入积案库。

一天之内全部查实：这个女孩子正是失踪的小丽。而根据医院方面的描述，那个送她住院的女人十有八九是老塔的前妻。入院时间为老塔被杀的五天前。

也就是说，小丽之所以没有被害，是因为她患了精神病。

我没有见到小丽，听小庞说，那姑娘一时半会儿好不了，除了叫“大叔”以外，什么都不知道。

她意识里的“大叔”无疑就是老塔。

唉，倒霉的老塔！他做梦也想不到，苦苦寻找的目标其实就在他眼皮底下。骑车用不了一刻钟。

“大叔”，我咀嚼着这两个平平常常的字眼儿，渐渐嚼出一股橄榄般的回味。案件本身似乎不那么重要了，我看到了一个人，一个既熟悉又陌生的人。他的内心世界不大向人们敞开，即使像我这样的朋友，也无权声称真正了解他。我只能从记忆深处捡拾他留下的一鳞半爪，而且完全凭借主观想象认定，他在告别这个世界的最后一瞬间，或许看见了一个让他感到舒服的成都姑娘；或许伴随着那个年轻的女辅导员走进了诗一般的夕阳里……

或许……

附记：凶手车久仪在一次拒捕中被击毙于云南边陲，缴获毒品海洛因5500克。老塔的前妻至今下落不明。

（原载《啄木鸟》1996年第5期）

蓝玛，本名马铭。1951年生于北京，祖籍山东蓬莱。中国作家协会会员。著有长篇小说《凝视黑夜》等十五部，中篇小说《警官老塔》、《绿蜘蛛》等二十余部，短篇小说《红樱桃之谜》等四十余篇。曾获公安部金盾文学奖、宋庆龄儿童文学奖、第一届至第五届“全国侦探小说大赛”奖项，第六届“全国侦探小说大赛”获“特别贡献奖”。

司马敦

梁晓声

“杨彩凤，你今天还不打算开口吗？”

犯人的头，缓缓地、缓缓地抬了起来。那一双大而且黑白分明的眼睛，充满敌意地瞪着司马敦。它们亮得像镀了层釉似的。只有介于成熟和单纯之间的少女的眼睛，才会那样清澈美妙——如果并不充满敌意的话。

犯人刚刚触摸到她的十八岁。实际犯罪时才十八岁又二十一天。

“杨彩凤，这已经是我第七次审你了，对不对？每次我都耐心地提醒过你，坦白从宽，抗拒从严，对不对？”

女犯那双瞪着他的眼睛，渐渐地、渐渐地眯了起来，同时嘟哝了一句什么。

司马敦从审讯桌后站起，走到女犯身旁。

“你刚才说什么？”

“……”

“我要求你再说一遍，因为我没听清楚。”

他弯下了腰。双手撑着膝盖，注视着女犯那张鹅蛋形的脸，那张脸镶上一双大而且黑白分明的眼睛，怪讨男人喜欢的。

五十九岁的老刑警司马敦将女犯逮捕的那天心里就暗暗想过——如果自己有这么一个女儿多好啊！但她是拐卖了五个儿童，并使一个儿童致死的罪犯。无论她交代或者不交代，坦白或者不坦白，服罪或者不服罪，都将被判处死刑。不判她死刑，不足以平民愤，不足以体现出法律的威慑性。将要射入她脑袋里的那颗子弹，是早已替她预备着了。只不过执行死刑的日期，要定在她彻底交代以后罢了。只不过她自己还想不到这种下场罢了。

女犯冷笑了。

“我刚才说，滚你妈的！”

那冷笑在她脸上溢开，犹如一圈圈涟漪溢开在一塘死水的水面。这是她七次被审以来第一次开口。她在用她的冷笑告诉他——她蔑视他。

司马敦直起腰，绕到女犯背后，他真恨不得扯着她的头发，将她从椅子上扯起，抡到墙角那儿，接着狠踢她一顿。不是由于她被审七次了什么都不交代，不是由于她对他的轻蔑，而是想替那些丢失了男孩儿或女孩儿的父母们、祖父母们、外祖父母们，以纯粹个人的方式向女犯讨一个公道……

事实上，他的手已经抬起，但却以超乎以往的理性努力克制着未扯向她的头发，而是习惯地摸向自己的后脖梗，随之命令自己将那只手揣进了裤兜里……

司马敦在他的同事们之中当然是警龄最长的一名老刑警，却从来不是最受尊敬的。他们甚至常拿他寻开心，每每揶揄他已经快退休了，却仍是一名普通警员。尽管他们这样揶揄他时并无恶意，甚至还有替他抱憾的成分，但他的自尊却一次次受到了严重的伤害。他没得过勋章，没立过功，也没受到过任何表彰或嘉奖，当然也就一次也没被破格提拔过。他的刑警生涯平淡无奇。只不过抓到过几次小偷。如果说在别的行当，对于别的人们，年龄和从业时间的长久也是一种资本的话，那么在这个地区辖治下的小市的公安局，年龄和从业时间的长久，恰恰是他的一种尴尬，好比某些从来也没参加过重大赛事，渐渐老在了体校的运动场上，而且不可能转为教练的运动员一样。

司马敦逮捕到女犯杨彩凤，纯系一次偶然的机遇。一个多月以前，在列车上，他第一次见到她。他从家乡料理完老母亲的丧事回来。她刚上火车，怀中抱着一个两三岁的可爱的男孩儿，右手拎着一个看上去不轻的皮箱，从过道朝前走，目光四下寻找着座位，当时她烫着发，脸上化着恰到好处的淡妆。衣着也很体面，看上去像是一位俊俏少妇。车厢里并不太挤，但是也没有一个空座。她的目光虽然在寻找着空座，又分明地，并不寄希望于有人主动起身让座给她。她似乎确信在前几节车厢里准会找到空座，又似乎在一下站就下车。

司马敦当时是有座的，他坐在自己靠过道的座位上，望着她左顾右盼地走过来。他望着她的目光不无研究的意味儿。这是一种职业本能。他觉得作为母亲的她看上去未免太年轻了。年轻得竟令他有几分困惑不解——难道早婚早育也开始是这个时代的时髦了吗？但也就仅仅是有几分困惑不解而已。他当时绝对地未对她产生丝毫怀疑。因为她的表情看上去是那么泰然自若，甚至还有几分初为人母的自豪感和幸福感似的。前四次拐卖成功，已使她培养起了一种特殊的犯罪心理方面的自信，而且积累了不少随机应变的经验。一次次冒险一次次化险为夷，渐渐地，她变得狡猾了。她的狡猾是用她温良的外表巧妙包装了的。如果说她的最初体验目的只不过是为了积攒一大笔钱。那么她后来便几乎是为了体验犯罪过程中那一份刺激，为了一次次证明自己的犯罪能力了。“扮演”少妇是她最拿手的把戏。抱着偷来的孩子，伪装成年轻的母亲，欺骗某些善良的人，或者某些虽然对她起了疑心但一时又没有什么根据识破她的人，乃是她的一种乐趣了。

她快走到司马敦跟前他才站起。

他问她："这位妇女，您在找人吗?"

她摇头。他那身警服使她紧张了一刹那，但随即便镇定下来。紧张到镇定之间的心理转化过程是那样地迅速，以至于老刑警从她脸上根本没看出什么异样。

他又问："前一站下车?"

她仍摇头。

于是他接着说："那么您就一定是寻找空座位了。就坐在这儿吧！我从前几节车厢过来的，前几节车厢也没空座了。"

她犹豫了一下，感激地说了声"谢谢"，便心安理得地坐下了，坐下后还对怀中的孩子说："儿子，还是警察伯伯好吧?"——有点儿昏昏欲睡的孩子十分怯生，将脸一扭，更向她怀里偎紧。老刑警不禁笑了。而她的目的也正在于此。

司马敦说她可以一直在这个座位坐下去，因为他下一站就下车了。他还帮她将皮箱放上了行李架。而她说她的"儿子"正发低烧，得吃药，麻烦他去列车值班室替她倒了一杯开水晾着。她喂孩子吃药的方式很令司马敦感受到一种母爱的温馨。她先将药片放入自己嘴里，全不在乎药片的苦味儿涩口，细细地嚼碎了，饮了一小口水。和孩子嘴对嘴，哺入到孩子的口里。老刑警记得自己小的时候，母亲就是这样喂自己吃药的。由于老伴儿在该生育的年龄生育能力有问题，所以他们至今没有儿女。如果有儿或者有女，如果儿女小的时候生了病而老伴儿不会这样喂药，那么他一定会亲自示范的。他认为只有做了母亲的女人才会以那一种方式喂孩子吃药。

接着她便主动与老刑警攀谈起来。她说孩子的爸爸在边防上当指导员；说她的丈夫还没见过孩子什么样呢；说她自己今年想抱着孩子到部队去看望丈夫……

老刑警问她嫁给一个在边防上当兵的男人后悔不后悔?

她说不后悔。她说她爱当兵的男人，她说当兵的男人，是中国目前最有责任感的男人。对国家有强烈的责任感，对小家其实也有强烈的责任感。说他们不能经常和娇妻爱子团圆在一起，不是他们的过错，是他们在奉献，是他们的牺牲等。

她的话使周围的人都有些对她肃然起敬，老刑警其后由衷地改口称她“小军嫂”。

她还轻轻拍着孩子，低声哼唱《十五的月亮》。在唱到“宁静的夜晚，你也思念我也思念”时，两眼泪汪汪的，缠绵相思的动情模样；在唱到“军功章啊，有你的一半，也有我的一半”时，周围的人都轻轻拍手相和。那一刻她噙泪而笑。她几次俯首亲吻她的“儿子”……

老刑警下车前，叮嘱一位熟悉的列车员，多多给予那“小军嫂”一些关心，而对方虔诚地答应了。

当他回到家中，稳坐在沙发上，一边吸烟一边看电视时，从晚间新闻中看到了一条文字插播的紧急缉捕通告——当天又发生了本省的第五起拐卖儿童案，作案者年约十八九岁，女性，最善于伪装成形形色色的少妇，而且孩子正在发低烧……

这一条文字插播的缉捕通告使老刑警被一口烟呛得大咳不止，喝了口茶压下咳嗽接着就骂了一串“他妈的”。老伴不知他为何突然大光其火。而他也顾不上解释，二话不说，抓起刚脱下的警服便冲出了家门……

于是公安局的局长、副局长、刑侦科长、骨干刑警，各自在被窝里被电话扰醒，急急如风地聚拢在公安局会议室里了。大家听了司马敦的汇报面面相觑。

有人打着哈欠问他，究竟有什么充分的根据，认为自己在火车上见到的那位“小军嫂”，便一定是拐卖儿童的罪犯？

他说她抱的那个孩子就正在发低烧。一位同事说光凭这一条，难以断定对方便是罪犯啊！局长问他还有什么根据，他说再什么根据也没有了。再就是，凭他一位老刑警的直感了。

于是他的几位被公认是骨干的同事们笑了——他们中有人调侃

他。说咱们“老敦”也终于有直感可言了！说“老敦”你既然如此这般地迷信自己的直感，你在火车上的时候，听她面对面地唱《十五的月亮》的时候，你“老敦”的直感哪儿去了？怎么一点儿都不起作用了？

于是骨干们都笑了。

老刑警火了。他猛地拍了一下桌子，震倒了个杯子，茶水流淌了一桌面。

他说这有什么可笑的？难道只有你们配有直感？我司马敦就连点儿直感都不配有吗？难道你们往常神乎其神大侃你们的直感时我就该崇拜地瞪着眼睛洗耳恭听，现在我谨谨慎慎地谈一次自己的直感就是迷信吗？

于是“骨干”们都收敛了笑声，将目光严肃地望向了局长。

局长的表情更加严肃。局长也说这有什么可笑的？说直感嘛，无非就是直感而已。张三的直感和李四的直感，那是没有什么高低区别的。即便有点儿区别，也肯定不会比狼狗的嗅觉和猎狗的嗅觉之间的区别大！说直感这种东西，无论自己的，还是别人的，那是不可全信，也不可不信的……

局长向副局长和刑侦科长使了个眼色，于是他们相继起身，走了出去……

一时间，会议室里只剩下了司马敦和他的“骨干”同事们。他们都是些少壮派，都立过不同的功，受过不同的表彰和奖励，正因为如此，有侦破难度的案件，早已与老刑警司马敦无缘了。他开始吸烟，他们也都开始吸烟。他不看他们，他们也不看他。他在暗想——这一桩案子，如果谁破了，谁警章上不加颗花儿才怪了呢！他知道他们也都在这么暗想。他是多希望这一桩案子指派给自己负责啊！轮也该轮到自己了啊！他知道他们也都在这么希望着。如果头儿们这一次还不指派给自己，就证明头儿们太偏心了，也太低估他的办案能力了。那么他将默默脱下警服，提前退休。不给他立功受奖的机会，还不许他不干了吗？

一会儿头儿们回来了，看得出他们经过商议，已经统一了意见。局长一坐下便用不容反驳的口吻说："从现在开始，按照司马敦同志汇报的重要线索，正式立案。此案责成司马敦同志侦破，你们几位骨干，都听从他的指挥和调遣！谁不积极配合与服从，警纪处分！"

散会后，局长拍着司马敦的肩说："老敦啊，咱俩是一块儿穿警服的，如今我都当局长了，你却还是一名一般警员。别说你心里一准不平衡，连我心里也常常替你感到不平衡！不管你的直感可靠不可靠，这毕竟是一次机会，你可一定要认真对待啊！"

老刑警的眼眶顿时就湿了。

案子倒是破得极顺利。他当即通过铁路公安局，与列车上的乘警取得了联络。但是联络晚了，案犯已不在列车上了，他下车后一个多小时，案犯也在一个小站下了车。那一站已经接近邻省的地界了。根据时间判断，案犯抱着孩子，拎着皮箱，还不可能出省。他一面与邻省公安部门沟通情况，请邻省公安部门派员封锁铁路和公路沿线各站，一面亲自率人，连夜赶赴案犯下车的那个小站。这一切都没有什么高明之处，换了别人，也会这样。再深谋远虑，也只能先这样。好比裁衣服，任何一个裁缝，大抵总是要从领口和前襟下剪刀的。

当天夜里下起了大雨。大雨来得急骤，停得也急骤，仿佛黑漆漆的天穹上悬着无形的大水箱，不知怎么一下裂了底，天水哗哗往人间倾泻。两个小时内一泻而光，便无可再泻了似的。

第二天是一个绝好的艳阳天。一切的一切，都湿漉漉的，看上去被昨夜的大雨冲刷得干干净净。司马敦他们在一处废弃了的铁路积货场上，在一节残破不堪的货车厢底下，发现了罪犯拎过的那只皮箱和几件女衣，他的一名同事说那只皮箱是名牌，那几件女衣也是。而远处是一座不大不小的山，山上的树木绿葱葱的。山脚下是一个有几十户人家的小村子，新新旧旧的农舍散布一片。

他们包围了那个村子。经过一翻搜索，村中并没有发现罪犯的踪迹。司马敦问一位村民山上可有人家？村民告诉他，山上只有一间小草房，住着本村的一个男哑巴。哑巴承包了那座山，多数日子在山上植树，哑巴有一个堂姐是本村人，司马敦于是叫村民把哑巴的堂姐找来问话。那村民去了多时，只带回一个十二三岁的男孩儿，说是哑巴的堂姐的儿子。司马敦问那男孩儿他妈干什么去了，木讷的男孩说他妈妈天刚亮就上山看他的哑巴堂舅去了，到此时还没回来。又问他爸爸为什么也不在家，木讷的男孩儿说他爸爸已经三五天没着家了，不清楚究竟干什么去了。而就在这一刻，山上升起了一股浓烟，村民们都肯定地说准是哑巴住的小草房着火了。

于是司马敦要求村民协助围山，并布开搜索线，向山上聚剿。

果然是哑巴的小草房着火了——由于夜里那场大雨几乎将小草房彻底浇湿，火势并不太猛，只不过烟很大、很浓。司马敦是第一个登上山的。着火的小草房前的平地上有一盘石磨，一个女人背对着他们，一动不动地坐在石磨上，左臂挽着一个包袱。一大二小三只羊绕着石磨惊悸不安地咩咩叫。尽管是背影，尽管衣服已不同，但司马敦还是一眼就看出来了，那正是罪犯的背影。他将手枪插入枪套，不慌不忙地一步步向罪犯的背影走去。他心底油然升起胜利者的喜悦，并想起了“狐狸再狡猾也斗不过好猎手”那句话。他不信罪犯竟听不到他的脚步声。听到了而不回头，还一动不动，难道还存着能骗过他去的侥幸心理吗？难道将他当成天字第一号的白痴了吗？

他冷笑了。

他在离罪犯仅半步远的地方站住，以一种嘲弄的口吻说：“小军嫂，戏该收场了！”——仿佛有一架电影摄影机正对着他拍摄，而导演要求他一次完成镜头似的。

罪犯仍一动不动。

这时他才看出，罪犯全身在微微颤抖。

他向前跨了一大步，站立在罪犯对面，于是他看到罪犯那张好看的脸，因恐惧而变形，并且溅满了血点儿。

实际上她在无声地哭。

司马敦意识到自己未免太高估罪犯的心理自控力了。

“哑巴在哪儿？”

“……”

“哑巴的堂姐在哪儿？”

罪犯倏地跃起，向门窗着火的小草房扑去。显然，她是想以自投火海的方式拒捕。司马敦并未阻拦她。因为已有两名刑警联手挡在她和小草房之间了。

在村民们的帮助下，火很快也很容易被扑灭了。从小草房的废墟中，拖出了一男一女两具尸体。经村民辨认，男尸是哑巴，女尸是哑巴的堂姐，都是被同一把砍刀砍死的。那把锋利的砍刀是哑巴用来砍树杈的。

罪犯重新被按坐在石磨上。她瑟瑟发抖已经快瘫软了，然而不再流泪。正是从那一刻起，她望着司马敦的目光充满了憎恨。

“那孩子呢？”

“……”

“孩子呢！”

罪犯冷笑起来。

一名刑警冲动地扇了她一耳光。她捂着脸，看也不看扇她耳光的刑警，只眈眈地瞪着司马敦一个人，仍冷笑不已。

另一名刑警拎着手铐要来铐她，被司马敦制止了。

他大声说：“那孩子肯定就在附近。找！活要见人，死要见尸！”——说罢，抓住罪犯的腕子，拖着她下山去了……

省电视台第二天就派记者赶到这个小市对司马敦进行了采访。

省报第三天就登出了大块文章，将破案过程描写得像悬念小说一样富有可读性。

局长在向上级打请功报告后，有一天扯住司马敦，悄悄对他说：“老敦啊，我想，你能立一功是毫无疑问的，甚至可能是一等功。你自己呢，先别往一等功盼，期望值不要太高嘛是不是？哪怕你立的是三等功，我也要破格提拔你！警龄在那儿摆着嘛！快退休了嘛！功劳加苦劳，应该提拔嘛！提拔了以后，你的工资也就升上去了。这次局里分房子，也就有希望改善居住条件，住上新楼了！

新楼我去看过，大两室一厅，六十多平方米的室内面积，比你现在的家大出差不多一倍！老敦，抓紧审，抓紧结案吧……”

那天司马敦回到家里，买了半斤羊杂碎，买了半斤花生米，一瓶“老白干”，自斟自饮，喝了个酩酊大醉。醉了便引吭高歌，唱“金色盾牌热血铸就”，唱得嗓子嘶哑了，又搂着老伴，在狭小的房间里磕磕绊绊跳舞……

他内心的得意简直没法儿形容。他早就盼着立一次功了。早就盼着升工资了。早就盼着调住房了。原以为退休之前根本不必抱什么幻想的个人利益，不期然地，竟全都成为指日可待之事，能不高兴吗？

然而，他妈的半个月过去了，对罪犯提审七次了，他的审讯记录上，至今还没落下一个字！

他从不曾料到过，自己哪一天所要对付的罪犯，不过是一名刚满十八岁的少女！更不曾料到过，以自己五十九岁的年龄，审了七次，竟没能从一名刚十八岁的女犯口中审出一个字！被女犯企图拐卖的第五个孩子已经找到了。不过，不是活的，是在山上的一棵栽了不久的树根下找到的。她把孩子的尸体埋在那儿了。可她另外还拐卖过四个儿童啊！只要她一开口交代，那另外四个儿童，就有希望被救回到父母及亲人身边——如果他们还都活着的话。

但是女犯似乎打定了主意——宁死不交代。

司马敦几乎有点感到对她束手无策了。

如果允许动刑的话，他不信就撬不开她的嘴。可是不允许动刑啊！变相的动刑也是知法犯法啊！哪怕在提审过程中骂了对方一句，打了对方一下，也是违反警纪啊！他知道他的某些行为是有些过的，在办案或审案过程中，求功心切。打骂甚至虐待犯人的行为是有过的。但自己是一名已经五十九岁的，已经有整整四十年警龄的老刑警啊！他一向最反感那些因求功心切而不惜违反警纪、不惜知法犯法的同行了。别人是别人，自己是自己啊！人微言轻，约束不了别人，还约束不了自己吗？

而今天他这名老刑警终于弄明白，他的严格的自律是被比他小四十岁还多的对手充分地利用了！女犯不但觉得他拿她毫无办法，而且已开始放肆地欺辱他了！

“你别太嚣张了！”——他严厉地说，“前六次你紧闭双唇，装聋作哑，现在你却终于开口了，你骂我，证明你在发火了。我是审讯者，你是犯人，我不发火，你倒发起火来。证明你已经没有耐性了。你没有耐性了，而我还有足够的耐性，证明在你我较量过程中，我一直稳稳地占据着上风。而你始终处在下风。你今天夜里将翻来覆去睡不着觉。你将整夜听到有一个声音在你耳边对你说——是及早坦白交代争取宽大，还是抗拒到底落个年纪轻轻死路一条的下场，何去何从，不作出选择是不行的，那是我的声音。我的声音将整夜整夜折磨你。下一次，也就是我第八次提审你的时候，你将两眼红肿，布满血丝。你或许会痛哭流涕，一副可怜兮兮的模样，或许会歇斯底里大发作，比现在的态度还嚣张。不管怎样，那将都进一步证明，你离彻底崩溃不远了，我离录下你的口供的日子越来越近了！”

他一说完，不待女犯再作出什么反应，便推开审讯室的门。

于是守在门外的警卫跨进来，抓住女犯的胳膊，将她拎了起来。女犯挣脱了，扑向他，伸出一只五指分开的手，意欲挠他的脸。

老刑警没闪身，也没向后退。相反，一挺腰，站得更直了。他内心愤怒到极点。而全部的愤怒，又只能集中到他的双眼，仅通过目光喷射向对方。

对方的手伸到了他面前，也僵在了他面前，并没敢挠他的脸。

“我恨你！我恨死你了！那些丢了孩子的人有多恨我，我就有多恨你！就算我被枪毙了，变成了鬼我也还是要恨你……”

一大口唾沫啐在他脸上。

老刑警当时没擦。他挥了下手臂，女犯被强行拖出去了。

“我不活了，你们马上枪毙我好了！茜子，茜子！快来救救我呀……”

走廊里传来小女犯心理极端躁乱的哭喊声……

“听说没有，那小女犯今天啐了咱们老敦一脸唾沫！”

“我看咱们老敦是有点儿黔驴技穷了。”

“是啊，已经提审七次了，审讯记录还是白纸一张！”

“上边对结案催得很紧啊！咱老敦要是明智些，还莫如认输，趁早主动请求换人！”

“换人？那不等于是甘愿将一半儿的大功拱手让给别人吗？”

中午，在食堂，司马敦听到了排在他前边的几名同事说的这些话。当然，他们还说了些别的，使任何处在司马敦那种境地的人，在他们身后听了都会感到万分尴尬，感到无地自容。听到别人那么议论自己，有时是会使一个人怒发冲冠的。直到他们中的一个扭头发现了他，议论才戛然而止。司马敦的涵养不算太高，可也不算太低，刚好在虽然也感到尴尬也感到无地自容却毕竟还没怒发冲冠的程度。他证明自己涵养不算太低的方式，是掏出烟盒，依次走到他那些少壮派的同事们跟前，分别往他们嘴里塞了一支烟，并分别替他们点燃了。他不愿使他们怀疑自己的职业能力以后又怀疑自己的涵养程度。打了饭，他还不得不和那几位踌躇满志的“少壮派”在同一张餐桌上吃饭。另一张餐桌已有人占据了，他不看他们，低着头，一口接一口紧吃。他们也都不看他，也都低着头吃得专心致志的模样，只不过吃得不那么急罢了。气氛一时沉闷得有点儿异常。不太像就餐，仿佛是在同一张工作台上埋头工作。仿佛不知在什么地方有一双监工的眼睛在注视着他们。

一个倒霉的家伙端着盘子和碗，离开另一张餐桌，大摇大摆地凑到这一张餐桌来了。他一在司马敦身旁的空位上坐下，就侧脸乜斜着司马敦说：“老敦，人贵有自知之明啊！不是吹，对付那种刁顽的小女犯，我比你有经验！结案这半个功，你干脆让给我算了。占着茅坑拉不出屎，何苦难为自己呢？”

司马敦瞪着他站了起来。于是几位“少壮派”一齐抬头瞪着司马敦，看他究竟作何表示。

司马敦脸上没有作出任何特殊的表示，他那张皱纹很深的瓦刀脸，一如方才听到他们议论他时一样，板得紧绷绷的。他什么话都不说，从容不迫地将饭菜扣在了那个倒霉的家伙头顶上，接着将钢精勺往那家伙衣服上抹了几抹，往上衣兜一插，扬长而去。

局长得知此事，让人传他到办公室，毫不留情地训了他一顿。局长说你司马敦是老同志，老同志怎么能和年轻同志一般见识呢？几句风凉话就承受不了啦？往人家头上扣饭扣菜，太没风度了嘛！上边限期结案这一点你也是清楚的，别说他们了，连我都……

司马敦倏地一扭头，目光直勾勾地瞪向了顶头上司。

局长被他一瞪，将到嘴边的话强咽下去了，抛给他一支烟。于是二人闷头吸烟，各想各的心事。

二人几乎同时将烟掐了后，局长压低声音推心置腹地说："没第三者，就咱俩，你究竟结得了案结不了案，给我这当头儿的一句托底的话，也让我有点儿思想准备，是做第二手安排……"

司马敦一拍桌子，吓了局长一大跳，他火冒三丈地吼道："你这不等于逼我自己承认自己是饭桶嘛！"

他吼罢起身便走……

那一天司马敦回到家里，闷闷不乐，不时地长吁短叹。

老伴儿关切地问他，是不是感到案子棘手了？

他说没有的事儿，说穿了四十多年警服了，哪儿能连一个黄嘴丫儿都没褪的小女犯也对付不了呢？那不太掉一名老刑警的价了吗？

老伴儿便不再问什么，忙着翻箱倒柜，扎包袱打捆儿。

他问老伴儿那是干什么？

老伴说提前归整归整东西，准备到时候搬家啊！

不听犹可，一听，老刑警更加烦恼地冲老伴儿吼："八字还没一撇呐，你，你倒是添什么乱啊！"

吼得老伴儿懵里懵懂地眨巴眼睛……

罪犯杨彩凤第八次被提审时，两眼果然红肿。白眼仁儿果然布满血丝。原本明亮的黑眼珠儿，似乎也变得有些混沌了。也许是因为哭的，也许她根本不曾哭过，只是因为缺觉罢了。在第七次提审和第八次被提审之间，相隔了整整五天。对她来说，那是漫长的五天。提审使某些罪犯感到那是他们的日子里顶顶重要的内容。这内容一次次地变化，与他们的命运和性命息息相关。在被判处之前，他们既怕被接连提审，其实也怕不提不审，似乎被彻底遗忘了的日子。人是必须有某种活着的起码内容的特殊动物。否则，对于常人而言日子便没了意思。对于罪犯而言便将度日如年。因为他们不知道自己还将拥有多少活着的日子，想格外珍惜目前的每一个日子却又办不到。五天里，杨彩凤明显地憔悴了，脸几乎瘦了一圈儿，仿佛每天都至少被抽去100CC血液似的。这五天，对于司马敦同样是漫长的。在这五天里，他想的已不再是立功、提级、涨工资、调住房。想的是那些丢了孩子的父母、祖父母、外祖父母，以及每一个孩子的一切亲人。有一位三十六七岁的父亲，因为丢了儿子，心脏病突发而亡；有一位外祖父，因为丢了外孙女，疯了。疯了的那老头儿，几乎将全市每一条主要街道的电线杆子都贴上了“寻人启事”，逢人就拦住问：“看见我外孙女了吗？能帮我找着，我的全部家产都归你！”老刑警一想到这些就心急如焚。五天里他也多思少眠，他的眼里也布满了血丝，他的脸也瘦了一圈儿……

罪犯一进入审讯室就顿时怔住了，愣住了。因为她眼前的情形，与前七次完全不同。审讯室已不再是审讯室了——墙上那条“坦白从宽，抗拒从严”的标语不见了，满墙贴着放大了的照片。在长的、宽的、横的、竖的照片上，皆是不同年龄的男男女女的特写。有的在痛哭，有的在呼天喊地，有的在扯自己的头发，有的双手捂住自己的脸，有的是一双眼睛，有的是一张咧开的嘴……四面墙上全是，窗子和门上也是。罪犯一时不知自己该望向哪儿好。她仰起了脸，不看任何一面墙，但屋顶上也是。一个披头散发的女人，正从顶上瞪着她。女人的手臂从屋顶上直指向她。她赶紧垂下目光，然而地上也是照片。她的一只脚正踩着一张咧开的男人的嘴。她急忙将自己的脚移开。仿佛移开得迟了几分钟，那张嘴会咬掉她的半个脚似的。照片上的男人、女人、老头儿、老太婆，好像顷刻间会同时从四面墙上，从门上和窗上，从屋顶上扑下来，愤恨地将她撕碎似的。她的心开始怦怦乱跳，她浑身开始发抖，她膝部开始发软，她觉得自己有点儿站不大稳了。她想坐在椅子上，然而椅子上也贴了照片。椅背上也是一张由于喊叫而张得极大极大的嘴。她竟没敢坐，仿佛一旦坐下去，那张嘴便会咬在她背上，并且一口咬住就永远也不会松口了似的……

这一切都是司马敦的"杰作"。照片资料是他从各处收集的，是他自费去放大的。头儿说这笔费用没法儿批准报销，因为公安财务上，从来就没有过这一条名目啊！那是一笔不小的费用。对于他这名每月收入微薄的老刑警来说，是一笔不小的费用，他瞒着老伴儿，从存折上取了三千元，也就是说动用了他们几十年口挪肚攒的总积蓄的五分之一。至于那些照片的具体贴法，他是聘请了高人指点自己进行的。对方是这个小市电视台的"大腕儿"级美工设计。对方明了他的一片苦心后，深为感动，仅收了五百元"指导费"。头儿当然也没批准报销。老刑警孤注一掷，志在必得，根本不在乎钱不钱的了！小女犯突然转身向门外窜逃。是的，那的确是窜逃的样子。但门从外面别上了。于是她开始发了疯似的往下撕照片。一会从这面墙扑向那面墙，一会儿从门扑向窗，一会儿蹲下撕地上的，一会儿伸长手臂连连蹦起，徒劳无益地打算撕屋顶上的，一会儿又转而撕椅子上的。撕得残破不全的照片，看上去对她的心理反而更加具有猛烈无比的冲击力了……

满地都是撕碎的照片……

小女犯闭上眼睛，缩在一个墙角，以头撞墙，嘤嘤地哭了……

于是审讯室响起了一片哭声——男人的，女人的，老头儿的，老太婆的……

小女犯的哭声和那一片哭声混在一起，致使她分不清哪是自己的哭声，哪是别人的哭声。她明白肯定有一台录音机在什么地方播放着。她像一只被刺瞎了双眼的兽，四处寻找，企图找着那录音机，摔碎它，却怎么也找不着。哭声继续，音量渐大，捂上双耳也无济于事……

她终于尖叫起来：“我交代！我交代……”

当司马敦坐在审讯桌后，小女犯对他的抗拒心理已经一败涂地了。她面色苍白，眼中全没了以往的敌意，充满着的是不可名状的惊悸了。眼泪将她那张脸弄得脏兮兮的。

“你起来！别缩在墙角，坐到椅子上去。”

她乖乖地离开了墙角，坐到椅子上去。

“我根本不愿这样对付你，是你逼我这样做的！”

她低着头，仍在嘤嘤地哭泣。

“抬起头，看着我！”

她不抬头。

司马敦反而有几分可怜她了，毕竟她刚满十八岁，她已经是阶下囚。他并不因她的心理崩溃而有快感，他天生是个软心肠的男人，即使对犯人，他也常动恻隐之心。他憎恨罪恶，却又每每可怜人成了犯人之后丧失尊严和自由的下场。在一般情况下，他总是要求自己顾及犯人的一点儿也是人的起码尊严。

他不忍心再次喝令她抬头了。

“你上一次喊的茜子是谁？”

“我妹。”

“亲妹妹吗？”

“不是，一个村儿的，和我一块儿从家里跑出来的……”

小女犯由嘤嘤低泣转而号啕大哭了。

“这里是公安局的审讯室，而你是拐卖儿童的罪犯！彻底坦白交代是你唯一的出路，此外谁都救不了你！”

小女犯不哭了，猛地抬起头来了。

她声嘶力竭地叫嚷：“但是你要不那么快就逮着我，我彩凤就能救我妹！我就能用卖孩子的钱赎出我妹！妹呀，茜子呀！姐救不了你了！姐对不起你呀……”

她又号啕大哭。

“不许哭，我问你，你妹怎么了？使你必得通过犯罪的行为去救她？”

“我妹……我妹也被拐卖了……”

老刑警顿时怔住了，不知再问什么好。

小女犯望他一阵，双膝缓缓跪下。

她泪流满面地说：“大叔，你要能替我救出我妹，我就彻底交待，统统交代！

要不然，我杨彩凤至死也不交代！我今天把话说在这儿，信不信全由你了……”

老刑警站起来，离开审讯桌，一步步走到小女犯跟前，以又是怜悯又是憎恨的目光俯视着她。

“起来，别跪着，坐到椅子上去！”

小女犯变得比前七次被审时驯服多了。她乖乖地起身又坐到椅子上。

“你把刚才说过的话再重复一遍！”

“你要是能替我救出我妹，我就彻底交代，统统交代！要不然，我杨彩凤至死……”

“得了，后边的话不必重复了。我再问你，你说话算话吗？”

“算话……”

“那么好。我现在当面向你保证，不救出那个茜子，不带她来见你，我再也不审你了！我也是个说话算话的人！现在你告诉我，她被拐卖到哪儿了？”

“什么，你要到外省去救那小女犯的妹子？”

“局长，不是她亲妹……”

“我不管是不是她亲妹！难道你不知道这是要冒很大风险的啊！”

“局长，我知道……”

“你！知道你还……哪有刑警向犯人当面保证什么的事儿？老敦呀老敦，你又不是刚穿上警服的年轻同志！你过戏了，玩笑开大了……”

“局长，我可不是在演戏，更不是在开玩笑。我觉得这是非常严肃的事儿……”

“得了吧你！我问你，就算你把她妹子救出来了，她仍不交代你又能拿她如何，你怎么就相信了她的话呢！”

“局长，不该信的时候，当然不能轻信。可该信的时候，信了也不为过。你们都不信她，我信她。我信她会说话算话的！”

“为什么？”

“不为什么，觉得该信，信了就是了。为早点儿弄清楚另外四个被拐卖的孩子的下落，我认为自己值得去冒一次险！”

当头儿的着实埋怨了他一通之后，见他主意已定，不可动摇，只有同意了。问他需要带几个助手，他说一个都不需要，仅请头儿向外省公安部门通告一下，希望给予他协助。

他没对老伴儿讲实情，怕老伴儿担心，他撒谎说不过是一次例行的公差，但是却写了遗书。这也不是小题大做，因为前不久，本省的两名刑警，为了营救一名被拐卖的少女，一名殉职，一名终身残疾……

他动身那天是十三号，同事们都说十三号太不吉利了，都是毫无迷信思想的人，可都为了他这一去的安危变得迷信了似的。他很执拗，说为了那些被拐卖的儿童能早日回到父母和亲人身边，一个小时也不能再耽误了。他说时满面愧色，仿佛八审无结果，完全是由于他不尽职似的。那几个一向对他不太尊重的“少壮派”，纷纷表示要和他一起去，他婉言拒绝了。于是他们在他家为他饯行。酒过三巡，他们唱起了“金色盾牌热血铸就”。他自己没跟着唱。他默默地吸烟，手指轻轻在桌沿敲打着节拍，听他们唱。都是热血男儿，他们中有人唱着唱着流泪了……

几天后司马敦归来了。一只胳膊断了，用夹板吊在胸前，一条腿走起路来一瘸一拐的。腰部也受了伤，稍微一弯就疼痛。还有，一只眼睛肿得完全被封住了，不得不戴上了黑眼罩儿。但是同事们还是个个为他感到庆幸。因为他毕竟是活着回来了。而且带回了一个挺着大肚子的少妇。那便是对小女犯杨彩凤来说，不是胞妹亲似胞妹的茜子。茜子比杨彩凤小两岁，刚刚十六岁多一点。茜子已经怀上了九个月的身孕。同事们，包括几位副头儿们，都惊异于他怎么竟能从一个刁民如匪的野蛮村落里，将一个怀了九个月身孕的少妇救出！他却一个字也不肯讲，只说："一言难尽，但也没你们想象的那么惊险。"

当天他就带着被拐卖的少女茜子去见小女犯杨彩凤。在长长的走廊里，老刑警和那已成少妇的少女并肩而行。他因为一瘸一拐走不快，她也因为怀孕走不快。她双手捧着大肚子，似乎非常爱护腹中的孩子。尽管他和她都非常急于见到杨彩凤。

小女犯自然是已经预先在审讯室里期待着了。老刑警轻轻推开门，闪身一旁，让茜子先进。两个不是胞妹亲似胞妹的女孩儿，并没当着他的面立刻紧紧拥抱在一起。是的，在五十九岁的老刑警眼中，她们还都是孩子。尽管一个是犯下了重罪的罪犯，一个过早地失去了女儿身，变成了孕妇。茜子进门后怯怯地站在门边，以一种相当陌生的目光望着杨彩凤。而杨彩凤坐着没动，也以一种相当陌生的目光望着自己变成了鬼都会惦念着的茜子。显然地，她做梦都不曾想到茜子会怀上买下她的那个男人的孩子，尽管这是那么顺理成章的事儿。正如司马敦在路上将杨彩凤成了重罪犯的情况告诉了茜子之后，茜子被惊得目瞪口呆几乎晕了过去……

司马敦尽量以一种平静的目光望着小女犯，尽量以一种平静的口吻对她说："杨彩凤，我说到做到，把你要求我救的人救出来了，给你们半个小时，不，可以给你们一个小时，你们好好谈一谈吧！"

老刑警一说完就退出审讯室，他敏锐地感到了小女犯望向他时目光的异样。她的目光中分明的不无感激的成分，那也许是连她自己都意识不到的，但却使老刑警内心感到欣慰。

他在门外用烟盒叠了一只小船吸起烟来，一边不时往小船里弹弹烟灰，一边侧耳聆听审讯室内的动静。几分钟后他才听到哇的一声大哭。那不是一个人的哭声，而是两个人同时发出的爆发式的哭声。他将门轻轻推了一道缝，见两个女孩子已抱在一起。由于茜子的肚子向前鼓凸着，使她们的身体根本没法儿贴拢。她们只不过是互相搂抱着头痛哭而已。她们天昏地暗地哭了十多分钟。哭够了才面对面坐下，彼此紧攥着手，彼此注视着，你问一句我答一句地说起话来：

“姐，是我害了你，我知道你犯罪都是为了我……”

“茜子，别说姐的事儿了。说也没用了。世上没有后悔药，姐后悔也晚了。还是说你的事儿吧，你现在已经被救出来了，告诉姐，今后怎么个打算？”

“今后……也没什么打算，还得回去呗……”

“回去？回哪儿去？”

“回买我那个人家去啊！”

“回买你那个人家去？”

“不回那儿又能回哪儿去？我这样子还能再回家乡吗？我做了人家的老婆，又怀上了人家的孩子，只有回去给人家生下肚子里的孩子，老老实实当人家的老婆，当人家的孩子妈啊！”

“可他又老又丑！可他是瘸子！可他大你三十多岁！可你只不过是他花钱从人贩子手中买下的……”

“姐，咱们女人，一旦怀上了男人的孩子，想法就不一样了……”

老刑警听出，茜子的话语，变得越来越轻松了。那怀了九个多月身孕的少女，似乎并非是在探监式地会面，而更像是在自己的家里，或是在小女犯杨彩凤家里，和对方进行着关于女人的知足常乐的闲聊。他不禁感到一种巨大的悲哀，替茜子，也替小女犯，尤其替后者。

“怎么就不一样了？”

老刑警敏感地听出，小女犯的语调中，有一丝丝心悸般的颤抖，那是一种别人不易听出来的颤抖，也分明是连坐在她对面被她视为亲妹妹的茜子也不易听出来的，但他却仔细地辨听出来了。因为在八次审讯中，他对那小女犯的语调，已研究到了精确无误的程度。除非她不开口，只要她一开口，哪怕仅仅说一个字，他便立刻能从她那一个字的语调中，得出她的心理状态的结论。他觉得茜子的话，是像一把刀，深深地捅入小女犯的心里了。他替小女犯感到了一种不可言状的痛苦，感到了巨大的不平。

然而茜子的话说得还是那么轻松：“姐，说了你也不懂，反正，人一想开，什么事儿都无所谓了。我男人他后来对我怪好的，尤其我不再逃跑，尤其我怀了他的孩子以后，他可疼我了。女人嘛，宁嫁丑汉当宝贝，不嫁好汉当苦妇呀！再者说了，他家的日子过得挺富裕……”

“你给我住口！我为你被关在这种地方，你倒张口闭口说他是你男人！你……我今天非弄掉你肚子里的王八羔子不可！”

老刑警听到审讯室内“扑通”一声响，一惊，急忙掐灭烟揣入兜里，片刻不敢迟疑地闯入审讯室。他看见茜子已倒在地上，而小女犯正高高地抬起一只脚，向茜子的腹部狠踏下去。茜子一滚，小女犯一脚踏空，紧接着又高抬起脚踏。于是那茜子惊慌失措地满地滚着爬着躲……

老刑警一步跨到二人之间，挡住了小女犯。茜子趁机爬起，双手捧着大肚子逃出了审讯室。

老刑警大喝：“杨彩凤！不许撒野！你当这是什么地方啦！”

小女犯胸口剧烈地喘息着，愣愣地大睁着双眼，瞪了几秒钟，猝然一转身，一头朝桌角撞去。她顿时昏倒在地，血流满面……

老刑警急弯腰，用一只手臂将她上身搂抱在自己怀里，连连大呼：“来人，快来人！”

司马敦第九次提审杨彩凤时，她对他已完全没有了以往那种敌意。她被剪成了秃头，药布从前额到后脑，从头顶到下颏，交叉缠了厚厚两环，使她的头看上去像一只裂了的瓶子，仿佛不缠住就会散碎了。

司马敦说：“杨彩凤，你干吗性子那么烈呢？”

小女犯将头一扭，不吭声。

连他自己都听出来了，他的话中有一种心痛她的意味儿。简直不像一位审讯者对犯人进行审问，更像一位长者对晚辈进行善良的规劝。他在心里暗暗提醒自己——司马敦，你怎么了？你用什么语调审犯人啊！你别忘了你的特殊身份……

“杨彩凤，为了救你妹，你已经看到我变成了什么样子！你也一再向我保证过一定说话算话，现在，我要求你彻底交代！”

他的口吻严厉了。

小女犯又将头朝另一边一扭。

“怎么，你成心要我……”

司马敦的心不禁往下一沉——这已经是第十次审讯了！如果她真的成心，我该怎么对待她呢？他一时陷入了迷惘。

不料小女犯这时开口了。

她目不转睛地望着他说：“大叔，再成全我一次吧！我……我真想去给一个人上坟……”

“谁？”

“哑巴……”

小女犯眼中流下了泪。

老刑警盯了她许久，终于低声说：“行。那我就再成全你一次。”

哑巴的坟在他生前承包的那座山上。他堂姐的坟在他的坟旁。小女犯要求穿她自己被捕前那套衣服。她提出这一要求时说，路上怕被人一眼看出她是犯人，怪丢脸的。司马敦很照顾她这一点自尊心，没犹豫就答应了。她还要求别给她戴手铐，这一要求他却没答应。他考虑到自己一瘸一拐的，万一她半路逃了，自己未必能追得上她。尽管她一再苦苦哀求，他还是没答应。

在山上，她用戴手铐的双手，连根拔了一大捧半开未开的野花。她将那一大捧野花细心地一一栽在哑巴的坟头。她用戴手铐的双手，从一条小水沟里掬起水，来来回回地跑着浇野花。老刑警见她跑得脸上出了一层汗，不禁又动了恻隐之心，替她四周寻找能盛水的东西，终于找到了一个易拉罐儿。她接过时笑了，那么的粲然。老刑警很少看见她笑过。由于她被剃成了秃头，临行前他为她借了一顶旧军帽。她戴着旧军帽，脸儿显得很有股子英气。

她在哑巴坟前虔虔诚诚地磕了三个头。虔诚不虔诚，司马敦是完全看得出来的。戴着手铐磕头，并且磕了一次能挺起腰再磕，并非一件顺顺当当的事。她磕最后一个头后就没能挺直腰，身子一歪，向一旁栽倒了。若不是司马敦将她扶起，她自己还真不太容易站起来呢。她站定了，又要求司马敦替她找一截树棍来。司马敦也不问她干什么用，便去替她找来了一截。

她并不马上接。她说："大叔，用你身上带的小刀，替我把一端削尖了，越尖越好。"

老刑警不问，默默从腰间取下小刀便替她削。他断定她反正不会用来对付他，也断定她反正不会用来自杀。

"行了吗？"

"行了。"

她这才接过去。

她用戴着手铐的双手，将那截一端削尖了的树棍，使劲儿插入了哑巴的堂姐的坟头，并且朝那坟啐了一口，解恨地说："叫你再也不能托生！"

她拍拍弄在双手上的土，模样如同工匠终于干完了一桩活似的。

老刑警也不说什么斥责她这种仇恨的做法的话，只不过不以为然地摇了摇头。

"大叔，坦白真的从宽吗？"

"当然。'坦白从宽，抗拒从严'，这是法的一条原则！"

"什么叫原则？"

"原则就是，你信也是那样，你不信也是那样，总之是那样定罪的一条章法。"

"大叔，那我从现在起信你了！"

"不是信不信我的问题，你应该信这个原则！"

"大叔，你跟我来！"

于是她将他引到小草房的废墟后边。

那儿有一口井。她从地上捡起石头，敲砌成井口的砖。敲下一块，再敲一块，接连敲下了五六块。于是从最后一块砖的下面，暴露出用塑料皮包着的小本儿。

“大叔，那另外四个孩子，拐卖到哪儿了，拐卖给什么人家了，我都一清二楚地记在这小本儿上了……”

小女犯用戴手铐的双手，极其郑重地将那小本儿递向老刑警。

司马敦一接在手里，便三下两下扯掉塑料皮，急急切切地翻着。

那些地址关系到四个儿童的命运啊！关系到四个家庭的大悲大喜啊！

他激动得难以自持了。

“大叔，我说话算话吧？这下你能立功受奖了吧？心里高兴极了吧？”

她问得那么天真无邪。

“来！大叔给你开了铐子！大叔请你下馆子去！”

在山下那条通往省城的公路两旁，有不少家个体开的小饭馆。招徕顾客的形形色色的幌子日夜悬挂。老刑警问小女犯想吃什么，她说好吃不如饺子，想吃饺子呗！他们走入一家问一家，连问了五六家，都不做饺子，她说那就算了吧，吃米饭和炒菜也行啊！他却坚持说再问几家。说他记得曾在这条路旁的某家小饭馆吃过饺子。其实他自已更爱吃米饭和炒菜，或者面条。但他暗暗希望能请她吃一顿她想吃的饺子。因为他清楚，这样的机会，对于她，也许是她这一生的最后一次了。他们终于走入了一家卖饺子的饭馆。饭馆主人将他们当成了父女俩，口口声声对他们说：“你们父女俩”“你们父女俩”的。她对此分明地觉得很好玩，很愉快。他当然并不觉得好玩儿，也并不能真的愉快起来。因为从他将那个小本儿接过的时候，心里就清楚——她是将属于她的最后的一些日子也交给他了。而这些日子是所剩无几的。等他结了案，属于她的日子也就该被法律没收了。显然，她自已还不能意识到这一点，她大概是以这样的逻辑思维的——既然已经打算彻底坦白交代了，既然刑警“大叔”已经向她保证坦白从宽了，那么岂不是也就等于她和她所犯罪恶相互脱节了吗？她的愉快是可以理解的。他不愿破坏她的心情，不愿对饭馆主人纠正他们的关系，更不愿向她说任何带有暗示性的话。她的胃口很好，竟吃了半斤多饺子。而他却仅仅吃了十来个。若不是为了陪着她让她多吃，他是连那十来个也吃不下的。

隔着公路，在那家饭馆对面，是一家个体的录像厅。他们出了饭馆，那儿正放着录像。门外停着一排过往车辆。里面坐的，显然是些常在那条公路上跑车的司机，吃完了中午饭，消遣个把钟头，是他们习惯了的午休方式。打斗声和叫喊声，一阵阵传到他和她的耳朵里。

她抬头瞧瞧他，想说什么，又似乎不太敢开口。

他说："你还有什么要求的话，就直讲。只要不过分，我全答应你。"

她说："大叔，我已经好久好久没看过一场电影了。"

于是他攥着她的手腕，几大步跨过了马路。那情形的确像一位老爸，扯着一个虽然长大了但却仍被视为孩子的女儿过马路。

录像厅的老板娘，见来了一位穿警服的，很惶恐，不安地说："没放黄色的，真没放黄色的。我们自觉。被抄几次了，哪儿还敢放黄色的啊！"

司马敦回答说："没放黄色的就好，那我们进去看看！"

对方诚惶诚恐，不敢收他们的钱，还为他们加了两把椅子，塞给他们一人一包瓜子。

放的是成龙的片子，一部打斗闹剧。

小女犯一边嗑着瓜子，一边聚精会神地看，不时旁若无人地咯咯笑，并且时不时地扭头对老刑警说："大叔，我顶崇拜成龙啦！瞧他演得多逗哇！"在黑暗中，在那些司机们口中呼出的烟味儿和酒味儿中，老刑警扭头观察着小女犯脸上开心的笑容，内心里一阵阵地酸楚，真有点儿想哭。

他说："我去上厕所。"——说完便起身离开了，直到录像放完，他再没进去看一眼。

小女犯心满意足地出来，打着饱嗝奇怪地问他："大叔，怎么再没进去呢？我还一直给你占着座呐！”

老刑警搪塞地说：“我受不了里边那股味儿。再说那片子我早看过了！”

小女犯又说：“大叔，你真好，又请我吃饺子，又请我看电影。我服满刑，将来混出息了，一定不忘报答你。”

她说完主动向他伸出双手，那意思是提醒他，该给她戴上手铐了。

老刑警无言地摇摇头……

从那一天起，老刑警司马敦，渐渐接近了小女犯的犯罪轨迹。于是也便渐渐地走进了一个在穷苦中长大的乡下女孩儿一心寻找自由和幸福的故事。他不曾料想到的是，那故事中充满了悲惨，她所犯的罪恶，正是她经历的悲惨孵化出的一个畸型的蛋。不知为什么，小女犯杨彩凤在叙述她和她“妹子”茜子的悲惨经历时，并未痛哭流涕，甚至也丝毫不带有自哀自怜的色彩。相反，却讲得很平静。几乎是他问一句，她回答几句。但还是将司马敦听得时常记录不下去，不得不暂时离开审讯室一会儿，到外面吸支烟，平复一下自己的情绪，或者拭去就要涌出眼眶外的眼泪。有时甚至听得惊心动魄起来，打乱了自己审问的思路。

彩凤和茜子，是某一个省份某一个县里某一个又偏远又落后的小山村的两个女孩儿。彩凤从小就死了亲娘，后娘将她视为眼中钉、肉中刺，三天两头儿地找茬儿打骂她。而父亲则认为她所受的虐待，肯定都是由于她的过错。因为后娘是个在村里颇有几分姿色的女人，并且善于在床上将父亲服侍得心满意足。有次她无意间撞见了后娘和村里一个男人勾搭成奸，她偷偷告诉了父亲，父亲没教训后娘，反而骂她贬损后娘的名声，挑拨后娘和亲父的恩爱关系，将她吊起来用麻绳蘸凉水毒打了一顿。抽得她遍体鳞伤，每晚后背不敢着床，只得趴着睡。从此她不光是后娘的眼中钉、肉中刺，也是父亲的眼中钉、肉中刺了。父亲后娘一拍即合，打算一旦物色到一个出价高的买主就将她卖了……

茜子的父母在她六岁那一年里先后都死了。是姐姐把她带大的，姐很疼她。姐没结婚前，姐妹俩相依为命，愁苦的日子里倒也有乐的时候。姐成了别人的媳妇以后，茜子的厄运就临头了。好色的姐夫，垂涎欲滴地整天都在打她的坏主意。茜子处处戒备，姐夫很长一段日子里难以得逞。难以得逞便恼羞成怒，恼羞成怒就在姐姐身上发泄。有天夜里，姐夫将茜子口中塞了一个馒头，捆在一把摆放在床边的椅子上，接着就趁着酒兴，将姐姐的衣服扒得精光，按在床上干那种男女之间的事儿。过后，他还嬉皮笑脸地说，是替茜子去去羞，发誓第二夜里一定要饱尝姐夫和小姨子干那种事儿的美妙滋味儿！而且说姐姐也必须从旁看着。说皇上也是男人，他也是男人，区别无非一尊一贱。皇上可以封姐俩为妃子，他这个男人有明摆着的好条件，怎么就不可以背地里占有姐妹两个为老婆？姐流着泪苦苦哀求他放过茜子，说茜子还不到十六岁，还是个小姑娘啊！姐夫说女人长到什么年龄才算成熟啊？半生不熟的瓜，啃吃起来更爽口！姐姐说别逼她明天去乡里告他，他就操刀在姐姐光着的身子上划了一刀，恶狠狠地说，她敢告，他就敢把她姐俩儿全杀了！那一天后半夜，趁姐夫睡酣了，姐姐匆匆替茜子收拾了一个小包袱，送茜子逃出了村。第二天，彩凤得知茜子离家出逃时，正在地里干着活儿。她坐在地垅上寻思了一会儿，连家也没回，直接就追寻和她同病相怜的茜子去了。

如果彩凤并没有追寻上茜子，以后的一切事件，也许就不会发生了。即便发生，也肯定会由另外的一些情节组成。

但她竟在一个小站追上了茜子。仿佛冥冥之中真有一个主宰，它若偏要按照它的意志演绎某个人的命运，人自己是做不了自己的主的，想改变也改变不了。

茜子和彩凤一见之下，在抱头痛哭一场后，便到一个僻静无人处，双双跪地磕头，指天为誓，结为义姐义妹——有福同享，有难同当，不能同生，但愿同死。

乡下女进城，在如今这个年代，按说找到一份活儿，每月挣个几百元，自食其力，已非难事。最起码，可以当小保姆。

她们正是这么想的。她们想得那么自信，也想得那么乐观，因为她们原本都是勤手勤脚的姑娘。但是由于她们不愿刚到城里被分开，总希望能被相距不远的两户人家所雇，结果几天过去，也没能盼到如愿以偿的机遇。而茜子身上带的几十元钱却花光了，她们不得不放弃最初的想法。这时却到了梅雨季，每天光顾劳务市场的城里人一下子少了。那些雨天，她们成了迷失在城里走投无路的羔羊。就在那些雨天中的一个日子，在冷冷清清的劳务市场上，在她们的湿衣服贴紧肌肤、腹中空空、又冷又饿的情况下，遇到了两个“合资企业”的“招工者”。“合资企业”的诱惑简直是她们所无法抗拒的。“工人”二字对许许多多的城里人早就没有丝毫的自豪感，然而对于她们却仍那么具有神圣性。每个月五六百元的工资更是她们出生以来就万万不敢奢望的。她们几乎不相信自己的耳朵，以为听错了。从天而降的大幸运使她们惊喜得懵里懵懂。在懵里懵懂的状态下她们上了两个“招工者”的卡车……

她们因庆幸自己的好运气而一路不停地唱歌，卡车在她们的歌声中渐渐远离了城市。天黑后卡车停在了一条山路的转弯处，开车的男人说车坏了，并指着远处的一片灯光说那就是“合资企业”所在地。那一片灯光在她们看来格外灿烂。其实那是一个县城的灯光。而另一个男人热情地给她们面包、香肠和矿泉水。她们当然料不到矿泉水里加入了碾成粉末的安眠药。她们一路上早将他们当成自己的恩人一样尊敬着了。卡车厢里有两套行李，这个男人爬上车厢，替她们将行李铺展开来，说她们可以安安稳稳地睡上一觉了。于是吃饱喝足了的她们，便舒舒服服地躺下她们疲乏的身体，望着远处的灯光，怀着对命运的种种憧憬，在喁喁私语中逐渐睡去……

于是这两个男人就在那一时刻一个对付一个地分别强奸了她们。遭到强奸使她们都醒了，然而她们口中已被塞了她们的袜子，喊叫不出声音。药力使她们浑身绵软，瘫若无骨。她们只有任凭两个男人兽性摆布的份儿。只有扭头相望着流泪的份儿。

之后她们被绳子拴在了卡车厢里。车当然并没坏，连夜开走了，天亮时分开进了一个村子。茜子被拖下车，被一个男人像扛口袋似的扛入了一户人家。村人们渐渐聚拢了，围着卡车看稀罕似的看彩凤。她向人们哭诉自己和茜子被人贩子骗了，哀求人们发发慈悲搭救她们。人们却无心听她的哭诉。女人们都望着她相互议论，有的说看上去她将来能生养，生养两个三个没问题，因为她的胯骨宽；有的说茜子看上去年龄小些，肯定也会便宜些，但眉眼和她一样的俊，要是自己给儿子买媳妇，还是买下茜子比较合算。男人们望着她的目光却无不是色迷迷的。有的对她说脏话，有的甚至跃到车厢里当众轻薄她，引起一阵阵开心的笑……

不久，那两个男人留下茜子，从那户人家出来了。彩凤望见被捆住胳膊和腿的茜子滚着身子出现在那家的门槛内。茜子全身着地，只有头能扬起。茜子绝望地哭喊："姐呀！姐呀！你可千万要来救我呀……"

而那时汽车发动起来了。她望见茜子一边继续哭喊，一边以额头磕那户人家的门槛，直磕得鲜血流淌到脸面上……

那情形便是茜子留给她的最深刻的记忆。以后茜子那情形、那绝望的哭喊声，多少次使她从噩梦中惊醒，多少次使她暗暗发誓，不救出她的妹子她誓不为人！

两个人贩子因一时找不到出价令他们满意的买主，就将她藏在他们中一个人的亲戚家的地窖里，像文物走私犯藏匿一件盗窃的文物一样。那人家在一个村子，那村子离一个铁路存货场仅三里多地。她几乎每天都能在地窖里听到火车的汽笛声。他们闲得烦了就下地窖糟踏她。一次次在黑暗中被糟踏的她，竟分不清下到地窖里的究竟是他们中的哪一个……

终于有一天她寻找到机会逃跑了。自己也不知怎么就那么能长跑，一口气跑到了存货场。恰巧有一列载煤的货车刚刚开动，她冒死抓住那列货车的攀手。然而那列货车开出不远却又退回了原处。她不得不跳下车。那时两个人贩子也追来了。一左一右逼向她，使她无路可逃。她披头散发，几天没洗脸了，样子三分像人，七分像鬼。当时存货场上有一些男女民工正在干活。她大声向他们呼救。他们围拢了来，但也不过就是围拢了来麻木不仁地袖手观。在他们的围观下，两个人贩子打她，骂她，企图用绳子捆上她，他们中的一个对麻木不仁的围观者们说，她是他老婆，她疯了。她挣扎、反抗、大喊大叫，说她不是他老婆，说她没疯，说他们是人贩子，说他们想卖她。她看得出来，围观者们信她的话，根本不信两个人贩子的话，完全明白眼前发生的究竟是一件怎样的事。但他们谁也不打算挺身而出见义勇为。他们一个个麻木不仁地依然袖手旁观。就如同农村的孩子观看杀猪杀羊之前逮住猪羊捆绑猪羊的小刺激似的。她被踹倒在地，两手扳着铁轨。两个人贩子一个拽她的两条腿，一个狠狠跺她的手。而围观者中，有男人一边围观一边吸着烟，有女人一边围观一边吃油饼。她横下一条心，宁肯当众被打死也不再屈服，宁肯双手被跺扁也不放开铁轨。她开始骂那些围观者，用最歹毒的话诅咒他们，诅咒他们的忍心，诅咒他们一个个都不得好死。但他们仍一个个麻木不仁。吸烟的男人照样吸烟，吃油饼的女人不耽误吃油饼……

终于有一个精壮汉子从一辆牛车那儿奔将过来，他就是哑巴。哑巴是到存货场驮化肥的。他手中舞动着一柄叉子，咿啦哇啦地斥责两个人贩子。他们见他是个哑巴，并不把他放在眼里，不理他。哑巴火了，便用叉子拍他们。他们不理不行了，其中一个就对哑巴比比画画，意思是哑巴如果出得起三千元钱，那么她可以归哑巴。哑巴从兜里翻出了钱给他们。当然不是三千元，而只不过是些零钱。他们哪里稀罕接！他们冷笑着威胁哑巴滚一边去，别管闲事。哑巴更加激怒了，零钱也不给他们了，又揣起来了。哑巴揣起钱后，挺着叉子就朝他们冲过去。不再是用叉子拍他们，而是气势汹汹地刺向他们。俗话说十个哑巴九个狠，发狠的哑巴谁人不怕？他们怕极了，撒腿就跑。哑巴挥舞着叉子，哇哇怪叫着，将他们追到了公路上，眼看着他们逃远了、追不上了，才悻悻地回到存货场，在众目睽睽之下，哑巴抱起半昏迷的她，往肩上一搭，扬长而去。仿佛猎人肩上搭一头猎物，也仿佛土著部落的勇士，从敌人手中夺了一个女奴。

哑巴将她往牛车上一丢，拉回了他承包的山上，抱进了他住的小草房。哑巴当时并没对她发生什么兴趣，因为她当时的样子实在不好看，他只不过可怜她罢了。他烧了一大锅开水，翻出一套自己的旧衣服，将门掩上，关她在屋里，让她能干干净净地洗澡。她洗罢澡，换上了哑巴肥大的衣服。哑巴进屋后，瞪视着一个变得干干净净洗得肌肤粉粉嫩嫩的小女子，惊异得两眼大放光彩。而她对男人仍心有余悸，目光中闪烁着恐惧，本能地防范着。哑巴却没有就对她肆无忌惮起来，尽管是在他的势力范围内。山上除了他们两个再无第三个人，哑巴是可以肆无忌惮的，她就是喊破嗓子也是无济于事的。但哑巴显然不愿冒犯她，不愿一开始就使她惧怕他，更不愿一开始就使她憎恶他。他只不过喜形于色地瞪视着她乐得合不上嘴罢了。仿佛她是一个出现在他的小屋里的什么花精鬼魅，不是一个一般的小女人。

她就这样在哑巴的小屋里栖下了身。一方面，她是他的战利品，是他凭蛮勇夺来了并可随意驱使的女奴；另一方面，在他所承包的极少有外人出现的这个山头上，她又如同是他这个“山大王”的“押寨夫人”。他唯恐得而复失，每天植树时，必得用绳子牵着她满山转，生怕一疏忽让她跑了，只有回到他的小屋里她才是自由的。但他照例不放心地坐在门槛上，门神似的守着门。在他的小屋里他们的关系颠倒了过来，他变得对她百依百顺，仿佛她成了主子，而他只不过是奴仆。她发愁时他则安静，她偶尔一乐他则孩子似的顿时就兴高采烈，做鬼脸儿，出怪样儿，为了逗她乐极尽所能。但他就是不强暴她。她每每都看出他常动那一种念头的。然而他似乎不太敢付诸行动，好像她对他具有几分神圣性。他的自我抑制令她十分感动。她认为他是她生平所遇到的第一个好男人，尽管是哑巴。其实她并不敢离开那座山，甚至不敢独自离开哑巴的小屋。怕那两个人贩子潜伏在周围，伺机将她再逮了去。

一天夜里，她怀着几分报恩的想法几分对温暖的渴望，主动委身于哑巴，她的柔情和驯顺使他获得了巨大的满足，而他那种男人的强有力的占有也使她获得了巨大的满足。她生平第一次被一个男人温爱而不是强奸。过后她哭了，她是感激地哭了；哑巴也哭了，哑巴是满足地哭了、幸福地哭了。哑巴不停地对她做手势，比比画画，咿啦哇啦，声调中充满爱意。她明白他是在向她表示，今后他要用生命保护她，他愿意随时为她去死……

从此他们就像一对新婚燕尔的恩爱夫妻一样生活在一起了。她开始变得无忧无虑。唯一常使她闷闷不乐的心事，就是又想起了茜子。

一天从山下上来了一个村妇，她便是哑巴的堂姐。哑巴对堂姐挺敬畏的，因为据他的堂姐说，是她将哑巴从小养大的，而且她是哑巴在这世上唯一的亲人。她吩咐哑巴怎样，哑巴便怎样，从不违抗她的意志。正好比那一句话说的——理解的执行，不理解的也执行。

哑巴的堂姐开门见山地问彩凤究竟是怎么打算的？是不是愿意就和她的哑巴堂弟长久过下去了？

彩凤沉默片刻，郑重地说，要她和哑巴长久过下去她也没什么不愿意的。她可以为他生儿育女，可以做一个贤妻良母。但条件是，哑巴必须帮助她将她的妹子拯救出来。否则，她是注定了要离开他的。

哑巴的堂姐问明了她的妹子是被拐卖了以后，劝她趁早不要痴心妄想。因为哑巴是人不是神。不是人是妖也行，但哑巴不是妖啊！既不是神也不是妖，只不过是一个凡体肉胎的哑巴男人，竟去一个野蛮的刁民成群的村里救一个被拐卖的小女子，这不等于是白白送死吗？

她坚定地说她也是要去的。为了救她的妹子，她怎么能让哑巴一个人去冒险呢？

哑巴的堂姐冷冷一笑，说那也不过是等于两个人一块儿去送死。

于是她哭了。她说反正不救出她妹子，她自己也不想久活于世了。

哑巴的堂姐并不劝她，任她哭。

她哭够了，抽抽泣泣地问哑巴的堂姐——是不是她最好去报案？

哑巴的堂姐又无声地冷笑了，说报案？说报案岂不等于对你妹子的处境雪上加霜，成心害你妹子？说办案那是需要经费的，你出不起经费，公安凭什么为你出经费千里迢迢地冒险去救你妹子？就算他们为你去了，人家预先将你妹子转移了，藏了，公安又能再有什么法子？难道会将那家里或那村里的一个小女子逮了，交给你抵你妹子吗？

于是她又哭起来。

哑巴的堂姐接着说："别哭！哭有什么用？千万别报案！报案你妹子可就让你给毁了！公安没救到她，一走，人家就会把你妹子的脚筋给挑了！我可不是吓唬你，这样的事儿不少呢！"

是哑巴的堂姐给她出了一个救她妹子的主意，那就是——偷别人家的孩子卖，攒够了钱赎回茜子……

"你认为她给你出了一个绝妙的主意，是吗？"

司马敦又离开审讯室，在外面吸完了烟盒里的最后一支烟，回来坐定后，拿起笔，望着小女犯不动声色地问。

她摇头。

"别摇头，要回答。"

"我起初不想跟她合伙干，我也知道那是犯法的。可她说，如果我不跟她合伙干，就不许我再在哑巴那儿住下去。我怕离开哑巴那儿，怕再落到两个人贩子手里。我总觉得，他们一定在什么地方等着我出现。大叔，我说的全是真话，一句也不撒谎！"

老刑警竖起一只手掌制止她说下去。

"你们怎么合伙干？"

"我只管偷孩子，哑巴管接'货'运'货'，她的堂姐管卖。卖了钱，我和她对半分。"

"那，哑巴就一分钱也不得吗？"

"哑巴缺心眼，对我们合伙干的事儿，有点儿不明不白的。"

“前四个孩子，你们一共卖了多少钱？”

“不到两万元。”

“你分的那一份儿钱，都干什么花了？”

“一分钱也舍不得乱花。除了每次留下一百多元自己用，都让哑巴的堂姐代存着。她说存够了赎我妹子的数，就替我去办，根本不用我再操心……”

“你前边说过，你不敢离开那座山，更不敢离开哑巴的小屋，怎么又敢下山了，怎么又不怕再落到那两个人贩子手里？”

“因为……因为……我也成了道上的人了嘛！哑巴的堂姐说，道上的人就不再欺负道上的人了，这是规矩……”

“最后一个孩子是怎么死的？”

“因为……因为哑巴没在火车站等着接货。我心慌得要命，觉得也许要出事儿，就自己抱着孩子上了火车……”

“哑巴那天干什么去了？”

“他在一个赌点儿赌钱，被派出所抓进去了。在火车上碰到了你以后，我心里更慌了。我总觉得，有一天把我彩凤捉拿归案的，肯定是你……”

他又竖起手掌制止她。她对他的手势已经领悟熟了。只要他做那手势，她绝不再多说一个字。即使心里憋了许多要说的话，也不替自己辩白，似乎极自愿地放弃了辩白的权利。

“接着说孩子究竟怎么死的。”

“我因为心里慌，冒雨下了火车，抱着孩子往山上跑。我滑了一跤，孩子的头磕在一块大石头上。跑到哑巴的小屋里，孩子已经昏迷了……”

“孩子心口那儿的伤是怎么回事儿？”

“我给孩子拔火罐来着。”

“用什么？”

“用一个大罐头瓶。”

“你很内行？”

“不。小的时候发烧，我娘在我身上拔过火罐。也见村里人拔过。”

“把孩子的皮肉都烫焦了，你就不心疼？你怎么那么狠心？”

“我心疼。大叔……”

“现在我是在审你，别叫我大叔。”

“对对，我现在没资格叫你大叔……可是大叔，我是心疼那孩子呀！我已经和那孩子有感情了呀大叔……”

“别叫我大叔。”

“我正因为疼他，才为他拔火罐啊！我怎么能想到一按上去，就拔不下来了呢？我双手使劲儿一拔，孩子嘴里吐出血了……天没亮就咽气了……”

“哑巴的堂姐是怎么死的？”

“我刚把孩子埋了，她就上山了。她跟我解释哑巴为什么没去接应我。我打断她，告诉她孩子死了，她脸白了，我向她要我存在她那儿的钱，她问我是不是打算带着钱逃走？我说是，我要带着那笔钱亲自去赎我妹……”

“你当时真这么想的？”

“真这么想的。赎出我妹，我们要一块儿化名改姓，远走高飞。”

“哑巴的堂姐怎么说？”

“她再就什么也没说。”

“再就什么也没说？”

“只是叫我前头走，跟她去她家里取钱。我觉得她神色不对，前头走了两步，一回头，见她的样子恶得吓人，正举着砍刀要从背后砍杀我……”

“说下去。”

“被我躲过了。我抓住她胳膊，咬她手。砍刀掉在地上，我俩厮打了起来。我抢先从地上抓起砍刀，砍中她一刀。她倒下了，我恨她想昧我的钱，还想杀我，又连砍了几刀……”

“哑巴又是怎么死的？”

“大叔……”

“我是审讯者。”

“天地良心，哑巴不是我杀的！哑巴刚巧那时回来了，见我杀了他堂姐，对我发狠，很凶地打我。他只哑，并不聋。我就一边躲，一边哭着说，是他堂姐为昧我的钱，想杀我。哑巴听了，信了，就不打我了，就趴在他堂姐身上哭。后来，他对我做手势。我明白他的意思，是在催我快走，是表示他要替我承担罪名，我不走，我说一人做事一人当，他就推我走。我前脚刚迈出屋，听到他哼了一声，扭回头一看，他把砍刀切进自己肚子里去了。他用一只带血的手不停向我比画，意思是别管他……”

“那么是你放火烧了那小屋？”

“嗯。”

“想焚尸灭迹？”

“……”

“回答我。”

“嗯。”

“那你放火后为什么不逃？”

“……”

“回答。”

“逃不掉了。你已经带着人，把山围住了……”

老刑警不再问什么。他缓慢地用笔在那一页上写下了一个数字——“76”。

审讯记录在司马敦手中压了三天。三天里他几乎每天都在看，看了一遍又一遍，有几页的内容，他几乎能一字不落地背下来。

第三天中午，在食堂里，又和那几名“少壮派”同桌吃饭时，他突然环视着他们问：“你们说杨彩凤能绕过死刑不？”

他们一时都有点儿愣愣地望着他。

他们中的一个人慢条斯理地反问：“老敦啊，你是真不清楚，还是装不清楚啊！她如果能绕过死刑去，除非中国废除了死刑！”

他自己也被反问得愣住了。愣了片刻，喃喃地说：“是啊……”

那天下午，不知那些“少壮派”们出于好奇还是出于别的什么目的，总之都找到他，希望他允许他们看看审讯记录。

他一开始坚决不允许，后来经不住他们的纠缠，出示给他们看了。不过只允许他们当着他的面儿，在审讯室里看。也不知他出于什么样的考虑，将其中的十几页抽出，锁在了抽屉里。骗他们说那十几页还没誊抄。让他们看，他们也看不清楚……

晚上，他们竟陆续到司马敦家里来了。除了一个有事儿没来，凡是看过审讯记录的都来了。仿佛是要聚到他家里开个什么会似的，他们的表情也都有几分暧昧不明，而且都拎着水果、罐头、内衣外衣之类的东西。他们相互见了，都显得怪尴尬、怪不好意思似的。这一点使他看出，他们来之前并没商量过，先后出现在他家里，纯粹是不期而遇。他们都说各自带来的东西，是麻烦他转给小女犯杨彩凤的。都难以使人信服地一再声明——那些东西是他们家吃不了的，爱人或妹妹不再穿的。在他们郑重其事的声明过后，便都不久坐，几乎同时告辞了。而司马敦则一点儿都没觉得奇怪，只是郑重其事地保证，一定将那些东西亲自给予小女犯杨彩凤。尽管他心里清楚，这就等于是他在替他们犯一种错误了。

夜里，他忽然被一阵低低的哭声扰醒了。一翻身，发现老伴儿在床头看他带回家的审讯记录，正哭得鼻涕一把泪一把的。

他夺过记录，收起后生气地说：“半夜三更你哭什么？要哭你也得先想想那些丢了孩子以及死了孩子的人家！也得先问问自己，眼泪究竟该为谁流！”

老伴儿讷讷地说，她的眼泪正是为那些丢了孩子、死了孩子的人家流的。

而老刑警司马敦听得出来，老伴儿的话说得并不由衷。他觉得，分明地，她的眼泪不完全是为那些丢了孩子以及死了孩子的人家而流……

第二天早上，老伴儿将一饭盒自己腌的酸辣咸菜交给司马敦，也让他给那个小女犯杨彩凤带去，也说腌多了，他们两口人根本吃不了。根本吃不了的东西，倒莫如给别人些吃，哪怕给的是犯人……

小女犯从老刑警手中一一接过那些东西时，眼泪扑簌簌地直往下流。

她说："大叔……"

他打断地纠正道："记住，你应该叫我司马警官，或者直接叫我审讯员。"

"审讯员，听说，监狱里，还组织犯人学文化，真的吗？"

"真的。"

"也教犯人学手艺？"

"对。为的是使犯人被改造成新人后，刑满释放了，可以靠一门技能自食其力。"

她最后噙着泪说："我彩凤一定要在监狱里一边老老实实接受改造，一边努力学习文化，学手艺！我愿意被改造成一个新人……"

他却什么话都没再说，只觉喉间一阵轻微的痉挛，有话想说也说不出来。

他只是默默对她点了一下头而已……

那一天他最后一次审讯她。

"罪犯杨彩凤，现在，我最后一次审你。最后一次审过你以后，审讯记录，就要送到检察院去了。检查院根据记录，结合《刑法》，要对你的罪行提起公诉。而法院，不但要根据《刑法》，还要根据检察院的公诉，以及审讯记录，综合起来，考虑对你的判处。你听明白了吗？"

"听明白了。"

"所以，你要极认真地听我的每一句审问。一定要彻底领悟我的话。回答一定要简单明确，懂吗？"

"懂。"

"前几次审讯中，有些地方我记得还不太清楚。现在我要重新审问你那些情节。”

“问吧，大叔。”

“叫我审讯员！纠正你几次了，为什么还叫我大叔！”

老刑警不知何故，显得有点儿恼火。

小女犯望着他的目光，变得怯怯的了。

“你最后一次作案，哑巴没有去接你，对不对？”

“对。”

“因而，那个孩子死了，对不对？”

“对。”

“所以，那个孩子也等于是死在哑巴手上，是吗？”

“……”

“想清楚了再回答！”

“如果……你这么认为……”

“不是我这么认为！你别往我身上扯！我是在审讯你！你必须回答我这一个没有旁证的事实！”

老刑警看上去更恼火了。

小女犯困惑地点了一下头。

“别点头。点头算怎么回事？你光点头我记什么？你要回答是或者不是！”

“是……”

“大声回答！把话说完整了！”

“那个孩子……死在哑巴手里……他抱着孩子，半路滑了一跤。孩子的头，磕在一块大石头上了……”

显然地，小女犯已开始明白他为什么恼火了。更开始明白，自己究竟该怎么回答，才不至于使他恼火了。

“孩子胸口的伤是怎么回事？”

“哑巴给孩子拔火罐来着。拔了几罐，孩子就……死了……”

“哑巴的堂姐怎么死的？”

“因为孩子死了，哑巴和他的堂姐打了起来。哑巴有疯病，平时不犯，一急就犯。结果他当时就犯了疯病，一发狠，用砍刀把他堂姐砍死了……”

小女犯的头脑是很聪明的。她一有所领悟，就显示出了极善于编圆某些情节乃至细节的小说家般的能力。

“那么哑巴自己又是怎么死的？”

“他见自己砍死了堂姐，一受刺激，疯病反而过去了。疯病一过去，他就知道害怕了。我劝他和我一块儿自首，他没勇气自首。趁我一转身，他就畏罪自杀了……”

“你为什么要放火烧那个小草房？”

“哑巴对我有恩，我想，那也算是我把他和他的堂姐火葬了，报了他的恩。”

“之后你怎么打算的？”

“之后……之后我就打算去自首。我想，只有自首，才是我的一条出路……”

老刑警放下笔，暗暗舒了一口长气。他双手交叉放在审讯桌上，望着小女犯，目光和口吻都缓和了许多：“杨彩凤，你听着。按照法律程序，你可以替自己请一位辩护律师。由于你保留了那个重要的小本子，并且主动交给了我，所以，前四个孩子，目前已经都被救回到他们的家里，与父母亲人团圆了。而我，因为这一点，会替你请一位多少有点儿名气的律师……”

小女犯不禁微笑了。

那是老刑警在小女犯进拘留所后，第二次见到她的笑脸。

他自己的嘴角也抽动了一下，然而那只是一种细小的面部表情罢了，根本不能说是笑……

司马敦终于将一厚摞审讯记录交给了局长，同时交了一份申请提前退休的报告。申请理由是，因救茜子而腰部受伤，不适于当刑警了。

头儿大惑不解，说：“老敦啊，我实在闹不明白你心里究竟是怎么想的！据我所知，请功报告上边已经通过了。提级、涨工资、调房子的事儿，统统包在我身上，谅大家也不会有什么意见。你现在申请提前退休，叫我批好还是不批好？”

司马敦说："头儿，当然是批好。能立刻就批，最好。就算是我求你吧！"

头儿说："可你提前退了，那还让我怎么替你争取那些好事儿啊？难道那些对你都不重要了吗？"

司马敦一时无话，吸起烟来，头儿从他手中夺过烟盒，也默默地吸起烟来，表现出极大的耐心，期待着他打消念头。

他吸了半支多烟后低声说："那些对我很重要，希望你该怎么替我努力争取，还得怎么替我努力争取啊！"

头儿笑了，拍拍他的肩说："老敦，我就知道你会识劝的。"

不料他立刻又说，"不过我的申请可还是算数的！我希望能在杨彩凤那桩案子公审之前批准我！哎哟……我的腰……他妈的又疼起来了……"

他夸张地将手臂背往身后，不停地以拳击腰，搞得头儿如堕五里雾中，瞧着他干眨眼……

半个月后杨彩凤的案子开庭公审了，去了不少报社和电视台的记者。当然也去了各行各业许多听众。旁听席上座无虚席。

司马敦也去了。在他的一再要求下，已被批准提前退休了。他穿着便服坐在最后一排，没有任何人注意到他。脱下了警服的他，显得连半点精神头儿也没有了，显得更比实际年龄苍老了，仿佛一个萎靡不振的小老头儿。

审判长的声音相当宏亮。他字字清楚地问："杨彩凤，对于你自己所犯的种种罪行，你还有什么话说？"

小女犯沉默了一会儿，也字字清楚地回答："最后那个孩子……不是死在哑巴手里，而是……死在我手里……"

听众席上一片哗然。

"哑巴的堂姐，也不是他砍死的……是我砍死的……"

审判长颇为愕异地问："你……你的回答，为什么与审讯记录上的不符？"

小女犯却显得非常镇定。

她说：“我欺骗了审讯员。”

于是她的辩护律师站了起来，当庭声明，由于案情与审讯记录发生了重大变化，要求法庭允许他放弃辩护……

审判长宣布休庭。

司马敦还没来得及起身走，早被眼尖的电视台记者发现了。

于是摄像机镜头对准了他，话筒伸到了他鼻子底下。

“请问，您作为此案的审讯员，此时此刻有何感想？”

老刑警涨红了脸，半天才从双唇中憋出一句话——“我能力低。”

“您为什么今天也来了？”

“我是直接破案人员，所以我关心今天的审判结果。”

“您为什么没穿警服？”

“正因为我感到自己能力低，所以我已经申请提前退休了。”

他拨开话筒，在众目睽睽之下，在摄像机镜头的追拍之下，孤单无伴地走了……

那一天晚上，全市的人们，几乎都收看到了那一条新闻。人们在电视机前，对于他种种议论。他也从电视里看到了自己当时被采访的情形。还有他的老伴儿，老伴儿什么都没说，关了电视机，为他开了一包好茶。

当老伴儿将茶杯放在他面前时，他拉住了她的一只手，充满歉意地说：“其实，咱们只两口人，住这儿也行，是不是？”

老伴儿点了点头。

他又说，“我的退休金加上你的退休金，粗茶淡饭，每月也够咱俩花了，是不是？”

老伴儿再次点了点头。

他的那些“少壮派”同事们又都来了。他们将他从家里硬拖出去，拖到了他们中一个的家里。菜已炒好了，酒已开盖了。他们恭请他坐上座。他也不客气，就坐了上座。

几轮酒后，热血的男人们又齐唱了起来。不过唱的不再是“金色盾牌热血铸就”，而是电视剧《篱笆·女人和狗》中的插曲。在唱到“碾子是碾子，缸是缸……只有那篱笆墙影子咋那么长，咋那么长”一句时，“少壮派”们望着老刑警，眼眶都潮湿了……

又过了几天，司马敦再次与小女犯相见。

他一见面就对她说：“现在，我不是审讯你的人了，不是刑警了，你可以叫我大叔了。”

她内疚地问：“大叔，你是因为我才不是的吗?”

他否认地摇摇头。

她流下眼泪说：“大叔，我不能。哑巴他是我的救命恩人啊!犯了国法的人也是人啊，是人，总得多少讲点儿良心。我当时觉得哑巴他就站在法庭上，别人全看不见他，只有我一个人能看见他。他望着我，听我开口怎么讲……”

他说：“我替你给你家去了信。你父亲回信说正收麦子，很忙，不能来探望你……”

“我知道他们肯定不会来探望我的……”

“所以大叔来了。”

“我心里还挂念着茜子……”

“我和我老伴儿已经商议过了，我们要认下茜子做干女儿，让她和我们生活在一起。”

“大叔，看守都对我挺仁义的，我本来该戴脚镣，他们一直没给我戴。”

“对你的正式判决，可能就要下来了。”

“大叔，是要被枪决的犯人，才关在单牢里吗?”

他犹豫了，不知该怎么回答她。

她急了，抓住他一只手：“大叔，你快告诉我呀!”

他任她抓住那只手，垂下目光说：“如果到了那一天，我希望我送你走，我会的……”

她就哭出了声，将他那只手抓得更紧，连连说：“大叔我希望我希望我希望呀!那一天要是没个人送我，我太怕了呀……”

小女犯杨彩凤是在被公开宣判后当即执行枪决的。

她一句宣判词也没听入耳朵里去。她瞪大着双眼，在一片陌生的人脸中，急切地寻找着她所熟悉的那张男人的瓦刀脸。

她没发现。

刑车通过市街时，她的目光仍从街两旁看热闹的人脸中寻找着。

她仍没发现。

有看热闹的人说：“瞧，她一点儿也不在乎死哩！”

其实她心里怕死已怕到了极点。

她听到了那个看热闹的人指着她说的那一句话，她的眼中便开始流下泪来。

她的裤子湿了……

直至她双膝一软，跪倒在指定的地方，她的泪一刻也没止住过。

她瞟见了她膝旁生长着的一朵小野花，于是她的心刹那间飞回到了她那遥远的又穷又闭塞的家乡……

也就是在那一刻，她发现了一个瘦高的身影，伫立在不远处，正满面阴郁地望着她。

于是她的目光再也不离开那个人的脸。

她甚至不再抬头望一眼天空，不再望一眼正前方血浴般的落日。仿佛他的脸便是天空，便是落日……

她暗暗祈祷着枪声快点响……

如今司马敦和老伴儿摆了一个小吃摊儿，茜子成了他们很好的帮手。茜子生了个漂亮的女儿，为她起名叫彩凤。

在上户口时，户籍警问：“孩子她爸姓什么？”

茜子一时不知如何回答。

司马敦从旁平静地说：“她没爸，就姓我的姓吧！”

于是他家户口本上又多了一个名字——司马彩凤。

小彩凤已经五岁了，常在小吃摊边玩儿。

“彩凤，替我搬个小凳儿来！”

“彩凤，替我拿双筷子！”

“彩凤，替我把钱给你姥爷！”

小彩凤很高兴被大人们支使。

她也长着一双黑白分明的大眼睛。

（原载《中篇小说选刊》1996 年第 6 期）

梁晓声，原名梁绍生，1949 年生，山东荣成人。中国作协第五、六、七届全委会委员。著有长篇小说《一个红卫兵的自白》、《雪城》，中篇小说集《人间烟火》，短篇小说集《天若有情》、《白桦树皮灯罩》、《死神》等，并发表大量散文、杂文、随笔及电影、电视剧剧本。短篇小说《这是一片神奇的土地》曾获 1982 年全国优秀短篇小说奖，中篇小说《今夜有暴风雪》、短篇小说《父亲》分获 1984 年全国优秀中篇、短篇小说奖，长篇小说《人世间》获第十届矛盾文学奖。

小街派出所轶事

范东峰

一

小街派出所在小街中段。

老早，派出所只有两个人。那年，小街四周新建了几个工厂，加上刚建好一座渭河大桥，人口一下子增加了，县公安局才筹建了小街派出所。据说，当时全县只有两个人的派出所有三个，小街派出所是其中一个。治安形势不好，没有派出所镇不住坏人，有了派出所又没有足够的警力，就那么将就着。

后来“严打”开始了，各派出所都说人手不够用，“××派出所辖区三万人，民警五个！我们辖区也三万人，民警才三个!”“挨县城近的派出所人多，我们派出所离县城30多里，六年多了，还是他妈两个人!”各派出所所长为此吵闹不休。后来干脆按各所辖区人口比例编制定员。小街派出所辖区五万人口，七个民警。“就这么定了!”局长说，“谁再嚷嚷就让谁看看这比例，看他还有啥话说!”

派出所没有食堂。几乎全县的派出所在筹建时都没考虑食堂，仿佛在派出所工作的民警都不吃饭似的。其实，上面拨的基建款项最多只有实际费用的三分之一，其余的全靠辖区各厂矿企事业单位“赞助”。盖一间食堂就少一间房子，这个账在派出所搞过基建的人都算过。民警们只能在乡、镇政府食堂就餐。

这几年，人们对警察这个职业的看法有了改变，警察们也觉得时下群众工作特别难做。有一位民警下乡查案，主人不出门，把养的狼狗放开，狼狗把民警的脚后跟咬得肿老高。乡、镇政府的炊事员则觉得警察太难侍候，吃饭不按时不说，有时做下了不来吃，有时做少了不够吃。时间一长免不了争吵几句。炊事员说：“侍候爷哩！来迟来早都由你咧？我做饭的就这么低贱?”民警说：“下乡回来迟早由不得我！你当我不想按时来?”炊事员说：“你不要拿大壳帽吓人！我娃也戴的大壳帽!”“你咋骂人呢?”“骂啥哩，我娃就在部队上当连长哩!”民警自觉受了委屈，找所长、指导员诉苦，所长、指导员接着找乡、镇党委书记诉苦，乡、镇党委书记接着找炊事员做思想工作。这样便能安生几天。几天过去了还是吵，于是指导员、党委书记又把过去的工作重复一遍。

民警们下乡只怕误了饭时，工作难免受影响，指导员、所长见民警们下乡一会儿就回来了，当领导的不免头痛。

镇政府在小街的最西头，民警们吃饭要走上一截路。天晴时还好说，在下雨、下雪时，胳肢窝里夹住两个洋瓷碗去吃饭，心里挺不是滋味。遇到这种时候，有人就想办法：“所长，去年大家给你卖力，所里抱回来个大奖状，你不请一顿？这可是精神鼓励、物质鼓励一块上啊！养牛也得喂几把草哩。”所长说：“我的工资都交给总管（老婆）了，只留几个烟钱……”所长使个眼色，让大家把矛头对准指导员，指导员的工资在派出所七个人里是“第一世界”（工资最高），指导员的存款在所里是最多的。指导员说：“请客好说，因啥请得说明白。大家都是给你所长干哩，大家让你请哩……”所长说：“我给谁干哩？”大家说：“你给局长干哩。”所长又说：“局长给谁干哩？”“局长给厅长干哩……”这样你一言，我一语，肚子饿得咕咕叫。最后老王出了个主意：一人两块钱，七个人就是14块，四菜一汤到桥头食堂去吃，主食自理。于是，狼吞虎咽，吃了个半饥不饱，倒也欢欢乐乐。

那一天，辖区内发生了一桩特大杀人案。不知怎么回事，这几年特大杀人案那么多。人们似乎对“特大”两字已经麻木了。人动不动就动刀动枪，一杀了之。“特大”一个接着一个发生，民警们围着“特大”转圈子。那是早晨，一位农民慌慌张张跑到派出所报案：麦地里发现一具尸体。摩托车刚发动要去看现场，又来一位村民组长报案：他在另一处也发现一具尸体。算了，所长说，给县局报吧，骑摩托车去两个人顾了这头顾不了那头，给局里报了再等指示吧。所长拿起电话，刚说完同时发现两具尸体，又来一位治保主任报案：说他也发现一具尸体。于是“两”字又改成“三”字。三具尸体！震惊了全省！汽车、摩托车来了几十辆，还来了两只警犬。整整忙活了一天，结论出来了：三具尸体是同一名罪犯所为！罪犯目标虽然明确，但早已逃之夭夭。罪犯要盖房结婚，与邻家基于寸土之争发生矛盾，加之前辈不睦，进而产生报复杀人之念。三个人，那邻家绝户了。

直到天黑，大家才觉得肚子饿了，而且一饿不可收拾。个个直不起腰，无力气说话。如果眼前有一头活猪，似乎都能生吞下去。镇政府食堂早已上锁，炊事员不知躲到哪里去了。回来的路上又碰见桥头食堂里一位个体户的老婆生了个儿子请客，划拳行令声伴着酒气肉香，民警们不由心里升起无名火气。回到所里，你看我，我看你，大家眼巴巴地望着所长。指导员拖着步子给大家一人倒了一杯开水，算是慰劳。

所里每月的罚款如数上交，返还款积攒起来买了台黑白电视机。所长明白，罚款是万万不可动用的，上面查下来那可不是好玩的。可现在，他犹豫了。一个人掏钱管饱七个人的饭，起码得三四十块，他掏不起。老张啊，他心里诅咒指导员，你他妈真灵，一人倒杯开水就交差啦？这会儿你跟大伙一样看着我。日他奶奶！他突然对内勤老黄高喊一声："老黄！你过来！"老黄本来给所长说好下午要回趟家，前几天阴雨把房子下斜了，老婆捎信让他无论如何回来一趟。这会儿正没好气，他啥话也不说，一进办公室就圪蹴在墙根，眼睛只看了所长一眼就闷着头只顾抽烟。

"你看看这个月罚款有多少钱？"所长说。

"问这干啥？查账？"老黄头也不抬。

"拿出来100。"

"干啥？"

"吃饭！"

一听说吃饭，大家眼里倏地有了光气。

"你敢？"

"人都快饿死了，真他妈跟上甘岭坑道过的是一个日子！我日他妈咋不敢！"所长骂着说。

"你签字！"

"我签！"

所长真胆大，就在桥头食堂个体户请客的邻桌，叫了十个菜汤，七瓶啤酒，火烧馍尽饱咥（吃，关中方言）。

席间，所长说："大家吃也吃了，谁捅上去谁是龟孙子！"

小钟咬着一块肥肉，含混不清地说："龟……龟孙子……龟……龟孙子……"

大家不约而同地把眼光对准小张，他才从警校毕业不久，据说他在学校时就爱打小报告，这种事民警们最忌讳，因此对他格外小心。这时小张正狼吞虎咽，顾不上那么多，连连说："不会……呃……不会……"他不住地打着嗑气。

指导员老张说："查下来都说不知道就对了……"

"说得好听，光叫我坐蜡了！"老黄眼一瞪。

“先吃先吃，吃完回去再说。”所长说。

吴济堂戴着近视镜，热气把镜片布了一层薄雾，一片肉没夹好掉在桌沿边，他也不管脏不脏，用手一抓就塞进嘴里。“顶多大家一人一份把钱凑齐再补上，把人杀了不成?”

小张趁大伙不注意往口袋里塞了两个火烧。

吃完了一算账，还剩几块钱。“日他妈！吃也吃了，刚好一人再来一包烟。”大伙都没意见。所长说完就在食堂的柜台买了七包烟，一人一包分给大伙。当时大伙都没走，好像还要再吃一桌似的。所长看看个体户那边人都走完了，说：“顺便给大家通知件事，昨天局里开会，案子分到人啦，咱所七个人，每人到年底拿出十个案子，共70案，硬的！每人给监狱送两个人，收审、拘留的不算。这是上边的精神，就不再专门开会啦。各包片民警抓紧。我和指导员的任务平分给大家，内勤老黄自由结合，看上谁跟谁合作……就这啦……”

“案子又不是打砖坯！哪有那么顺当的。这不是胡整哩?”

“要是我那片不发案子咋办?”

“人家不犯案，我有啥办法?”

“别吵吵啦!”所长说，“改革啦，就是难了点。只要你抓，有的是案子。现在贼多得很，闭上眼都能摸着几个。大家下去多想想办法，不管你咋个说，任务完不成不行，硬的！谁完不成扣岗位津贴!”

大家打着饱嗝不欢而散。

晚上，大家在办公室看电视。电视上正播放迪斯科舞。一位年轻的女舞星扭得正带劲。一人一瓶啤酒下肚，似醉非醉，话也多了点。

“这两下谁不会？我要不当警察，也能混个舞星当当。”小钟说。

“吹牛！你也不撒泡尿照照是不是那块料？你看人家那屁股，那腰，那胳膊，咋看都顺。”小张说，“再看看你，上下一般粗，吓都把人吓跑了。不服气你也来两下子！”

“你当我不会？”小钟说着站起来，摆个架势扭开了。大伙只是捂着嘴笑。

“嗯，不错。光是屁股功夫深，胳膊腿都不知道往哪搁哩。”小张噘着嘴说。

“就这两下只怕你也不会。”小钟说。他扭到小张跟前，屁股冲他一撅，把小张撞了个趔趄。小张手里端的水洒了一地。

“行了行了，吃饱撑的了？看就看，不看回宿舍睡去！”所长白了小钟一眼。他俩不吭声了，接着往下看电视。迪斯科完了，接下来是时装表演，几个女人穿着奇装异服，扭着屁股，走法跟杂技团走钢丝绳差不多。

吴济堂抽着烟，叹了一口气：“唉，案子咋能不多，流氓咋能不多。你看看那旗袍，就前后两块布，恨不得把屁股都露出来，社会风气咋能好？净给咱当警察的寻事哩。日他先人！不是流氓也能让她逗成流氓。”

“人家这是艺术！”所长说。

“艺个屁术！你说这是艺术，照这样的旗袍给嫂子买一件，穿上在小街上转一圈，也艺术艺术。”吴济堂说。

“她没那个福分……”

“不就是咋样露得多咋样来，什么艺术！我看你也是不懂装懂。”吴济堂吐一口烟，乜斜了所长一眼。

“你懂你懂，能得跟豆一样，敢情是你揭开旗袍看过？”

“她专门叫人看哩，还怕人看？”

“‘花案专家’的外号名副其实！”所长揭开吴济堂的老底了。

“花案”是奸情案的俗称。吴济堂“花案专家”这个外号有段来历。

那年夏天，辖区内发生一起强奸案，受害人是一位民办小学教师。当时罪犯没抓住，以后这个罪犯又拦路强奸被群众抓获，深挖余罪时交代他还在女教师宿舍里强奸过一名女教师。谁知一了解，女教师们都矢口否认。又问罪犯是哪间宿舍，问学校发案时谁住在那间宿舍，这才知道是镇长的小姨子。镇长小姨子已经结过婚，生了孩子，丈夫是学校的教导主任。镇长小姨子说根本没那么回事，说有人故意败坏她的名誉。又回头问罪犯，罪犯说千真万确，万无一失，以此求得政府从宽处理。这案子当时是所长办的，所长觉得为难。于是开会让大家献计献策，吴济堂会上说这事好办，案子就转给了他。

接了案子吴济堂先审问了罪犯，罪犯一口咬定说就是镇长小姨子。吴济堂眼睛一瞪："胡说！镇长的小姨子怎么会被人强奸？想不想从宽？""想。""想就从实说，怎么能证明你强奸了她？""我摸她奶子时，觉得她奶上长了个瘊子。"吴济堂心里一震，心想，八成是真的。于是就到镇长小姨子家聊天，只等她给小孩喂奶时能看个究竟。那女人给小孩喂奶时，吴济堂的眼睛在那双白奶上打转转，果然发现了瘊子。心里就断定罪犯交代的是实的。后来找她谈话，那女人仍然否定。也难怪，婚也结了，娃也生了，承认了那事就等于往自己头上扣屎盆哩。丈夫要知道，不打离婚也不由他。吴济堂摸准了这女人的心病，就对症下药。

回到派出所，吴济堂又提审了罪犯。

"你错了？"

"我错了。"

"错了怎么办？"

"改。"

"怎么个改法？"

"脱胎换骨地改，下定决心改！今后见女人脸不变色心不跳，不理不看，全当这世界没女人！实在想看了就捂住眼，饶了我这回，我再不敢了……"

"有没勇气赔礼道歉？"

"有！"

"嗯，还有点诚意。"吴济堂点了一支烟，"奇怪，那女人喂孩子奶时我怎么没见瘊子？"

"我敢对天发誓！"罪犯扑通一声跪下了。

吴济堂叫来女教师，让她先坐到办公室，又叫罪犯也到办公室。那罪犯一见女教师先跪下了，高声哭号："我不是人呀，奶奶！我给你磕头……"

女教师见状脸色先变了，可她还是强装镇定："这是怎么回事呀?"

"我对不住你呀！姑奶奶……"

"你败坏人家的名誉!"吴济堂烧了一把火。

"没有，我不敢，就是她，没错……不相信你看，她有个瘊子……"

"胡说!"吴济堂又喊了一声。

"真的真的!"罪犯发誓说。

"左边？右边?"

"右边!"

"什么位置?"

"上头……"

女教师再也镇静不下去了，她捂着脸，抽泣说：

"老吴，别问了……我……我说……"

案子办得漂亮，吴济堂"花案专家"的外号也不胫而走，全局闻名。这本来是件好事，可三传两传的就邪乎了，好像吴济堂对女人懂得多，吴济堂很恼火。风声传到吴济堂老婆耳朵里，她吃醋了："瞎怂！我的奶你没看够？你还有闲心看人家的奶!""这是工作!""工啥作哩？所里这些人哩，就显得你能行？离了你派出所就关门呀!"吴济堂一提起这事就头痛。

"所长，你凭良心不？当初案子办不下去，你说得好听，这会儿又朝我心上戳哩?"

所长自知失口，半天没话可说。大家忙劝："算了算了，不要闲传哩……所长也是有口无心……"

吴济堂使劲把烟把儿一甩，回宿舍睡去了。

二

案子“承包”可把小钟整苦了。小钟是半路出家，一九八三年“严打”时调进公安系统的，搞案子不精。说是高中毕业，其实没啥真学问。

刚进局那阵子，总想弄几个像样的案子露一手。有一次巡夜，在小街北边的麦场上抓住了一男一女。他要带回去审查，吴济堂说算了，那种事没多大油水，审查审查还得放人。小钟说不行，当个警察，还能让这种事在眼皮底下过去，说不定是强奸未遂。吴济堂见他热情挺高，也没再挡他。回到所里给所长一汇报，所长说行，让吴济堂和小钟审查。吴济堂说就让小钟审吧，我陪着听听就行了。结果吴济堂一进门就躺在床上睡着了，派出所每人一间房子，宿（舍）办（公室）合一。小钟先审女的，女的红着脸不吭声。小钟做思想工作，让那女的说清，她跟那男的发生关系没有。开始女的说没有，小钟又做思想工作，最后女的说发生了。小钟的劲儿更大了，又往下问愿意不愿意。女的开始说愿意，后来又说不愿意。

小钟一直问到半夜，吴济堂一觉醒来，小钟让女的出去等等。他把笔录给吴济堂看，吴济堂觉得不对味。就把女的又叫进来问，吴济堂说，要尊重事实，是啥就是啥，不许胡说。女的说行。

“你们发生关系了吗？”吴济堂态度很和蔼。

“想发生，还没有发生……”女的小声说。

“你也想发生吗？”吴济堂又和蔼地问。

“有一点……”

“你们互相认识不认识？是怎么到一块的？”

“咋能不认识，结婚都快三年了……”

“这么晚了，回家不更好？”

“俺厂里没房子住，家属楼还没盖好。上次盖的没轮上俺俩……”女的说。

吴济堂又好气又好笑，他又接着问：

"你刚才为什么跟我们的同志胡说？"

"我也不知道他要问啥，他叫我说啥我说啥，反正俺俩是夫妻。再说俺俩这也不是啥光彩事，俺心里挺害怕……"女的说，"那位小同志要像你这样问，不是早就明了？"

"再没有房子，也得讲究点文明。这样吧，你和你爱人今晚上就住在我的房子里，我和小钟住一块。不过，以后可得注意影响。"吴济堂说。

"不行不行！我们还是回去的好。真是谢谢你啦……"女的感激得直要掉泪。

"住下吧，回厂里去，门卫不还得盘问你？再说不一定给你们开门。我们都是过来人啦……"

女的一想，只好答应。

把那两口子安排睡下后，吴济堂回到小钟宿舍，见他低着头正难过。

"睡吧，还难过个啥？叫你别审别审，你偏要审。"吴济堂说。

"老吴，明天给所长咋汇报呀？我真没主意了……"小钟说。

"不要紧，天一亮就赶快叫醒他们，让他们走，所长问了就说交给厂里保卫科了。免得你丢人现眼。小钟啊，老哥给你说句掏心窝的话，在公安局干事不会弄案子，就别想抬起头，学着点吧，兄弟……"

"哎，老吴，我听你的……"小钟心悦诚服地点点头，"我看让那两口子回去吧，住到这儿……合适不？我心里咋觉得不瓷实……"

"傻瓜！你把那女的审了大半夜，万一人家一回去八分钱写封信告你一下，你吃不了兜着走，虽说事不大，但尿泡打人骚气难闻。你让他们两口子住下，一来显得咱通人情，二来人心都是肉做的，让她告也说不出口。再说，这会儿没人知道，出不了事，他们都睡了。"吴济堂扶了扶眼镜，"睡吧睡吧，没事，早点起床让他们回去。"

"行……"

这会儿，小钟直发愁。从那次审那个女的以后，小钟对吴济堂挺佩服，现在不由得又想起他。

年初，所里开会要抓防范，要求各包片民警抓好经济要害部位。还要跟辖区内的企事业单位签订安全合同。小钟心想，咱弄案子不精，防范好了也不错。他费好大的劲才把上边要求的防范措施落实下来。这一落实果然好多了，盗窃案件明显减少了。谁知这会儿又让抓破案，一个萝卜两头切。咱没人家老吴有本事，要抓防范，能说得头头是道，要弄案子像是有现成的等着。老吴这人真不错，脑子够用，群众关系也不错，可就一样，领导看不中。有一回小钟跟他说闲话，小钟说："你当个所长，水平也绰绰有余……"老吴吓得一愣，赶紧截住了话头："小钟，你可千万别这样说，让所长听见又够我喝一壶的了！你难道看不出来？所长最忌讳这啦……"吴济堂这一提醒，小钟也觉着以往所长对老吴有点看法。一说起吴济堂这人本事大，所长那眼光酸不溜丢的，怪难看。一开会，所长总是说老吴这好那好，私下议论起来，所长又说："老吴这人爱戴二尺五（高帽子，表扬话），我这是方法。"这话后来传到老吴耳朵里，老吴气得直哆嗦："老子稀罕你那二尺五？没你那几句漂亮话老子就不干了？"

不知为什么，别人见所长都有点怕，老吴不怕，就怕别人说他比所长强。

有一次开会，所长说吴济堂有点个人英雄主义。老吴说："行！我个人英雄主义。我手里这个案子谁能办谁来办，省得我再个人英雄主义，所长不个人英雄主义，所长办吧。"所长说："你咋是这样？一点意见也听不进去？"老吴说："我咋听不进去，你说得对，我改了还不行？"指导员忙插嘴说："吵个屎！所长说的有则改之无则加勉嘛，案子还得办嘛。所长说话也要讲究点方式方法……"指导员两边一抹，"吴济堂，谁不知道所里弄案子全靠你，你这不是给领导出难题哩？先开会，你跟所长有啥疙瘩下来再说！"这么一说，老吴心里挺滋润，也斜了所长一眼不吭声了。大家心里向着老吴嘴上不敢说。

“老吴哥，可把我愁死了！手里没案子，拿啥交差哩？”小钟对老吴说。

“愁啥？”老吴说，“案子有的是，就看你会抓不会抓。”

“老吴哥，给我出个主意吧。”

“你那片离铁路近，老百姓家里有的是偷来的枕木。一根枕木近百块钱，一根就够一案，咱农村派出所刑事案立案标准是40块。”

“要是一次偷十根那不还算一案？”

“傻瓜！十根十案……一次偷也是偷，十次偷也是偷，就看你的案子是咋个办法。”

小钟似懂非懂，眨眨眼细听下文。

“你真是榆木疙瘩！来，你当罪犯，我问你。”

“哎……”

老吴咳嗽了几声清清嗓子，开始问：

“小钟！你这十根枕木是怎么偷回去的？”

“用小四轮车拉回去的……”

“拉了几回？”

“一回。”

“胡说，跟我们调查的不一样，究竟是咋弄回去的？”

“用……用架子车拉回去的……”

“拉了几回？”

“拉了三回……”小钟想架子车一回也就是拉个三五根。

“嗯，偷也偷了，用啥拉回去的都不敢说那还能成？究竟用啥拉的？”

“用……架子车……”

“这种态度还差不多。”老吴朝他挤挤眼，“明白了吗？刚才十根一案，现在十根就是三案……”

“噢——我咋就想不起这一招呢？”小钟用手把头使劲一拍，“我真笨！”

“你先到村子里转转，枕木那么大，不好藏，老百姓偷枕木都是盖房用的，都是做门窗框子的，已经做好安上的就算了，批评几句。咱还能让人家扒房？还没有做的，真赃实犯，抓住了算他倒霉。”

“哎……我听你的……”小钟头点得像鸡啄米。

“哎，嫂子好几个月没来啦……”小钟忽然说。

“不来去屎！我一见她就心烦。”老吴说。

“嫂子对你可真好，一来就给你洗衣裳拆被子，房子里收拾得干干净净。”

“那没说的。她啥都好，就是文化低了点。我见她心烦，是觉得怪对不住她。”老吴嘴上说心烦，其实谁一提起她老吴心里就喜滋滋的。他话说得挺巧妙：“她来了我说歇几天吧，她说歇啥？拆拆洗洗是俺娘儿们家的本分，谁让俺摊上个懒猪。你越让她歇，她越干得欢实。唉，啥时候也能给你嫂子买几件时兴的衣裳穿穿……”吴济堂一提起这事，脸色忧郁起来，“小钟兄弟，不瞒你说，凭你嫂子那身材，那脸盘，当个电影演员也没问题，就一点，不会说普通话。老哥我真亏了她啦，跟了我没过一天好日子。你嫂子要有几件漂亮衣裳，哼，远的不说，这条小街哪个娘儿们能比得上？”吴济堂点支烟猛抽一口，用眼神的余光看着小钟的表情。

“嗯。那可不是。嫂子长得是不赖……”其实小钟对吴济堂的老婆长相印象很一般，脸上的蝇子屎总让人忘不掉。可老吴一个劲儿自卖自夸，小钟也只有顺他的毛捋。

吴济堂的老婆很精明，她不想让丈夫再当警察。村子里提不上串的人如今手里都能捏个千儿八百的。她家隔壁的是吴二跛子，走村窜户地配钥匙修锁子一天也能挣个七八块钱。村子里有一半人家都盖了一砖到顶的平房，有的还盖了二层楼。她家还是老先人留下的土坯房。地里活老吴也帮不上啥忙，只是秋收能回家待几天。这几年农村的变化让这个女人不安分起来。她手里没有零花钱，却觉得自家不能不比别人强。

吴济堂家离公路近。最近，这女人到工商所办了个营业执照，在路边开了个羊肉泡馍馆，生意还挺红火。钱是开心的钥匙，她闹着让吴济堂停薪留职，回来掌管羊肉泡馍馆。老吴不干。

“日他先人，当了半辈子警察，这会儿让我煮馍？亏你想得出！”

“你当警察一个月拿多少钱？我两天就能挣你一个月的工资！你还怕钱咬手？当警察有啥油水？你还嫌你得罪的人少？”

“照你说这警察就没人干啦？警察也不是谁想干就能干的，不合要求还当不成哩！你试试，社会上没有警察早就乱套了！”

“别吓唬人啦，大壳帽多得能挤死人，就差你姓吴的一个？你不干公安局就关门啦？明天我就去找你们局长，就说你死啦，让他别指望你啦！”

“你敢！”

“谁不敢就不是人做的！”

“你前面去我后面就打离婚！你开你的羊肉泡馍馆，我当我的警察，咱各讨方便！”

“离婚？你想得美！你是看上那骚女人奶上的瘊子了？想看一辈子哩？吱？你好狠的心哪！俺早就看你没安好心！俺当姑娘时你就对俺不规矩！还没扯结婚证你就把俺哄得跟你睡哩……”

“你……你真是个泼妇！”

这女人看硬的不行又来软的。这天晚上她搂着老吴一个劲儿地哭，哭得老吴心烦意乱。

第二天一早，老吴起床，浑身精溜溜地找不见衣裳。看看表都快8点了，一准要迟到。骑自行车赶到所里少说也得一个钟头。

“羊肉泡馍！一角馍一碗汤一块五毛钱吃得饱饱的，花钱不多，吃个煎火（陕西关中方言，热乎的意思）！”这是他老婆在馆子招揽生意的声音。

他万没想到她来了这一招，他想从箱子里取衣裳，看箱子也锁着。想让孩子找衣裳，孩子早上学去了。没办法，他干脆把被子一拉蒙住头，一睡到底。直到半晌午，老婆端了一碗羊肉汤、两个馍进来。“警察，起来吃吧！”老婆喊他。“起来？”老吴一骨碌坐起来，“我可真享福，光屁股坐在被窝里喝羊肉汤！”老婆把羊肉汤放在桌上，笑了，笑得前俯后仰……

后来，他老婆再也没跟他提过停薪留职的事。

三

铁路上一个施工队的保卫干事来所里报案，说他们职工宿舍一个工人放在箱子里的300块钱丢了，箱子让人撬了。

时下，300块钱不算大案，报刑警队也不会来人。施工队在老吴的片儿里，他骑着自行车去看了现场，又询问了宿舍四周的人。

原来，早晨8点工人上班去了，9点半有两个人回宿舍一次，其中一个离开得早点，另一个单独在宿舍待了一会儿。11点一个工人回宿舍取包香烟，取香烟时发现箱子被人撬开，300块钱不见了。经过了解，单独在宿舍待的那人叫方仁，曾经因盗窃被公安局拘留过。吴济堂抽了一支烟想了一阵子，把烟把儿一丢，他决定把方仁带回所里审查。

谁料到方仁不是那么好对付的，死不承认单独在宿舍待过。审问了三四个钟头，吴济堂用尽了浑身的解数方仁还是不承认。吴济堂急了，拿一副手铐在桌上一撂，说："方仁，你弄清楚！这儿是公安机关，不是在你家！就是在你家，哄骗了你爹妈还得挨几巴掌哩。你要是不说实话，我就把你铐在外面的大桐树上，啥时候想说了你再说，那滋味可不好受！"吴济堂说着用眼瞟了方仁一下，眼珠又立即转回来。

方仁满不在乎地搭着二郎腿，脸上没一点害怕的样子。

"叔，我想说。看你那着急的样儿我也想说，不说对不起你一片苦心哪。"

"那你就说！"

"行，我偷了钱，行了吧？"

"光承认偷了不行，还得说清楚你是咋偷的。"

"行，让我想想。"

"想啥？刚才的事才一会儿就忘了？"

“不想，咋能编得跟真的一样？”

“混蛋！谁让你编啦！”吴济堂把桌子一拍。

“我说没有没有，你不相信，不编咋办？”

吴济堂火气不打一处来，他抓起铐子就要给方仁戴上。铐子刚拿到手上，转念一想，妈的，戴上容易，万一不是他偷的钱，这铐子可是不好卸。他没想到这家伙这么棘手。硬的不行，他又来软的。

“我说方仁，这 300 块钱不是啥不得了的事，拿出来就算你没干。年轻人一时有个闪失可以原谅。”吴济堂说。

“好我的叔哩，我真的没拿。”方仁说。

“你明明在宿舍单独待了一会儿，你为啥不敢承认？”

“我……我没有。”

吃过下午饭，吴济堂又接着审。一直审到夜里 2 点多，方仁就是不承认。

“方仁，你到底说不说？”

“没干那号事，你让你咋说？”

吴济堂气急了，一拳头打过去。

“你说不说！”吴济堂又举起拳头。

“我……我说……”.

还是欠打，吴济堂心里想。

“说！究竟是咋回事？”

“你让我想想……”

吴济堂转身点了支香烟，猛听楼下“扑通”一声。他一扭头，坏了，方仁不见了。他头上的冷汗倏地冒出来。他立刻意识到：方仁跳楼了！他扑通扑通跑到楼下，一看，方仁正在地上趴着。心想这下毁了，这小子要是摔死了，我就是有一百张嘴也说不清。他伸手拉方仁，方仁动了动。没死，他心里想。他用力把方仁拽起来，推着他上楼梯，想借此看看他腿摔坏了没有。谁知道方仁上楼还挺利索，这下他才放了心。

“你还想死呀？”一进屋吴济堂就说。不过，方仁这一跳楼，吴济堂的锐气没了。心想，案子破不破事小，再逼得紧，这小子又要寻死觅活就更麻烦了。他的口气软和多了，“不是你就算了，何苦找死？你就是死了也不清白，你说是不是？我又没逼你非让你承认不可，你说是不是？”他见方仁低头沉思，又给他倒了杯开水放到桌上。紧接着又递给他一支香烟，“给，抽支烟，别那么任性啦。”

方仁接过烟点着，猛抽一口，眼泪扑簌簌地直往下掉。

“叔啊，我确实没干那种事啊。我实说了吧，我确实在宿舍里待了一会儿，我不敢承认，我过去偷过人，进过公安局，承认在宿舍待了，不就是承认我偷人家钱啦？”方仁不抬头，用手背抹了一把泪，“叔，钱真不是我偷的……你只要答应我一件事，我就给你说是谁偷的。”

吴济堂猛一激灵：“行！你只管说。”

“你别逮他，他太可怜啦。”方仁看了吴济堂一眼。

“你说吧，怎么处理我会考虑。”

“是村子里的二狗干的。他贩药材赔了本，他妈又有病住院了，要交300块钱押金。村子离我们工棚近，他常来工棚看电视，我认识他。昨晚上，他跑来向我借钱，我没钱借给他。他说村子里有钱人听说他做生意赔了，都不愿借给他钱。他借钱时哭得像个泪人。今天早上我从工地回来是想喝点水，出宿舍时碰见他，他神色挺难看。我问他干啥，他说‘日他先人，我豁出去了’，当时，我还不懂是啥意思，现在想起来，这事肯定是他干的。”

“他怎么知道箱子里有钱呢？”吴济堂问。

“他经常到我们宿舍找我聊天，可能是放时他看见了。”

吴济堂点了一支香烟，眉头拧成疙瘩。

停了一会儿，吴济堂说：“睡吧方仁，今天天晚了，你就不回去啦，咱俩打对睡一个被窝，明儿一早你再回去。”吴济堂说。

“不行不行，我怎么能跟你睡在一块？”

“那怕啥？我可不怕你害我。”

方仁正犹豫着，吴济堂已经就把床铺好了。

“来，伙计，上床睡觉！”

两人睡下后，方仁对吴济堂说：“叔，你要把二狗逮了可就把他害苦了。他妈谁养活啊？我是同情他，才不敢给你说实情的。”

“我们当警察的心也不是石头做的……再说300块钱也不会逮他，不够条件。可他千不该万不该啊，就是再困难也不能做贼。”吴济堂说。

“叔，你说咋办？”

“让我想想……”吴济堂又点着一支烟，灯拉灭了，烟头像个红樱桃。

吴济堂有点为难，传来二狗，问题一落实起码要拘留，不传吧，落个窝囊废让人说破不了案。不过，吴济堂的脑子里点子也够多的。他终于想出了一个办法。

“方仁，你明天把丢钱的老赵和二狗叫到派出所来。”吴济堂倏地坐起来说。

“啊……”方仁吃了一惊。

“别害怕，二狗只要承认是他干的，钱就有了着落不是？只要有人承认，老赵心里就踏实了，早给晚给反正少不了他的，就等二狗他妈出院以后再给他还钱。”

“老赵要是不同意呢？”

“破不了案他不是白搭？破了案晚给他几天估计他不会说啥。”吴济堂说，“让二狗给老赵写个字据。”

“二狗咋处理？”方仁问。

“等他妈出院以后再拘留几天算了。”

“叔，你真是个好人……”

“二狗是个好小伙儿，我认识他。他不会做生意，见人家发财他着急。这种人学个什么手艺还是好的，钱来得慢点可稳当得多……那年我下乡查案还在他家住过，对人挺实在的。他妈那人也挺本分……唉，人哪……他爸原来在县商业局当干部，出差遇到车祸死了。他爸活着的时候，村干部都抢着巴结，唉！人一倒霉连钱也没人敢借给啦！”

“叔！我原来认为你们当警察的心都硬，今晚跟你一拉话，觉得你还真心善呢。”方仁这会儿一点儿也不怕了。

“警察也是人啊，都是吃五谷杂粮长大的。有人犯了法却不可恨，有人虽然没犯法却是个坏蛋，你说对不？警察整天跟违法的人打交道心不硬点也不行，可我有时就硬不起来，今晚对二狗的事我就硬不起来。不管怎么说，他还是个孝子，他偷钱是为他妈看病不是？他其实不能算是坏人，我就同情他……”

“叔！咱俩交个朋友吧。”方仁说。

“咋不行？”吴济堂说，“伙计，你今晚跳楼的事，可千万别给别人说。”

“放心吧，叔！”

天快亮了。方仁一直没睡着，他不相信警察里还有像吴济堂这样的人。

四

所长影影绰绰地觉得吴济堂的存在威胁着他。吴济堂跟所里的年轻民警都很近乎，年轻民警明里听所长的，暗里听吴济堂的。为此所长心里好不是滋味。他盘算着，总得抓住吴济堂一点问题，不然，这家伙永远不会归顺。

所长想到了小张。小张年轻，有上进心，又积极要求入党。

这天吴济堂回家休假，所长把小张叫到自己的房子里。

“来，坐下，”所长说，“今天找你谈谈心。”所长从桌子下边摸出来一瓶“城固特曲”，卸掉塑料瓶盖，往瓶盖里倒了一点酒递给小张，“喝点，这酒味不错。”

小张诚惶诚恐地接过瓶盖，往嘴里一倒，喝了一半洒了一半，辣得他直咧嘴。他坐在所长对面静听下文。

“领导认为你这个小伙儿工作挺踏实的。”所长自称“领导”，“老实跟你说吧，这个领导我真不愿当，给局里打了几次报告，局里不批准嘛。没办法，要当吧，工作搞不好也不行。”所长看了看小张的脸色，小张连连点头。“在派出所，当所长远没有当民警洒脱，所长让干啥就干啥，不担心，不担责任。”所长又说。小张又连连点头，又觉得这回点头不对，忙说：“当所长辛苦，没有所长的领导这帮人早乱了。”

所长心里一动，问：“小张你有什么看法，大家对我是不是有什么意见？说说看。”

小张心里紧张地思忖着。其实他早已看出所长和吴济堂之间有点不对味儿。但他确实没有发现吴济堂说过所长什么坏话。这会儿，他一时不知怎么回答。

“你觉得吴济堂这个人怎么样？其实我挺喜欢他，不过这个人就是有点目中无人是不是？”所长说完特别注意小张的表情。

按说小张在警校学了两年，应该有点本事。他跟吴济堂查了几回案，发现自己的本事没有用武之地。实际问题远不像理论上说得那么简单。而吴济堂不论多难办的事，只要他一到场似乎难题就解决了一半，跟玩似的。小张心里不免有点忌妒，但慑于吴济堂在群众中和所里的威望，他也不敢瞎传。

“吴济堂有没有像违反群众纪律呀，刑讯逼供呀，泄露机密呀，搞领导小动作呀，这样的问题，你大胆说，我不会给他穿小鞋，更不会暴露你，这是组织原则，你放心。”

一时，小张很难从记忆里挑出吴济堂有什么毛病，半天，他没吭声。但他已明白所长的用意。

“小张啊，你要积极靠拢组织啊。”所长又是所里的党支部书记，“对组织可不能有半点含糊。”所长貌似慢条斯理，但语气压得小张喘不过气来。“这样吧，”所长说，“闲了多跟吴济堂拉拉闲话，看他对组织、对领导有什么意见，给我透透风。一来呢，也好帮组织了解大家的意见；二来呢，也便于领导了解他，这是组织对他负责任。老吴是个好同志啊，给派出所做了不少工作呢。我是怕他犯错误，只有了解他，才能对症下药……你说是不是？”所长问。他眼睛时不时地打量着小张，生怕小张不理解。

小张又连连点头：“是，是，就是……谁对组织有意见，要是组织还不知道，还蒙在鼓里，就没法领导大家工作啦。”

“呃——这你就想到点子上了。就这样啦，你回去吧，要休假，要谈对象需要时间直说。今天的谈话，”所长表情立刻严肃起来，“任何人都不能知道。”所长把“任何人”三个字说得挺神秘。

小张的眼神和所长的眼神相遇。两个人的眼神在短暂的停留中一切都心神领会了。

吴济堂每次从家里回所，都要给大伙捎带点吃的，柿子熟的时候带柿子，石榴熟的时候带石榴。每逢他回所时，大伙总是蜂拥而上，在他那打着补丁的黄挎包里找吃食。每当这时，他心里总是挺激动的。

这回，他让老婆蒸了一笼羊肉包子。

他刚一进门就被大伙围上来了。他干脆把自行车一撑，把挎包朝小张一扔：“谁没在家给谁留几个！”就端着脸盆打水洗脸去了。小张一见，忙把挎包递给老黄，接过吴济堂的脸盆给他打水，接着又拿来香皂毛巾。

吴济堂看着大伙狼吞虎咽地吃包子，一边洗脸，一边说：“味道咋样？光肉就剁了三斤。”

没人理他，都只顾吃包子。

这天晚上月亮特别明亮，几绺白云在月亮下边飘着。看到月亮，人的心思也就多了，心里就毛茸茸地胡思乱想。大家围着一壶已喝成“白水”的茶，边喝边胡乱地议论。

天热，老黄泡了一壶陕青。老黄家里人口多，就他一个人在外边挣钱，他开支极省。

“老吴，嫂子开羊肉泡馍馆一天能挣多少钱？”

“也就是二三十块。”吴济堂说。

“干五天就能顶咱一个月的工资了。”老黄说。

“你说这警察还有啥干头？”老王喝口茶，“唉”了一声。

“那天我到西安出差查案，肚子饿了，一摸口袋，”老吴说，“你猜咋啦？只剩三块钱，不敢进馆子。半路上看见个卖烤红苕的，墙旮旯支了个破油桶，里面放了个蜂窝煤炉子。我花五毛钱买了一斤。卖烤红苕的老头是个退休工人，我一边吃红苕一边跟他拉闲话。我问他一个月能挣多少钱，老头说一月也就是三百多块，好了能弄五六百块。我吓了一跳，心想现在的钱可真好挣。说起来，咱当警察的不挣钱，可俺那口子劝我停薪留职回家跟她开羊肉泡馍馆子，我说啥也不答应，她也没敢再提那事……按说谁不爱钱？可要我真的不当这个警察，我心里咋想咋不是味儿，总觉得放着警察不当，去卖羊肉泡馍掉身价。就咱这一身骨头架子也值几个钱……”吴济堂无限伤感地叹口气，像喝酒似的咽了一小口茶。

老黄又给老吴的茶杯里续了一丝水。月光下，大家看到他眼眶里闪烁着泪花。

“我家里房子都斜了半年了，硬是用椽子撑着……”老黄说，“想盖房，没钱，有几个亲戚倒是万元户，还没开口问他们借呢，人家先给咱哭穷，是怕咱还不起呀……要是下起连阴雨，光等着房塌啦，唉，熬煎死人了……”

这天所长没在家，指导员老张圪蹴在地下一直没吭声，他听着大家议论有点不对味儿，站起来拍拍屁股回屋去了。临走对大家说：“早点睡吧，天不早了。”说着一伸胳膊打了个哈欠，走了。遇到这种场合，还是少掺和的好，他想。

小张在一边听着，眨巴着眼不吱声。

小钟说：“给咱当警察的一个月五百块工资都不算多！鸡蛋一块钱才买四个，咱下的啥苦，受的啥罪？”小钟对老吴、老黄很同情，“啥时候老弟当了大官，给弟兄们连升三级！”小钟感慨地开着玩笑。

“等你当了大官，我骨头就变成灰了。”老吴说。

老王闷着头，不吭气。他这个人不善言表，心里有事不往外露。他媳妇早年得病死了，有一个十岁的男孩还是个傻子。母亲多年瘫痪起不了床。家里一老一小，地没人种，钱不够用。这会儿听大家议论，心里像刀绞似的难过。

老王人挺实在，为人很讲义气。有一年，政府号召集资办学，在职干部每人限定最少交五块钱。那时正赶上月底，他拿不出这五块钱。大家虽说都不太宽裕，可五块钱还能拿得出来，最后就剩下他没交，指导员拿着张纸条催他快交，别影响派出所的荣誉。老王犯难了。那天夜里，他翻来覆去睡不着觉。他是个党员哪，这号事要是落到后头，别人会咋看呢？第二天一早，他在他那个破箱子里找出来一条新床单，这床单是那年他当先进发的奖品。他把床单拿到商店，委托一个他熟悉的营业员卖了。他说："便宜些卖，只要能卖五块钱就行……"那个营业员当下就付给他五块钱。交了钱，他心里的一块石头才算落了地。后来，他到商店买牙膏，看见柜台上挂的床单标价每条 18 块多，他也没有后悔。集资办学捐款的名单公布以后，他有点后悔了。他一看，人家都是几十块，镇党委书记捐了 100 块，就数自己的最少。"唉，我咋不知道多卖几块钱呢?"他心里挺难过，觉得自己这个党员真不够意思，对国家的大事没尽到心……

天很晚了，大家还不愿睡。一直坐到后半夜泛起了森森凉气，才一个个回屋去了。

五

这天中午，刑警队来了个电话，说让吴济堂到刑警队去一趟。电话里也没说啥事。吴济堂心想可能是刑警队又遇上了棘手的案子，让他去帮忙。

刑警队张队长一见他，客气得有点反常，把他让到屋里，又把在屋里写材料的两个刑警打发出去。接着，又是沏茶又是递烟。吴济堂心里觉得不对味儿。他就着张队长给他点着的火柴吸了口烟，问："啥事?"

"老吴啊……我们相信，老同志啦……是不是……"张队长眼睛一直没丢开吴济堂的脸。

"张队长！别玩絮子话啦，有啥直说！"吴济堂说。

"好！有你这话，我就直说。"张队长也点了一支烟，吐一口烟雾，才说，"昨晚上，大约在 10 点左右，你们村子里发生一起强奸案，受害人……是你的女儿……”

老吴的头“嗡”一响，手里的香烟掉在地上。

“罪犯已经抓到了。孩子现在在医院，嫂子护理着。请你来，一来请你给嫂子做做工作。二来，你女儿想见见你，她一个劲儿地哭着喊你……”

老吴半天没吭声，心里不知是什么滋味，他嘴唇颤动着，喉咙里像塞了个木橛子。泪水不知啥时候流到嘴角。

“她才 12 岁呀!”老吴喊了一声，“这个畜牲……”

县医院住院部一个小病房里，女儿脸色苍白，依在母亲的怀里睡着了。她眼角挂着泪，抽泣地呼吸着。

吴济堂站在门外，心情沉重得迈不动脚步。见到她们母女俩该说些什么啊，当个警察连自己的女儿都保护不了，还有啥当头。他的鼻子猛一酸，眼泪在眼眶里直打转。

他往医院走的时候，心急火燎的腿上像生了风，可这会儿，他又觉得没脸见老婆和女儿。他希望老婆、女儿突然从病房冲出来撕他、打他、骂他、咬他。他摘下眼镜，用手帕擦了擦眼泪。他不明白，他此时为什么变得这么怯懦无能。如果此时老婆向他提出不当警察，回家安安分分地开羊肉泡馍馆子，他会立刻脱掉这身衣服，抱着女儿回家……

突然，他听到病房传出熟悉的说话声：

“妈妈……爸爸怎么还不来啊……”

“爸爸抓坏蛋去了，乖孩子，睡吧……”

“我睡不着……我想爸爸……”

“爸爸一会儿就来……”

“妈，你为啥不让爸爸当警察……要是有好多好多警察，坏蛋就不敢欺负人啦……”

“妈错了……妈这会儿明白了……唉，昨天晚上，我急啊，只恨天上为什么不掉下来几个警察……想起来，我真不该跟你爸闹……”

门外，吴济堂心里一抽，他顾不上再想什么，一推门扑到女儿的病床边。

“老吴……”妻子喊他。

“爸爸……”女儿喊他。

这一家三口紧紧地抱在了一起。

“爸爸，坏蛋抓到了吗?”女儿问。

“抓到了……”

“是你亲手抓到的吗?”女儿问。

“是……警察抓到的……”吴济堂心里忽然荡起当警察的无比骄傲，这种感觉他从来没有过。

尽管局领导给这起强奸案的办案人员再三强调：不许透露受害人的姓名，一来是有这方面的规定，二来是对公安人员的家属更要注意社会影响。然而，消息还是不胫而走。吴济堂已从大家的目光、态度中得到了安慰。

孩子出院以后，局领导派车把母女二人送到派出所，局长也来了，他动情地握住吴济堂的手说：“老吴啊，真难为你了。挺住!”

“放心吧。”吴济堂说，“局长！我当了一辈子警察。只知道办案破案，从没想到自己也会成受害人。我从女儿、老婆那儿尝到了当警察的真正滋味……当警察的要挺不住，老百姓呢?老百姓看着咱当警察的啊!”

“说得好!”局长说，“大家都听到了吗?”局长向大家挥了挥手，“我承认，当警察难，今后呢，可能会更难！可不管什么时候，社会上不能没有警察，人民不能没有警察！吴济堂同志女儿的事，尽管局领导再三强调不要外传，可大家还是都知道了。知道了也好。据我了解，有一部分同志嫌干公安没出息，嫌我们工资低，嫌我们工作太苦太累，划不来。好吧，我可以给大家宣布：谁不愿干，谁就说句话，我一定批准。这么大一个国家，想当警察的人多得很呢！我说，不管离了谁，地球照样转。吴济堂同志没有被吓倒，他挺住了！他说他从老婆、女儿那儿尝到了当警察的滋味，他说他尝到了受害人的滋味，就更应该跟犯罪分子干到底。这话说得有水平，我建议你们全所的同志向吴济堂同志学习……当然了，发发牢骚，情有可原，人嘛，谁还能没点情绪……”

局长说话时右手指缝里夹了支香烟，早灭了，还那么夹着。

局长是教师出身，“文化大革命”结束以后调到公安部门，会做人的工作，又办了几件有影响的大事，后来当了局长。这个人敢说敢干，人缘好，威信挺高，加上他有点义气味儿，把全局300来号人拨弄得有条不紊。他听说吴济堂女儿的事，当时心想这事可能会很棘手，弄不好会使民警思想波动。没想到吴济堂不但没情绪，精神上还挺得住，他心里踏实了点儿。基层的同志工作生活情况他不是不知道，有的派出所直到现在连一人一辆自行车都没配齐，社会治安情况不好，既要马儿跑又要马儿不吃草，他也没有能力改变。

“各位，我当局长心里有愧，觉得怪对不住大家……整天让大家干，干不好了我还发脾气。我……可没给大家办多少实事。看到我们现在还用的是50年代的电话机，住的是‘宿办合一’的房子，我心里真难过……我尽量争取。我向县委书记要钱，嘴唇都磨薄了，县委书记跟我说，‘你身上不是带着枪吗？来吧，你就冲我这开一枪！’……县上也没钱哪……苦了大家啦……钱我还是非要不可，必要的设备还是要添置，工作还要干！这就是现实，这就是对我们的考验！”

大家情不自禁地点点头。

局长要走了，临走时握住吴济堂老婆的手，摇了又摇，大家看到他眼里有一丝泪花。“弟妹，多保重！有困难随时来找我……”局长说。接着，他又抱起吴济堂的女儿，在她脸上亲了一口：“孩子，伯伯对不起你，对不起你妈妈……”说着，他的眼泪就涌出了眼眶。

局长从口袋掏出一个纸包塞给吴济堂的老婆：“拿住！这是我个人的一点心意，给孩子买点补养……”他不等推让，拉开车门就上了车，“嘭”一声关上车门，对司机道，“开车！”汽车“呜”一声开走了。

大家围拢过来，看她慢慢拆开纸包，是一沓“大团结”，约莫有200块。

不知为什么，大家的眼圈都湿了……

六

这天晚上，大家都挤到了吴济堂的小屋里。

吴济堂的老婆哄睡了女儿，不断地给大家茶杯里续水。

所长在这种气氛中，多少显得有一点尴尬，人心都是肉长的，他看到老吴女儿受害，心里也不是滋味，想想自己对老吴的那份心思未免也过分狭隘了。可他这个人爱面子，又不肯认错，就有点无所适从。

“老吴啊，有啥困难就只管说，我这个所长能给你出多大力就出多大力。”所长说。

“没啥困难，”吴济堂说，“人心不是石头做的，我总觉得心只要一热，事就好办了，苦点累点都觉得值。”老吴在床边挪了挪屁股，喝了口茶，“这回我对受害人算是理解了，‘将心比，都一理’，咱要是家里被盗了，亲人受害了，咱去报案，案子破不了，咱心里啥滋味？有些群众骂咱怪难听的，这会儿我觉得应该，你当警察的破不了案不骂你骂谁？细想起来，就是这个理。只要明白了这一点，心里就顺了点。要想让群众理解咱，咱就要先理解群众。首先要想想，如果我是受害人……我建议，咱们开展一个‘如果我是受害人’的讨论，回顾一下咱以往的工作，每办一个案子，是不是打心眼儿里想的是人民的利益？”

“老吴说得好！我赞成！”小钟说。

“我正愁没办法抓思想工作呢，你真是……‘冬天里的一把火’，咱趁热打铁，现在就开始！”指导员说。

所长笑得挺尴尬，他没想到老吴又来了这一手，他悔恨自己为什么没早点出这个主意，而让吴济堂牵着鼻子走。这么一闹腾，让局长知道了，肯定会给吴济堂锦上添花。可他又不好给大家泼凉水。

“行嘛，说说也好，说说也好……”所长说，“老吴同志说得好啊，大家就畅所欲言吧。”所长无意中在“老吴”后边加了个“同志”，这个“同志”似乎一下子把他和吴济堂之间的距离拉远了。

“我先说吧，”指导员说，“我这个人没文化。早年参军那阵子，虽然嘴上说是保卫祖国，可实际上心里想的是部队上起码能吃饱，那会儿农村生活太苦……我这是实话。到了部队吃饱是没问题，当时光害怕复员，工作也卖力，部队领导看我听话、老实，就调我到汽车连学开车。那时候，真他妈是飞黄腾达……”指导员干咳几声觉得话离题太远，又觉得“飞黄腾达”这个词用得不太恰当，他喝了一口水，又接着说，“我后来当了排长，又接着当了连长……人这个东西也真他妈怪，这一当官呢，就想转业回家啦，看部队上的啥都不顺眼。就闹转业，就跟领导吵架，骂娘……我琢磨不来这究竟是咋回事。就说咱当警察吧，工资低，就这还比一般行政干部高百分之十五呢，多少是个够？为啥老觉得人家挣钱多……今天局长说，要咱发扬点‘老牛精神’，我觉着，就是要咱们多想想人民群众，多想想国家困难，少想想自己，对吧？”指导员停了停，从口袋掏出一包香烟给每人发了一支，“我有个坏思想，今儿个给大家亮亮相……我觉得我的工资呢，在全局是最高的，官呢，我也爬不上去了，我想就这么将就着干到退休，我这个想法不对，有些棘手问题，我绕着走，怕得罪人……唉，人的思想一有绊磕就出问题……说来说去，我还是有私心……有私心啊……”指导员眼圈红了。

大家都认为指导员说的是真心话，从他的表情和眼神可以证实这一点。往常大家都认为指导员软塌塌的。是天生的脾气，没想到他今天能说出来这样的话。

“是不是我说得离题太远了？有一回，我跟小张去查案，王家村有一位孤寡老太婆家里被盗了，被盗的钱是老伴临终时留给她的养老钱……老太婆见了我和小张那个哭啊，哭得人心像猫抓似的……可是，案子没破了……后来，我在街上见了那位老太婆，不知为什么我怕见她，我绕着走……接连几天，我一闭眼就看见她的身影，撵也撵不走……后来呢，淡了，忘了……刚才，老吴一说‘如果我是受害人’这事，那老太婆的身影又来了，在我眼前晃来晃去的……那位老太婆不知是不是还健在……”指导员哭了，他掏出手帕擦了擦眼泪，擤了一把鼻涕，“无论如何……我明天要去看看她……要给她道个歉……局长今儿个给老吴女儿不是也道歉了吗？要是老太婆不在人世了，我要……给她坟上烧几张纸，磕几个响头……我琢磨，那老太婆跟我妈年龄差不多，要是我妈遇见那号事，我恐怕死也忘不掉……”

瞬间，大家从兴奋又重归沉默。

小张低着头一言不发，心里像打翻了五味瓶，火辣辣地难过。他觉得对不住老吴，又觉得跟所长合伙整人这事有点昧良心。

吴济堂的老婆一直听着发言，这会儿，她也忍不住说：

“我……我再也不拖老吴的后腿了。俺真是女人家见识短啊，还有局长给俺的这200块钱，俺不能要，俺不缺钱，就请所长把钱退给局长吧……”她从兜里掏出那个纸包，递给所长。

“唉呀，局长那人的脾气我还能不知道，说出去的话谁也别想改动，你就拿着吧！”所长说。

“嫂子，你就拿着吧！”大家都劝道。

……

“算了！别推推让让了！”吴济堂说，“我的意见，把这200块钱当成基金，以派出所的名义号召全辖区的群众捐款，成立一个‘见义勇为’基金，奖励那些敢于跟坏人坏事作斗争的同志，咋样？”

“同意！”

“赞成！”

大伙儿齐声拥护。

而所长心里像进了醋：好你个吴济堂啊，你这不是成心要我这当所长的难看嘛！

“好吧，”所长说，“就按老吴说的办……”

整整一夜，老吴都没睡着，一会儿坐起来披着衣裳抽烟，一会儿又看着女儿熟睡的脸。看着看着眼泪就又掉了下来……

七

你别说，吴济堂那么来了一手，还真灵验。首先跟镇政府炊事员的矛盾无形中消除了。有时民警下乡回来误了饭，就到饭铺里买俩烧饼将就了。打扫卫生呀，下乡调查呀，也不用所长、指导员督促。老黄接待来迁入迁出户口的人态度也转变多了。这家伙还在办公室的墙上贴了个字条："为人民服务。该办的不用让烟，不该办的让烟也不中。"字写得不太规范，可这张字条确实让他费神了。过去，有人来办户口，进门先让烟，好像这也是一条不成文的"手续"。可时间一长，这"手续"对老黄也麻木了。有时下班收拾办公桌，能拾掇一二十根烟，有时还有整盒的。那天晚上老黄没发言，可心里直敲鼓点，琢磨了半个早上，才写好了这张小纸条。

大家闲时聊天，再也不提工资这码事了。

这天早上，有个老太婆拄着拐棍来报案，说她儿子死得可疑：他儿子有癫痫病，12天前一个早上砍柴从崖上跌下来摔死了，当时也没人说啥，没想到人埋了以后村里人才纷纷议论，有人说她儿媳妇跟人家胡来，看不上她儿子，有人说不像跌死的……她来派出所报案，想弄个究竟，要不然她的心难安。

所长接待了老太婆，他听了情况很犯难，人都埋了10天了……思谋了老半天，他抓起电话，想通知刑警队。揽下来破不了案白丢人，不接案又不合适，不如推给刑警队。谁知他电话还没拿起来，就被一只手摁下去了。他一扭头，是吴济堂。

"所长，别急，让我再问问，咋样？"

"你有把握？"所长的话里有一股压力。

"问明了情况再说。"老吴说。

"这可不是闹着玩的！"所长声音提高了。

"这事我也不敢闹着玩。"老吴说。

“那，就看你的啦!”所长立即起身离开了办公室，皮鞋踏得“嘎嘎”响。老吴心里骤然拧出一股犟劲……

老太婆跟所长的谈话，吴济堂在门外都听到了，他觉得这事有些蹊跷，不由自主地进门按住了电话。晚上，吴济堂没睡着，所长也没睡着。

第二天一早，所长又找小张“谈心”……整个所里，他觉得小张心里还有他这个所长。

吴济堂把老太婆请到自己的房间里，详详细细问了老半天，又在本子上记下了疑点。送走了老太婆，他向所长汇报，要求下去调查。所长问：“你一个人行吗？让小张跟你一块去吧。”

吴济堂说：“行。”

老太婆的家住在小金村，紧靠山脚。这村子也就是30来户人家，有一条小溪从村中穿过，白天晚上都静得像一潭死水，庙宇一般安静，只听得溪水的叮咚声。

吴济堂和小张骑自行车赶了30多里路，中午才来到小金村。这是小街派出所辖区最远的一个村。

吴济堂下了决心，非把这个案子弄个水落石出不可。他这个人怪，越是有人挡道，他越是有股犟劲。

吴济堂和小张在村子里走访了一个下午，啥都没问出来。虽说群众对这事有看法，可你要去一调查，又说是没啥看法。

晚上，吴济堂和小张睡在一个新媳妇的房子里。这媳妇丈夫在一个厂里当工人，婚假一满就上班去了，村干部动员她到公婆屋里去睡。当地有这个风俗，来了贵客，就把新媳妇的房子腾出来，说是吉利。

吴济堂躺在床上睡不着，一支接一支地抽烟，还不停地喝茶。小张跑了一天，累得躺在床里边扯起了呼噜。

吴济堂起身坐到灯下边，翻开他的记事本，看了半天。接着，他信步走出门外。他突然想再到死者跌下的那个崖边去看看。一时间，他也说不出原因，反正他想去看看。

天很黑，只有几个星星一闪一闪的，他心里空空灵灵的。下午，村干部领他到崖边来过，土崖有40多米高，要到崖顶无路可走，只能依靠崖壁上的土窝和树枝。土崖在村东边，距村子有半里路。

一路上，他觉得很孤单，眼下破案真难，他想，哪像电影电视上那么简单，一看开头就能知道结尾是啥。

他朝土崖看了一眼，心里猛一亮：死者有癫痫病，能爬这么高？他明知自己有癫痫病，自不量力往上爬不是找死吗？

他隐隐约约地觉得，这里面跟受害人的老婆有关。是不是要先跟她接接火，探探虚实？他看一下手表，看不见时间，擦根火柴，清楚了，才9点多。在下午村干部领着他了解情况时，给他指了死者的家门。

死者名叫金二虎，她老婆叫周凤花，膝下没有儿女，两口子跟老人分居而过，住在紧隔壁，当地人叫“连墙”。

吴济堂调整一下情绪，心里一拧劲儿，就朝周凤花家走去。

周凤花家大门虚掩着，隔门缝能看见厦子房亮着灯。

“有人吗?”吴济堂问。

“谁呀?”这无疑是周凤花的声音。声音脆滴滴的。吴济堂心想，这哪像刚死了男人。

“我！睡了没有？睡了就算了，没睡就开开门。”凭吴济堂的经验，从她腔调能听出她还没睡。

门开了，吴济堂被让进屋里。他借灯光打量了一下周凤花，你还别说，还真有点风骚。猛然，吴济堂觉着不对头，半夜到一个寡妇家，不是有点说不清？想走，你来干啥？头皮一硬就坐下了。这女人鞋上缝着白布，却不显得多余，好像是一种装饰品。

“公安同志，下午我本来想找你，又听说你在村子里转，说不准你在啥地方……你可得给俺做主……”她眼圈一红，眼泪下来了。她一边擦泪，一边忙着找茶壶沏茶。

“你别忙活，我问问情况就走。”吴济堂点了支烟，抽了一口，可还是掩饰不住内心的拘束。他坐在炕边的板凳上，打量着屋里的摆设。

周凤花虽然不正眼看他，可他能看出这女人正用心通过余光揣测他。

“二虎那天早上几点出去砍柴？”吴济堂问。

周凤花坐在炕沿上，把倒好的茶顺炕沿往吴济堂跟前推了推。

“也就是6点多吧，”女人说，“二虎这人，你不知道……哎呀，过来人啦，俺也不怕，我咋知道是6点多？他刚跟我……那个过……我说晚点去吧，他硬要去，他走时我顺便看了看表，6点多。”

“他平常砍柴都到啥地方？”

“哎呀，这我就不知道了。他们男人家砍柴我还能跟着？”女人笑了笑，“你别在意，俺农村人说话不讲礼貌。你问啥，只要俺知道的，会一五一十地说。”

问着问着，吴济堂突然想方便，越是憋着，越想尿。他实在憋不住了，问女人要了盒火柴就往后院走。到了后院，他一划火柴，只见满后院都是柴，一年也烧不完。也就是说，二虎10来天前去砍柴这事不实，有这么多柴再去砍柴没必要……他方便完往回走，心想，这女人肯定是觉得人都埋了十几天了，查不出来了，所以心里瓷实不害怕调查，能回答自如。

他回到屋里，继续问。他发现周凤花脸色有些惶惑。她一定是猜测到他到后院看见那么多柴，心里慌了。

“后院那么多柴。”吴济堂装着没事似的问。

“……攒的越多不是越好？谁家怕柴多？”

“柴是不怕多，是越多越好。6点多起来砍柴？天还没亮，你不怕他摔着？‘他硬要去’，他都埋了，问谁去？”吴济堂话里软中带硬。

女人半天没吭声。

“你半夜来找我，就这事？”女人琢磨了一会儿问，“你……不怕别人说闲话？”

“怕啥？俺姓吴的光明正大，不怕谁往俺头上扣屎盆子！”吴济堂说。

“那好，俺一个寡妇家也不怕……这空落落的院子就俺一个人……”

说着，周凤花边解上衣边往吴济堂跟前偎。吓得吴济堂出了一身冷汗。他心想，就她这副样子，一喊叫就全完了，跳进黄河也洗不清。他紧张地想着退路。

女人脱了上衣，又解裤子，脸上显出十分的得意。

“你等着，我……一会儿再来，不然跟我一块来的小张要起疑心的……”吴济堂说。

“真的？”

“真……真的。”

吴济堂出了门，擦了擦头上的冷汗，心一下子窜到了嗓子眼。他总算逃脱了。半路上他想这案子算明了一半了。

小张睡醒一觉不见吴济堂，直犯嘀咕，端起茶碗“咕咚咕咚”喝了几口凉茶，便出门去找吴济堂……周凤花跟吴济堂那一幕，小张全看见了。

八

吴济堂第二天一早就赶到刑警队，给张队长讲了他的疑点和看法。张队长派人跟吴济堂赶到小金村，传唤了周凤花。三个小时的审问，周凤花招架不住，全交代了。当晚就抓获了她的奸夫。案子办得漂亮，小金村的群众给公安局送了一个牌匾，上面写着“明镜高悬”。

吴济堂当然高兴。正当大伙围着他问这问那的时候，县局纪检科的王科长来找吴济堂了。

王科长把吴济堂叫到他的房子里，先是寒暄了半天，接着又问吴济堂在办这个杀人案的过程中有没有其他的事情，比如违反群众纪律啦等问得吴济堂摸不着头脑。

突然，吴济堂开始明白了，一定是周凤花这骚女人在监所里咬了他一口。可他觉得那晚的事很坦然。既然问，就把这事全盘托出也无所谓。

听完吴济堂的叙述，王科长问：

“真的没有？”

“真的。”

“人家周凤花可是有揭发，不光是这点，还有人看见，我们也做过调查。”王科长说。

吴济堂蒙了，他万万想不到，事情突然间变得这么不可思议。

僵持了一会儿，王科长才说：

“好吧，你再好好想想。”

王科长走了。吴济堂像真的干了件丢人事似的，一整天都没出门。他想不通究竟是咋回事，他难过，却哭不出眼泪，苦思冥想也找不出问题的症结所在。他真后悔，当初应该叫上小张一块到周凤花家去，也好有个证人。现在，就是有一万张嘴也说不清啊。吴济堂终于无法克制自己的情绪失声痛哭起来……

大伙听到吴济堂的哭声，纷纷来敲他的门，可他就是不开。

所长说：“老吴你哭啥？我马上叫人给你写请功报告哩。”所长脸上一本正经，谁也听不出他的话里有啥味儿。

小张没去敲门，他躲在房子里心不在焉地看着书。

夜深了。所里的人都睡着了。

吴济堂翻来覆去睡不着，心里反复琢磨着：做人真难哪……

突然间，他听见有人喊救火，声音很远，但很急促。他一骨碌爬起来，穿上衣裤勾上鞋就朝外跑。

出了派出所大门他才看清，是街西头一家商店失火了。他飞速向街西头跑去。

现场围了不少人，可就是没人救火。喊救火的人倒是不少。这家商店的老板到外地进货，家里只剩下女人和一个不满五岁的小男孩。女人这会儿只穿着小背心和裤衩，赤脚丫子，疯了似的跑过来，“扑通”一声跪在众人面前，声嘶力竭、泪流满面道：

“叔们爷们，我儿子小宝还在里边哪……求求你们啦……”

众人麻木了似的纹丝不动。

火越烧越大，夹杂着噼里啪啦的木料崩裂声。商店的招牌“哗啦”一声坠落下来。

吴济堂跑过来不由分说拨开人群，一头钻进火簇里。

约莫过了五六分钟，吴济堂跑出来了。他头发被烧光了，衣服烧得冒着烟。眼镜也丢了。他语无伦次地吼叫着：

“水……快担水！你们咋啦？我……”

恰在这时，一位60多岁的外号叫“瓜瓜”的哑巴老汉挑了一担水踉踉跄跄地赶过来。吴济堂一把抱住“瓜瓜”老汉，夺过一只水桶，扒在桶沿上“咕咚咕咚”猛喝。他仰了一下脖子，接着又喝，接着举起水桶顺头给自己浇了下来。这样一来，吴济堂冷静了一点。他拿起扁担没头没脑地朝看火的人们抡过去：

“你们看啥？要救火快上！不救火的滚回家去！连‘瓜瓜’老汉都不如！我让你们看！我让你们看！”他用扁担抡来抡去。

人们以为吴济堂疯了，躲着他抡来的扁担。但仍是没人救火。吴济堂不打了，他一扭头又钻进火里。

约莫又过了两三分钟，吴济堂又出来了。他这回出来抱着小宝。原来小宝钻进柜台里，才幸免于难。

女人一把夺过小宝没命地亲。

此时的吴济堂已被火烧得非人非鬼，两眼射出令人恐惧的光。他身上冒着火，“瓜瓜”老汉用手撩着水往他身上浇。吴济堂举起那只盛水的桶“啊”的一声，向自己身上浇去……他终于站立不稳，倒了下去。

九

吴济堂的老婆和孩子突然被局里派来的车接到了医院。

她一见老吴就蒙了。

吴济堂浑身缠着白纱布，只留着两只眼睛，像两个无底的深洞。他入院后一直昏迷不醒，这会儿刚刚清醒过来。

“老吴……”她压抑着内心极大的悲痛，怕他受惊，领着孩子慢慢地走到病床跟前。

“噢……你来了……我……只怕见不着你……”他说话很吃力，“你……我可把你害苦了……你不该跟我这当警察的……”

她一把捂住吴济堂的嘴，不让他再说下去：“老吴……别说了……”

“你……”老吴艰难地用缠着白纱布的手，拿下她的手，“伙计……我已觉着了，我……没几天活头了……你就让我把心里话给你说说吧……我真的对不起你，我要是……走了……你领着孩子，找个老实人，农民也行……千万别再找……当警察的，我走了……你权当这辈子没见过我……答应我……”

她流着泪，强压着才没哭出声来。她的嘴唇已被咬得直发白，浑身不住地颤抖。

站在旁边的指导员一把抱起在旁边不住地抽泣着的老吴女儿，飞跑了出去。

所里的同志全都围在老吴身边，脸上都挂着泪，没人敢哭出声来。

“伙计……我怎么说呢……我虽然忙得顾不上家……但我从没做过对不起你的事，相信我……我也相信组织上能查清这件事……真没想到，干了半辈子警察，临了……背了黑锅……就是死了，也进不了吴家的祖坟……”

老吴这几句话一时弄得她有些莫名其妙。她转身问所里的同志：

“老吴他犯啥事啦？”

大家低着头只顾擦泪，没有人说得清这件事。

所里的同志都知道王科长找过老吴，后来慢慢都知道找他是啥事。但是，大家都认为那是不可能的事，老吴压根儿就不是那种人。

“嫂子。”老黄说，“不管出了啥事，你别管，有我们大伙撑着！肯定是那个骚女人反咬了老吴一口，她想着自己肯定是活不成了，就报复老吴!”

一听老黄说这话，她心里明白了点，老吴办那案子她知道。

事挤到一块了。

那日，小张从小金村回来，就把老吴一个人到周凤花家去，又看见周凤花赤身露体往老吴跟前偎的事告诉给所长，瞌睡有了枕头，所长巴不得有整老吴的材料。一听说这事就跟小张合计着写了封匿名信发到纪检科。

周凤花被捕入狱对吴济堂恨得咬牙切齿。那天晚上，她精溜溜地钻到被窝里等老吴，干巴巴直等到天亮。她再次见到老吴是在县公安局的审讯室。当纪检科王科长到监狱了解时，她将计就计咬了老吴一口。顶多是死，咬他一口还是死，反正是活不成了，就觉得啥都无所谓了，不咬白不咬，要不是你姓吴的那么认真，我周凤花也不会落到这一步。

“老吴，你冤枉啊……”她哭着喊道。

小王连忙上前一步，扶住身子摇晃着的老吴妻子。

“你们先出去一会儿，我……有几句话私下里跟所长聊聊，我怕……再没有跟他说话的……机会了……”老吴断断续续地说。

大家都悄然退出，所长走近老吴的病床。他坐在老吴的床头，提着心说：

“老吴，有啥话……你说吧……”

“所长啊，我这个人……你也知道，心里从不给人记事……我这张嘴爱说些没正经的话……这会儿……我心里觉得怪对不住你……你别见怪……我给你说两件事……第一件……弟兄们在桥头吃的那顿饭，钱由我出，她开羊肉泡馍馆子攒了几个钱，别让谁捅出去……再让纪检科来查划不着……”

所长眼里噙着泪，泪水终于止不住往外流：

“老吴……这钱……无论如何也不能让你出……你说还有啥事?”

“所长啊……我没几天活头了……我求的事，你咋就不答应呢……这件事你不答应，我……就不说第二件事啦……我是给你补补心哪……大家在一起风里雨里……是缘分哪……”

所长再也忍受不住了，终于哭出声来：

“行……你说还……有啥事……”

“我这月工资发下来……交给老黄，别说是我的……就说是组织上给他补助的……把他那破房子收拾……收拾……”

“老吴……”

“所长……你叫她来……我当面给她交代交代……”

门忽然开了，局长风风火火地闯了进来。

“老吴，”局长弯下身，“你的事，我都知道了。问题查清了……那封匿名信，字检技术员已经做出了鉴定书！”

“局长……”所长支吾着。

“你回去！从今天起，停职反省！”

原来，纪检科王科长跟老吴谈了话之后，也觉得不对头，回来后反复看着那封匿名信，发现字迹跟小张的相似，纪检科王科长前不久查一个违纪案子，翻过一本案卷，其中有几份笔录是小张写的。他向局长汇报以后，局长气愤地说让字检技术员做技术比对。结果，查出匿名信正是小张所写。接着又审问周凤花，她毕竟不是王科长的对手，几个回合下来，便如实地交代了。

“局长！老吴！我……”所长捂着脸哭着退出病房。

“局长……”老吴心里一酸，止不住热泪直流，“局长……我快不行了……我女儿……长大了……让她当警察吧……我这个当爸爸的……对不住她……”

“老吴……”局长抹了一把泪，“你放心，组织上会考虑的……”

局长突然觉得老吴的手抖得厉害，眼神也有点异常。

“快！叫大夫……”局长喊叫。

走廊里一时间响动着大夫、护士急促的跑步声。

四周刹那间又一片寂静。大夫在进行了紧张的抢救后，终于慢慢站了起来，转向众人摇了摇头。

此时，一缕血色的晚霞余晖正透过玻璃窗宁静地洒在大家低垂着的头顶上。

（原载《啄木鸟》1996 年第 6 期）

范东峰，1947 年生于河南洛阳。曾任职于西安市公安局宣传处。先后在《人民日报》、《人民文学》、《啄木鸟》等报刊发表中短篇小说五十余部（篇），及大量的纪实作品。有多部中短篇小说荣获金盾文学奖。

一个人张灯结彩

田耳

老黄每半个月理一次头发，每星期刮两次脸。那张脸很皱，像酸橘皮，自己刮起来相当麻烦。找理发师帮着刮，往靠椅上一躺，等着刀锋柔和地贴着脸上一道道沟壑游走，很是受用。合上眼，听胡碴儿自根部断裂的声音，能轻易记起从前在农村割稻的情景。睁开眼，仍看见哑巴小于俊俏的脸。哑巴见老客睁开了眼，她眉头一皱，嘴里咿咿呀呀，仿佛在询问是不是被弄疼了。老黄哂然一笑，用眼神鼓励哑巴继续刮下去。这两年，他无数次地想，老天爷应是个有些下作的男人——这女人，这么巧的手，这么漂亮的脸，却偏偏叫她是个哑巴。

又有一个顾客跨进门，拣张条椅坐着。哑巴

嘴里冒出咝咝的声音，像是空气中蹿动的电波。老黄做了个杀人的手势，那是说，利索点，别耽搁你生意。哑巴摇摇头，那是说，没关系。她朝后脚跨进店门的人努了努嘴，显露出亲密的样子。

老黄两年前从外地调进钢城右安区公安分局。他习惯性地要找妥一家理发店，以便继续享受刮胡须的乐趣。老黄到了知天命的年纪，除了工作，就喜欢有个巧手的人帮他刮胡须。他找了很多家，慢慢选定笔架山公园后坡上这个哑巴。这地方太偏，老黄头一次来时，老远看见简陋的木标牌上贴着“哑巴小于理发店”几个字，心生一片凄惶。他想，在这地方开店，能有几个人来？没想到店主小于技艺不错，回头客多。小于招徕顾客的一道特色就是慢工细活，人再多也不敷衍，一心一意修理每一颗脑袋，刮净每一张脸，像一个雕匠在石章上雕字，每一刀都有章有法。后面来的客人，她不刻意挽留，等不及的人，去留自便。

小于在老黄脸上扑了些爽身粉，再用毛巾掸净发碴儿，捏着老黄的脸端详几眼，才算完工。刚才进来的那年轻男人想接下家，小于又努努嘴，示意他让另一个老头先来。

老黄踱着步走下山去，听见一阵风的蹿响，忍不住扭转脑袋。天已经黑了，天色和粉尘交织着黑下去，似不经意，却又十分遒劲。山上有些房子亮起了灯。因为挨近钢厂，这一带的空气里粉尘较重，使夜色加深。在轻微的黑色当中，山上的灯光呈现猩红的颜色。

办公室里面，零乱的摆设和年轻警员的脚臭味相得益彰。年轻警员都喜欢打篮球，拿办公室当换衣间。以前分局球队输多赢少，今年有个小崔刚分进来，个头不高司职后卫，懂得怎么把一支球队盘活，使全队胜率增多。年轻人打篮球就更有瘾头了。老黄一进办公室，就会不断抽烟，一不小心一包烟就烧完了。他觉得烟瘾是屋子里的鞋臭味熏大的。

那一天，突然接警，分局好几辆车一起出动，去钢都四中抓人。本来这应是年轻警员出警，但都去打球了，于是老黄也得出马。四中位于毗邻市区的一个乡镇，由于警力不够，仍划归右安区管理。那是焦化厂所在地，污染很重，人的性子也烈，发案相对频繁。报案的是四中几个年轻老师，案情是一个初三的学生荷尔蒙分泌太多，老去摸女学生。老师最初对其进行批评教育，要其写检讨，记过，甚至留校察看。该学生性方面早熟，脑袋却如同狗一样只记屎不记事，胆子越摸越大。这天中午，竟爬进单身女教师宿舍，摸了一个在床上打瞌睡的女老师。女老师教音乐的，长相好，并且还没结婚。这一摸就动了众怒，男老师直接报了警。

人算是手到擒来。一路上，那小孩畏畏葸葸，看似一个好捏的软蛋蛋。带到局里以后，他态度忽然变得强硬了，说自己什么也没干，是别人冤枉他。他嚷嚷说，证据呢？有什么证据？小孩显然是港产片泡大的，但还别说，港产片宣扬完了色情和暴力，又开启了一些法律意识，像一个神经错乱的保姆，一勺砂糖一勺屎地喂养着这些孩子。小孩却不知道，警察最烦的就是用电影里趸来的破词进行搪塞。有个警察按捺不住，凑拢过去想给小孩一点颜色看。老黄拽住他说，小坤，你还有力气动手啊，先去吃饭。

老黄这一拨人去食堂的时候，打球的那一帮年轻警员正好回来。他们已经吃过饭了，他们去了钢厂和钢厂二队打球，打完以后对方请客，席间还推杯换盏喝了不少。当天，老黄在食堂把饭吃了一半，就听见开车进院的声音，是那帮打球的警员回来了。老黄的神经立时绷紧，又说不出个缘由。吃完了回到办公室，他才知道刚才担心的是什么。

但还是晚了些。那帮喝了一肚子酒的警察，回来后看见关着的这孩子身架子大，皮实，长得像个优质沙袋，于是手就痒了。那小孩不停地喊，他是被冤枉的。那帮警察笑了，说看你这样就他妈不是个好东西，谁冤枉你了？这时，小孩脑子里“噌”地冒出一个词，不想清楚就甩出来，说，你们这是知法犯法。那帮警察依然是笑，说小孩你懂得蛮多嘛。小孩以为这话奏效了，像是黑暗中摸着了电门，让自己看见了光，于是逮着这词一顿乱嚷。

刘副局正好走进来，训斥说，怎么嘻嘻哈哈的，真不像话。那帮警察就不作声了。小孩误以为自己的话进一步发生了效用，别人安静的时候，他就嚷得越发欢实。刘副局掀唇露齿地说，老子搞了几十年工作，没见过这么嚣张的小毛孩，这股邪气不给他摁住了，以后肯定是安全隐患。说着，他给两个实习警察递去眼神。那两个人心领神会，走上前去就抽小孩耳光。一个抽得轻点，但另一个想毕业后分进右安区分局，就卖力得多，正反手甩出去，一溜连环掌。小孩的脑袋本来就很大很圆。那实习警察胳膊都抡酸了，眼也发花。小孩脑袋越看就越像一只篮球，拍在上面，弹性十足。那实习警察打得过瘾，旁边的一帮警察看着看着手就更痒了，开始挽袖子。小崔也觉得热血上涌，两眼潮红。

这时老黄跨进来了，正好看见那实习警察打累了，另外几个警察准备替他。老黄扯起嗓门说，小崔、小许、王金贵，还有小舒，你们几个出来一下，我有事。几个正编的警察碍于老黄的资历，无奈地跟在后面，出了办公室向上爬楼梯。老黄也不作声，一直爬到顶层平台。后面几个人稀稀拉拉跟上来。老黄仍不说话，掏出烟一个人发一支，再逐个点上。几个年轻警察抽着烟，在风里晾上一阵，头脑冷静了许多，不用说，也明白老黄是什么意思。

星期六，老黄一觉醒来，照照镜子见胡碴儿不算长，但无事可做，于是又往笔架山上爬去。到了小于的店前，才发现没开门。等了一阵，小于仍不见来。老黄到不远处的南杂店买了一包烟，问老板，理发那个哑巴小于几时才会开门。南杂店的老板嘿嘿一笑，说小哑巴蛮有个性，个体户上行政班，一周上五天，星期六星期天她按时休息，雷打不动。老黄眉头一皱，说这两天生意比平时还要好啊，真是没脑筋。南杂店老板说，人家不在乎理发得来的几个小钱，她想挣大钱，去打那个了。老板说话时把两手摊开，向上托举，做出像喷泉涌动的姿势。老黄一看就明白了，那是指啤酒机。啤酒机是屡禁不绝的一种赌法，在别的地方叫开心天地——拿三十二个写号的乒乓球放在摇号机里，让那些没学过数学概率的人蒙数字。查抄了几回，抄完不久，那玩意儿又卷土重来，像脚气一样断不了根。

小崔打来电话，请老黄去北京烤鸭店吃烤鸭。到地方后，看见店牌上面的字掉了偏旁，烤鸭店变成“烤鸟店”，老板懒得改过来。小崔请老黄喝啤酒，感谢他那天拽自己一把，没有动手去打那小孩。小孩第二天说昏话，发烧。送去医院治，退烧了，但仍然满口昏话。实习的小子手脚太重，可能把小孩的脑袋打坏了。但刘副局坚持说，小孩本来就傻不拉唧，只会配种不会想事。他让小孩家长交罚款，再把人接回去。

“烤鸟店”里的烤鸭味道不错，老黄和小崔胃口来了，又要了些生藕片蘸卤汁吃。吃得差不多了，小崔说，明天我和朋友去看织锦洞，你要不要一块去？我包了车的。那个洞，小崔是从一本旅游杂志上看到的。老黄受小崔感染，翻翻杂志，上面几张关于织锦洞的照片确实养眼。老黄说，那好啊，搭帮你有车，我也算一个。

第二天快中午了，小崔和那台车才缓缓地到来，接老黄上路。进到车里，小崔介绍说，司机叫于心亮，以前是他的街坊，现在在轧钢厂干扳道轨的活。小崔又说，小时候一条街的孩子都听于哥摆布，跟在他屁股后头和别处的孩子打架，无往不胜。于心亮扭过脑袋冲老黄笑了笑。老黄看见他一脸憨样，前额发毛已经脱落。之后，小崔又解释今天怎么动身这么晚——昨天到车行租来这辆长安五铃，新车，于心亮有证，但平时不怎么开车。他把车停在自家门口时，忘了那里有一堆碎砖，一下子撞上了，一只车灯撞坏，还把灯框子撞凹进去一大块。于心亮赶早把车开进钢厂车间，请几个师傅敲打一番，把凹陷的那一块重新敲打得丰满起来。

老黄不由得为这两个年轻人担心起来，他说，退车怎么办？于心亮说，没得事，到修车的地方用电脑补漆，喷厚一点压住这条缝，鬼都看不出来。但老黄通过后视镜看见小崔脸上的尴尬。车是小崔租来的。于心亮不急着开车出城，而是去了钢厂一个家属区，又叫了好几个朋友挤上车。他跟小崔说，小崔，都是一帮穷朋友，难得有这样的机会，搭帮有车子，捎他们一起去。小崔嘴里说没关系，脸色却不怎么好看。到织锦洞有多远的路，小崔并不清楚。于心亮打电话问了一个人，那人含糊地说三小时路程。但这一路，于心亮车速放得快，也整整用了五个半小时才到地方。天差不多黑了。一问门票，一个人两百块。这大大超过了小崔的估计。再说，同行还有六个人。于心亮说，没事没事，你俩进去看看，我们在外面等。小崔、老黄交换一下眼神，都很为难。把这一拨人全请了，要一千多块。但让别人在洞口等三个小时，显然不像话。两人合计一下，决定不看了，抓紧时间赶回钢城，路还很远。

几个人轮番把握方向盘，十二点半的时候总算赶回钢城。于心亮心里歉疚，执意要请吃羊肉粉。闷在车里，是和走路一样累人的事，而且五个半小时的车程，确实也掏空了肚里的存货。众人随着于心亮，来到了笔架山的山脚。羊肉粉店已经关门了，于心亮一顿拳脚拍开门，执意要粉店老板重新生炉，下八碗米粉。

老黄吃东西嘴快，七几年修铁路时养成的习惯。他三两口连汤带水吃完了，到店外吸烟。笔架山一带的夜晚很黑，天上的星光也死眉烂眼，奄奄一息。忽然，他看见山顶上有一点灯光还亮着。夜晚辨不清方位，他估计了一下，哑巴小于的店应该位于那地方。然后他笑了，心想，怎么会是哑巴小于呢？今天是星期天，小于在休息。

钢渣看得出来，老黄是胶鞋帮的，虽然老了，也只是绿胶鞋。钢城的无业闲杂们，给公安局另外取了一个绰号叫胶鞋帮，并且把警官叫黄胶鞋，一般警员叫绿胶鞋。可能这绰号是从老几代的闲杂嘴里传下来的。现在的警察都不穿胶鞋了，穿皮鞋。但有一段历史时期，胶鞋也不是谁都穿得起，公安局发劳保，每个人都有胶鞋，下了雨也能到处乱踩不怕打湿，很是威风。钢渣是从老黄的脑袋上看出端倪的。虽然老黄的头发剪得很短，但他经常戴盘帽，头发有特别的形状。戴盘帽的不一定都是胶鞋，钢渣最终根据老黄的眼神下了判断。老黄的眼神乍看有些慵懒，眼光虚泛，但暗棕色的眼仁偶尔蹿过一道薄光，在睨视时，跟剃刀片贴在脸上差不多。钢渣那次跨进小于的理发店撞见了老黄。老黄要走时不经意瞥了钢渣一眼，就像超市的扫描器在辨认条形码，迅速读取钢渣的信息。那一瞥，让钢渣咀嚼好久，从而认定老黄是胶鞋帮的。

在哑巴小于的理发店对街，有一幢老式砖房，瓦檐上挂下来的水漏上标着一九五七年的字样，墙皮黢黑一片。钢渣和皮绊租住在二楼的一套房里。他坐在窗前，目光探得进哑巴小于的店子。钢渣脸上是一派想事的模样。但皮绊说，钢脑壳，你的嘴脸是拿去拱土的，别想事。

去年他和皮绊租下这屋。这一阵他本不想碰女人，但坐在窗前往对街看去，哑巴小于老在眼前晃悠。他慢慢瞧出一些韵致。再后来，钢渣心底的寂寞像喝多了劣质白酒一样直打脑门。他头一次过去理发，先理分头再理平头最后刮成秃瓢，还刮了胡子，给小于四份钱。小于是很聪明的女人，看着眼前的秃瓢，晓得他心里打着什么样的鬼主意。

在来往几次后，有一天，两人就关上门，把想搞的事搞定了。果然不出所料，小于是欲求很旺的女人，床上翻腾的样子仿佛刚捞出水面尚在网兜里挣扎的鱼。做爱的间隙，钢渣要和小于“说说话”，其实是指手画脚。小于不懂手语，没学过，她信马由缰地比画着，碰到没表达过的意思，就即兴发挥。钢渣竟然能弄懂。他不喜欢说话，但喜欢和小于打手势说话。有时，即兴发挥表达出了相对复杂的意思，钢渣感觉自己是有想象力和创造力的。

皮绊“咣”的一声把门踢开。小于听不见，她是聋哑人。皮绊背着个编织袋，一眼看见棉絮纷飞的破沙发上那两个光溜溜的人。钢渣把小于推了推，小于才发现有人进来，赶紧拾起衣服遮住两只并不大的乳房。钢渣很无奈地说，皮脑壳，你应该晓得敲门。皮绊嘻哈着说，钢脑壳，你弄得那么斯文，声音比公老鼠搞母老鼠还细，我怎么听得见？重来重来。皮绊把编织袋随手一扔，退出去把门关上，然后“笃笃笃”敲了起来。钢渣在里面说，你抽支烟，我的妹子要把衣服穿一穿。小于穿好了衣服还赖着不走，顺手抓起一本电子类的破杂志翻起来。钢渣用自创手语跟她说，你还看什么书咯，认字吗？小于嘴巴噘了起来，拿起笔在桌子上从一写到十，又工整地写出“于心慧”三字。钢渣笑了，估计她只认得这十三个字。他把她拽起来，指指对街，再拍拍她娇小玲珑的髋部，示意她回理发店去。

皮绊打开编织袋，里面有铜线两捆，球磨机钢球五个，大号制工扳手一把。钢渣睨了一眼，嘴角咧开了挤出苦笑，说，皮脑壳你这是在当苦力。皮绊说，好不容易偷来的，现在钢厂在抓治安，东西不好偷到手。钢渣说，不要随便用偷这个字。当苦力就是当苦力嘛，这也算偷？你看你看，把人家的破扳手都捡来了。既然这样了，你干脆去捡捡垃圾，辛苦一点也有收入。皮绊的脸唰地就变了。他说，钢脑壳，我晓得你有天大本事，一生下来就是抢银行的料。但你现在没有抢银行，还在用我的钱。我偷也好，捡也好，反正不会一天到晚坐在屋里发呆——竟然连哑巴女人也要搞。钢渣说，我用你的钱，到时候会还给你。那东西快造好了。皮绊说，你造个土炸弹比人家造原子弹还难。不要一天泡在屋里像是搞科研的样子，你连基本的电路图都看不懂吧？钢渣说，我看得懂。那东西能炸，我只是要把它搞得更好用一些。这是炸弹，不是麻将，这一圈摸得不好还可以摸下一圈。皮绊就懒得和钢渣理会了，进屋去煮饭，嘴里嘟嘟囔囔地说，饭也要我来煮，是不是解手以后屁股也要我来擦？

天黑的时候两个人开始吃饭。皮绊说，我饭煮得多，你把哑巴叫来一起吃。钢渣走到阳台上看看，小于的店门已经关了。皮绊弄了好几样菜。皮绊炒菜还算里手，比他偷东西的本事略强一点。他应该去当大厨。钢渣吃着饭菜，脑壳里考虑着诸如此类的事情。

钢脑壳，你能不能打个电话把哑巴叫来？晚上，借我也用用。皮绊喝了两碗米酒，头大了，开始胡乱地想女人。他又说，哑巴其实蛮漂亮。钢脑壳你眼光挺毒！

你这个猪，她是聋子，怎么接电话？钢渣顺口答一句，话音甫落，他就觉得不对劲。他严肃地说，这种鸟话也讲得出口？讲头回我当你是放屁，以后再讲这种话，老子脱你裤子打你。皮绊自讨没趣，还犟嘴说了一句，你还来真的了，真稀见。你不是想要和哑巴结婚吧？说完，他就埋头吃饭喝汤。皮绊打不赢钢渣，两个人试过的。皮绊打架也狠，以前从没输过，但那时他还没有撞见钢渣。在这里街子上混的人里头，谁打架厉害，才是硬邦邦的道理。

在一个姜黄色的下午，钢渣和小于一不小心聊起了过去。那是在钢渣租住的二楼，临街面那间房。小于用手势告诉钢渣，自己结过婚，还有两个孩子。钢渣问小于离婚的原因，小于的手势就复杂了，钢渣没法看得懂。小于反过来问钢渣的经历。钢渣脸上涌起惺忪模样，想了一阵，才打起手势说，在你以前，我没有碰过女人。小于哪里肯信，她尖叫着，扑过去亮出一口白牙，作势要咬钢渣。即便是尖叫，那声音也很钝。天色说暗便暗淡下去，也没个过渡。两人做出的手势在黑屋子里渐渐看不清。小于要去开灯，钢渣却一把把她揽进怀里。他不喜欢开灯，特别是搂着女人的情况下。再黑一点，他的嘴唇也可以探出去摸索到她的嘴唇。接吻应当是暗中进行的事，这和啤酒得冰镇了以后才好喝是一个道理。

对面，在小于理发店前十米处有一盏路灯，发神经似的亮了。以往它也曾亮过，但大多数时候是熄灭的。钢渣见一个人慢慢从坡底踅摸 上来。窗外的那个人使钢渣不由自主靠近了窗前。他认出来是那个老胶鞋。老胶鞋走近理发店，见门死死地闩着。小于也看见了那个人，知道是熟客。她想过去打开店门为那个人理发，刮胡子，但钢渣拽住她。不需捂她的嘴，反正叫不出声音。那个人似乎心有不甘，他站在理发店前抽起了烟，并看向不远处那盏路灯。

……是路灯让这个人误以为小于还开着店门。钢渣做出这样的推断。

那个人走后，小于把钢渣摁到板凳上。她拿来了剪子和电推，要给他理发。钢渣的头发只有一寸半长，可以不剪，但小于要拿他的头发当试验田，随心所欲乱剪一气。她在杂志或者别的地方看到一些怪异的发型，想试剪一下，却不能在顾客头上乱来。现在钢渣是她情人了，她觉得他应该满足自己这一愿望。钢渣不愿逆了她的意思，把脑壳亮出来，说你随便剪，只要不刮掉我的脑壳皮。当天，小于给钢渣剪了一个新款“马桶盖”，很是得意。

那一天，老黄出来遛街，走到笔架山下，看见理发店那里有灯光。他走了上去，想把胡子再刮一刮。到地方才发现，是不远处一盏路灯亮了，小于的理发店关着门。他站一阵，听山上的风吹得簌簌的响声。这时，又是小崔打来电话，问他在哪里。他说笔架山，过不了多久小崔便和于心亮开一辆的士过来了，把老黄拉下山去喝茶。

钢城的的士大都是神龙富康，后面像皮卡加盖一样浑圆的一块，内舱的面积是大了些，但钢城的人觉得这车型不好看，有头无尾。于心亮的脸上有喜气。小崔说，于哥买断工龄了，现在出来开出租，跑晚上生意。于心亮也说，我就喜欢开车。在钢厂再扳几年道轨，我即使不穷疯，也会憋疯。于心亮当晚无心载客，拉着老黄、小崔在工厂区转了几圈，又要去一家茶馆喝茶。老黄说，我不喝茶，喝了晚上睡不好觉——到我这年纪，失眠。你有心情的话，我们到你家里坐坐，买瓶酒，买点卤菜就行。他是想帮于心亮省钱。于心亮不难揣透老黄的心思，答应了。他家在笔架山后面那座矮小的坡头，地名叫团灶，是钢厂老职工聚居的地方，同样破败不堪。于心亮的家在一排火砖房最靠里的一间，一楼。再往里的那块空隙，被他家私搭了个板棚，板棚上覆盖的油毛毡散发出一股臭味。

钢厂工人都有改造房屋的嗜好。整个房子被于心亮改造得凌乱不堪，隔成很多小间。三人穿过堂屋，进到于心亮的房里喝酒。老黄刚才已经把这个家打量了一番，人口很多，挤得满满当当。在坐下来喝酒前，老黄似不经意地问于心亮，家里有几口人。于心亮把卤菜包打开，叹口气说，太多了，有我、我老婆、我哥、我父母、一个白痴舅舅，还有四个小孩。老黄觉得蹊跷，就问，你家哪来四个小孩？于心亮说，我哥两个，我一个，我妹还有一个。老黄又问？你妹自己不带小孩？

那个骚货，怎么跟你说呢？于心亮脸色稀烂的。于心亮不想说家里的事，老黄也不好再问。三个人喝酒。老黄喝了些酒，又忘了忌讳。老黄说，小于，你哥哥是不是离了？于心亮叹着气说，我哥是哑巴，残疾，结了婚也不牢靠，老婆根本守不住……他打住了话，端起杯子敬过来。当天喝的酒叫“一斤多二两”，是因为酒瓶容量是六百毫升。钢城时下流行喝这个，实惠，不上头。老黄不让于心亮多喝，于心亮只舔了一两酒，老黄和小崔各自喝了半斤多。要走的时候，老黄注意到堂屋左侧有一间房，门板很破。他指了指那个小间问于心亮，那是厕所？于心亮说，解手是吧？外面有公用的，那间不是。老黄的眼光透过微暗的夜色杵向于心亮，问，那里谁住？于心亮说，我妹妹。老黄明白了，说，她也离了？

离了。那个骚货，也离了。帮人家生了两个孩子，男孩归男方，她带着个女儿。

老黄又问，怎么，她还没回来？于心亮说，没回来。她有时回来，有时不回来，小孩交给我妈带着。我妈欠她的。老黄心里有点不是滋味。于心亮家里人多，但只有于心亮一人还在上班。囿于生计，他家板棚后面还养着猪，屋里弥漫着猪潲水的气味，猪的气味，猪粪的气味。现在，除了专业户，城里面还养着猪的人家，着实不多了。天热的时候，这屋里免不了会孳生蚊子、苍蝇，甚至还有臭虫。

那件事到底闹大了。由此，小崔不得不佩服老黄看事情看得远。钢都四中那个小孩被打坏了。实习警察都是刘副局从公专挑来的。刘副局有他自己的眼光，看犯人看得多了，往那帮即将毕业的学生堆里瞟几眼，就大概看得出来哪些是他想要的人。他专挑支个眼神就晓得动手打人的孩子。刘副局在多年办案实践里得来一条经验：最简便易行的办法，就是打——好汉也挨不住几闷棍！刘副局时常开导新手说，犯了事的家伙不打是撬不开口的。但近两年上面发下越来越多的文件，禁止刑讯逼供。正编的警察怕撞在枪口上，不肯动手。刘副局只好往实习警察身上打主意。这些毛孩子，脑袋里不想事，实习上班又最好表现，用起来非常称心。

在四中那个小孩被揍了以后，第二天通知他家长拿钱领人。小孩的老子花一万多元才把孩子领回去，带到家里一看，小孩有点不对劲，哭完了笑，笑完了又哭。老子问他怎么啦怎么啦，小孩翻来覆去只晓得说一句话：我要嘘嘘。

小孩嘘了个把星期，大都是谎报军情，害得他老子白忙活。有时候嘴里不嘘了，却又把尿撒在裆里。他老子满心烦躁，这日撇开儿子不作理会，掖一把菜刀奔钢都四中去了。他要找当天报案的那几个年轻老师说理，但那几个老师闪人了。一个副校长，一个教导主任和两个体育老师出来应付局面。这老子提出索赔的要求，说是儿子被打坏了，学校有责任。分局罚了一万二千元，他要求学校全部承担。校方哪肯应承，他们只答应出于人道，给这小孩支付一千块钱的医药费。两边报出的数额差距太大，没有斡旋的余地。这老子一时鼻子不通，抽出菜刀就砍人。两个体育老师虽说是练过武术，却没见过真场面，三下两下就被砍翻在地上。这老子一时红了眼，见老师模样的就追着砍，一连砍伤好几个。分局的车开到时，凶手已经跑出校区。在坐车赶往案发现场的时候，刘副局还骂骂咧咧，说这狗日的，专拣软壳螺蛳捏。他儿子是我们打坏的，有种就到分局来砍人嘛。刘副局鼻孔里哧哧有声，扭过头跟后排的老黄说，人哪，都是憋着尿劲充硬，都是软的欺硬的怕。

凶手捉到后，刘副局吩咐让当地联防牵头，拎着人在钢都四中及焦化厂周边一带游街。这一带的小青年太爱寻衅滋事，借这个机会，也杀鸡子给猴看，让他们明白，分局里的警察可不是只晓得打篮球。

再后来，上面调查从钢都四中捉来的那个学生被打坏的事，刘副局果不然把两个实习警察抛出来挡事。那天，老黄看见两个实习警察哭了，一把鼻涕一把泪。虽然有些惋惜，但老黄知道，这号谁拽着就给谁当枪的愣头青，不栽几回跟头是长不大的。这次情形着实严重，捂不住了。动手狠的那个，这几年警校算是瞎读了。

小崔拽着老黄走在路上，正聊得起劲，后面响起了车喇叭声。

于心亮就是这样的人，只要看见小崔、老黄，他就把生意甩脱，执意要送他们一程。于心亮虽然日子过得紧巴，却不把生意看得太重，喜欢交朋结友。认准了的人，他没头没脑地对你好。有两次，老黄独自走在街上，于心亮见到了，一定要载他回家。老黄自己都觉得不好意思，他和于心亮不是很熟。但于心亮说，黄哥，我一见到你，就觉得你是最值得交的朋友。这次，于心亮硬是把他们拽上了车，问两个人要去哪里。小崔随口就说，去“烤鸟店”。于心亮也晓得那家店——“鸭”字掉了半边以后，名声竟莫名其妙地蹿响了。三个人在“烤鸟店”里等到一套桌椅，坐下来喝啤酒。老黄不停地跟于心亮说，小于，少喝点，等下你还要开车。于心亮却说，没事，啤酒不算酒，算饮料。说着，于心亮又猛灌一口。几个人说来说去，又说到于心亮的家事。那天在于心亮家里，老黄不便多问，之后却又好奇。于心亮真要说起话来，也是滔滔不绝。他日子过得憋闷，闷在肚皮里发酵了，沤成一箩筐一箩筐的话，不跟别人倾倒，会很难受。先说到他自己。于心亮觉得自己倒没有什么好说的，无非日子过得紧巴点。年轻十岁的时候，他敢打架，不想事，抓着什么就拿什么砸向对方。现在不敢打了，因为坐过牢，也怕花钱赔别人。他拿不出这钱。接下来于心亮说起了自己的哥哥，是打链霉素导致两耳失聪的。又说起了妹妹，也是被该死的链霉素搞聋的。老黄就不明白了，说既然你哥已经打那针打坏了，妹妹怎么还上当？于心亮端着酒杯说，这要怪我妈，她脑袋不灵便，干傻事。我小时候身体好，从来不打针，要不然我这一家全是聋哑。说到这里，于心亮脸上有了苦笑。他继续说自己妹妹：她蛮聪明，比我聪明，但是聋了。我爸嫌她是个女的，聋了以后不让她去特校学手语，费钱。她恨老头子。十几岁她就跟一个师傅学理发，后来……后来那个师傅把她弄了，反赖是她勾引人家。她嘴里哇啦哇啦说不清楚。后来生了个崽，白花花一大坨，生下来就死掉了……为什么要讲这些屁事呢？不说了。

老黄顺着于心亮的话说，好的，不说了。他蓦地想到在笔架山公园后门开店的小于。但是，小于和于心亮长得实在太不像了，若两个人是兄妹，那其中肯定有一个是基因突变。

不说了不说了……哎，说说也没关系。于心亮自个儿憋不住，要往下说……后来她结了婚，但那个男的喜欢在外面乱搞，到家还拿她的钱。她的理发店以前就在团灶，手艺好人性子也好，所以店面一天到晚都不断客。她男人拿着她的钱去外面弄女人。有一次，有个野女人还闹到家里来。我赶过去，女人晓得我厉害，掉头就跑。我觉得这事我应该管管。谁叫我是她哥哥，而她又聋哑了呢？我过去把她男人收拾几回，她男人正好找这个借口离婚。所以，她恨我。但这能怪我吗？你再怎么离不开男人，也得找个靠得住的啊。说她聪明，毕竟带了残疾，想事情爱钻牛角尖。在于心亮歇嘴的时候，老黄问，你那妹妹，是不是在笔架山上开理发店？于心亮眼珠放亮了，说你认识啊？老黄说，她刮胡子真是一把好手。于心亮咧嘴一笑，说，是的咧，那就是我妹妹，人长得蛮漂亮，不像我，长得像一个莴苣。老黄说，今天别开车了，等下你回去休息。于心亮说没事，又撮了个响榧子，要了三瓶啤酒。各自喝完一杯，于心亮眼里明显有些泛花。老黄只有提醒自己少喝，等下帮他把车开回去。

于心亮又说，黄哥，听崔老弟说你离婚了，现在一个人单过？老黄眼皮跳了起来，预感到这浑人要借酒劲说浑话，赶紧支开话题想说些别的。于心亮说，别打岔哥哥，你真是个聪明人，一下就听出苗头了。你人稳重，我知道你是好人。我妹妹虽然两只耳朵背，但她年轻，懂味。你对她好，她就会满心对你好……

……哎，小于我得讲你两句，玩笑开大了啊。也不看看我什么年纪。我女儿转年就结婚了。老黄赶紧板起脸说，小于你喝多了，讲酒话哩。于心亮说，我怎么讲酒话了？小崔说，于哥，你确实讲酒话哩。于心亮酒醉心明，觑了一眼，见老黄的脸板了起来，舌头赶紧打了个转，说，不是酒话咧，今天搭帮你们请，吃多了烤鸟，一口的鸟话。

钢渣这一阵很充实，把造炸弹的事先放一放，转而去跟哑巴老高学手语。哑巴老高是卖手切烟丝的。钢渣喜欢买他切的白肋烟，抽着劲儿大，一来二去算是熟人了。老高认字，钢渣翻着新华字典，要问哪个词，就指给老高看，老高便把相应的手语做出来。钢渣觉得手语比较好学，因为形象啊。他甚至怀疑，手是比舌头更能表意的东西。从老高那里回来，钢渣就把手语现买现卖地教给小于。小于乐意学。她自创的手势表意毕竟有限，比如说，小于指一指钢渣，钢渣就知道是在叫自己；但如果小于想亲昵一点，想拿他叫“亲爱的”呢？若不学正规手语，这就很麻烦。钢渣教小于两种手势，都可以表达这意思。其一，双手握拳拇指伸直并作一起，绕一个圈；其二，右手伸开，轻抚左手拇指的指背。小于有她的选择，觉得第二种暧昧了，不像是说亲爱的，倒像暗示对方上床做爱。小于倾向于使用第一种手势。一个拇指代表一个人，两个有情的人挨得近了，头脑必然会有发晕的感觉——这真是很形象啊。

钢厂有个电视台，除了每两天播放十分钟的新闻，其余时间都在播肥皂剧和老电影。钢厂台片源有限，一个片子会反复播放。小于记性特别好，片子里的情节即使再复杂，她看一遍就全记下来了，下次有重播，她抢着给钢渣描述下一步的剧情。她最喜欢看年代久远的香港武打片，看里面的人死得一塌糊涂。她要表达杀人的意思，就化掌为刀作势抹自己的脖子，然后一翻白眼。钢渣从老高那里学来的标准手语，“杀人”应该是用左手食指伸长，右手做个扣扳机的动作。但小于嫌那动作麻烦，她宁愿继续抹脖子。她对钢渣教给她的手语，都是有选择地接受。钢渣越来越喜欢这个哑巴女人了。她身上有一些说不清道不明的东西，使得他对她迷恋有加。他时常觉得不可思议，再怎么说，他钢渣也不是没见过女人的人，到头来却是被一个哑巴惹得魂不守舍。

小于仍时不时拿钢渣的脑袋当试验田，剪成在破杂志上看到的任何发式。每回见面，她总是瞅瞅钢渣的头发长得有多长了，要是觉得还行，就把钢渣摁在板凳上一阵乱剪。这天，电视里播了一部外国片子，《最后的莫希干人》，小于看了以后，两条蚯蚓一样的目光又往钢渣的头皮上蠕动了。钢渣头发只长到寸把多长，按说不适合打理莫希干头，但小于手痒，一定要剪那种发型。发型很容易弄，基本上像是刮秃瓢，中间保留三指宽的一线头发。没多久，大样子就出来了。发型改变了以后，钢渣左脑半球上有一块疤，右边有两块，都暴露出来了。这是许多年前被人敲出来的。好在还留有一线头发，要不然他头皮中缝上的那颗红色胎记也会露出来。钢渣正这么想着，小于又拢过来了。她觉得这个发型很不好看，干脆一不做二不休，给钢渣刮个秃瓢了事。

钢渣递给小于五十块钱，要她给自己买一顶帽子和一副墨镜。她下到山脚，买来这两样东西。帽子有很长的鸭舌状的帽檐，但并非鸭舌帽；墨镜是地摊货，墨得厉害，随便哪个时候架在鼻梁上，就看见夜晚了。

皮绊进屋的时候，看见钢渣正在整理帽子。皮绊说，捂痱子啊。钢渣没有作声。皮绊又看见那副墨镜，仿佛明白了。钢渣当然不会是去旅游。皮绊恍然大悟地说，钢哥，炸弹弄出来了？要动手了？钢渣只得掀开帽子，让他看看光头。钢渣说，又被刮了光头，脑壳皮冷，戴戴帽子。皮绊很失望地睨他一眼，说你怎么老往后面拖啊？要是不想干了，跟我明说，别搞得我像傻婆娘等野老公一样，一辈子都等个没完。

钢渣也挺无奈。他时不时去回忆，身上捆炸药包去银行抢钱的想法是怎样形成的，又是怎样固定下来并付诸实施的呢？一开始无非是酒后讲讲狠话，皮绊听后却认真了，说要给他打下手，还老问他几时动手。钢渣又不好意思说我这是讲酒话。多扯几次，造炸弹抢银行的事竟然越来越清晰，从酒话嬗变成了具体的行动。而钢渣，他感觉自身像是被扭紧的发条一样。扭发条的人显然不是皮绊，那又是谁呢？皮绊这一根筋的家伙好几次对他说，钢渣，你莫不是故意讲狠话吓别人吧？你打架厉害，但打架厉害的，未必个个都不要命。钢渣嘴是很犟的，面对皮绊的质疑，依他的性子，只会死争到底。他说，炸药还没造出来，他妈的，造炸药总要技术吧？要不然你来弄，我等着，你哪时造好我们哪时动手。皮绊就没话说了。他虽然老嫌钢渣的手脚慢，但换作是他，肯定一辈子也造不出比鞭炮更具杀伤力的炸弹。

炸弹过不了多久就会弄好。虽然有几个技术点需要攻关，那也是指日可待的。钢渣心里很明白。

那天清早，小于主动过来和钢渣亲热了一回。然后她告诉他，自己要出去几天。离婚后判给前夫的那个孩子病了，要不少钱。她手头的钱不多，得全部送过去。她自己也想守着孩子，照看几天。毕竟那是自己身上掉下来的肉啊，离婚这事也割不断。

以后几天，钢渣果然没看见小于开店门。他一直坐在窗前，看着马路对面的理发店。他很想手头有一笔钱，帮帮小于。钱也许不算什么东西，但很多时候，钱的确要比别的任何东西更管用。钢渣是看武侠小说长大的，那书看多了，使他误以为只要打架厉害，就会相当有钱，走南闯北肆意挥霍，过得很潇洒。现在成年了，他才知道根本不是那么回事。

皮绊又拖了一袋东西回来，解开绳系，里面叮叮当当地滚落出许多小件的物品，竟然还夹杂着一两个空啤酒瓶。钢渣本来想揶揄两句，却没能张开口。他心里忽然涌起一阵难过。

炸弹造得怎样了？皮绊扔来一本书，竟是上个世纪 70 年代初出版的“青年自学丛书”中的一本，基层民兵的国防知识教材。封面上还拓着一个章：发至下乡知识青年小组。皮绊说，你看看有没有用。里面有炸弹的图，从中间切开了。炸弹能从中间切开吗？

皮脑壳，那叫解剖图。哪捡来的？这书没用，就好比把《地雷战》看上二十遍，你同样造不出地雷。摸着这本年代久远的书，钢渣心情愈加黯淡。他真想揪着皮绊的耳朵灌输他说，现在人类跨入 21 世纪了，凡事要讲科学，讲技术，就是造土炸弹，也需要很高的工艺水平。但是皮绊这号人，他如果能理解，还至于在捡啤酒瓶的同时揣着一堆发财梦吗？最后，钢渣总结出一个认识：如果以后和小于生了孩子，定要让他好好学习天天向上。

皮绊坐下来，剥开一包软装大前门，抽了一口，用商量的口吻说，钢哥，也不一定要造炸弹，我们先从小事做起……那口烟雾很饱满，皮绊说的每一个字，都拌和着烟雾往外蹦。他接着说，除了抢银行，别的事也可以干。比如说去铁路割电缆，去搞空调外机，去货站搞锌锭。虽然一手搞不到很多，但还算安全，可以聚少成多。钢渣皱了皱眉头。他从来没想过去做这些小事，现在也提不起兴趣。皮绊继续往下说，要不然，我们可以去搞的士司机的，这些家伙，身上一般都揣千儿八百块钱，搞得好，拿刀子一逼，他们就老老实实把钱交出来。李木兴得手好几次，小范那苕人也干这事。钢渣觉得这事稍微靠谱一点。再说他不能老是对皮绊说不，说得多了，皮绊会以为他胆怯。钢渣问，皮脑壳你会开车吗？皮绊说，我会，只是还没搞驾驶证。钢渣笑了说，你这猪，开抢来的车还要什么驾驶证？不如现在我们就开始做准备？

拿定主意以后，钢渣来到窗前，看看窗外的午后天光。他很想见见小于。小于的店门闩得铁紧。过了不久，雨就开始下起来了。

案发现场在右安区和大碇工业园之间的一段，四车道公路旁斜逸而出一条窄马路，傍溪流往下走，沿这路前行两里，现出一片河滩。尸体被抛在河滩一处凹槽里。被警戒线一勾勒，案发现场有了更多的沉重感。车顶灯还在忽闪着。这样的早晨，空气尤其黏稠。老黄坐的车半路抛锚，慢了十来分钟。到地方，老黄瞥见小崔的脸上有泪水淌过的痕迹。一个男人一旦流泪，即使擦拭再三，脸上也会现出大把端倪。这跟女人不同。

怎么了？隔着三五步的距离，老黄开口问话。小崔被老黄的询问再次触动，眼窝子又湿润起来，没有说话。老黄凑拢过去看，尸体保持着被发现时的状态，脸朝上面翻，表情和肢体都凝固成挺别扭的样子。老黄感受到这人死得憋屈。死者的面相，看着熟悉。因为死亡，人的脸会乍然陌生起来。老黄再走近几步，才确认死者就是于心亮。

现场勘验有条不紊地进行着，一拨人呈篦状梳理这片河滩，仔细寻找着指印、足迹、遗留物以及别的痕迹。老黄发觉自己有些多余，走到近水的地方，在一块卵石上坐下来，摸出烟卷。他看见一辆警车顶灯打着旋，晃进眼目。雾气正从河滩一堆堆灌木丛中升起，并散逸开去。他点了烟，随意地瞟几眼，就大声招呼就近的那个警员过来拍照。再一想，光拍照还不够，老黄补充说，把石膏粉取来，要做个模。在他身边不远的一块松软的土皮上，遗留有单个足印。在办案方面，老黄轻易不开口表态，一旦说了话，年轻警员会拢过来按他的意思办。在足印勘验方面，老黄称得上是专家。分局调他过来，看中的也是这一点。

接下来，老黄在一丛骨节草里发现了两枚烟蒂，一并取走。水边有一溜脸盆大小的卵石，是专让人坐着休憩的。他想，屁股的坐痕没什么价值，否则应显个影。他能断定，案犯在这里坐过——把尸体抛弃以后，案犯在河中洗去血迹，感到累了，就坐着抽烟。杀人之后，凶手通常会感到前所未有的疲累。河面宽泛，但河水相当浅，要不然尸体不会搁置在河滩上。

老黄用石膏做模时，好些年轻警员围了上来。一开始做模，总不得要领，能看到老黄这号专家现场操作，自然要多留些心眼。老黄把可调围带围着足迹绕几圈，并清理其中的细小杂物。对于足迹不清晰之处的轻微整理，只能是老手凭经验把握的事。老黄把石膏浆徐徐灌注进去，偏着脑袋看年轻警员绷紧的脸，心里淌过些许得意。适当纵容心里那份得意，能获得上佳的工作状态。

紧接着的现场分析会，刘副局首先发言。刑事重案基本上由刘副局主抓。他的办法老旧，不计物力人力，搞大规模的查缉战，但总是能收到效果。死者的身份得到确认以后，刘副局就认定这是一桩抢车杀人案。去年以来，钢城的抢车、盗车案频发，背后肯定隐藏着一个团伙。市局已经做了整盘的战略部署，重点抓这案子，目前处于搜集线索筛查信息阶段。网张开了，收口尚待时日。刘副局把这起案件归口并入盗车团伙的案件，看上去也是顺理成章的。再者出租车是抢盗的重点，因为款式常见，价位不高，有利于盗车团伙成批地卖出去。抢车盗车团伙经过若干年发展，零售生意做起来不过瘾，喜欢趸批。

在此之前，抢车盗车案里没有并发命案。刘副局既然把这起杀人案并入其中，就有理由认定盗车团伙的案情正在升级，市局的全盘部署有必要做出相应调整，应多抽调警力，加大盘查力度。刘副局把他的意思铿锵有力地说了出来。他说话时，习惯性把手中纯净水瓶捏来捏去，使之不断地瘪下去又鼓起来，发出碎裂的声音。

有时老黄想跟刘副局讨论讨论办案成本的问题，话到嘴边又憋住了。他知道，刘副局的脑袋装满既定经验，这辈子也不会理解诸如“办案成本”之类的概念。抓得住老鼠才是好猫，但抓鼠的时候撞碎了一柜子碗碟，那是主人家考虑的事情。

现场分析会，正是坐在那一圈卵石上召开的，石面沁凉，冷气幽幽蹿进肛肠。这次老黄站起来发了言，陈述了个人观点。他认为，把这个案子并入抢车、盗车系列案件为时过早。刘副局不吱声，眼神杵了过来。老黄说，这起案件和以往团伙盗车案件，特征上有明显的不同。首先，以前的抢车案，从未并发命案，顶多只是用钝器敲击车主，致使车主昏厥以便实施抢夺。那个集团的案犯主观上一直不存在杀人动机。但这起案件，凶犯持锐器作案，一动手就直逼要害，取人性命……

年轻人都听得认真。刘副局眼光扫了一遍，撇撇嘴，又捏瘪了纯净水瓶，但纯净水瓶已经漏气，没有冒出声音。他问，还有吗？老黄笑一笑，仿佛等着刘副局有此一问。他把刚倒成的石膏模拿出来，摆在众人中间，指着上面相应的部分说，这个鞋印，我看未必能用常用公式套算身高。现场采集的案犯鞋印，纹路有两种，物象型、畦埂型。鞋码都较大，套公式算，这两个人都是一米八以上的高个。本地人普遍个矮，两个一米八以上的高个碰在一起并不多见。真是这样，案件反而有了重大的突破口。但从那丛灌木（老黄说话时用手指一指方向）后面取得的成趟足印可以看出来，步幅合不上这种身高。从这模型上进一步印证了，案犯是有意穿大码子的鞋，进行伪装，误导刑侦方向。所以说，我们要是按常规算，鞋码放余量的估计肯定不准确。老黄把鞋模子举高了一些示意众人，接着说，案犯两个人应都是三十岁以上的壮年男人，足印具有这个年龄段的典型特征，有明显的擦痕、挑痕和耠痕。按说足印前端的蹬、挖应该很浅，但这个足印，前端几乎不受力，向上翘起，不符合规范。这一点进一步印证，案犯的鞋超出脚码一截，前端塞有软物，但踩在地上是虚飘的……

那又怎样？刘副局插进来一句。

老黄拧开一瓶水，拖拖沓沓地喝了几口，往下说，穿超脚码的鞋作案，显然不利于行走。盗车团伙的成员作案多了，即使要伪装，要反侦破，也不会在鞋码上做文章，给自己不方便。这起案子的两个案犯，显然作案不多，所以在伪装上用力太猛，太想伪装得周全。我认为，可以和盗车团伙的案件明显区分开，这起案件应单独侦破。

……你也不要把话说得太满。刘副局说话时脸皮已垂奔下来，吐字像鲫鱼鼓水泡，一个个往外迸。他说，我看不妨两条腿走路，暂且归入系列抢车盗车案，借市局的整体部署，进行大规模查缉。这案件有特殊的地方，再指派专人调查。刘副局当了多年领导，这时已拿出了毋庸置疑的语气。老黄不再往下说了，怕他当自己在捋倒毛。

撤离现场时，老黄叫上小崔还有另外两个年轻警员挤进一辆车，脱离大部队一路缓慢行驶。他希望这一路上能找到别的线索。把案发现场处理完毕，再沿路寻查一番，是老黄多年形成的习惯，且屡有收获。再说，在现场脑子狂转半天，也需要坐在慢车上舒缓地看着沿途景物，放松自己。路边的草总是乱的，有些被风吹出了形状，像用发胶固定的发型。有的地方，草已经开始颓败。老黄忽然叫司机停车，他跳下车往三米开外的一个黑斑走去。小崔问，怎么了？他回答，说不清楚，就是想过去看看。老黄走得不徐不疾，折回来时手里多了一顶帽子。那是年轻人常戴的帽子，黑色，帽舌很长，内侧贴有美特斯邦威品牌的标志。

一顶帽子。小崔说。他拿过来看了看，没有什么特别。老黄问他，对，一顶帽子，你看看有什么不同？小崔就有些紧张了，非常想一口蒙出老黄心里的标准答案。但他端详半天，始终没有看出端倪。老黄说，你肯定想深了，往浅里走，还不行，就把你自己的帽子脱下来比对一下。小崔照做了。但拿自己的盘状警帽和这顶遮阳帽作比对，又有什么意义？老黄也不想为难他，最后呵呵一笑，指着遮阳帽的内侧口沿说，看这里。这顶帽子还没浸有脑油，肯定刚戴了不久。小崔问，怎么能肯定是案犯留下的呢。

这顶帽子一看就是正牌货，值大几十块钱，估计是被风掀掉的。要不是案犯作案时间仓促，哪有不把帽子捡起来的道理？小崔在老黄的一再启发下，慢慢找到些感觉了。他说，案子应该是在这段路做下的，这才是第一现场？小崔的目光沿公路前后延展，灰色路面阒寂得犹如一条死蛇。老黄没有回答，他把帽子戴在自己头上。这样，他就闻到帽子里面透出的爽身粉气味。现在，头发剪成型后，帮顾客头上扑些爽身粉的理发师，差不多都退休了。

在团灶，追悼会总是开得很热闹，这破败的地方，人却很多。老黄小崔各买一个花圈，上面写着祭奠的文字。钢厂和于心亮熟识的人来了一坪坝，围了好多张桌子打纸牌或者搓麻将。老黄在一个角落里拣张凳坐下。旁边那桌，一个打牌的人接了个电话要走，招呼老黄过去接几圈。他说，老哥，替我打两圈。老黄点点头，挤到牌桌边。这一桌的几个人都是三级牌盲，厕所打法，每一级输赢五角钱。老黄有点索然无味，一边赢钱，一边还漫无边际地走神。

晚九点，他看见了哑巴小于。据说，白天家里人去找她，把笔架山前后翻个遍，都没能把人翻找出来。现在她自己来了，穿得很素，眼泡子在来之前就哭红了，有些发肿。走到于心亮的遗像前，小于开始哭泣。小于的哭声很低，听着有点背过气去了。很多人抽出脑袋看向小于。小于很快哭塌了下去，又被亲戚架起来。老黄勾下脑袋甩牌。小于哭够了以后，慢慢踅向这个方向，在老黄刚才坐的那张椅子上坐下。老黄瞥了她一眼，她好半天才回瞥一眼，认出这是个老顾客。她抹着眼睛勉强笑一笑。转瞬，她又恢复了哭丧的表情。

凌晨两点，一个长鱼泡眼的年轻人走进灵堂，径自走到小于面前。那时小于趴在自己膝盖上睡过去了，鱼泡眼把她拍醒，示意她出去说话。老黄下意识地把鱼泡眼打量一番，最后免不了看向那个人的鞋子。这也是职业习惯，老黄看一个人，目光最终会定格在对方的脚下。水泥地面太硬，刚扫过，没有积灰，所以也没留下鞋印。老黄甩牌的时候，眼角余光往灵堂外面瞥去，小于已随着鱼泡眼到了看不见的地方。外面，钢城的夜晚是巨大的，漆黑一片。

钢渣这一晚很是烦乱，他后悔杀了人，不但没抢到几个钱，而且杀掉的那个家伙竟是小于的哥哥。钢渣恨恨地想，这么狭长，这么宽阔的钢城，事却偏偏这么巧合？杀人的时候，他看了看那司机的嘴脸，根本没法把他和哑巴小于联系起来。当晚，来到停灵的地方，他叫皮绊进去把小于带出来。小于出来后，他拽着小于沿一条胡同往深处走，皮绊知趣地消失了。在一盏路灯底下，他摘下帽子，搔了搔头皮，用手势询问小于，家里出什么事了？小于流着泪告诉他，自己的哥哥死了。

钢渣非常清楚，于心亮确实是被抹了脖子死去的。小于的眼泪不断地溢出来。她两眼紧闭，却禁不住泪水。在淡白路灯的照耀下，小于紧闭的两眼像两道伤口，液体不断地分泌出来。钢渣帮小于抹去眼泪，从裤袋里掏出几张老头票，横竖塞进她手里，并说，不要太难过，还有我。小于强自笑了，把即将夺目而出的眼泪呛回眼槽子。钢渣被小于的微笑再次打动，把她抱到背光的地方，狠狠地吻她。他把她舌头吐出来后，情欲已经不要命地勃发了。他打一辆车到笔架山上，把她拽进租住的房间。一阵零乱的抚摸过后，钢渣明显感觉到小于的身体正在发潮，发黏。他不敢开灯，因为知道她表情必然是左右为难的，是茫然无措的。

漫长的做爱过程中，钢渣听见远处不时有鞭炮声响起来。也许，同一晚，偌大一个城区会有多处停柩，那鞭炮也不一定是放给于心亮的。

刘副局暂调市局主抓抢车盗车团伙的案件。这事下的力度很大，调查取证还顺，套用开会时的常用俗语，说是“取得阶段性成果”应不为过。几个主要案犯已悉数进入掌控。在市局的会议上，刘副局表明了自己态度，认为应该提前收网，不求一举抓获所有案犯，而是重点击破，然后查漏补缺，到第二阶段再把那堆虾兵蟹将一个个刨出来。市局肯定了刘副局的意见，但这网口太大，甚至要跨省寻求兄弟单位联动，前期工作必须做得扎实周密。

最近不大看得见刘副局，他几乎都在外面跑联络工作。时而回分局了，也是一身时髦便装，腋窝里夹着个锃亮的皮包，看着像广东来的商人。分局里的人抽走一些，随刘副局跑外线的联络工作。剩下的一帮警员办起案来，都肯去老黄那里讨主意。老黄往人堆里一站，分明就是主心骨的模样，但他偏偏生就了闲性子，谁找他拿主意，他就说，你自己看着办，老弟，车有车路马有马路，我看你肚皮里的鬼主意比我多得多。

老黄把注意力放在那顶帽子上。他不事声张，只安排三名警察去查这个事。正逢刘副局外出，老黄得以放开手脚。揪住这细微线索摸排查找，小崔等年轻警察都觉得玄虚了些，从半路捡来的一顶帽子切入，似乎太不靠谱。钢城说大不大，人口也上了百万，狭长的城市被割成若干区块。这顶帽子再常见不过，找起来，摆明是大海捞针。再说，帽子跟案情有无关系，眼下根本确定不了。老黄脸上总是钝钝的微笑，跟他们说，未必，事情没做之前，是难是易没个准。很多事做起来要比料想的难，但有些事，做起来会比料想的容易。

事情上手一做，年轻警员果然觉察到了自己的先验意识有偏差。确认这顶帽子是美特斯邦威品牌的正品货以后，所有的批发市场、路边店、地摊都可以排除了。美特斯邦威在钢城的专卖店有五家连锁，找到总代理商一统计，该型号是去年上市的主款型，整个钢城走货量是一百七十四顶。有发票和收据（必须事先向店主申明是公安局办案，与工商局无涉，店主才会亮出收据）记录的计有五十一顶。小崔打算循着发票收据先查访那五十一个人，但老黄说，这五十一个人先撂在一边，进一步缩小范围，查另外的一百二十三人。店主和店员循着记忆向警员描述这款帽子的买家，像羊拉屎一样，这次想起一两个，下次又想起一两个，稀稀拉拉。到这阶段，开始磨炼几个警察的耐性了，他们得频繁光顾那五家店铺，搜集新近记起来的情况。小崔用电脑记录下对每一个顾客的描述。这事情干了一阵，反而能从烦琐里得来一些清淡的滋味。

帽子的事还没有眉目，市局已决定近期对盗车团伙收网围捕。所有分局都要为这事忙碌起来。刘副局已回到分局，脱下老板装束，重新示人以警服笔挺的模样。老黄只好把那案子放一放，投入市局整体部署中。

统一行动前，所有参战警员都到市局大会议室里集合。进去的人首先取一对连号标签，签上大名，其中一张标签拴在手机天线上。接着，几个女警员煞有介事地拿出不锈钢托盘，在座位间齐头并进。大家都把手机放到托盘里面。老黄把手机咣当一下搁进托盘。小崔第一次看见老黄用的手机，竟然是五年前的款型，诺基亚5110，非常巨大，像个榔头。那手机往托盘里一放，端盘女警员的胳膊似乎都被压弯了一些。后面的警察看着托盘，忍不住嗤笔出声来。老黄那手机和别的手机搁在一起，分明就是象入猪群。

行动那天，老黄有些打不起精神。小崔却是憋了一股子劲，因为动员会已经激发出了他的临战状态。那天晚上的行动，却显得寡淡，定了点去捉人、找车，感觉像在自家地里刨红薯一样。老黄和小崔这组负责抓一个姓全的案犯，在黄金西部大酒店二楼洗浴中心的一个包间。两人进到里面抓人时，重脚踹开塑钢门，见那家伙躺在一只农村用来烫死猪的木桶里，倚着一个姑娘，正舒服得哼哼唧唧，每个毛孔都摊开着。见有人举着枪进来，姓全的案犯神情笃定，一派处惊不乱见多世面的模样。等小崔挨近他身边时，他忽然脸一变，扯开嗓门号啕大哭起来。小崔厌恶地吐一口唾沫，觉得真他妈没劲，神经绷紧了老半天，却撞到这样一头蔫货。

另一组派往氮肥厂旧仓库抄查的警察，得以见到非常壮观的情景：拉开仓库门，里面整整齐齐堆垛着成山的化肥袋子。但把表面一层化肥袋搬开发现，里面竟全是车，堆叠着码放。车有偷来的，也有报废的车。该团伙的信誉不蛮好，把报废车维修一下，再喷涂翻新，拿出去当赃车卖，以次充赃，从中赚一份差额。老黄自始至终只关心一件事：有没有于心亮的那辆车。这次行动，没有找见那辆车。之后个把月里，市局顺藤摸瓜扩大战果，跨省追回了四十余辆卖出去的赃车，这其中也没有于心亮的羚羊 3042。

庆功会如期进行，刘副局当天十分抢眼，嘴巴前面搁着或长或短的话筒，简直像一堆柴。刘副局说了好多的话，都有些说醉了。当晚，分局的人被刘副局死活拽去 K 歌。老黄、小崔随了前面的车一路走，再次来到黄金西部大酒店。里面有很多妹子，行尸走肉般来去穿梭，一眼便可瞥出来，都是卖肉的。小崔觉得这有些滑稽，怎么偏偏来这种地方呢？他睃了老黄几眼，想知道他的看法。老黄似乎没注意小崔的脸色。话筒递到他手上，他唱起了《有多少苦同胞怨声载道》。本来是两个人的唱段，一帮年轻的警察蛋子哪配得上腔？老黄只好一人两角，既唱李玉和，又扮磨刀人。其实老黄看出来了，小崔心中有疑惑。他又怎么好告诉他，这家大酒店，刘副局参着暗股。把皮条生意做到如此规模，如果没有公安局的人参暗股，可以说，一天都开不下去。当然，老黄是听熟人说的，也不能确定。虽然这样的事熟人不可能胡乱开口，但老黄作为一个警察，更相信证据。

既然这次行动没有找到于心亮的车，老黄就可以跟分局提出来，把于心亮那案子单独办理。这件事自然由他主抓。他点了几个人。其实这一拨人，是早就确定了的。

这以后不久，小崔从美特斯邦威团灶店得来一个消息，有个女哑巴也曾来买过这种款型的帽子。该店员请假刚回来，她把买帽子的女哑巴记得很牢靠。要是一个正常人买一件小货，很难记得牢靠，或者张冠李戴，本来是买裤衩却记成了帽子。但一个女哑巴来买男式便帽，店员就留心了。女哑巴用手势比画着跟店员讨价还价，该店员好半天才跟她说通，店里一律不打折，这和地摊是不一样的。店员以为哑巴若得不到打折就不会买，但她还是买了。小崔记录着女哑巴的体貌特征，又听见店员说，时不时还看见那哑巴从店门前走过去。

小崔把那条记录给老黄看，问老黄想到了谁。老黄眼也不眨，第一时间就想到了小于。小崔也点点头。于是老黄蹙起眉头，说，是不是小于买给她哥的？难道这顶帽子是戴在于心亮头上？于心亮没有戴帽子的习惯啊。小崔认为有这个可能。他说，于心亮不是跑出租了嘛。司机一天在外面跑，都喜欢戴顶舌檐长的帽子。小于要送给她哥哥一顶，完全说得过去的。

为确认那个哑巴，小崔在美特斯邦威团灶店枯坐几天。直到一个下雨的午后，那店员忽然在他肩头一拍，说，就是她，就是她。循着指向，小崔果然看见了哑巴小于。回到分局，小崔认为帽子这条线索应予作废——很明显，小于买帽子是送给于心亮的，因此，帽子是从于心亮头上掉落的。老黄的意思是，不忙惊动小于，观察她一阵，看看她平时跟哪些人接触。

次日，小崔按老黄的安排去了笔架山，以小于店面为原点，观察周围情况。对街有一栋漆黑肮脏的楼房，五层高。他爬到楼顶平台，在一间用油毡盖顶的杂物间找了个观察点，待在里面向下看。在小崔看来，小于的生活最简单不过，每天开门关门，有的晚上会去赌啤酒机。她两天挣的钱，只够买五六注彩。在场子里，小于基本上是用眼睛看别人赌。有一天她押中一个单号，赢了 32 倍，其后一整天她都没有营业，全待在场子里，直到把钱输光。

第四天，小崔看见小于搬来很多东西堆到自己店里。看情形，她打算吃住都在店里，不回家了。小崔断定小于身上不可能有什么问题，于是他下了楼，走过街进入小于的店里，看自己能不能帮上忙。小于认得小崔，知道是哥哥的朋友，在干警察。她把东西堆在屋子里，不做整理，脸上挂着呆滞的表情。小崔把那顶帽子拿出来让小于看，小于眼泪扑簌簌流了出来。不用问就知道，帽子是她送给于心亮的。她想把帽子取回去做个纪念，但小崔摇了摇头。

这条线索断了，几个人都不免沮丧。在这件事情上，众人花费不少时间，却是这样的结果。小贵忍不住说了一句，怎么早没想到，帽子有可能是死者戴过的。老黄没有作声。他自嘲地想，也许，我就懂观察脚上的鞋吧，观察帽子又是另一种思路了。

当晚，老黄坐在家里，看电视没电视，看书也看不进去，把玩着那顶帽子，发现左外侧有一丁点儿不起眼的圆形血斑，导致帽子布面的绒毛板结起来。帽子是黑色的，沾上一丁点儿血迹，着实不容易辨认。他赶紧拿去市局技术科，请求检验，并要跟于心亮的血液样本进行比对。他也搞不太清楚，这么一丁点儿血迹能否化验。技术科的人告诉他，应该没问题。结果出来了，报告单基本能认定，血迹来自于心亮。老黄更蒙了。尸检显示，于心亮的鼻头被打爆了，另一处伤在颈右侧，被致命地割了一刀。

他想，如果是于心亮自己的血，怎么可能溅到自己的帽子上呢？血斑很圆，可以看出来是喷溅在上面的，而不是抹上去的。中间有帽檐阻隔，血要溅到那个位置，势必得在空中画一道弯曲度很大的圆弧，这弧度，贝克汉姆能弹钢琴的脚都未必踢得出来。

那天钢渣打开房门刚要下楼，见一个人正走上来。这个人显然不是这里的住户，他一边爬楼梯一边不停地仰头往上面看。这个人行经钢渣身边时，钢渣朝门角的垃圾篓吐一口唾沫，然后缩回房间去。他一眼就看出来，这个人也是个绿胶鞋——他左胯上别着家伙，而手机明明拽在手上。钢渣到朝向小于理发店的那扇窗户前，用镜面使阳光弯折，射进店子里，晃动几下。小于发觉了，刚站到门边，钢渣就用手势告诉她，不要过来，晚上他会去找她。

当晚小于去啤酒机场子，果不然，那个绿胶鞋后脚跟来了。钢渣越发认定，这胶鞋是冲自己来的。直到小于离场，胶鞋还在后面跟着走了一段。十一点钟的样子，胶鞋看了看表，离开小于，循另一条道走了。钢渣叫皮绊在外面把风，然后把小于拽到租住的房子里，又是一阵疾风暴雨的做爱。小于对这种事的疯劲，总是让钢渣的情绪持续高涨，他喜欢被女人掏空的感觉。事毕他亮开灯，抱着她放在靠椅上，同她说话。他告诉她，自己要离开一段时间。

小于很难过，她觉察到钢渣这一走时间不会短。若是两三天的外出，他根本不会说出来。但以前两三天的分别，也足以让小于撕心裂肺地痛起来。她的世界没有声音，尤其空寂，一天也不想离开眼前的这个男人。她认识他以后，很多次梦见他突然消失，像一缕青烟。她在梦里无助地抓捞那缕青烟，但青烟仍从她指缝间轻轻飘逝。

小于做着手势，焦虑地问他，你说实话，是不是以后再也不来了？钢渣一怔，他也有这种怀疑。自己毕竟沾了命案，这一去回不回来，能一口说准吗？他跟她说，时间较长，但肯定要回来。小于的眼神乍然有了一丝崩溃，蜷曲在钢渣怀里，眼角发潮，喉咙哽咽起来。他抱了她无数次，这一次抱住她，觉得她浑身特别黏糊，像糯米团子。他喜欢她的这种性情，不懂得矜持，不晓得掩饰自己的眷恋。她没受过一丁点儿教育，所以天生与大部分女人不同。钢渣却不像以往一样，长久地拥抱她。她打手势问，什么时候回来？说一个准确的时间。他想了想，燃起一支烟。然后，他左手四指握着，拇指跷起。这个手势可以代表很多个意思，但钢渣把烟蒂作势朝拇指尖轻轻一杵，并迅速把五个手指摊开，小于就理解了。钢渣打的手势，是说放鞭炮。她双手抱拳，作庆贺状。标准手语里，这就是“春节”的意思。钢渣知道她看明白了，用力点了点头，嘴角挂出微笑。她破涕为笑。他继续打手势说，到那一天，把店面打扮得漂亮一点，贴对子挂灯笼，再备上一些鞭炮。到时他一定来看她。他还跟她诅咒，如果他不来，那就……他化掌为刀，朝自己脖子上抹去。她赶紧掰下他做成刀状的那只手，一个劲儿点头，表示自己相信。

钢渣皮绊当晚就转移了地方，去了相距较远的雨田区。

大碇东边的水凼村，有一个不起眼的水塘，水面不宽，只有十来亩，但塘里的水很深。秋后的一天，有个钓鱼人栽到塘里死了，却不见尸体浮上来。其亲人给水塘承包人付了钱，要求放干水寻找尸体。水即将抽干的那天，水凼村像是过年了，老老小小全聚到水塘周围，想看看水底是怎么个状况。他们在水凼村生活了这么久，从来没见过水塘露底。再说，下面还有一具尸体。村里人都想看看那尸体被鱼啃成什么形状了。塘里的水被上抽下排，水底不规则的形状逐渐显露。当天阳光很好，塘泥一块块暴露出来，很快就被晒干，呈暗白色。尸体慢慢就出现了，头扎在淤泥里，脚往上面长，像一株水生植物。水线退下去后，尸体的脚失去浮力，一截一截掉下来。人们正要看个仔细，注意力却被另一件东西拽了过去，一辆车子，车顶有箱式灯，跑出租的。

人们就奇怪了，说这人明明是钓鱼时栽下去的嘛，难道是坐着车飘下去的？那这死人应该是闷在车里啊。村支书觉悟性高，觉得里面八成有案情，要报警。但他一时记不住号码，问村委会主任，是110还是119？村委会主任也记不清楚，说，随便拨，这弟兄俩是穿连裆裤的。

这次老黄坐的车跑在前头，最先来到水塘。一下车他就忙碌起来，拉警戒线。老黄好半天才下到塘底，淤泥齐腰深。他走过去，把车牌抹干净看一看，正是于心亮的3042。

从塘底上来，老黄整个人分成了上下两截，上黑下黄，衣袖上也净是塘泥。小崔叫他赶紧到车上脱下裤子，擦一擦。老黄依然微笑地说，没事，泥敷养颜。他站在一辆车边，目光朝水塘周围逡巡，才发现村里人都在看他，清一色挂着浅笑。老黄往自己身上看，看见两种泾渭分明的色块，觉得自己像一颗胶囊。同时，他心底很惋惜，这一天聚到水塘的人太多。水塘周围的泥土是松软的，若来人不多，现场保留稍好，那么沿塘查找，可能还会看见车辙印。顺着车辙，说不定会寻到另一些有价值的东西。但这么多人，把整个塘围踩瓦泥似的踩了一遍，留不下什么了。到村里，老黄把村委会主任、村支书还有水塘承包人邀去一处农家饭庄，问些情况。他问，这水塘，外面知道的人多吗？村委会主任说，每个村都有水塘，这口塘又没什么特别。老黄问承包人，来钓鱼的人多不多？承包人说，我这主要是搞养殖。地方太偏了，不好认路进来，只是附近几个村有人来钓鱼。再问，有没有人看见那车开进村？村支书说，村子很少有车进来。这车肯定是半夜开来的，要不然，村里肯定有人看见。一桌饭菜就上来了。几个人撑起筷子，发现老黄不问问题了，有些过意不去。这几句回答就换来一桌酒菜，似乎太占便宜。承包人主动问，黄同志，还有什么要问的？老黄想了想，问他，晚上怎么不守在塘边啊？承包人说，是这么回事，鱼已经收了一茬儿，刚投进鱼苗，撒网也是空的，鱼苗会从网眼漏掉。老黄又问，哪些人知道你刚换苗，晚上没人守塘？承包人回答，村里的人知道，常来钓鱼的也知道。村委会主任也想表现好一点，再答几个问题，但老黄说，行了行了，够多的了。然后举起酒杯敬他们。

老黄和小崔调取水凼村及周边七个村二十岁至五十岁男性的户籍资料，统统筛查一遍。八个村在这个年龄段的男人，统共两千人不到。如果小崔数月前面对这个工作量，会觉得那简直要把人压垮。前番查帽子把他的性情磨了一下，现在他觉得查两千人的资料不算难事。小崔、小朱、小贵三人各花三天时间，把户籍资料仔细过一遍，先是打五折筛出九百三十人，然后进行二道筛，在这个基础上再打五折，筛出四百四十人左右，拿去让老黄过目。

老黄本打算用五天时间筛人，但第二天一早，他打开的头一份档案，就浮现出一个长鱼泡眼的男人。老黄心里忽然有了踏实感。他清晰记得，是在于心亮灵堂上见到过的鱼泡眼。那个人当晚把小于叫了出去。鱼泡眼叫皮文海，三十二岁，离异，有过偷盗入狱的记录。老黄突然想到了小于。他想，是不是因为她是一个残疾人，所以先验地以为她过得比一般人单纯？她与这个命案，有着什么样的联系？老黄思路暂时不是很清晰，但心底得来一阵锐痛。

笔架山他爬了许多次，一路上想着小于的刀锋轻轻柔柔割断胡髭的感觉，总有一份轻松惬意。但这一次他步履沉重。秋天已经接近尾声，一路更显静谧。小于的店没有人。老黄踯躅了一阵正要走，小于却从旁边一间小屋冒出来，招呼老黄。她打开店门拧亮灯。老黄这才想起小崔说过，小于把过日子的东西都搬上山了。刮胡子时，老黄一反常态，睁圆了眼看着小于一脸悲伤的样子。她似乎刚刚哭过，眼窝子肿了。弄完老黄的这张脸，小于又把店门关上了。她现在每天都去特教学校，请一个老师教她标准的手语。不识手语一直是小于的遗憾，老想学一学，却老被这样那样的事耽搁下来。这一段时间，她忽然下定了决心。

星期天，小于照例没开店，去学手语。老黄和小崔来到山上，打算在小于理发店对面那幢楼里找一个观察点。花点钱无所谓，小崔上回图省钱去顶楼杂物间找观察点，没什么效果。两个人在电线杆上看到了一则招租广告，位置正是在小于理发店对街那幢楼的一单元二层——简直没有比这套房更好的观察角度了。老黄叫小崔拨电话给房主，要求看房。房东是一个秃顶的中年人。他拧开房门，里面还没有打扫过，原住户的东西七零八落散在地上。他说，在你们前面，也是两个男的租我这房。租金够低的了，才他妈一百二，还月付。但这两个家伙拖欠了房钱不说，突然就拍屁股走人了，真晦气。老黄没有搭腔，自顾自地走到临街那扇窗前，往对面看，果然看得一清二楚。房东又絮叨地说，其实他们走人了也好。我是个正经人，跟那些人渣打交道，委屈得很。他俩是什么人？租了我这房，竟然把对街那个哑巴也勾引了过来，天天在我房里搞……对面那个理发的女哑巴，彻头彻尾一个骚货，不要去碰。

哦？老黄的眼睛亮了起来，看向秃顶的房东。房东一边说话，一边用鞋把地上的垃圾拢成一堆。老黄觉得这房子已经用不着租了，亮出工作证，并出示皮文海的照片，问他，是不是这个人？房东看了一眼就狂点头。老黄问，另一个人长什么样？房东的眼神呆滞了，说，每次付房钱，都是这个人来交，另一个我没怎么见过。老黄问，没怎么见过还是根本没见过？房东说，从没见过。老黄又问，那你怎么知道有两个人？房东指着皮文海的照片说，这个人跟我说的，说他哥也住在里面，脾气不好，叫我没事别往这边串。他保准月底把房钱交到我手上。老黄又问，那他们两个人，到底是谁和理发的小于有接触？房东摇摇头，他确实不知道。

老黄当即就把屋内两间套房搜了一个遍。钢渣心思缜密，当然不会留下什么物证。问题出在两个男人都不注意卫生，屋内好久没有打扫了，老黄得以从地面灰尘中提取几枚足印，鞋码超大，从印痕上看，鞋子是新买的，跟抛尸现场的鞋印吻合。皮文海的身高是一米七不到，纵是患了肢端肥大症，也不至于穿这么大的鞋。

哑巴小于这段时间像换了一个人似的，学得些哑语，整个人就有了知识女性的气质，还去别人店里做时髦发型。她脸上有了忧郁的气色，久久不见消退。老黄看得出来，小于爱上了一个男人，现在那个男人不见了，她才那么忧伤。他记得于心亮说过，小于离不开男人。按于心亮的理解，这分明有点贱，但实际上，因为生理缺陷，小于也必然有着更深的寂寞，需要更大剂量的抚慰。去小于那里套问情况，老黄使了计策。他请来一个懂手语的朋友帮忙，事先合计好了，再一块到小于店里刮胡须。两张脸都刮净以后，他俩不忙着离开，坐下来和小于有一搭无一搭地闲扯。店里没来别的顾客，小于乐得有人闲聊，再说有个还会手语。她刚学来些手语词汇，憋不住要实际操作一番。但一旦用上规范的手语，她就不能自由发挥了，显得特别用力，嘴巴也咿呀有声。那朋友姓傅，以前在特教学校当老师，揣得透小于的意思。等小于不再生分以后，老傅按照老黄的布置，猜测她的心思，问她，是不是什么朋友离开了，所以开心不起来？小于眼睛刷地就亮了，使劲点头。钢渣走了，她很难碰到一眼就看穿她心思的人。老傅就支招说，你把他的照片拿出来，挂在墙上，每天看几眼，这样就会好受一些。小于还没有学到“照片”这个词。老傅把两手拇指、食指掐了个长方形，左右移了移，她不知道是什么东西。老傅灵机一动，取过台子上的小镜子照照自己，再用手一指镜面，小于就明白了。她告诉老傅，没有那个人的照片。她显然觉得老傅的建议能管用，脸上的焦虑纹更深了。老傅早就知道该怎么往下说了，依计告诉小于，有个朋友会做照片，只要你脑袋里有这个人的模样，他就能把脑袋里的记忆画成照片。小于瞪大了眼，显然不肯相信。老傅向她发誓这是真的，而且可以把那个朋友带来。但到时候，小于要免费帮那个朋友理发。小于就爽朗地笑了，觉得这简直不叫交易，而是碰上了活雷锋。

隔一天，老傅就把市局的人像拼图专家带去了。老黄也跟着去，带着装好程序的笔记本电脑。一路上老黄心情沉重。小于太容易被欺骗了，太缺乏自保意识，甚至摆出企盼状恭迎每个乐意来骗她的人。既然这样，何事还要利用她？但有些事容不得老黄想太多。他是个警察，知道命案是怎么回事，有着怎样的分量。那天风很大，车到山顶，几个人下来，看得见一绺绺疾风的螺旋结构，在地上留下道道痕迹。进到理发店里，发现小于今天特意化妆了。理发店也打扫一番，地面上的毛发胡碴儿都被扫净。台子上插着一把驳杂的野花。

拼图专家老吴打开笔记本电脑，老傅就用手语询问起来，先从轮廓问起，然后拓展到每个细部特征。正好小于觉得老黄的脸型和钢渣有点像，就拽着老黄作比，两手忙乱开了。老吴经验老到，以前用手绘，或者用透明像膜粘来粘去，现在有电脑，方便多了。每个细部，无非多种可能。小于强于记忆，多调换几次，小于就看出来哪一种最接近钢渣的模样。钢渣的模样已经刻进她的头脑。程序里一些设置好的图，活脱脱就是从钢渣的脸上取下来的。随着拼图渐趋成型，老黄看见小于的脸纹慢慢展开，难得地有了一丝微笑。

老黄与钢渣只是脸廓长得像，别的部位并不像。老黄只在拼图开始时帮了一会儿忙，后面就不管用了。他走出理发店，信步往更高处踱去，抽烟。天开始黑了起来，他看见风在加大。他叫自己不要太愧疚，这毕竟是工作。他想，小于喜欢那个男人，是不是遭到了于心亮的反对，甚至威胁？杀人动机，也就这么捋出来了。

里面忽然传来一声闷响——其实是小于的尖叫，她尖叫时声音也很沉闷。老黄明白，那个人的模样拼好了。在小于看来，这拼成的头像简直就是拿相机照钢渣本人拍下来的。

又一次专项治理的行动布置下来。每年，市局都要来几次大动作，整肃不法之徒，展示市局整体作战能力。这次行动打击的面，除了传统的黄赌毒，侧重点是年内呈抬头趋势的“两抢”。所有警员统一部署，跨区调拨。老黄负责的这个办案组，只好暂时中断手头的工作。小崔觉得很不爽，工作失去了连贯性，让人烦恼。老黄只哂然一笑，说，等有人把你叫作老崔的时候，你就晓得，好多事根本改变不了。改变不了的事，不值得烦恼。老黄把皮文海和另一个嫌犯的头像复印很多份，正好向市局申请，借这次行动在全市范围内查找这两个人。老黄跟小崔说，反过来想想，这其实也是机会。老黄有这样的能耐，以变应变，韧性十足地把自己想做的事坚持下去。

老黄小崔被抽调到雨田区，那里远离钢厂，高档住宅小区密集。晚上，要轮班巡夜。把警车摆在路边，老黄小崔便在雨田区巷道里四处游走，说说话，同时也不忘拿眼光朝过往行人身上罩去。老黄眼皮垂奔，眼仁子朝里凹，老像是没睡醒。小崔和他待久了，知道那是表象。老黄目光厉害，说像照妖镜则太过，说像显微镜那就毫不夸张。两个人巡了好几条街弄，小崔问，看出来哪些像是抢匪吗？老黄摇了摇头说，看不出来，他们抢人的时候我才看得出来。过一阵回到警车边，两人接到指挥台的命令，赶紧去往雨城大酒店抓嫖客。抓嫖这事一直有些模棱两可，基本原则是不举不抓。要是接了举报不去抓，到时候被指控不作为，真的是很划不来。于是只好去抓一抓。小崔很兴奋，他觉得抓嫖比打击“两抢”来劲多了。

抓嫖这种事没有太多悬念，可以想象，门被重脚踹开以后，进到大厅举枪暴喝一声，场面马上一片狼藉，伴以声声尖叫；一帮警察再踹开一个个老鼠洞一样的小包间，里面两只蠕动的大白鼠马上换了种喘法，浑身筛糠。小崔自小就是好孩子好学生，被五讲四美泡大的。但只有他知道，骨子里也有恶作一把的心思，正好，恶作的心思可以借抓嫖名正言顺地发泄出来。刨包间时小崔拿出百米冲刺的速度，刨得比任何人都多。收获还是蛮大的。警察把刨出来的男男女女拨拉开，分作两堆，在大厅里各自靠着一侧的墙蹲下，仿佛在集体撇大条。

举报的是雨城大酒店旁边那栋楼的一个普通女住户。她发现十来岁的儿子老喜欢趴在阳台上朝那边张望。她也张望了一番，原来是很多包间的布帘子不愿拉下来，里面乱七八糟的事，就像是在给自己儿子放电影。她担心这会对儿子造成不良影响，去跟雨城大酒店的经理商量，说帘子要拉上才是。但顾客有曝光癖，不喜欢拉帘子，经理也没办法。眼下房价飞涨，女住户没有能力学孟母三迁，只好拨个电话把雨城大酒店举报了。

刘副局匆匆地赶来，隔老远就冲老黄说，误会，误会，这是我一个熟人开的……老黄慵懒地看着他，说，呃，是吗？他知道往下要做的事，只能是卖个人情放人。他没必要在这枝节问题上和刘副局拗。刘副局着便装，腋下夹着皮包。眼看事情又摆平了，刘副局吐一口浊气，往左侧那一堆女人瞟去。正好一个女人抬起头，把刘副局看了个仔细。她嘴巴一咧，当场举报说，警察叔叔，这老东西老来嫖我，我认得，我举报。大厅里本来嘈杂着，突然就静了下来。在场的警察听得分明，却都怀疑自己听错了。那个女人见警察都盯着她，又嘟哝说，本来就是嘛，他左边屁股上有火钳烫的疤，像个等号。刘副局的脸刷地就青了，疾步向女人靠去。老黄来不及阻拦，刘副局飞起一脚把女人狠狠地踹在墙皮上。女人嗓子眼一堵，想要惨叫，一口气却憋了有七八秒钟。老黄这才揪住刘副局。刘副局另一只脚已经蓄了势，正不定踹在女人哪块地方。他嘴角抽搐地吼着，臭婊子，晓得我是谁？女人缓过神，扑过去把刘副局咬了一口。刘副局还想动手，才发现老黄力气蛮大，把他两只手钳死了。其实，小崔也早站在一边，发现老黄一人够了，就没动手。小崔暗自地说，这下好了，拔呀拔呀拔萝卜，拔了一堆小萝卜，竟带出一个大萝卜。

过不了两天，刘副局完好无损地出来了，雨城大酒店倒是没有保住，停业整顿。老黄再带着小崔出去巡夜时，发觉小崔老打不起精神，像盐腌过一样。老黄只好安慰他说，年纪轻轻，你怕个鸟？老刘不会把你怎么样。

这天天还没黑，老黄和小崔着便装逡巡在雨田区老城厢一带密如蛛网的街巷里。徜徉其中，老黄有一种从容，慢慢地抽烟，慢慢踱开步子。路边有一处厕所，小崔便意突然来临了。他问老黄有手纸没有。老黄把除了钱以外所有算是纸的东西都掏给他，并指指前面一条岔道说，我去那边等你。岔道里有一家杂货店，店主很老，货物摆得很零乱。到得店前，老黄突然想给女儿打个电话，他记起这一天是女儿生日。杂货店的电话接不通，但计价器照跳不误。老黄无奈地付了八角钱。老黄只得掏出自己的手机拨号，一扭头看见这巷子更深的地方钻出一条汉子，长了一对注册商标似的鱼泡眼。老黄余光一瞥，已经确认那个人是谁。他这才发现裤腰上没别小手枪——以往他都别着的，一直没摸出来用过，以致今天早上偷了懒。他朝鱼泡眼皮文海走去。皮文海身体板实，没有手枪光靠两只手怕是难将他扭住。老黄来不及多想，看看手里拽着的诺基亚，没有一斤也有八两重，坚固耐用。原装外壳早就漆皮剥落，他看着眼烦，前不久花三十块钱换成个不锈钢的壳。挨鱼泡眼越来越近了。对方显然没有察觉，走路还吹口哨。老黄没拨号，嘴里却煞有介事地与空气嘘寒问暖。

两个人擦身而过时，老黄突然起势，大叫一声皮文海，那人果然循声看过来。老黄扬起手机，猛然砸向对方脑袋——这时候，只要拽着比拳头硬的东西，就尽量要省下拳头。老黄本想砸致人昏厥的穴位，但毕竟年岁不饶人，砸偏了几分。他赶紧往前一步，扬起手机再砸，这次是用手机屁股敲去的，力道用得足够大，皮文海应声倒在地上。

小崔循声赶来，老远冲着老黄喊，怎么又跟人打架了？老黄扭头一笑，说你看看，地上趴着的是谁？小崔认出了那个人。老黄的老手机也光荣散架了，铁壳脱落，部件还在地上蹦跳着。老黄不急于把皮绊扭上警车，而是把小崔的手机拿过来拨叫指挥台，要求马上调人手封锁、排查这片街区。他盼着拔出萝卜带出泥，两个家伙一齐拿下。皮绊在地上软成一团。将他拍醒了，老黄拿出钢渣的头像问他话。皮绊瞅了两眼，又装昏迷，不肯说话。

老黄安排小崔继续盘问皮文海，自己则抬起头往周围察看。这一带都是私房，两层楼或者三层楼，贴着惨白的瓷砖。在瓷砖映衬下，零乱的电杆和电线暴露出来。局里增援的人很快过来了，老黄当即进行布置，每人拿一张钢渣的模拟画像，一户一户排查。警察们早把钢渣的模样记得烂熟于心，只要钢渣一小片头皮进入视域，肯定能顺势捋出全须全尾。把整个街区筛了数遍，也没有找到钢渣这个人。天已黑下了，皮绊被扔进车里。隔着不锈钢隔栅，皮绊依然松散地瘫在车座上。老黄看着被胡同一一吐出来的同事们，蔫头耷脑，知道今天是逮不着那个人了。再一扭头，往车里睨去，皮绊嘴角似乎挂着嘲笑。

钢渣老是不能把那颗炸弹彻底造好，但炸弹的雏形已经有了，显现出能炸塌一整栋楼的凶相。在雨田区，为了省钱，钢渣和皮绊共同租用一间房。皮绊对桌子上那颗铁疙瘩过敏。他老问，钢脑壳，你那炸弹不会抽风吧？钢渣笑了，向他保证，这铁疙瘩虽然差几步没完成，但很安全，用香烟戳都戳不燃。皮绊当时松了一口气，但晚上睡觉以后噩梦连连，睡不踏实。

那天一早，皮绊爬起来就给钢渣出主意说，钢脑壳，你还是到郊区租农民房，一百块钱能租上三间平房，前带院后带园，你在那里搞核爆试验都没人管。钢渣把脑袋扬过来问他，你怕了？皮绊承认说，是，老睡不着。钢渣看看皮绊，这几日下来，他两眼熬得外黑内红，仿佛是带聚能环那种电池的屁股。钢渣正想着换个地方。出租屋太过狭窄，光线也暗，他干起活来感到不爽。郊区有很多人去楼空的农民房。农民举家出去打工了，房子让亲戚看管，稍微花一点钱，就能租下。他租了一套，把炸弹拿到里面。关于引爆系统，他怎么弄都不称心，有一两个细节和自己的构想有差距。他这才发现，自己竟然是个精益求精的人。

那天，他在郊区农民房忙活一阵，挤专线车去雨田区。走进巷子，天已经黑了，他闻见一股烂鱼的味道。烂鱼的味道揉烂在巷子发浊的空气里。钢渣脑壳皮一紧，感受到一种不祥的气氛。他赶紧抽身往回走，快上到马路时，看见一长溜警车嘶鸣而过，有些车亮着顶灯，有些车则很安详。那一霎，他准确地猜到，皮绊肯定暴露了，被扔进刚才过去的某辆警车里。

钢渣缓过神来，慢慢才记起来。两个人的钱都攥在皮绊手里。平时，他把皮绊当管家婆用，省事，放心。但现在，钢渣暗自叫苦。他把四个兜里的钱都掏出来看看，数了两至三遍，还是凑不足十块钱。他返回郊区睡了一夜，次日用一个蛇皮袋把未成型的炸弹装好，再和另一个装了衣物用具的蛇皮袋绑在一起，挂在脖子上，看着像褡裢。他想，我也不能在这农民房住了。皮绊虽然不知道我具体租了哪间，却知道大体上在这一片。谁知道他们撬不撬得开他的嘴？再次进到城里，钢渣忽然很想见小于一面。他搞不清楚，有多长时间没见到可爱的小哑巴了。想起她，钢渣心头就一漾一漾地波动起来。钢渣花一块钱搭七路车，售票员让他为两只蛇皮袋加买一张票。他争吵半天，才省下一块钱，看看车内的人，心情烦躁起来。他想，要是炸弹上了弦，不如现在就拨响它。妈的这日子过得太没有人样了。想到小于，他才安静下来。到了笔架山，隔着老远，钢渣手搭阴棚往小于的店里张望。那店门一直是关着的。

那一把零票，毕竟不经用，即使天天就凉水吃馒头，第三天一早也花光了。钢渣想着兜里没钱，心里很是发虚。他甚至想，这颗炸弹，如果谁要买，说不定能值几百块钱哩。

这天，快中午了，钢渣晃荡着来到东台区。以前他没来过这片区域，陌生，也就多有几分安全感。有一家超市刚开张营业，铜管乐队吹吹打打的声音把钢渣从老远的地方拽了过去。人像潮水一样往新开张的超市里涌。钢渣被前后左右的人裹挟着往超市里去，超市的拱形大门，像一张豁了牙的嘴。他忽然想起皮绊说过，超市新开张，有很多东西可以品尝，脸皮厚点，完全可以混一顿饱食。钢渣正要走上传送带，有个保安走过来把他拦住，并说，请你把包放进贮物柜。钢渣只有照办。但贮物柜小了几寸，钢渣没法把蛇皮袋塞进去。那保安跟过来，想要帮钢渣一把，试了几个角度也塞不进去。保安说，那你摆在墙角，我帮你看着。钢渣不愿意，他挎着蛇皮袋要走。那保安警觉地拽住蛇皮袋，拍拍未成型的炸弹，问那是什么。钢渣晃晃脑袋，微笑着告诉小保安，没什么，只不过是一颗炸弹而已。

小保安还来不及惊愕，钢渣就已把他摁倒在地，屈起腿压住。他迅速从蛇皮袋里扯出两股线，一股缠在左手拇指上，一股缠在左手中指上。然后他把小保安提起来，用右胳膊将其夹紧，作为人质。超市顿时乱作一团，所有被吸进来的人都被吐了出去。钢渣奇怪地看着这有如退潮的景象，难以相信，这竟是由自己引发的。人退出去以后，地上丢弃着零乱的物品，包括吃食。钢渣尽量放平目光，不往地上看。看见吃食，他肚子就会蠕动得抽搐起来。钢渣想，必须动手了，要不然再饿上几顿，连动手的力气都没有了。

本来，东台区汇佳超市的突发案件用不着老黄插手。那脑门溜光的家伙挟持一个人质，跟围过来的警察讨价还价。他开列出来的条件之一就是，要把前几天拎进公安局的皮绊放出来。那一圈警察没反应过来，皮绊是谁？当天，老黄依然逡巡在雨田区的街巷，听说东台区有案子了，脑子里就隐隐地有预感。打电话过去问熟人，熟人说，那案犯要用人质交换一个叫皮绊的人。听到皮绊这名字，老黄就活泛了。小崔问，怎么啦？他分明看见老黄的眼底闪过一丝贼亮的精光。老黄说，皮绊就是皮文海。记得吗？小崔说，什么也不要说了，上车。

进到超市的厅里，老黄终于看到那个人。那个人也一眼瞥见了老黄。老黄进来以后，钢渣就感受到自门洞处似乎卷进来一股锐利的风。他眼前是呈弧状排列的一溜绿胶鞋，他的目光得越过这些人，才看得见最后踅进来的那个老胶鞋。钢渣用凶悍的眼神示意挡在他和老黄之间的那个年轻胶鞋挪一边去。他只想跟老黄说话。他说，我认得你。你经常去笔架山小于那里刮胡子。老黄回应说，我也认得你。钢渣说，把我的兄弟放了，你知道他是谁。老黄说，我当然知道，皮文海是我抓到的。钢渣恨恨地说，他妈的，果然是你。

没有回答，只有老黄一贯以来似看非看的眼神。他本该盯着钢渣，然后两个人的眼神形成对峙——钢渣为此做好了心理准备，一定要用眼神抢先压制住这个老胶鞋，要不然自己很快就会崩溃、完蛋。但老黄显得不大集中得了精力，心有旁骛，目光落在一些莫名其妙的角落。

小伙子，你的炸弹有几斤重？老黄冷不防抛去一句话。钢渣一愣，他没将这炸弹放在秤盘上称过。老黄笑了，说，瓤子里灌几斤药，壳子用几斤钢材，未必你都没有称过？钢渣老半天才说，等下弄响了，你不要捂耳朵。小保安仍在瑟瑟发抖。钢渣想，要是老这么抖下去，自己迟早会跟着抖起来。那是很糟糕的事。他喝斥道，别抖了，你他妈别抖了。小保安的确非常无奈。到这份儿上了，他不想拂逆这光头大爷的意思，但身体就是不管不顾地抖个不停。

老黄看了看四周，他认为大厅没必要站这么多警察。他点了几个面相年轻的，要他们守在外面。那几个警察心领神会地走出去。接下来，老黄摸出一盒香烟，不但自己抽起来，还把烟凌空扔去，让别的警察接住，一齐吞吐烟雾。有那么一两个人，手僵了，没接住烟。

小保安不抖了。他抖了好大一阵，已经抖不动了。但钢渣仍在咆哮着说，别抖了，猪嬲的哎，不要再抖了！说完话，他才意识到人家并没有抖，是自己脚底下传来细密轻微的战栗。一抬头，他看见那老胶鞋狡黠的微笑。老胶鞋叼着烟，满嘴烟牙充斥着揶揄的意味。钢渣觉得不对劲，厉声说，你往后退。别以为我没看见，你他妈往前跨了两步。老黄说，你看见鬼打架了，我本来就站在这里。钢渣有些发蒙，进而也怀疑自己看错了。他暗自地问，老胶鞋原先是站得这么近吗？这时他清晰地看见，老胶鞋又往前跨了一脚。他眨了眨眼，暗自地说，我没看花眼，这个老胶鞋……

老黄注意到光头的眼神出现恍惚。他左手已经下意识地擎高了，整个暴露出来。老黄看见一股红线缠在这个人左手的拇指上，而绿线缠在同一只手的中指上。他显然没有精心准备好，两股线都缠绕得粗糙，而且线头剥除漆皮露出金属线的部分也特别短。这使老黄的信心无端增添几分。老黄突然发力，猛蹿过去。他的眼里，只有光头的那只左手。挨近了，老黄手臂陡然一伸，正好捏住那只左手的虎口。老黄用力一捏，听见对方手骨发力的响声。钢渣的手掌很厚实，也蓄满了力气，老黄差点没捏住。

钢渣错就错在低估了这个老胶鞋的速度，还有他的握力。老黄满嘴烟牙误导了钢渣。钢渣满以为这老胶鞋除了一颗脑袋还能用，其他的器官都开始生锈了。他满以为老黄会张开黑洞洞的嘴跟他罗列一通做人的道理，告诫他坦白从宽抗拒从严。没想到，这半老不老的老头儿竟然先发制人，卖弄起速度来。钢渣发现老胶鞋捏住自己的手了，来不及多想，用力要让两股线头相碰。钢渣头皮一紧，打算在一声巨响中与这鬼一样的老胶鞋同归于尽，化为齑粉。

这老胶鞋力气大得吓人，一只看似干枯的手，却像生铁铸的。那一霎，老黄也惊出一头冷汗，分明感觉到光头手劲更大。幸好他挟持小保安耗去不少体力，而且早上似乎没吃饱饭。

别的几个警察手里还夹着烟，烟卷正燃到一半。他们也没想到，右安区过来的足痕专家老黄性子竟比年轻人还火暴，在年轻人眼皮底下玩以快制快。这好像玩得也过于悬乎了，不符合刑侦课教案的教导啊。众警察赶紧把烟扔掉，把枪口杵向钢渣那枚锃亮的光头。

把钢渣带到市局，扔进审讯室，他整个人立时有些委顿，老半天才睁开眼皮往对面墙上睃了一眼。审讯室的墙壁从来都了无新意，雷打不动是那八个字。老黄正咂着嘴皮要说话，钢渣却率先开口了，问，我会死吗？老黄不想骗他，就说，你心里清楚，你手上有人命。钢渣觉得老胶鞋也是个痛快人。只有痛快的人，眼神才会这样毒辣。挨一支烟的工夫，钢渣就承认了杀于心亮的事。这反倒搞得老黄大是意外。杀人的事啊！他原本憋足了劲儿，打算和这个光头鏖战几天几夜，抽丝剥茧，刨根问底。

为什么要杀他？

……本不想杀他。起初我就不打算抢司机。开出租的看着光鲜，其实也他妈穷命。但我没条件抢银行，抢司机来得容易。钢渣吸起了烟，说话就放慢了。他看看眼前这老胶鞋，忽然想起来，在小于的店里第一次见到他，很直接就感受到一种威胁。很少有人能够传递给钢渣这样的感觉。往下钢渣又说，那晚上我们说要去大碇，好几个司机都不接生意。也是的，要是我开车，见两个男的深更半夜跑这么远，也不会接生意……实在太穷了，不瞒你说，我差点就去捡破烂了，又放不下这张脸。这么穷的光景，我他妈偏偏和一个女人搞上了。那个女人等着钱用……你也认识那个女人。

老黄没有说话，也不知道他为什么讲得这么详细。他以前见过的杀人犯，逻辑往往有些紊乱，说话总是磕磕巴巴。

钢渣又说，本来也不知道要撞上哪个倒霉鬼。司机都太警惕，我跟皮绊那晚都没什么指望了，站在三岔口抽烟，抽完了就准备回去睡觉。这时候羚羊 3042 主动开过来揽生意，问我们是不是要去大碇，还说不打表五十块钱搞定。我看他的驾驶室，没有装隔栅，估计这个人是新手，家里缺钱，见到生意就捡。既然他送上门了，我们就坐进去。我没看出来他是小于的哥哥，他俩长得不像。他妈的，既然是兄妹，就应该长得像一点。这不是开玩笑的事。

钢渣要了一支烟，抽了起来。他又说，开到半路上，我说你把钱拿出来，不为难你。这家伙竟然当我是开玩笑，骂粗话，说他没带钱。我受不了这个人，他有些呆，老以为我们是在跟他寻开心。于是我照他左脸砸了一拳头。他鼻子破了，往外面喷血，这才晓得我不是开玩笑。他一脚踩死刹车想跟我打架。他身架子虽大，却没真正打过架。他抄起水杯想砸我，我脑袋一偏，那块车玻璃就砸碎了。我擂他几拳，他就晓得搞不赢我。在他摆钱的地方，我只抠出三百块不到。我叫他继续往大碇开。他一路上老是说，把钱留一点。我有些烦躁，要是他有一千块钱，我说不定会给他留一百。但他只有两百多，我们已经很不划算了……

为什么要杀他？你已经抢到钱了。

……本不想杀他，我俩脸上都粘了胡须，就是为了不杀人。开着车又跑了一阵，我才发现帽子丢了，应该是从车窗掉出去的。我头皮有几道疤，脑门顶有个胎记，朱砂色，还圆巴巴的——我名字就叫邹官印。我落生时，我老子以为我将来会当官。可他也不想想，他只是个挑粪种菜的农民，我凭什么去当官？有的路段灯特别亮，像白天一样。我头皮上的这些记号，想必司机都看见了。要是我长了头发，那还好点，但我偏偏刚刮的青头皮，帽子又弄丢了。当时我心里很乱，觉得还是不留活口为好。我叫他停车，拿刀在他脖子上抹一下，他就死了。皮绊没杀人，人是我杀的。

然后呢？

司机的帽子和我那顶差不多。我拿过来看看，真他妈是完全一样的，很高兴，就罩在自己头上。哑巴给我刮的青头皮，然后给我买了帽子。要是我丢了帽子，她说不定会怪我。

原来是这样。老黄心里暗自揣度，是不是小于给钢渣买了帽子以后，觉得不错，回头又买了一顶一模一样的？给情人和亲哥哥买相同的帽子，是否暗合着小于某种古怪的心思？一刹那，他非常清晰地记起了小于的模样，还有那种期盼的眼神。老黄又问，你抢他的那顶帽子呢？钢渣说，洗了，晾在竹竿上，还没收。

为什么要洗？

毕竟是死人戴过的，想着有点晦气，洗衣服时就顺便洗了。

话问完，老黄转身要出去，钢渣却把他叫住了。这个粗糙的家伙突然声调柔和地问，老哥，现在离过年还有多久？老黄掐指算算，告诉他说，两个多月。想到过年了？你放心，审判程序有一大堆，你能挨过这个年。钢渣认真地说，老哥，能不能帮我一个忙？老黄犹豫了一会儿，说，你先说什么事。

我答应哑巴，年三十那天晚上和她一起过。但你晓得，我去不了了。他妈的，我答应过她。到时候你能不能买点讨女人喜欢的东西，替我去看她一眼？就在她店里。这个女人有点缺心眼，那一晚要是不见我去，急得疯掉了也不一定。

老黄看着钢渣，好久拿不定主意。最后他说，到时再看吧。

技术鉴定科的人事后说，那炸弹内部构造非常精巧，专家水平，但引爆装置的导线并没有接好，就像地雷没有挂弦，只能拿来吓吓小孩。老黄即便不捏死钢渣的手，炸弹照样点不燃。领导知道以后不以为然，说当时老黄可不知道那炸弹竟是个哑巴弹。老黄听得一肚子晦气，在心里给自己打了折扣。既然做出了英勇行径，他自然希望那时那地，险情是足斤足两的。破下于心亮的命案以后的那个把月还算平静，老黄闲了下来，但没往笔架山上去。要理发或者刮胡须，他另找了一家店面，手艺也说得过去。他害怕见到小于。

十二月底的某天，接到一个老头儿举报，说有人在卖假证。问是什么假证，那老头儿说，蛮奇怪的，我带有一本样品。说着他从一个塑料袋里掏出一个红皮本。老黄把红皮本拿过来，封面有几个烫金字。上面一行呈弧形排列，字体稍小而狭长：中华人民共和国国务院特赦办；下面戳着五个大几号的宋体字：特别赦免证。

都什么乱七八糟？老黄被搞蒙了。这连假证也够不上，纯粹臆造品嘛。打开里面看，错别字连篇。老头说他昨天刚买的，花一千八百八十元，卖证的人说这是B证，大罪从轻小罪从免。要是买了A证，得要两千八百八十元，那证作用就更大，死罪都可以从无。老头一早拿了这证去市监狱，满心欢喜地想把自己儿子接出来。他儿子按说还要服刑两年，这B证一买，算下来减一天刑只合三块钱不到，捡了个天大的便宜。但狱警说这证没用，还派个车把老头直接送右安区分局，督促他报案。分局当即出警办这事。老头记性不太牢靠，绕一个多小时，终于确认地方了。老黄和另两个警察早换了便装，从楼道上去，拍了拍门。里面是外地佬的声音，谁？老黄说，介绍来的，业务。一个家伙大大咧咧地把门敞开了，还满脸堆着笑地说，欢迎，里面坐。老黄真想点拨他说，既然愣充国务院的，级别那么高，就应该板着脸，态度适当地冷漠。三个便衣都揣着看把戏的心思进到里面，打算先听几个骗子天花乱坠吹一番，然后动手抓人。

没想到里面有个熟人。哑巴小于静静地坐在床沿的一张矮凳上，正看着一个女骗子指手画脚。小于瞥见了老黄，显得很紧张，做出一串手势。里面的一帮人看明白了，哑巴说来人是警察。三个便衣只得把看戏的心思掐灭，当即动手，把屋里两男一女三个骗子全部铐上。

那一屋人全被带进了分局。很快，老黄又把小于带出来，放她走。小于裤兜里装了一沓老头票。裤兜太浅，老黄忍不住提醒她把钱藏好。只差个把月就要过年了，满街的扒手急疯了似的作案。小于把钱往里面掖了掖，怨毒地盯老黄一眼，走了。

老黄站在原地，虽然很冷，却不急着进去。他觉得小于其实蛮聪明的，很多事都明白。比如刚才，那女骗子吹得再玄虚，小于似乎不信——她脸上毫无喜悦。但看情况，她仍打算扔几千块钱买这注定没用的A证。她心里是怎么想的呢？这当口，老黄又记起了钢渣说的那番话。年夜眼看着近了，老黄倏地紧张起来。

其后几天，刘副局调离分局，要去省城。临行前，他请同事一块去吃馆子。老黄不想去，但不好不去，刘副局要走了，跟换一个人似的，邀请谁都显得万分真挚，让人难以推托。当晚果不其然喝多了。老黄头一次看到刘副局喝醉酒的德性，跟街上荡来荡去的小青年差不多，哭丧着脸，一个一个地找人碰杯，并且说，对不起了，兄弟！喝了酒，人就千姿百态了。刘副局跟每个人都说了对不起，还不过瘾，又站在饭厅中央说，现在光吃饭不管用，明天正好休息，我弄辆车，大家找个地方狠狠地玩……去哪里，刘副局一时没想明白，他还残留有几分清醒，晓得不能带同志们去搞异性按摩。沉默一阵，忽然有个人说，去织锦洞怎样？看了个报道，说织锦洞是全国最好的洞，二十几位洞穴专家评出来的。刘副局拿眼光找说话的人，没找出来，嘴里说，洞穴专家？比我刘某人还专吗？那洞有多远？那个人说，大概四个小时。刘副局说，行，就去那里，明天我请兄弟们去逛仙人洞。那个人纠正说，刘副局，那叫织锦洞。刘副局大手一挥，说，差不多，反正都是洞。

本来大伙也没当真，以为刘副局在说酒话。次日一早，刘副局叫人逐家挂电话，说是紧急集合。到了分局，一辆豪华大巴已经停在门口了。老黄和小崔坐一排，感觉有点堵，相互觑了几眼。一说话，不可避免地提到于心亮。上次也是有心去看洞，于心亮带一大帮子人陪同，搅了局。回头想想，那事情还近在眼前；游洞不成，于心亮抱愧的模样也历历在目。这一次，朗山到岱城的高速公路修好了，车程几乎减半，只三个多小时，车就到了织锦洞前。老黄小崔逛洞时却把心情全丢了，纯粹是那个导游妹子的跟班。刘副局心情不错，从洞里出来，他又拉了这一车人到更远的一个县，请大伙去吃当地有名的心肺汤。那天本可以早点回来，但一顿心肺汤磨蹭了几个小时，回到钢城，又是半夜了。众人都说饿，得找一家店吃碗米粉。好不容易找到一家店。刘副局和老黄面对面坐着，一个人捧一大碗米粉，上面铺了一层酱牛肉。一到晚上，人就特别有胃口。刘副局刚扒了几筷子，忽然说尿憋，赶紧走了出去。街灯全熄了，大巴银灰的外壳微微亮着。刘副局憋得不行却找不见厕所，就绕到车后头搞事。

外面风声大了，漫天盖地，像是飘来猛兽的嘶吼。老黄吃米粉时仿佛听到一声闷哼，但没有留意。在巨大的风声里，别的声音夹杂进来，容易让人误以为是幻听。老黄把碗里的油汤喝净，才发现刘副局一直没有回来。抬头看看，别的人自顾自地咂着汤水。冬夜里喝一碗热腾腾的牛肉汤，会让人整挂大肠都油腻起来，暖和起来。老黄问他们，刘副局呢？大伙这才发现少了一个人。老黄明明听刘副局说是尿憋，难道却在撇大条？

老黄走出小店，大声地冲车的方向大叫刘副局，连叫几声，没见回应。老黄脑侧的青筋猛地一抽，预感到出事了。绕到大巴后头，刘副局果然躺倒在地上，看似喝醉酒的姿态，其实胸窝子上插着一把刀，刀身深入，只剩刀柄挂在外头。老黄一惊，很快意识到要保护现场，没有立即叫人。他独自蹑手蹑脚走过去，探一探老刘的鼻息，确定他已经死僵了。

这件案子顺理成章地由老黄负责侦破。有了案子，时间就会提速。年前那一个月，老黄是连轴转忙过来的。女儿打个电话，提醒他年夜在即。老黄只有一个女儿，在老远的城市，是否嫁人了，老黄都搞不清楚。她说今年又不能回来陪他了，有公务。老黄也乐得清闲。这么多年了，他看得明白，女儿回来小住几日，也是于事无补，离开以后徒增挂念。

年三十一早起来，老黄就想起钢渣说过的话。其实他早已在这天的日历上记下一笔：晚上去笔架山看小于。他上街，不晓得买什么东西能讨小于喜欢，就成捆地买烟花，不要放响的，而是要火焰喷起来老高的，散开了以后颜色绚烂的。晚九点，天色一片漆黑，他踱着步往笔架山上去。有些憋不住的小孩偶尔燃起一个烟花，绽开后把夜色撕裂一块，旋即消失于夜空。一路上山，越往上人户越少，越显得冷清。路灯有的亮有的不亮，亮着的说不定哪时又暗了。他尽量延宕，不敢马上见到小于。风声越来越大了，他把领子竖起来。这时他开始怀疑，自己有没有勇气走进小于的店里，跟她共同度过这个年夜。她又会是什么样的态度？老黄甚至有几分恨钢渣，把这样的事情交到自己手里。走得近了，他便知道钢渣和小于的约定像铜浇铁铸的一样牢靠。小于果然在，简陋的店面这一夜忽然挂起一长溜灯笼，迎风晃荡。山顶太黑，风太大，忽然露出一间挂满灯笼的小屋，让人感到格外刺眼。

在离小于的店面还有百十米远时，老黄就收了脚，靠着一根电杆搓了搓手。他往那边望一望，影影绰绰，哪看得见人？点烟点了好几次，才点燃。风太大了。老黄弄不清自己能在这电杆下挺多久，更弄不清自己最终会不会走进那间迸着暖光的理发店。一岔神，老黄想起手头正在办理的案子——本来他以为刘副局的案子应该不难办，现场保留得很好，还找到一溜清晰的鞋印。但事情常常出乎他的想象，一个月下来，竟毫无进展。刘副局生前瓜葛太多，以致他死后被怀疑的对象太多，揪花生似的一揪就拖出一大串，反而没能圈定重点疑凶。

这个冬夜，老黄身体内突然蹿过一阵衰老疲惫之感。他在冷风中用力抽着烟，火头燃得飞快。此时此刻，老黄开始对这件案子失去信心。像他这样有经历的老警察，很少有这么灰心的时候。他往不远处亮着灯笼的屋子看了一阵，之后眼光向上攀爬，戳向天空。有些微微泛白的光在暗空中无声游走，这景象使“时间”的概念在老黄脑袋中具体起来，倏忽有了形状。一晃神，脑袋里仍是摆着那案子。老黄心里明白，破不了的滞案其实蛮多。天网恢恢疏而不漏，那是源于人们的美好愿望。当然，疏而不漏，有点像英语中的一般将来时——现在破不了，将来未必破不了。但老黄在这一行干得太久了，他知道，把事情推诿给时间，其实非常油滑，话没说死，等于什么也没有说。因为，时间是无限的。时间还将无限下去。

（原载《人民文学》2006 年第 12 期）

田耳，原名田永，1976 年生，湖南凤凰人，土家族。中国作家协会会员。著有小说《衣钵》、《狗日的狗》、《重叠影像》等多部。《郑子善供单》、《夏天糖》分别获 2004 年、2006 年台湾联合文学小说新人奖，《一个人张灯结彩》获第四届鲁迅文学奖。

枯叶蝶

魏人

引 子

人在最紧张的时候，往往会深深地吸一口气……

呼吸包括一呼一吸两个动作，其间没有任何停歇和间断。这个过程极其自然，不需要我们身体的某个部分特别有意识地来完成它。2009 年 9 月 11 日凌晨四时，一只手掌突然放在正在开车的林阿龙的右肩上。手掌的力道很重，隔着衣服都能感受到这只手掌传递过来的热量。这一刻林阿龙的呼吸停滞了，那口气好像凝固了，静静地靠在丹田处歇息……他的脚缓缓地踩住了刹车，本田越野车无声无息地停在 240 省道的 59 公里处。

车停住的时候，放在他右肩上的手掌离开了。随即后车门响了一下，他听见徐展堂沙哑的声音："阿龙，下车。"徐展堂拉开车门下了车。

林阿龙随即也熄了火，在拔下车钥匙的同时，那口一直在丹田处歇息的气突然蹿了出来，林阿龙不由得"啊"了一声，身体向后一仰，让这口气从喉咙里奔腾而出……

59 公里处两边都是茂密的旱竹与灌木，密密匝匝，在灰色的晨曦映照下就像厚实的城墙。远处传来汽车的声音，在距离 59 公里处二百米左右的地方渐渐停歇，马上，那里闪起灯光，是一短两长。林阿龙走近徐展堂说："展叔，他们来了。"

徐展堂转身看着林阿龙，目光炯炯像发情的公牛，充满了欲望和发泄这些欲望的渴望。忽然，徐展堂双手捧起林阿龙的脸，在他脸上轻轻地拍了拍，说："阿龙，去拿枪。"

徐展堂说完从口袋里掏出手电筒，举起来在空中画了两个圆圈。对方也用手电筒画了两个圆圈。徐展堂笑了，对从后备厢取出 AK－47 的林阿龙说："装上消音器了吗?"

林阿龙无声地点点头。

"知道什么时候开枪吗?"

林阿龙又点点头，同时打开保险，"当你说让我去吃饭时我就开枪。"

徐展堂收敛笑容，走近林阿龙，说："这次不但要把对方的人干掉，我们的人也要干掉。"看到林阿龙惊诧的目光，徐展堂说，"不要这样看着我，我也是迫不得已。"

这时，那边的人拎着皮箱慢慢走近，这边几个手下也从车里拿出两个蛇皮袋放在车前。很安静，林阿龙甚至能听见自己的心跳。走二百米，只需五分钟。五分钟到了，那边的人也到了本田越野车前。四个皮箱放在地上打开，里面是红色的人民币。两个蛇皮袋也打开了，里面是包成方块的海洛因。

徐展堂走过来翻看着皮箱里的人民币，在确定钱是真的之后，对那边领头的人说："好，你们把货拿走吧。"

那边领头的人摘下帽子，说："徐老板，按规矩我们也要验验货吧？"

徐展堂冷笑道："在这里只有我的规矩，要货拿走，要验货不行。"

"徐老板，这就是你的不对了……"

徐展堂打断对方的话："阿龙，我们该去吃早饭了吧？"

林阿龙的呼吸又短路了。就在一分钟之前，他听见了那边领头人的声音。这是他熟悉的声音。这是宁五原的声音。宁五原是警察，林阿龙四年前在禁毒训练班上与他相识。这宁五原四年后还是警察吗？如果宁五原是警察的话，那么林阿龙也应该就是那个叫田小田的警察。在呼吸短路的瞬间，他的大脑中出现了无数肯定与否定。

这是徐展堂贩毒集团两年来最大的一笔交易，无论对于林阿龙，抑或是田小田都是关键的一天。没有任何指示让林阿龙在这笔交易中现身变成田小田，可交易的对方是宁五原。那是他的警察兄弟！同时，这也是两年来徐展堂第一次开杀戒。难道他知道宁五原是警察？抑或他也知道林阿龙就是田小田？"阿龙，该吃早饭了。"耳边响起徐展堂有些恼怒的声音。

林阿龙闪电般地把枪口抵在宁五原的下巴上："把手举起来。"宁五原全身一抖，举起了手，他的衣袖落了下来，手臂上蝴蝶图案的刺青映入林阿龙的眼帘。此时，林阿龙长出一口气，他明白自己应该做什么了！他是田小田！电光石火之间，刚才抵在宁五原下巴上的枪口已经抵住了徐展堂的下巴。

徐展堂大惊："阿龙，你……"

"不许说话！"林阿龙现在是田小田了！他对依旧举着手的宁五原说，"你，把他捆起来！"宁五原慢慢地放下了手，慢慢地走了过来，就在他把手伸向背后的时候，田小田左手迅速从裤兜里掏出一把手枪对准宁五原，"把手放在前面，抽出你的皮带把他捆起来。"

宁五原抬头看了一眼田小田，嘴角露出一丝笑意。他解下自己的皮带，将徐展堂捆了起来。"要不要把他的嘴堵上？"

田小田没有理会宁五原的问话，用枪口对准他。"你，跳几下。

原地跳！”

宁五原嘴角的笑消失了。“如果我不跳呢？”

田小田扣动扳机，两颗子弹打在宁五原叉开的双腿中间，溅起一片泥土。“跳！”

宁五原犹豫片刻，原地跳了起来，随着跳动，一把手枪从他身上滑落在地。田小田命令站在一旁目瞪口呆的手下把枪捡起来，把宁五原和其他人捆了，并把他们的嘴都堵了。

徐展堂和宁五原的嘴是田小田亲手堵上的。在把破布塞进徐展堂的嘴里之前，徐展堂恼羞成怒地说：“阿龙，你干吗这么着急？这一切我本来都要给你的……”田小田没有说话。林阿龙从今天开始不复存在了。没等徐展堂把话说完，他直接把破布塞进他的嘴里，可能是塞得过紧，徐展堂的脸涨得通红，眼珠瞪得很大，又气愤又失望。宁五原看见田小田走过来，主动把嘴张开，神情诡秘地看着田小田，好像在说：你够狠。田小田读出了宁五原目光中的含义，心里略有不安，但不妨碍他把破布塞进宁五原的嘴里而且用的力气更大。随后，他让手下把宁五原的面包车开过来，把钱和毒品搬上车，再把徐展堂和宁五原等人押解上车，用胶带把他们固定好并蒙上他们的眼睛。然后，他对两个手下说：“我也要把你们照此办理，委屈你们了。”

两个手下说：“我们听阿龙哥的。”

听到手下称他“阿龙哥”，田小田笑了，心里笑了……

田小田把装着宁五原和徐展堂的车开到隐蔽处，自己开着本田越野车上路了。

太阳升了起来，公路上铺满阳光。在240省道68公里处，田小田下了车，坐在路边一块石头上，脱下鞋，从鞋跟里取出一张电话卡放进手机里，拨了一个电话。电话接通了，田小田说：“二叔，我是小田……”

说这句话时，田小田的呼吸又停滞了。直到听见二叔说“那你回家来吧”，他才悠悠地吐了一口气。

第一章

雨湖宾馆坐落在鸡公山下，从外面看朴实无华，与当地民居相似；走进内部却金碧辉煌，一派泰式风情。宾馆只有三层，田小田住在三层最西头的321房间。这是个单人间，宽敞的卫生间里有一个圆形浴缸，水龙头里流出的水就是闻名遐迩的鸡公山硫黄温泉水。

电话铃响的时候，田小田正躺在浴缸里似睡非睡。他的手机就放在浴缸边上，他拿起手机看了一眼上面显示的号码，又把手机放回原处，闭上眼睛……此时，是他抓住徐展堂和宁五原后的第三天，9月14日下午四时。

手机又响了一下，这次是短信提示。田小田依旧闭着眼睛享受着温泉水浸泡身体带来的那种安逸感。他的脸上泛起细密的汗珠，他能感觉到，那些碎钻般的汗珠细腻温软，像单芹的手。田小田仿佛看见单芹走过来，轻轻地抚摸着他的脸庞……

“单芹……”田小田喊的同时睁开了眼睛，浴室依旧。哪有什么单芹！其实，田小田心里很明白，他是永远见不到单芹了。除非他还是林阿龙。他把头埋进水里，想让自己安静一会儿，突然，他一跃出了浴池，冲出浴室，跳进套房的客厅里。一男一女正要往沙发上坐，听见动静，他们敏捷地转身面对田小田。男的是二叔。女的是陌生人，长得像单芹。

田小田松了口气，不高兴地说：“为什么要这样，师傅？”

二叔笑道：“小田，你先去穿上衣服咱们再说，好不好？”

田小田这时才意识到自己赤身裸体。不过，他没有失态，对那位长得像单芹的陌生女人说了声“对不起”，随手抓起床单裹在身上后退着回到浴室。几分钟后，穿着一套耐克运动装的田小田又来到客厅。他倒了两杯白开水放在二叔和陌生女人面前，然后在沙发对面席地盘腿而坐：“不好意思，我这里只有白开水。”

陌生女人伸出手：“我叫肖驰星，是心理医生，也是警察。”

田小田淡然一笑：“不论是谁，我都不喜欢不请自到。”

二叔说："打了电话又发了短信，你都没有回信，担心你出什么事……"

肖驰星说："是我要求罗队打开门的，对不起。"

田小田说："这都不是理由。"

罗明辉，也就是二叔或者罗队说："不谈理由了，谈正事吧。"

田小田站起来："我不喜欢'对不起'这个词。在某种意义上，'对不起'是对错误行为的掩饰。"

罗明辉眉头紧皱："难道你要我和肖医生出去敲门再进来？"

田小田脸上的线条柔和了些："如果你们能这样做，我们就有了继续谈话的基础。"

罗明辉猛地站起来，脸色通红，甚至嘴唇也有些颤抖。肖驰星走到田小田和罗明辉中间，轻轻拽了拽罗明辉的衣袖。"罗队，我忘了，您给田小田带的茶叶还放在我车上呢，我们一起去拿，好吗？"她说这些话时，用眼神示意罗明辉不要激动。

罗明辉当然明白。这个当了三十年刑警的男人终于忍住火气随肖驰星走出321房间。一出门，他就一拳打在墙上，咬牙切齿。肖驰星笑了，轻轻拍了拍罗明辉的肩膀。"罗队，要有自信，是你的东西就永远是你的！田小田是跑不掉的。"

肖驰星的话把罗明辉说愣了。当初，这次行动的总指挥曾副局长让肖驰星一同去见田小田时，罗明辉就持反对意见。还有谁比他更了解田小田呢？从某种意义上说，他与田小田比父子还亲。不过，罗明辉的反对意见在曾副局长的命令面前软弱无力。

两个人来到车前，罗明辉打开后备厢才想起自己根本就没有给田小田带什么茶叶。肖驰星却从她的行李箱里取出一盒茉莉花茶递给他："据我了解，田小田喜欢喝茉莉花茶。"

罗明辉说："你了解？你是从哪儿了解的？还有，这次让你来不是让你做课题的，你要记住，你是医生，心理康复医生。"

肖驰星点了点头说："我知道我该做什么，罗队，咱们回去吧。"

321房间房门大开。罗明辉和肖驰星看见了身穿西装的田小田。

田小田微笑着，有些夸张地张开双臂对罗明辉说："欢迎师傅大驾光临。"

罗明辉愣了一下，随即眉开眼笑，好像把先前的不快全都忘了。肖驰星却心里一沉，有一种不祥的预感。她难以想象，也就几分钟的工夫，她就看见了两个迥然不同的田小田。她担心可能还有第三个、第四个……

罗明辉沏了一杯茉莉花茶递给田小田："吴裕泰的高末儿，尝尝吧。"

田小田接过茶杯，却没有喝，他很安静地注视着玻璃杯里飘着香味的呈琥珀色的液体。这一瞬间，田小田好像忘记了屋内其他人的存在，他站起来走到窗前，举起杯子对着午后的太阳。在阳光下，杯中琥珀色的液体由砖红色变成绛紫色又渐渐变成棕色。

罗明辉和肖驰星面面相觑……

田小田第一次喝茉莉花茶是在南横西街。那天他获得了国家认定的A级舞蹈教练证书。

五年前，他刚进刑警队。严格讲，所谓进刑警队不过是罗明辉的口头通知。田小田根本不知道刑警队的门朝哪儿开。罗明辉把他从大学接出来后就直接告诉他，从现在开始他就叫林阿龙，一个混迹娱乐场所的混混儿，因打架斗殴被判刑一年的罪犯。

田小田问："为什么？"

罗明辉说："没有为什么！你是一名刑事警察，这是你执行的第一个任务。把林阿龙的角色扮演好，就算完成任务。如果你现在不想干还来得及，我可以马上把你送回学校。"

田小田深深地吸了一口气："我干。"

之后，罗明辉开了一天一夜的车，把田小田扔到北方监狱的一间牢房里，告诉他："一年后的今天我来接你。"

一年后，罗明辉接田小田出来。在监狱外，罗明辉叫田小田的时候，他怔了一下，但还是很快就反应过来了。罗明辉说，能进入角色还要能淡出角色，这是优秀刑警的基本素质之一。

田小田明白了，他所憧憬的刑警队生活可能与他无缘了，不过，也许等待他的生活更富于挑战性，于是他问：“师傅，下一个角色是什么?”

罗明辉说：“舞蹈教练。”

北京有句老话：东富西贵，南穷北贱。南横街打头就是个“南”字，自然就和“穷”字称兄道弟了。南横街横跨半个南城，街道两旁都是密密麻麻的店铺，做的全是糊口生意，种类繁多。罗明辉带田小田来到南横街西头，距离牛街很近，牛羊肉铺也多，在两个肉铺中间是一家修鞋配钥匙的小店，两扇窄门上各贴一个褪色的倒“福”字。

罗明辉进屋熟门熟路地说：“大锁，沏壶高末儿，渴了。”大锁应声拎着暖壶出门了。

罗明辉让田小田坐定后，平静地说：“他是我的耳目。那次上斜街的杀人案就是他提供的情况。”说着掏出五百块钱放进大锁放在小桌上的钱包里。田小田正想问点儿什么，大锁拎着暖壶回来了，身后跟着一个面容清秀的女孩儿。

女孩儿和罗明辉很熟，边沏茶边说：“大锁过来拿茶叶我就知道您来了，茶沏好了……”

罗明辉喝了口茶。“香！单芹，什么时候嫁人?”

叫单芹的女孩儿脸红了，嘟着嘴说：“你还是警察大哥呢，怎么说话呢!”说着，单芹把一杯茶端给田小田，“这位大哥，请用茶。你也是警察?”

田小田没接杯子，反问：“你看我像警察吗?”

单芹端详了田小田一会儿：“你不像。罗大哥带来的人个个都挂相。”

罗明辉哈哈笑道：“单芹小眼睛还真毒，一眼就看得真真的。他叫林阿龙，艺名阿龙。”

单芹也笑了，笑得很妩媚：“还有艺名呀，林阿龙，你是干什么的?”

田小田有点儿茫然，还没等他说话，罗明辉接着说：“他在一家舞蹈俱乐部当教练。”

单芹说：“罗大哥，我又不是问你。林阿龙，你不会说话呀？你教什么舞？”

田小田看了一眼罗明辉。罗明辉也正看着他。他出了口气说：“我什么舞都教……”

“真的呀，我正要学拉丁舞呢。哎，你倒是接着杯子呀，喝茶。”

罗明辉说：“上回大锁说你要参加舞蹈比赛，想找一位教练……”

“是呀，就是他呀？”

罗明辉说：“成不？”

“成不成单说，喂，你倒是接杯子呀！”

田小田生在北京，父母是南方人。他从小的生活习惯都是父母培养形成的。在喝这杯茉莉花茶之前，他只喝白开水，甚至连可乐之类的饮料也不常喝。此刻，他看着面前飘着香气、呈酱紫色的花茶犹豫不决。周围的人都看出了田小田的犹豫。罗明辉知道田小田是嫌杯子脏。大锁看田小田一身名牌就觉得田小田不会喝这杯茶，礼到了就行。可单芹不管不顾地说：“林阿龙，你倒是接一下杯子嘛。是不是嫌杯子脏茶不好呀？”

话到这份儿上，田小田连忙双手接过杯子，同时也看清了单芹的模样。唇红齿白、明眸细眉，让田小田心头一跳。他感觉自己脸红了。

单芹自然不知道田小田的内心感受，只是说：“喝呀！”

田小田双手端着搪瓷茶缸喝了一口，一股浓郁的茉莉花香沁入肺腑。他不由得又喝了一口。这回，浓郁的花香转为悠长绵软的暗香，袭遍了他的全身。田小田真的没有想到，这样破的搪瓷缸子、这样一包碎末式的茶能给他带来如此的享受！他觉得自己的视线模糊、身子发软，他看见对面的单芹在晃动，他听见单芹在问罗明辉吃饭了没有。罗明辉说这不是来找你们一起吃呀。又听单芹说糟了，别是大锁把茶沏浓了，八成这位大哥醉了茶了。听见这句话，田小田觉得自己滑下了椅子……

还是田小田先开了口："师傅，大锁还好吗？"

"大锁？"罗明辉脑子里空白了一下，"大锁……挺好。"

田小田注意到罗明辉说得有点儿含混。他没有再问，而是对肖驰星说："肖医生，第一次给我喝花茶的人就是大锁。"

肖驰星眼皮跳了一下，"谁是大锁？"

田小田直视肖驰星，"肖医生，你真不知道大锁？"

肖驰星也直视着田小田的眼睛。此时，田小田的目光咄咄逼人。肖驰星垂下眼帘，想起躺在香山附近精神病院里的大锁，想起大锁每天都在反复说的一句话：花茶……想到这里，肖驰星重新抬起眼帘，"知道。"

田小田嘴角翘了一下，脸上划过一丝苦笑："我想，他一定过得很苦。"

这句话声音很轻，肖驰星听得出个中的无奈和痛惜。她知道田小田不清楚大锁的现状，但田小田提到大锁，必定有自己不知道的隐情。在接受对田小田进行心理观察这项任务后，肖驰星做了大量的案头工作，和罗明辉来鸡公山时，她充满信心。没想到一杯普普通通的花茶，让肖驰星感到自己的功课做得远远不足。

罗明辉和肖驰星都没有接田小田的话。田小田用手揉揉眼角："不说那些了。罗队，肖医生，咱们说正事吧。"

罗明辉长出一口气："是这样。田小田，徐展堂想见你。"

第二章

第二天早晨，肖驰星独自开车来到饭店。

她住在离这里十公里的县公安局招待所里。罗明辉开始准备安排她也住在饭店，被肖驰星婉拒了。罗明辉以为肖驰星在为他们省钱，就告诉她不必在乎这点儿钱，还可以近距离观察田小田。肖驰星说，她要与田小田拉开一些距离，这样利于工作。

罗明辉说："那好，按你说的办。明天你动员田小田去见徐展堂。”

“那你呢？”

“我去趟弥勒市局，是礼节性拜访。”

前台值班经理说田小田去湖边跑步了。肖驰星来到湖边，坐在长椅上。湖不大，坐在长椅上就可以看见湖的全景，也可以看见穿着红色运动衣正在湖边跑步的田小田。

昨天，当罗明辉告诉田小田徐展堂想见他时，田小田的手抖了一下，茶水从杯子里溢了出来。罗明辉连忙从田小田手里拿过杯子，又从一旁的纸巾盒里抽出几张纸巾递给他。田小田没有接纸巾，而是用衣袖擦了一下身上的水渍，问：“非见不可吗？”

罗明辉说：“你自己决定。”

田小田坚决地说：“我不见。”

肖驰星注意到罗明辉失望的目光。

从北京来鸡公山前，曾副局长专门就田小田是否能见徐展堂的问题与罗明辉和肖驰星开过一次会。情报部门的人对这次抓获徐展堂的事件作了分析：两年前，田小田用林阿龙的身份打入徐展堂的贩毒集团，任务就是长期潜伏，取得信任，摸清徐展堂贩毒集团在国内的销售网络。据徐展堂交代，这次毒品交易是最后一次考验林阿龙，如果林阿龙通过了考验，就让他负责国内的销售网络。偏偏在这个节骨眼儿上宁五原出现了。宁五原也是卧底。有关部门在这一点上犯了错误，他们以为宁五原与林阿龙是不认识的。这是致命的失误。林阿龙认识宁五原。不过，林阿龙还是保持了高度的警惕，他相信宁五原从前是个警察，但他不知道宁五原现在还是不是警察。在这种情况下，他采取了全部抓捕的措施。林阿龙的行动造成了黑吃黑的假象。关键是这个假象被境外毒贩认可了。由于徐展堂两年没有做一单生意，引起了内部和外部的不满，林阿龙的行动无意间迎合了这种不满，他们认为林阿龙接徐展堂的班顺理成章。按常理，林阿龙应当返回境外，这样就可以掌握更多贩毒集团的信息，但现在情况却有点儿微妙……

曾副局长问：“这次缴获的毒品是真货还是假货？”

“真货。三十公斤。”罗明辉回答。

“这些货按时价值多少钱？销售需要多少时间？”

“批发价是两千万元。销售最短需要十五天。”罗明辉说，“您真准备让田小田回去？”没等曾副局长回答，他已经读懂了曾副局长目光中的含义，“虽然田小田的行动造成了黑吃黑的假象，可谁又敢保证这个假象能瞒天过海？缉毒是个长期工作，在没有十分把握的情况下，我不想让田小田再去冒险。”

曾副局长沉吟片刻：“那好，把情况向田小田说明，让他自己决定。给你十五天时间，与田小田交流。其他工作照常。对了，老罗，介绍一下，肖驰星，我们的心理专家，这两年她一直在关注田小田。这次她和你一起去……”

一阵风让昏昏欲睡的肖驰星睁开了眼睛。她看见一团火在眼前跳动。定睛再看，田小田不知什么时候已来到她面前，笑容可掬，露出一口整齐的牙齿。湿漉漉的头发贴在他古铜色光滑的前额上，让本来轮廓清晰的脸庞多了几分调皮。如果肖驰星事先不知道田小田那么些情况，此时此刻看见田小田，难免会有点儿心动。肖驰星其实才三十岁，不过，在公安机关里，在警服的包裹下，女人的特质和优雅只有回家才能展现。三十岁的肖驰星尽管工作成绩斐然，却还是单身。

肖驰星揉揉有点儿酸涩的眼皮，站起来双手抱在胸前，说：“田小田，你跑步的姿势很着调。”

田小田把湿漉漉的额发捋了捋，说：“你穿警服也很着调。”

肖驰星心里不由泛起小小的得意。其实她一早出门时是穿着运动装的，都走出屋门了，突然产生了要换警服的念头。回屋换好警服后，又从箱子里拿出一套男式警服带在身边。

“田小田，我想，你穿警服也一定很帅。”

田小田不笑了，岔开了话题：“肖医生，一大早来，不是专门看我跑步的吧？”

“为什么不能是专门来看你跑步的呢？”

“既然你有这份心，我就再跑一圈给你看看。”说着田小田脱下长衣长裤，里面是红色的运动背心和短裤。

肖驰星说：“我刚才看过你跑了。”

田小田这时已经跑了出去，不过他听到了肖驰星的话，头也不回地说：“刚才你睡着了。”

肖驰星再想说什么也晚了，田小田像鹿一样蹿了出去，如同红色的云在绿水青山间跳跃。就在肖驰星又一次感到心动的瞬间，罗明辉的电话来了，问她进展如何。

肖驰星没好气地说：“你有没有时间观念？我从招待所到饭店一共还不到一个小时！”

罗明辉在电话那头儿乐了：“有些事情一分钟就能搞定，比如田小田，要是你一分钟搞不定，也许就搞不定了。”

挂了电话，肖驰星看见田小田从那头跑了过来。天呀！他跑得也太快了。绕湖一圈三公里，田小田只用了不到十四分钟。怪不得罗明辉喜欢他呢，自然，徐展堂也同样如此。肖驰星这样想着，拿起田小田的衣服迎了过去。田小田正在看表。

肖驰星把衣服递给他：“十三分四十三秒。快穿上，小心感冒。”

“我最好的成绩是十二分五十七秒。”田小田穿上衣服，“肖医生，对不起，我该回酒店了。”

肖驰星说：“我也去，和你聊聊。”

“对不起。”田小田说，“我想一个人待一天。”

肖驰星郁闷了。难道真像罗明辉说的那样，一分钟搞不定，就永远搞不定了吗？肖驰星说：“你知道这样拒绝是不礼貌的吗？何况，我还是女人。”话一出口，肖驰星就后悔得一塌糊涂，她也不明白自己怎么会说出这样不得体的话。

田小田愣了一下，“我知道你是女人，但我更知道你是警察。”

“知道就好。你也是警察，你应该明白这是我的工作。”

田小田面无表情。“我知道这是你的工作，不过我也有我的工作。我真的希望你不要打扰我的工作。肖医生，我再说一声对不起。从我内心里讲，我真不愿意得罪你这样一位才貌双全的女人。”说完，田小田脚步轻盈地走了。

肖驰星听出了田小田话里的潜台词。“妈的！”肖驰星嘴里蹦出两个脏字，同时她也感觉眼睛有点儿酸酸的。

走进卫生间，打开淋浴龙头，田小田用冷水冲洗着自己。他闭上眼睛，努力回忆着昨夜的梦境。他梦见了徐展堂，可现在除了徐展堂狰狞咆哮的面容，还有徐展堂指着他哆哆嗦嗦从嗓子眼儿里挤出的“忘恩负义”之外，田小田什么也记不住了。他关上水龙头，慢慢走出卫生间，他觉得脚步沉重，低头一看，才发现自己根本没有脱衣服。脱了湿衣服换上浴衣时，他全身颤抖，牙也开始打架……他头重脚轻、步履蹒跚。这一切不妨碍他为自己冲一杯云南小粒咖啡。以前在清迈，他总是用这种办法治疗感冒。他端着咖啡坐在窗前的椅子上轻呷了一口，清苦的咖啡让他昏沉的大脑清醒了一些。他发现玻璃窗上挂满了水珠，里面起了一层水雾。他伸出手把窗子擦了擦，擦出一块不规则的多边形，透过这块不规则的多边形随意向外看了一眼，他愣住了。窗外，肖驰星还站在刚才和他说话的地方。她已经被雨水淋透了。田小田摇摇头，双手撑着窗棂，苦笑像一朵蔫了的花挂在脸上。良久，他转身回到桌前，把杯子里的咖啡一口喝完，穿着浴衣向门口走去，仅仅走了几步，便一头栽倒在地上……

田小田又做梦了。不过这次梦境里没有徐展堂狰狞的面孔。单芹含羞向他走来。单芹问：“你来是找大锁哥吧？”田小田点头。单芹说：“他出门了，大概七八天就回来。你有事吗？告诉我，我会转告他的。”田小田是有事找大锁的。上次和罗明辉来过后，他知道大锁不但会修锁配钥匙，还会文身。田小田曾见过宁五原的手臂上有一个蝴蝶文身，是训练后洗澡时看见的。宁五原一直用一块伤湿止痛膏贴在那里，水把伤湿止痛膏泡掉了，露出一只蓝色的蝴蝶，让田小田叹为观止。他不知道宁五原为什么要刺青，他没有问。宁五原也没有解释，只是找了一块新的伤湿止痛膏贴了上去。

不过田小田最后还是问了一句："这蝴蝶叫什么？"宁五原回答："枯叶蝶。"

田小田没有把想刺青的事告诉单芹。他想这件事知道的人越少越好。田小田对单芹说："没大事，等大锁回来再说。"说完急匆匆要走。过道很窄，与单芹擦肩而过时，单芹身上散发出的不可言状的香气弥漫着田小田的鼻腔，他深深地吸了一口，香气便袭遍全身，令他心旌摇荡。田小田对这种状态有点儿困惑，咬咬牙走了过去。

推门出来上了大街，他长长地出了一口气。掏出香烟却没有火，见不远处有个烟摊，正要过去，就听单芹在身后说："你也抽烟？"刚转身，单芹把一个打火机扔过来，"少抽点儿。"田小田点着烟狠劲儿地吸了一口，烟呛了嗓子，他咳了起来。单芹幸灾乐祸地笑道："看你也不会抽，就别抽了。"

田小田不高兴了，尽管他不烦这个眉清目秀的小姑娘，但听她说的话心里有点儿烦。田小田白了她一眼说："会抽不会抽碍你什么事，你要闲着没事，就让你家大锁别抽烟。"

这话把单芹噎了半天，等她想反击时，田小田早就没影了……

田小田咯咯地笑了。笑声让趴在床尾打瞌睡的肖驰星睁开了眼睛，她惊诧地看着笑意满面的田小田。这时田小田说话了："枯叶蝶……"

资料里不是说他不会说梦话吗？肖驰星按下了手机的录音键。田小田说："我……不要……单芹……"

田小田睡眠中的神态变化万端，一会儿是单纯甜美的微笑，一会儿是愁眉不展的叹息，一会儿又安详庄重。肖驰星如果不是亲眼看见，怎么也不会相信田小田有这么丰富的表情。真不明白罗明辉为什么选中田小田这样的人去做卧底。肖驰星想到这里，脑子里突然冒出一个念头，她要趁田小田睡眠时和他进行一次对话。

把人催眠后进行对话的方法，这些年来几乎是在科学和邪说之间跳舞，做得好就是科学，做不好就是邪说。肖驰星研究过犯罪心理学，知道很多罪犯往往在青少年时期心理受到过某种伤害，长大成人后遇到了相似的情况，于是痛苦的记忆被唤醒，并导致其产生犯罪意识。比如肖驰星的爷爷，一位久经沙场的老革命，在医院里当着肖驰星的面拉着女护士的手对肖驰星的奶奶说，老伴儿，你让我纳个妾吧。在场的人目瞪口呆。肖驰星从父亲那里知道，爷爷的父亲是地主，有一妻两妾。这种生活情景想必给爷爷留下了深刻印象。耄耋之年，意识到生命行将完结，对这种一妻二妾生活的羡慕再也无法抑制，可见人的潜意识是多么顽固。肖驰星很想知道田小田的潜意识中有没有被伤害的印记。

田小田呼吸均匀平稳，轮廓清晰的五官让肖驰星心跳加速。她用瑜伽的腹式呼吸法让自己安静下来，摒除杂念，用手轻轻在田小田鼻翼下晃晃。田小田依旧吐气如兰。肖驰星轻柔地握住田小田的手说："枯叶蝶是什么？"

田小田的鼻翼动了几下，手也动了几下，没有回答。

肖驰星说："我不要单芹。"

田小田深深地吸了一口气，这口气吸进去就没有再吐出来，没有任何故意憋气的迹象，与田小田身体相连的体征监视仪上，各项指标正常。肖驰星把手指按在田小田的内关处，甚至摸不到脉搏。他怎么了？一丝惊慌掠过肖驰星的眉梢，就在肖驰星要去按床头的紧急呼叫铃时，田小田长出了一口气，气流温热平稳。

肖驰星说："阿龙，展叔来了。"说完这句话肖驰星就后悔了。因为她发现田小田睁开了眼睛，警觉地盯着自己，盯了足足有一分钟。

田小田醒了。其实，在肖驰星说"我不要单芹"时，他就已经醒了。他没有马上睁开眼睛，闭目思索着他是谁，他在哪儿。

很久以前他也做过这样的思考。

有一天他去找大锁时，看见大锁坐在窄小的房间里独自垂泪。田小田不明白有什么事情能让大锁如此伤心。接触大锁时间长了，田小田知道大锁曾经是称霸一方的"顽主"，身上伤痕累累。但他不是流氓，他每次出手都是因为碰见了不公平的事。他进了局子，抓他的人就是罗明辉。

罗明辉了解大锁的心思，他对大锁说，人家男孩子纠缠单芹，那是正常的，少男少女哪个不怀春？大锁说，单芹的父母不在，拜托我照顾，我能不出手吗？罗明辉明白，大锁喜欢上了比他小十好几岁的单芹。这是悲剧的开始。大锁没有文化。没有文化的大锁怎能点亮人生的智慧之灯呢？但这并不妨碍他对罗明辉的忠诚。因为罗明辉是最关心他的人。

田小田转身出门，买了一瓶二锅头和半斤牛舌头又回来了，把酒倒满两个杯子，对大锁说："别的不说。喝！"

转眼酒尽人醉。大锁红着眼睛说："兄弟，我没出息。我癞蛤蟆想吃天鹅肉。"

田小田明白他在说什么，想劝，又无法劝。只有沉默。

大锁又说："罗队批评我了，说我不是癞蛤蟆，是有责任在身的人。"看田小田似笑非笑，大锁站起来附在田小田耳边说："单芹是我监视的对象，你别笑。"大锁很严肃，"别看你是罗队的朋友，许多事你不知道。单芹的父母都是毒贩，罗队一直想抓住他们。"

田小田问："你怎么知道的？"

大锁怪怪一笑："我不告诉你。"田小田要走，大锁说："开玩笑你也当真？你不是想刺只枯叶蝶吗？我给你做。"见田小田有些犹豫，大锁说："怕罗队说你刚出来就不学好吧？其实，刺在上臂谁也看不见，还有，赶上我心里难过的时候才做得好……"

大锁做活儿是手工。一针一针，微疼。大锁一边做一边说："她不理我，去卡拉OK玩儿。那男孩儿是个黄毛……"

微疼也是疼。田小田的汗下来了。"要收拾他吗？"

大锁说："你还想去监狱呀？"

田小田问："那你算什么？"

大锁说："不知道！反正活着心安就好。操心，累。凡事不能一根筋。"

田小田心想，谁劝谁呀！整个儿本末倒置。

大锁收拾家伙了，"好，完事了。"说着拿起一个圆镜递给田小田，“你自己看。”

田小田看见了卧睡在自己右臂上端的那只枯叶蝶。前不久他查了资料，说枯叶蝶翅里间杂有深浅不一的灰褐色斑，很像叶片上的病斑。当两翅并拢停歇在树木枝条上时，很难与将要凋零的枯叶相区别。

“枯叶蝶很乖的，很会藏。好了，这两天不要洗澡。”大锁说着点了支烟，“我有点儿累了。”

田小田拿出四百块钱放在桌子上：“你歇着，我走了。”

大锁拦住他，把钱塞进他的口袋。田小田走到门口扭头问：“能告诉我吗，你文过几只枯叶蝶？”

大锁没有回答。

站在大街上，田小田想，我为什么要刺这只枯叶蝶呢？后来，肖驰星说“阿龙，展叔来了”的时候，大锁和枯叶蝶就都不见了……

田小田睁开眼睛足足盯了肖驰星一分钟。之所以这样是因为他很生气，这个叫肖驰星的女医生用这种小儿科的方法对付他。肖驰星还在进行她的谈话：“阿龙，你醒了吗？”

“阿龙还睡着。田小田却醒着呢！”

可以想象肖驰星的尴尬。不过，她马上明白躺在床上的这个男人不是等闲之辈，也意识到在这之前她根据搜集来的信息得出的判断是不正确的。田小田从床上坐了起来，捏住手背上的输液针头要拔，肖驰星按住他的手：“等一下，我去叫护士。”

田小田拨开她的手，拔下了针头：“你能出去一下吗？我要穿衣服。”

肖驰星闷声说：“你穿吧。”

“男女有别，你最好回避一下。”

“我是医生，我什么没见过，我都不在乎你还有什么可在乎的？”

田小田生气了，脸涨得通红，伸出手臂指着门外，“我在乎。

你马上出去。”

肖驰星看见了田小田手臂上的那只枯叶蝶。“你横什么，不就是一只破蝴蝶吗，还怕人看？告诉你，我早就知道你喜欢文身。”

看到肖驰星生气的样子，田小田突然笑了，很古怪的笑。

肖驰星说：“你笑什么？你继续横呀！你以为你是谁！”

田小田不笑了，脸上呈现出困惑的表情。突然，他嗖地一下从床上跳下来，冲到肖驰星的面前，抓住她的双臂摇晃着，“你刚才说什么？”

心理医生肖驰星见过很多脾气暴躁的病人，可像田小田这样侵犯型的还是第一次见到。田小田又一次怒吼：“你刚才说什么？”

“你松手我就告诉你。”肖驰星安静地说。

田小田松开了手。

肖驰星感到嗓子很干，她使劲咽了一口唾沫，“我说，你以为你是谁！”

听了肖驰星的话，田小田脸上又浮起古怪的笑，他的身体突然摇晃起来，人慢慢地出溜到地上，呢喃道：“我是谁？我是谁……”

肖驰星扶住田小田：“你怎么了？”

田小田的身体很烫，像一团火，肖驰星额头上出汗了。当大汗淋漓的她和闻声赶来的护士把田小田抬上床时，田小田喉咙里响了一声：“我是谁？”随即翻了个身趴在床上，竟睡着了。

肖驰星累死了，坐在椅子上长出了一口气，还没等她把气出完，就听见护士的惊叫。肖驰星过去一看，也惊呆了。田小田趴在那里，短裤褪到大腿下，结实的臀部像两块圆石，文身在上面格外醒目：我不是警察。

肖驰星的呼吸瞬间停止，良久，她才吐出这口气。她伸手把田小田的短裤提了上去，指尖滑过田小田的皮肤，很凉，不像刚才那么烫。她问护士喊什么。护士说：“刚才准备给他打一针安非他明，就看见……吓了我一跳。”

肖驰星说：“这事要保密。”

护士打完针走了。肖驰星把田小田的被子掖好，关上了床头灯。就在她走到门口准备离开时，她真真切切地听到田小田在轻声呼唤："单芹……"

第三章

徐展堂观察林阿龙很多天了。此时，徐展堂站在阳台上，看着在院子里练功的林阿龙。林阿龙练的什么，徐展堂看不明白。他少年时也学过一些拳法，但林阿龙这套在他看来有些诡秘的拳法总让他心里不舒服。徐展堂在阳台的藤椅上坐下，单芹端来一杯茶。这是一杯花茶，徐展堂掀开杯盖儿就闻到浓郁的茉莉花香。他深深地吸了一口，花的香味顿时袭遍全身。徐展堂心中漾起一股说不清楚的滋味。这时，院子里的林阿龙用一个鹞子翻身收式，冲阳台双手抱拳，像是对徐展堂表示敬意。不过徐展堂明白，那是给站在他身边的单芹的。

徐展堂侧目看了一眼单芹，怎么也想不到单子翔和齐莲漪会生出这样一个倾国倾城的女儿来！在南横西街那间陋室里初次看见单芹时他就有这样的感叹，就决定把她带回来。这个决定是临时作出的，他的合伙人强烈反对。理由是，单子翔和齐莲漪都是徐展堂亲手杀的。徐展堂付之一笑，他杀单子翔和齐莲漪是因为他们是警察的卧底。如果不杀他们，徐展堂和合伙人还能活到今天吗？

发现单子翔和齐莲漪是卧底很偶然。那年有一个从内地跑过来的毒贩认出了他们。徐展堂这才明白为什么这几年每次行动都失手。杀他们之前，他在齐莲漪的身上发现了一张照片，是个三四岁大的女孩儿。照片后面有一行字：单芹。摄于1988年，南横西街。

徐展堂把这张照片举到单子翔和齐莲漪的面前。"你们就这样死了，难道就不为这孩子想想？"单子翔一言不发，而齐莲漪眼角淌下了泪水。徐展堂说："其实给谁干不是干，只要你们和我一起干生意，我既往不咎。"

单子翔冷笑："说那么多废话干什么，动手吧。"

徐展堂很是为这两位可惜，他们的才智和胆识，比他任何一个手下都强。他那时都有让他们接班的念头。但是各为其主，只有成全他们了。徐展堂敲打着照片："你们记住，我会让这个单芹成为警察的对手。"

单子翔额头青筋暴突，齐莲漪眼里燃烧着火焰。单子翔说："龙生龙凤生凤，老鼠生儿打地洞。"

徐展堂把单芹的照片放进钱夹里："可惜，单芹将来是龙是凤是老鼠，你们都见不到了。"

单子翔和齐莲漪死后，徐展堂并没有大张旗鼓地宣扬此事，以警告那些企图与警察合作的人。相反，他把这两个人的骨灰存放在清迈的慧明院里，还派人去北京的南横西街看了还在上学的单芹。他没有把单芹接过来。徐展堂认为让这个女孩儿在相对清贫的生活环境下成长，能够使她得到一些磨炼。但他对单芹的教育是下了本钱的，他让人好好照顾单芹，若有闪失决不饶恕！

林阿龙是随单芹来的，就是这个林阿龙让徐展堂真正进入了地狱。那天清晨，当林阿龙用枪抵住他的下颚时，徐展堂的大脑顿时一片空白。瞬间的空白过后，他有些伤感，伤感之余，他想对林阿龙说，阿龙呀，你为什么这么着急，难道连几个月都等不及了吗？要知道我已经身患重病，去日无多，这些东西迟早都是你的……可惜，当徐展堂要说这些话时，嘴巴被一块破布堵上了，破布臭烘烘的，后来取下来的时候徐展堂发现那是一只臭袜子，林阿龙的臭袜子。虽然臭味难闻，被押进面包车里的徐展堂看见戴着背铐堵着嘴的宁五原时，他脸上还是保持着微笑。看来林阿龙心毒手狠，不但对本家下手，也不放过对家。徐展堂心里忍不住泛起快慰的涟漪。林阿龙能下如此狠手，与他这两年的教化是分不开的。

徐展堂让单芹叫林阿龙来到阳台上。林阿龙赤裸上身，肩膀上搭着上衣。他肤色黝黑，该有的肌肉都恰到好处地隆起，汗珠在阳光下像一颗颗珍珠。单芹叫人拿毛巾给他擦汗，林阿龙迟疑了一下，拿过毛巾自己擦，擦完之后冲徐展堂颔首道："展叔，你找我有事？”

徐展堂不由愣了一下，一时间也想不起叫林阿龙来干吗。刚才，就在林阿龙从单芹手里接过毛巾的时候，他猛地觉得站在林阿龙身边的单芹有些陌生了。

徐展堂还记得单芹刚来的时候那怯怯的神情和好奇的目光，一副不谙世事的模样。他带她去餐厅，去曼谷的商店买衣服和化妆品，去洗泰浴、做美容，带她去慧明院看单子翔和齐莲漪的灵位，讲他们如何陷入内地警察的埋伏，最后悲壮地死去。讲着讲着，连徐展堂都被自己编造的故事感动了，眼角淌出了泪水。单芹更是泪流满面，她跪在父母的灵位前双手合十，悼念他们的同时也下定决心继承父母的事业。她把这个想法对徐展堂讲了，没想到遭到徐展堂的强烈反对。徐展堂带着单芹来到一所大学门前，告诉她，现在最重要的是掌握知识。单芹听从了徐展堂的建议，去曼谷一家私立高中上学，准备来年考大学。她把这消息告诉了林阿龙。

林阿龙和单芹来到徐展堂这里已经一年多了。在这一年多的时间里，林阿龙都是在徐展堂的一家夜总会里看场子，只有休息的时候才去找单芹。

这天单芹打电话要他去咖啡屋见面。咖啡屋坐落在城市的东部，门前有一条叫诺布的河，咖啡屋的名字就叫“河”。从咖啡屋里可以看见河和河上漂荡的船。林阿龙喝了一口咖啡，看着变得漂亮开朗时尚的单芹，怎么也难以把她和以前那个操一口北京土话的单芹联系起来。

单芹来到悠 K 舞蹈俱乐部找林阿龙那天，是大锁开着残疾人三轮摩托车送去的。起初，林阿龙看见在俱乐部门厅里悠闲自在地瞧着墙上照片的单芹时有点儿茫然，心想，只是一句闲话还当真了。他正要和单芹打招呼，大锁一瘸一拐地走进门来，林阿龙心里也就明白了。他叫工作人员领单芹去办公室填表，并悄悄嘱咐，这个学员的费用由他负责。他领大锁来到会客室，在大锁面前放了一瓶矿泉水。“真对不起，这里没有茉莉花茶。”

大锁没有动那瓶矿泉水，只是抿了一下起皮的嘴唇：“阿龙，我找到枯叶蝶的画样了，你要做就来吧。”

单芹好像是天生的跳舞坯子，很快她的舞技在俱乐部里就无人能比。林阿龙很想让她复习一下功课去考舞蹈学院，每次练习完他去找她的时候，都看见她已经坐在大锁的三轮摩托上向他摆手。很快日子就过了一个月。夏天来了，市里举办俱乐部舞蹈大赛。单芹进入了前八名，偏偏她的搭档病了，林阿龙临时做了替补。练习时林阿龙发现单芹常常心不在焉跳错了节拍，他给单芹指出来，单芹很不高兴，有一次还提前离场了。决赛迫在眉睫，他去找了大锁，让他说说单芹。不料，第二天一早单芹就闯进林阿龙的办公室：“你找大锁算什么，他管得着我吗？我告诉你，从今天起我不练了，比赛我也不参加了。”

甩下这几句话，单芹就要走，被林阿龙一把拽住。林阿龙怒气冲冲地对单芹说：“你以为你是谁！想来就来想走就走。眼看就要出成绩了，你这样对得起谁？”单芹仰着头泪眼婆娑。林阿龙说：“哭！你还会什么？有这股劲儿好好跳舞比什么不强？”单芹依旧泪如雨下。林阿龙一惊，“出了什么事？”

单芹小声道：“你弄疼我了。”

林阿龙这才发觉自己一直抓着单芹的手臂，他连忙松开，单芹白皙的手臂上印着五条红印。林阿龙说：“对不起，我刚才有点儿激动。不过，你能告诉我不参赛的理由吗？”

单芹嫣然一笑，笑纹里还闪着泪花。“我爸爸派人来了，要接我出国……”林阿龙心里一沉。单芹又说：“你放心，我参加完比赛再走。”

林阿龙说：“可惜了。”

单芹说：“你能去陪我吗？”

林阿龙问：“干吗？”

“去那边陪我跳舞。”

单芹说话时目光蒙眬。林阿龙当然明白其中的意味，他抛家舍业不正是为了这一天吗？林阿龙淡淡地说："先练习吧。"

单芹伸手在林阿龙眼前晃了晃："想什么呢？连话都不说。"

林阿龙说："想跳舞了。你呢？"

单芹摇头，然后低头用吸管一口气喝了大半杯芒果汁，"展叔让我去上学。"

林阿龙说："你想上学？"

单芹调皮一笑，拿起吸管戳着田小田的鼻子，"我想你。"

林阿龙抓住吸管放回杯子里，"我是你的舞蹈教练。"

单芹不再说话了，侧目看着窗外的诺布河，有几只红嘴鸥在水面上起起落落。

林阿龙和单芹获得了拉丁舞比赛的冠军。当颁奖嘉宾把证书交给林阿龙和单芹时，林阿龙看着单芹淌着汗水洋溢着幸福的红扑扑的脸，真想抱住她亲一下。他知道单芹也会这样想。两人四目相对，一触即发。如果不是罗明辉和大锁捧着鲜花冲过来，林阿龙相信他一定会亲单芹的。

罗明辉把鲜花递给他的同时在他耳边说了一句："你小子，冷静点儿。"

罗明辉的话如一盆凉水泼在田小田的头上。他冷静了。他想起了前几天罗明辉和他的谈话。

罗明辉说："单芹的父亲派人来接她了。"

田小田问："是那个毒贩子吗？"

罗明辉拍拍田小田的肩膀，"不错，还没有忘记自己是一名警察。"

田小田不好意思地笑了："罗队，有时候我还真的以为自己是一个舞蹈教练呢。"

罗明辉抓起田小田的右臂，把衣袖撸起来，轻轻地抚摸着那只刺在田小田上臂的枯叶蝶说："你看，它很像枯叶，但它不是枯叶。春暖花开时，它就会飞走。小田，为了你成为这只枯叶蝶，我们准备了两年的时间。”

五年前田小田进入刑警队就没有正式上过班，只有罗明辉与他单线联系，从监狱出来后让田小田读外语和学习舞蹈，进入俱乐部成为舞蹈教练。两个月后，田小田急了，说整天读书跳舞算什么事？我是警察呀。罗明辉告诉他，谁也没说你不是警察。让你这样做是要你执行一项任务，现在你只要按照我的要求做就行了。

田小田问：“是不是要行动了？”

罗明辉说：“记住，你不是枯叶，而是枯叶蝶！”

单芹领着一个中年男人过来给林阿龙介绍：“展叔，这就是林阿龙，我的舞蹈教练。这是展叔，我爸爸让他来接我去曼谷上学。”

中年男人向林阿龙伸出手：“你好，林教练。我是徐展堂。”

林阿龙握住徐展堂湿热的手，很有分寸地笑了一下。徐展堂松开手说：“我答应单芹，去上学也不耽误舞蹈。我希望你也能去曼谷，继续做单芹的舞蹈教练。”

林阿龙没有马上回答，想了想说：“这事来得太突然，我需要考虑一下。”

站在一旁的俱乐部老板急忙说：“这还考虑什么！”说着又附在林阿龙耳边说，“人家给你很高的薪水，也给了俱乐部不少钱。”

徐展堂说：“还是请林先生考虑一下最好，这一去最短也得两三年。对了，林先生，家中还有什么人？”

林阿龙说：“我和父母住一起。”

徐展堂说：“也是，父母在，不远游。行不行，我明天等你的消息。”

第二天，林阿龙和父母一起去了北京饭店。徐展堂设宴招待了林阿龙全家。看见林阿龙憨厚老实的父母一个劲儿地感谢徐展堂给了林阿龙这样一份薪水丰厚的工作，徐展堂紧皱的眉头舒展了，指着单芹说：“都是因为她。”

林阿龙看着面前的一切却笑不起来。他知道自己将要面临什么。和父母走出北京饭店，在 10 路汽车站等车的时候，母亲哭了：

“小田，合同期满了就回来。还有，不许在那边找对象。”

父亲劝慰母亲：“孩子是去挣钱，要不，凭我们的收入能给他买房吗？”

母亲说：“这我都明白。可惜白上了公安大学。”

田小田说：“妈，我不是当警察的料。”

10 路车来了，送父母上了车，田小田心里想：这将是一条什么样的路？

坐在车里的徐展堂看见从咖啡屋里出来的单芹和林阿龙，心里跳了一下。他让司机开车不远不近地跟着他们。

近来，他总是梦见单子翔和齐莲漪，两个人披头散发呼啸而来。徐展堂去慧明院对重显法师讲述了梦境。重显法师听罢闭目不语，神情凝重。半晌，才长出一口气说：“你把他们的女儿娶了吧。”

徐展堂一惊：“法师如何知道我内心的想法？”

重显法师面无表情，敲响木鱼，手捻佛珠，面壁诵经去了。

林阿龙当然知道徐展堂的车跟在后面。单芹浑然不知，跑到水果店里要了两杯鲜榨果汁，递给林阿龙一杯。林阿龙把果汁喝完，说：“我该回去了。”单芹却依依不舍。林阿龙瞧着单芹妩媚多情的样子心里有点儿痛，但还是咬着牙扭头走了。一路上，他在心里嘟囔着：“我是舞蹈教练……我是枯叶蝶……”

林阿龙去得急，单芹恍惚了片刻，快步去追，追了几步却站住了，她看见徐展堂正向她走来。

第四章

暮色渐浓，杯子里的咖啡也凉了。肖驰星双手支着下巴，看着那本没有打开的卷宗发呆。她不用打开也熟知卷宗里的内容。她似乎找到了一些线索……

难道我们一直不知道单子翔和齐莲漪遇难吗？如果知道，为什么还让徐展堂把他们的女儿单芹带走？还有，大锁为什么精神上出了问题？大锁充当了什么角色？田小田与单芹到底是什么关系？难道，是罗明辉故意安排的？他知不知道利用一个女孩子的感情是非常残酷的？

这时，有人把屋内的灯打开了。肖驰星转身看见罗明辉站在门口。

肖驰星把刚才的疑问一股脑儿地掷给了罗明辉。她盯着他，看他如何回答，看他回答时面部的表情变化。罗明辉没有马上回答她的问题，笑容可掬，甚至还打了个哈欠，说："县局的同志真热情，非留我吃饭，吃涮牛肚儿，比北京的爆肚儿不差。"罗明辉说着打了个嗝儿。

肖驰星隐隐闻到了酒气。"你喝酒啦？"

罗明辉说："是米酒。想不到还挺有后劲儿，眯了一小会儿。怎么样？肖医生，田小田搞定了吗？"

肖驰星有点儿生气，但碍于面子不好发作，就走到桌边端起那杯凉咖啡一口气喝了。

罗明辉说："肖医生，别一个人喝，给我来一杯茶吧。"

肖驰星没好气地说："我这里只有咖啡。"

罗明辉眼睛一亮："我记得肖医生不喝咖啡。"

肖驰星冷冷地说："你是不是记错了，我喝咖啡。"

罗明辉拍拍脑袋，"可能是我记错了。那好，给我也来一杯咖啡。你这是什么咖啡？"

"宾馆提供的云南小粒速溶咖啡。"她给罗明辉沏了一杯咖啡递过去。

罗明辉接过杯子喝了一口。"我记得田小田常喝一种叫 UCC 的咖啡。他给我喝过，似乎口感更好一些。"

"是吗？我好像在赛特的超市里见过，但没有喝过。"说到这儿她突然想起来，怎么和罗明辉讨论起咖啡了，他还没有回答问题呀。于是她说："罗队，你甭打岔儿，请你回答我刚才的问题。"

罗明辉脸上的笑容消失了。"肖医生，你刚才起码问了我三个以上的问题，我还真不知道应该先回答你哪个问题。"

肖驰星眯着眼，“那你告诉我，你带田小田去见大锁时，知不知道单子翔夫妇已经牺牲了？还有，你为什么要带田小田去……”

“等等，”罗明辉打断她，“不要一下子提这么多问题。我先回答你第一个问题，我带田小田去见大锁时，的确知道单子翔夫妇已经牺牲了。”

肖驰星说：“第二个问题……”

“听你这口气好像干过预审？”

肖驰星说：“请不要打岔儿，回答问题。”

罗明辉哼了一声：“为什么要带田小田去？因为我很早就被提职了，还有我和大锁是单线联系，一直没有找到合适的人选替代我，所以很难离开。我是在公安系统一次文艺汇演上发现田小田有文艺特长的，他刚刚毕业分配到局里，我就想着要把他留下来。你知道，单芹一直是由一位远亲照顾，她从小爱跳舞，只是在学校里跳跳的那种舞。在不知道单子翔夫妇牺牲之前，大锁在帮我们照顾单芹。大锁的哥哥因吸毒死亡，大锁痛恨毒品。他是残疾人，生活有困难，我们帮他开了一个修锁店，就设在单芹家旁，让他注意单芹家来往的人员。大锁这个人很轴，遇着事总要打破砂锅问到底，我就告诉他单芹的父亲是个在逃毒贩子……”

肖驰星说：“太简单的手段了。”

罗明辉没理会她，继续说，“后来知道单子翔他们牺牲了，总得对得起孩子吧，接替我的人怎么也得是个有文化的人，就选中了田小田。当然，我们还有其他的考虑。因为，尽管单子翔夫妇牺牲的消息来源可靠，但活要见人死要见尸。我们要做两手准备。只要单芹好好的，总会有结果的。”

肖驰星说：“所以你就让田小田去舞蹈俱乐部当了教练？”

“这是我们设计的初衷。”罗明辉说，“但我忘了小女孩儿会长大成人，也忘了长大成人的单芹的情感需要。”

肖驰星说：“你这是在回答第三个问题了……”

“我不喜欢你说话的语气！”罗明辉猛地一拍桌子。

“我的语气有问题吗？”肖驰星脱口而出。

“我真不明白领导为什么把你派来，没有实战经验，甚至没有礼貌！你以为用你所谓的心理分析就能弄明白一个每天都可能面对死亡的卧底警察的心理变化吗?”

罗明辉的话，让肖驰星深深地吸了一口气，她让这口气在胸腔里停留了片刻。这一刻，她明白罗明辉这个老警察真的不高兴了。为什么不高兴呢？肖驰星不得要领。不过，开门见山单刀直入是与这些一线警察最好的沟通方式。于是，肖驰星长出一口气，缓缓地说：“罗队，真对不起，我想了半天，也不知道怎么让您觉得我没有礼貌了。我年轻，也是直脾气，您指出来我改正行不行?”

罗明辉叹气：“肖医生，抱歉，我刚才失态了。”他站起来走到窗前，看着窗外小路上昏黄的路灯，“肖医生，你看那些路灯。灯光不是很亮，但如果没有它们，这里会是漆黑一片。”罗明辉转过身，“简单说，田小田就是这灯光，不那么亮，却让我们觉得夜不那么漆黑!”

之后，罗明辉和肖驰星都没有再说话。默默地喝完杯里的咖啡，罗明辉就走了，肖驰星没有站起来送，她的思绪被罗明辉刚才的话牵得很远。罗明辉说过：“我忘了小女孩儿会长大成人……”

肖驰星突然站了起来，自言自语：“小女孩儿会长大的，那田小田，一个正常的男人也应该有自己的感情生活呀。”想到这里她双手拍拍头，“肖驰星呀肖驰星，你忽略了一个最重要的切入角度……”

第五章

一连两天，谁也没有再向田小田提起去见徐展堂的事情。罗明辉去了北京，肖驰星除了在招待所看书外，每天中午都要去田小田的病房看一眼，每次去都带一束鲜花。不是在花店买的，是她在路边采的无名野花，扎成很小的一束，向护士要了一个小药瓶插在里面。进了病房，把花放在病床边的床头柜上，看一眼还在睡着的田小田，就离开了，颇有些例行公事的味道。她知道田小田没有睡觉，根据那份资料，她知道田小田从来没有睡午觉的习惯。但田小田安静的睡态、平稳均匀的呼吸，总让她怀疑那份资料的准确性。有一次她都走出医院了，这个念头促使她又返回田小田的病房。通过门上的玻璃窗可以看见躺在床上的田小田，他依旧睡着。天呀，那份资料真的不准确。当她准备否定那份资料时，她扫了一眼床头柜上的花，这一瞬间，她发现花瓶摆放的位置有变化。她一惊，连忙去问护士，她走之后有谁进过田小田的病房，包括医护人员。回答是谁也没有进去过。肖驰星浅浅一笑……

这样过了五天。第六天，罗明辉回来了。一进屋，他就把一个提包放在肖驰星的面前，说："肖医生，这是你男朋友带给你的。包是 LV 的，精致高雅。"罗明辉看着满脸困惑的肖驰星笑道，"你们这些搞心理学研究的真会装。我还信以为真了，以为你真的没有男朋友。不错不错，人很帅！"

肖驰星半天才反应过来。"罗队，不要搞糨糊。男朋友？我哪里有什么男朋友？"

罗明辉回北京时，肖驰星让他给母亲捎了些云南特产。在肖驰星母亲家里，罗明辉遇见了一个高高大大的叫高文的男子，还看了高文和肖驰星的合影，背景是北海的白塔，高文搂着肖驰星，两个人甜甜蜜蜜的样子。高文还给肖驰星带了礼物，装在那个 LV 包里。

接着，罗明辉讲了这几天在北京的情况。有关方面得到的信息是：林阿龙这次行动得到了其他贩毒集团的支持。他们从前被徐展堂压得喘不过气来。徐展堂掌握了内地所有的贩毒渠道，而他们只有和徐展堂合作才得以贩卖手中的货物，但徐展堂把价钱压得很低。这是他们不满的主要原因。现在徐展堂和林阿龙都不见了，群龙无首，这些贩毒集团就会各行其是，长此以往，对警方的工作会非常不利。"对了，田小田怎么样？"罗明辉说，"能不能给我一杯咖啡？"

肖驰星冲了杯咖啡。"这几天，我一直抻着他。"

"不能总这样。时间不等人，应当尽快说服他继续回去工作！"

肖驰星愣了，说："罗队，你不是反对他回去吗？"

“此一时彼一时。开始我们以为抓住徐展堂边境上就可以安静一段时间。可现在有点儿乱了，四面出击，有点儿应接不暇了。”

肖驰星说：“禁毒不是一天两天的事，决不能为了应付，把一个有心理问题的人再派回去，将来可能会出大问题。”

“我同意你的观点。”罗明辉说，“上级派你来就是要解决田小田的心理问题。你知道吗，徐展堂还没有把全部贩毒网络交给田小田。据徐展堂交代，如果不是这次交易出了问题，他本打算把自己的生意全部交给田小田的。”

“徐展堂还没有交代吗?”

“他说一切都要见了田小田之后再说。肖医生，田小田是关键。”

这时肖驰星的手机响了。她接完电话对罗明辉说：“我得去趟医院。”

罗明辉问：“是医院来的电话?”

肖驰星莞尔一笑：“不是。”

肖驰星开着本田车缓缓行驶在通往医院的公路上。路两旁都是高大的阔叶树，正值夏季，层层叠叠的树叶把阳光分割得支离破碎，斑驳的光影打在肖驰星的脸上，让她感到无比惬意。她把车停在路边，头仰靠在座椅上，闭上了眼睛……

刚才的电话是高文打来的，他在电话里说：“我回来了。”说完他就挂了电话。

肖驰星想起了很久以前的那个下午，也是这样的光影斑驳。高文深深地吸了一口气：“我要走了。”

她还以为他开玩笑，后来终于明白这是真的。肖驰星没有流泪。她只是自责，她一个学心理学的人居然在这之前一点儿迹象都没有发现。这一年，她报考了研究生。

八年之后，高文回来了，去了她家，还见到了罗明辉，托他给自己带了礼物，还给她打了电话……

肖驰星流泪了。泪水流到嘴里，是咸的。她好像看见高文向她走来。高文走路的姿态很好看，很像一个人。高文咧着嘴笑着说："怎么样，都心理学博士了，还是没有猜出我要回来？"

肖驰星真的没有想到高文会回来。八年里，高文就像蒸发了。肖驰星也打听过，但所有人都不知道他的下落。现在他回来了，真的回来了，他还是从前那个高文吗？

肖驰星心里激灵了一下，她不知道为什么又想到了田小田。田小田还是从前的田小田吗？她突然意识到，高文走路像田小田……

一对青年男女骑着电动车从本田车旁经过。坐在后面的女孩儿瞥了一眼本田车，使劲儿拍拍男孩儿的肩膀。电动车停住了，女孩儿说车里的人好像死了。男孩儿捏住女孩儿的鼻子，说你是惊悚电影看多了吧？不过说归说，他还是走到本田车前，透过车窗观察坐在里面的肖驰星。好一会儿，男孩儿才回到女孩儿身边，表情严肃。女孩儿推了他一下说，是死人吧！男孩儿笑了，拉着女孩儿来到本田车前，指着肖驰星颤动的鼻翼说，人家睡觉呢，不过这样在车里睡觉容易缺氧，得叫醒她。男孩儿说着拍了拍车窗……

肖驰星走到田小田病房门前的时候头还有点儿疼。若不是那男孩儿叫醒她，说不定会出什么事呢。她跑到医院的卫生间里洗了把脸，再次来到田小田的病房前，透过门上的玻璃窗往里看。有人轻轻拍了一下她的后背。她想也没想，快速转身的同时抓住那只手，试图来个翻腕擒拿。她成功了一半，抓住了那只手。不过，却被对方翻腕擒拿了。她"哎哟"了一声，同时看清了那只手的主人是田小田。

田小田松开肖驰星的手："肖医生，警惕性蛮高的。不过，你的动作不规范，爆发力也不强。"

肖驰星揉着手腕，"有话不会说，动手动脚的，你是十冬腊月生的？"

田小田居然有点儿不好意思，他打开屋门，"肖医生，真对不起，我这是下意识的反应，我相信你也是这样。请进。"

这样的态度让肖驰星也不好再说什么。她进了屋，眉头就皱了起来。“你呀，整天闷在屋里，也不闻闻都是什么味儿，这么大的人也不知道开窗户换换空气。”

肖驰星打开窗户，深深地吸了一口气，又重重地呼出来，好像只有这样做才能排解路上的那些郁闷。身后传来田小田的声音：“肖医生，没出什么事吧？”

肖驰星转过身盯着田小田。他显然洗过澡，她能嗅出舒肤佳沐浴露的气味。他还刮了脸，发青的脸上有一道划痕。他说什么？“肖医生，没出什么事吧？”我出了什么事？难道他知道我出了什么事吗？除了工作，目前最重要的事就是高文的出现。他在揣测我吗？肖驰星浅浅一笑：“我最重要的事情就是你。”

田小田收起笑容，一本正经地说：“肖医生，如果是我让你和罗队在这些日子里很纠结的话，真是对不起。”田小田在这么短的时间内说了两次“对不起”，肖驰星除了意外，还有些不安。

田小田好像看出肖驰星的内心变化，他脸上又有了笑容，“不是去见徐展堂吗？我去！”说着，他端起桌上的杯子把里面的水一口气喝完，抹抹嘴角，“时间你们定，我随叫随到。”

“真的？”肖驰星脱口而出。刚才和罗明辉还在为这件事一脑门子官司，现在就这么轻而易举地解决了，是不是太容易了？这想法刚一出现，就被她自己否定了。根据事物辩证规律，越是繁杂的事解决的方式越简单。看见田小田肯定地点头，肖驰星喜上眉梢：“我这就去找罗队安排。”

就在她走出病房时，田小田在她身后说：“麻烦你跟罗队说，我想转行了。”

“你说什么？”肖驰星回身凝视着田小田。

田小田说：“真对不起，老不说话，连话都说不清楚了。我再说一遍，麻烦你跟罗队说，我想转行了。”

肖驰星心底有股火在燃烧，烧得她口干舌燥。她极力克制：“田小田，你既然不想干警察了，那你也就不用去见徐展堂了。”

田小田当然明白肖驰星话中的意思，他淡淡地回答：“我从来没有说我不干警察了，只是说转行。而且，见徐展堂应当是我分内的事，在转行之前，我要做好善后工作。”

肖驰星哼了一声。

田小田继续说：“肖医生，还有几句话不知当说不当说，是针对你的。你如果不想听，我就不说了。”

肖驰星一会儿工夫就体验了冰火两重天，她又哼了一声：“你没说，我怎么知道想不想听呢?”

田小田说：“两点。第一，你不要以为你学过心理学就觉得天下人的心理变化你都通吃。第二，从某种意义上说，你不懂警察。因为你不懂，所以我不相信你。我之所以容忍你，是因为你是我师傅带来的。我是客气！好啦，我说完了。”田小田说着打开衣柜收拾东西，不再理会站在旁边神情沮丧的肖驰星。

直到田小田拎着双肩背包离开病房，肖驰星才发现自己是多么愚蠢。还以为自己可以说服田小田，这时才发现从一开始田小田就是一个态度：客气。她想起罗明辉了。难道罗明辉把她推到前台，就是为了等这一刻出现吗?

肖驰星开着本田车追上田小田，“你能再听我说几句吗?”

田小田连看都没有看她，下了公路跑上了田间小路。车开不过去，肖驰星只好停住车，看着渐渐消失在暮霭中的田小田的背影，心头弥漫的全是挫败感。

第六章

田小田跑着，全身被汗水浸透。穿越那片红杉林就嗅到水的味道了，他知道前面就是东湖泉，过了东湖泉就是他住的宾馆。他脱下衣服，从背包里取出一个塑料袋，把衣服和背包都装了进去，穿着裤衩下了水。水很温暖……

徐展堂坐在游泳池旁看林阿龙游泳。林阿龙游的是蝶泳，动作标准，很像翩翩起舞的蝴蝶。徐展堂送单芹去曼谷上学，让爱尼陪读。爱尼是管家，姿色平平，唯一的优点是对徐展堂绝对服从。爱尼这次陪读不但要侍候好单芹，还要向单芹传达一个信息：徐展堂要娶她为妻。单芹在车上郁郁寡欢，徐展堂当然知道她心里想什么。他什么话也没有和单芹讲，一直到了曼谷的学校，单芹要下车，他才拍拍单芹的手说："好好读书。"单芹点点头。她明白从前无忧无虑的日子不复存在了。

那天，徐展堂在街上遇到她，就把她带到了慧明院，来到单子翔和齐莲漪的灵位前。"和他们告别吧。我是他们的朋友，有责任关心和安排你的生活。单芹，给你的父母超度吧。"

徐展堂说完就走了，把不知所措的单芹一个人扔在经堂。重显法师轻按单芹的肩膀，让单芹跪在佛陀的金身塑像前。

此时，众多僧人着黄色僧袍手持佛器出现在经堂。重显法师双手合十，周围佛乐声起，诵经声起。单芹仰头看着慈眉善目的佛陀，佛陀目光宁静，好像在说："是法平等。"其实这句话是重显法师说的。他看着惊恐的单芹说："是法平等。"单芹当然听不懂，她只知道她的父母不复存在了，她原以为来这里是和父母团聚，现在一切都变了。单芹流泪了，低下头瑟缩着，像一只遇到风雨却无处躲藏的天鹅。她俯身礼拜。

重显法师拉起了她，带她走出经堂，一边走一边说，上天最终给予每一个人的都是一样的，那就是死亡，死亡达成了平等。人世间所有的一切，因为死亡而成为永远的空无、寂静……重显法师的话单芹一句也没有听进去。见到徐展堂，她说："让阿龙陪我去曼谷。"

"不行。"徐展堂的语气不容置疑。

单芹不再说话，她隐隐体会到什么是孤立无援了……

林阿龙从泳池一跃上岸，健美的身体上挂满了水珠。他用毛巾擦着湿漉漉的头发，走到徐展堂面前："展叔，这个泳池真棒。"

徐展堂微笑着递给林阿龙一瓶可乐。林阿龙打开瓶盖，仰头大口地喝了起来。看到这一幕，徐展堂不由闭上了眼睛。他想起了被人杀掉的儿子，如果活着，该和林阿龙一般大吧。他第一次见到林阿龙就觉得他像死去的儿子，什么都像，连喝可乐的样子都像。恐怕就是因此，当单芹提出要带林阿龙来清迈时，他毫不犹豫地答应了。不过，他马上就后悔了。因为他知道一个陌生人的来临总会引起麻烦。但说到做到，这是他行事之本。他派人调查了林阿龙。调查结果，林阿龙经历简单，没有不良嗜好，却很爱挣钱。这结果令徐展堂满意。可是当发现单芹喜欢林阿龙时，徐展堂又变得忧心忡忡。

徐展堂让林阿龙在对面坐下，指着桌上的香烟说："抽一支吧。"

林阿龙说："谢谢，我不抽烟。"

徐展堂的儿子死的时候十五岁，这孩子也不抽烟。徐展堂说："这烟叫'道烟'，是云南最贵的烟。"他话锋一转，"你好像喜欢单芹?"

林阿龙笑了，露出一口洁白齐整的牙齿："喜欢。喜欢她舞跳得好。"

徐展堂也笑了，脸上的皱纹像波浪一样翻动。他从烟盒里取出一支烟叼在嘴上，林阿龙起身给他点上烟。徐展堂深深地吸了一口，"阿龙，你都二十八了，怎么连个女朋友都没有?"

"也谈过，可人家一看我家里的情况就知难而退了。"

徐展堂问："舞蹈教练收入高吗?"

林阿龙说："一般。不过我喜欢跳舞。"

徐展堂皱了一下眉，"喜欢跳舞是件好事，但一个男人一辈子跳舞就不是一件好事了。跳舞可以是一种爱好，就像我喜欢下围棋一样，可如果一辈子下围棋就没意思了。"

林阿龙从烟盒里取出一支烟——"道烟"的烟盒不像其他烟盒是上翻盖，而是侧翻盖。"您的意思是不是说，跳舞像这'道烟'的烟盒一样，是旁门左道?"

"是这个意思。"

林阿龙把烟放在鼻翼下闻着："可这烟是最贵的烟呀!"

徐展堂把半截烟扔进烟灰缸里，他听出林阿龙话中的意思，也明白他与林阿龙的谈话不知不觉偏离了他的初衷。徐展堂又拿起一支烟，林阿龙又给他点着。徐展堂深深地吸了一口，吐出一团白色的烟雾。“在夜总会里就没有遇到一个可心的女孩儿?”

林阿龙摇了摇头。其实他心里很紧张，徐展堂这句剑走偏锋的话，直捣他的要害。在贩毒集团里你可以不吸毒，但你不可以不谈女人不赌博。林阿龙深深地吸了一口气，用的是瑜伽腹式呼吸法，他感到腹部胀满，他能想象腹部浑圆如同生气的青蛙，他又用鼻腔徐徐出气，鼻翼下面的香烟被吹得微微颤动。若不是他抓得紧，那烟恐怕就要被吹走了。他笑了，笑得很灿烂。

林阿龙灿烂的笑，让徐展堂感到困惑。“你不喜欢女人?”

林阿龙说：“我怎么不喜欢女人呢？我是一个正常的男人。关键是喜欢什么样的女人。我妈告诉我一定要娶一个黄花闺女。”说到这里，林阿龙叹了一口气，“展叔，您也知道，这年头儿找一个黄花闺女比找一只三条腿的蛤蟆还难。”

徐展堂听罢哈哈大笑：“说得好！形象!”接着话锋一转，“可是，阿龙，长这么大，你就没有过女人？你不会为了找一个黄花闺女，连女人的味道都没尝过吧?”徐展堂眯起眼睛注视着林阿龙。

大锁告诉徐展堂，林阿龙因为帮人打架进了监狱，在监狱里认识了一个因强奸女学生入狱的舞蹈学校老师，因此学会了跳舞。后来在监狱系统的文艺汇演中表演舞蹈《呼吸》，拿了第一名，减刑提前出狱。在当年抓他入狱的警察的帮助下，林阿龙进了一家舞蹈俱乐部。俱乐部里女人多，每天和女人耳鬓厮磨，会不会……

徐展堂的思绪被林阿龙的话打断了。林阿龙说：“展叔，我第一次打架就是因为一个女孩儿。她说只要你能打败那个人，我就让你亲一下。我就去打了。你知道我从小习武，出手太重了。那人的下巴被打碎了。我为了这个下巴，蹲了一年监狱。我有点儿害怕女人。”

徐展堂笑道：“这叫一朝被蛇咬，十年怕井绳。”徐展堂走到林阿龙身后，双手按住林阿龙的双肩，“让展叔帮你渡过这个难关。”

林阿龙想站起来，他感觉到了徐展堂双手的力量。他运了运气慢慢起身，转身面对徐展堂。徐展堂搓着双手，“阿龙，好功夫!”

林阿龙双手抱拳，“因为练的是童子功，无欲则刚。不过，展叔的力道，阿龙领教了。”

徐展堂明白，习练此功者，可以结婚生子，功力不减。但如果纵欲过度，则功力渐弱。在此次谈话之前，徐展堂准备让林阿龙当一回新郎，现在这个念头打消了，但他依旧不放心。他还是要看看林阿龙是个真童子还是个假童子。因为，他不想在和单芹同床时看不见灿若桃花的那片红。

后来，他把这些告诉林阿龙的时候，林阿龙心里一阵刺痛……

夜色中，田小田像一条飞鱼，伴随着白色的水花向湖的深处游去，好像只有这样他才能忘记林阿龙……

与此同时，罗明辉走到肖驰星面前。月光如雪。肖驰星看着站在面前的罗明辉。“你一直跟着我？”

罗明辉点点头。

肖驰星说：“田小田说他要转行。不过在转行之前，他可以去见徐展堂，说那是他的工作……”

罗明辉打断她的话：“谁说要转行？”

“当然是田小田！”

“不是田小田，是林阿龙，是林阿龙要转行。”

“有区别吗？”肖驰星问。

“当然有。不过，这种区别，女人是看不出来的。”

肖驰星眼睛一瞪，“你什么意思？”

“什么意思你自己琢磨，你要是琢磨不出个一二三，那你就白学什么心理学了。”

第七章

睡眼惺忪的田小田打开房门看见身着警服、目光深沉的肖驰星时，不由大吃一惊。虽说师傅之前来电话提醒过他肖驰星可能会来，但田小田还是很意外。他觉得给肖驰星的打击已经够大，换了任何人都不会再来找他了。

看见田小田穿着一套运动衣，肖驰星说：“你穿衣服的速度不慢呀！”

田小田回答：“我是穿着衣服睡觉的。”

肖驰星撇了撇嘴：“好像你对我来是有准备的？”

田小田问：“为什么这样说？”

“我第一次见你时，你在洗澡，听见有人进你的房间，你是从浴缸里直接出来的。”

“有区别吗？”田小田问。

“当然有。一次是裸体，一次是穿着衣服。”

田小田笑了：“这就是你的心理分析？”

肖驰星说：“裸体那次说明你紧张，你是林阿龙。这次穿着衣服睡觉，是因为有人告诉你我要来，你有点儿不信，又怕我真来，就穿着衣服。你现在是田小田。是不是？”

田小田没有回答。他用电水壶烧开了水，沏了两杯茉莉花茶。他把一杯递给肖驰星，“这还是你送给我的呢。”

闻到花茶的味道，肖驰星还真有点儿渴了。她轻轻喝了一口，茉莉花香沁人心脾，让她满口含香，脑清目明。抬头见坐在对面的田小田端着茶杯一口没喝，便问：“你怎么不喝？”

田小田说：“我更喜欢闻这味儿，我第一次喝茉莉花茶就喝醉了。”看见肖驰星疑惑的眼神，他说，“真的，我不骗你。”

肖驰星问：“你骗过人吗？”

田小田回答：“没有。”

“那林阿龙骗过人吗？”

田小田把茶杯放在桌子上，随后走近肖驰星，逼视着她：“你想让我是谁？”

肖驰星一时语塞，良久才低声说：“你想是谁？”她的声音低得只有她自己才能听见。田小田还是听见了，他莞尔一笑。肖驰星觉得这笑有些悲凉。她说：“也许我不该问。”

田小田退后几步，打开衣柜，衣柜门里是一面镜子。他对着镜子端详着自己，看见了田小田，也看见了林阿龙，他们交替出现。他不由得深深地吸了一口气，这口气在体内循环，他感到气息的清凉。猛然，他一拳打在镜子上，镜子里的田小田和林阿龙变成了碎片，随着破碎的声音落在地上。血从他的右手上滴落，落在那无数碎片上。田小田跪在地上，头深深地埋了下去……

肖驰星呆若木鸡。等她反应过来要冲过去时，有人拦住了她。是罗明辉。罗明辉抓住肖驰星的手。

田小田没有发现罗明辉的到来，他仰起头冲着暗淡的天花板大喊："我是谁?"

他喊着，双手捶打着自己的胸膛。若不是肖驰星亲眼所见，她怎么也不会相信，在和平时期，一位年轻的刑事警察竟会经历如此磨难！这磨难远比流血牺牲更令人难以承受！

罗明辉轻声对肖驰星说："我们走吧，不要打扰他，好吗?"

林阿龙从城里回到徐展堂家时已经是半夜三点了。汽车进入车库，车库的大门就关上了，同时车库的灯也亮如白昼。林阿龙刚从车里出来，头就被罩住了，四五个人冲上来把他绑了，一块臭得出奇的布塞进他嘴里。接着他被人抬起来，走了一段路后，被扔在冰凉的地上。

发生了什么事情？出了什么问题？尽管这一切突如其来，他还是在瞬间把今天的事情过了一遍。上午练功，下午徐展堂让他去云岭接一个人。他在云岭的凉亭里，从下午四点一直等到徐展堂来电话让他回来。云岭离这里八十公里，山路崎岖，走了四个小时，一切都正常。林阿龙躺在地上深深地吸了一口气……

这时，有人扶他起来，并摘掉头罩。林阿龙一时有点儿不适应屋里的灯光，他闭了一会儿眼睛，当再次睁开眼的时候，他看见了一幅令他惊诧的情景。虽然他在这一年里熟悉了徐展堂的这所房子，进过很多房间，但眼下置身的这个房间他绝对没有进来过。房间是高调设计，除了地板是米黄色之外，四面墙和屋顶都是雪白色。房间中央放着一台同样是白色的仪器。一个身穿医用白大褂的娇美女人站在仪器旁，微笑着看着林阿龙。

这是什么仪器？测谎仪？不容林阿龙细想，他已经被推到仪器旁，有人给他松绑，还有人递给他一瓶饮料让他喝。林阿龙接过饮料，伸手取下堵在嘴里的东西扔在地上，这才看清那是一只袜子。他冲地板吐了一口唾沫，袜子的臭味依然在口腔里回旋。

一面墙打开了，那是一道门。徐展堂叼着烟走了进来，身后跟着的几个人中有一个林阿龙认识，是单芹。单芹穿着傣族的筒裙，光脚穿着木屐，十个脚趾甲染成粉红。她的头发梳成高髻，上面插着一把粉红的木梳。她戴着墨镜，林阿龙看不见她的眼睛。徐展堂笑呵呵地弯腰捡起那只散发着臭味的袜子：“阿龙，味道不错吧？”

林阿龙全身绷紧，太阳穴一跳一跳地疼。不过，他坚信，在这一年里，他没有露出任何蛛丝马迹。难道这又是一次考验？有人给徐展堂搬来一把椅子，徐展堂坐在上面举起袜子闻着。他在等林阿龙说话。

亚明走过来说：“阿龙，展叔问你话呢！”

林阿龙根据亚明说话的态度证实了自己的判断。他慢慢出了一口气，“展叔，袜子真的很臭！”

徐展堂笑了，其他人也笑了。单芹没有笑。

亚明说：“阿龙，你要知道，展叔的袜子塞到谁的嘴里，那是他的福分，说明展叔看上你了！”看到林阿龙茫然的表情，亚明拍拍林阿龙的肩膀，“还不去谢谢展叔！”

林阿龙说：“我没有钱买礼物，怎么谢呀？”

亚明笑道：“就知道你没有钱。谢展叔是不用钱的，我们都是跟着展叔来挣钱的。磕头会不会？磕头呀！给展叔磕头！”

磕头？林阿龙一下子热血沸腾。男儿膝下有黄金，我给他磕头？尽管这样想，林阿龙还是一步一步走向徐展堂。是田小田命令林阿龙向前走。你怎么不能去给他磕头？你是林阿龙。你是为了钱什么都可以干的林阿龙！林阿龙说：我不能为了破一个案子牺牲我的人格我的尊严。田小田说：你是林阿龙，你根本谈不上什么牺牲，不是吗？你若有血性，那单芹会走吗？记住你的身份！林阿龙！

林阿龙在徐展堂面前跪下了。林阿龙在给徐展堂磕头。林阿龙一共要给徐展堂磕九个头，这是亚明告诉他的。能给徐展堂磕九个头的人，林阿龙是第一个。俯仰之间，林阿龙看到了徐展堂开心的笑容，看到了其他人羡慕和嫉妒的神情，更看到了单芹……在磕第九个头时，林阿龙心里大喊：我是田小田！我不是林阿龙！头碰在地板上山响，血从蹭破的额头上渗了出来，滴落在米黄色的地板上……

林阿龙站了起来，接过亚明递过来的毛巾，擦着额头上的血。穿着白大褂的女人把那瓶刚才林阿龙没有喝的饮料端过来："阿龙，把这喝了。"

林阿龙没有接那瓶饮料："我不渴。"

女人说："这是必须喝的。"

林阿龙看着女人美丽的面庞："为什么？"

亚明走过来说："宁雅让你喝，你就喝，宁雅是为你好。"

林阿龙问："你叫宁雅？"女人点点头。林阿龙又问，"如果我不喝呢？"

宁雅温柔地说："不喝会很疼的。"

"为什么会疼？"

亚明和宁雅都不回答，他们都将目光投向徐展堂。徐展堂站起来走到林阿龙身边说："阿龙，的确是个两难的事，因为出了警察的卧底，我才出此下策，不过兄弟们都这样做了。"徐展堂的笑干巴巴的，他对亚明说："你们大家给阿龙展示一下。"

亚明神情古怪地瞧了一眼林阿龙，然后转身冲着大门喊道："都过来，给阿龙兄弟瞧瞧。"

十几个弟兄摇摇晃晃走进来，在亚明的指挥下站成一排。亚明喊："立正！向右看齐！向后转！"十几个人都背对着林阿龙。亚明又喊："脱裤子，撅屁股！"

十几个大男人齐刷刷脱了裤子，弯腰撅起黑的白的胖的瘦的形态不一的屁股，这让林阿龙除了恶心之外又有些困惑，他们要干什么？他不由得闭上了眼睛。

徐展堂笑道："阿龙，你睁开眼睛，仔细看。"

林阿龙睁开双眼，他这次看清楚了，在每个人的屁股上都文着五个字："我不是警察"。林阿龙刹那间心如刀绞。他恨不得找一个砂轮，把这些人屁股上的字一一磨去。他咬紧牙关，一言不发。田小田出现了：你怎么了，林阿龙，你怯了？林阿龙说：我能不怯吗？你知道吗，就算将来功德圆满，这字如何去掉！田小田说：你只是林阿龙，将来田小田的事你不用操心！

林阿龙轻轻吐出一口气："展叔，入乡随俗。"

徐展堂拍了一下林阿龙的肩膀，"好样的，阿龙。剩下的事交给宁雅，其余无关的人可以走了。"

人们陆续往外走，单芹跟着徐展堂在走出门时回了下头，林阿龙注意到她脸上的墨镜不见了，他看到了她忧伤的目光。林阿龙一下子屏住了呼吸，这口气在他体内停滞。单芹发生了什么事情？或者说她知道了什么事情？林阿龙从这忧伤的目光中读出了不祥之兆！

此时，已经不容他多想。宁雅走到他跟前，声音温软："阿龙哥，我们是不是可以开始了？"宁雅的声音让林阿龙暂时忘记了单芹，回到对他来说十分残酷的现实中。他轻轻呼出一口气。他的大脑里只盘旋着一个念头：我是林阿龙！

他随宁雅走到仪器旁。宁雅说："可能要很长时间，你要不要先去排尿？"林阿龙摇了摇头。宁雅说："那好，你把衣服脱了，我们就可以开始了。"林阿龙没动窝。宁雅说："你怎么不脱衣服？"

林阿龙这才反应过来。"更衣室在哪儿？"

宁雅说："哪有什么更衣室呀，这屋里只有我们两个人，你赶紧脱了衣服。你知道吗，我是按小时收费的。"

林阿龙好奇了，"你是展叔雇来的？"

宁雅轻轻一笑："展叔说你讲话特各色，果然不假。什么叫雇来的，我是展叔请来的。"说着，用手轻轻地点点林阿龙的手背，"我真的很忙，为了你还把仪器搬来了，看来展叔对你很器重……

好啦，不扯别的了，你赶紧脱衣服吧。”

宁雅说着打开仪器的电源，坐在操作台前调着颜料。她背对着林阿龙，一边调色一边说：“你喜欢什么颜色？黑的还是蓝的？展叔建议我给你用红色的……你脱完了吗？”宁雅从盒子里取出一个类似丁字裤的物件瞧了瞧，然后向后伸出手，“脱完了把这个穿上。”

林阿龙接过来拎在手上看着，脸上的表情十分古怪。宁雅又问：“穿好了吗？”林阿龙下意识地嗯了一声。宁雅转身见林阿龙依旧没脱衣服，有点儿不高兴。“我一个女人都不在乎，你在乎什么？谁来这个世上不是光屁股来的？”

林阿龙一脸歉意：“我……真不知道这东西怎么穿。”

宁雅笑了：“展叔说你也是条汉子，敢情也有害怕的时候？”

林阿龙听出宁雅话中的京城味儿。“你是北京人？”

宁雅说：“那是很久远的事啦。好啦，你赶快脱，别不好意思。展叔这儿的人个个儿都脱得麻利快。我一会儿还有事！”

也许是和宁雅的谈话让林阿龙放松了，他三下五除二把衣服脱了，只剩下一条三角裤。他晃晃手里的那条丁字裤，“这个穿哪里？”

宁雅说：“把三角裤脱了把那个穿上，快点儿。愣什么呀！”

林阿龙说：“你转过身去。”

宁雅轻轻笑了：“我就看着你脱！你脱不脱？你不脱我帮你脱！”宁雅说着走了过来，伸手抓住林阿龙三角裤的松紧带。不过林阿龙也抓住了宁雅的手。

宁雅叫了一声：“你弄疼我了！”说着用另一只手使劲儿去掰林阿龙的手，染成豆蔻色的长指甲嵌入林阿龙的手背，很疼。

林阿龙深呼吸，咬紧牙关。瞬间，他真想一拳过去，把宁雅打个满脸花。也就在这一瞬间，田小田的声音响起：林阿龙，记住，你是林阿龙！你知道吗，这里的一切都通过监视仪展现在徐展堂眼前！林阿龙长出一口气，扳开宁雅的手，轻柔地说：“我自己脱。”

林阿龙轻柔的声音让宁雅诧异，她不明白刚才还誓死不脱的林阿龙，怎么转眼就变了一个人。恍惚之间，林阿龙已经换上了丁字裤，他拍了一下宁雅的肩膀：“我们是不是开始呀？”

宁雅如梦初醒。“你趴在床上。”

林阿龙趴在床上，他还是有点儿紧张，他的肌肉因为紧张而显得饱满。宁雅定了定神，走到床边，目光里呈现着惊奇。她见过无数男人的身体，像林阿龙这样完美的还真是为数不多。肌肉富于弹性，绝不是死练的结果。宁雅很想问林阿龙是用什么方法锻炼的，可看到林阿龙闭着眼睛趴在床上一副拒人千里的样子，也就放弃了问话。她用镊子夹着浸透碘酒的纱布给林阿龙要文身的地方消毒。碘酒有点儿凉，林阿龙的背部肌肉不时地激灵一下。

宁雅说：“现在我们准备开始了，要不要打麻药？”林阿龙摇摇头。宁雅把那瓶饮料放在床前，“要不给你吃点儿氧丙嗪？”

林阿龙知道氧丙嗪是一种直接作用于神经系统的镇静药物，吃多了容易上瘾。他抓过饮料瓶问：“这是什么？”

宁雅回答：“这是一种安全的镇静剂，我把它掺在饮料里，喝了之后你会睡一觉，醒来咱们就大功告成了。”

林阿龙摇头，伸手抓住宁雅的手，示意她把笔给他。林阿龙在宁雅的手心上写道：“你是最好的镇静剂。”

宁雅怔怔地看着手心里的字。她被林阿龙的举动吓坏了。她知道规矩，这样做，即使是玩笑也会引来灭顶之灾。宁雅攥起拳头，“那就开始了。”

她打开开关，文身机发出嗡嗡的声音。

宁雅问：“你要什么颜色？”

林阿龙记得宁雅说过展叔建议用红色，于是他合上双眼说：“红色。”

针头刺进林阿龙的皮肤，感觉没有多疼，林阿龙还是流泪了。不过不是眼睛流泪，是心在流泪，是田小田的心在流泪。

第八章

从田小田抓住徐展堂和宁五原那天算起，已经过去了八天。在这八天里，无论境内还是境外都发生了一些事情。第九天清晨，曾副局长突然出现在招待所时，罗明辉和肖驰星才意识到情况紧急。

在肖驰星的房间里，曾副局长给他们看了一段视频。尽管图像不清楚，但还是可以看明白。在徐展堂家里，单芹被一群手下包围着。他们举办了一个仪式，推举单芹为他们的首领。几个昔日徐展堂的合作者，都是些岁数比较大的人，在不断向单芹说着什么。起初单芹犹豫不决，最后她同意了，与几位老者握手，在场的人一起鼓掌。

视频结束了。曾副局长喝了一口茶说："你们两位有什么想法?"

罗明辉说："这就是一段录像，也许是为了混淆我们的视线。"

肖驰星说："我认为，如果单芹同意接替徐展堂，也就证明并不是像几天前的信息表明的那样，他们认为田小田是黑吃黑，希望田小田回来主持。在讯问徐展堂的笔录上，我注意到徐展堂曾说过，他打算把单芹培养成警察最大的对手。"

罗明辉说："这点非常重要。我们除了要证实这段视频的真实性外，也要摸清单芹在近两年里的变化，这方面我们基本是空白。如果说有人知道，那个人就是田小田。"

曾副局长问："田小田都说了什么?"

罗明辉面露愧色："他什么都没说。"

曾副局长语气沉重："明辉，这么长时间，你连一个田小田的工作都做不动?"说到这里，他好像是想起了什么，"你是不是压根儿就不想让田小田回去?"

罗明辉没有马上回答，他把手里的茶杯转来转去。曾副局长用手敲敲桌子，"明辉呀，都过去八天了，不能没有一点儿进展吧?"

罗明辉回答："真对不起，头儿，一点儿进展也没有。"

曾副局长的脸色不怎么好看。肖驰星赶紧替罗明辉解围。她说："其实，还是有点儿进展。"

"讲具体点儿!"曾副局长来了兴趣。

肖驰星说："具体讲，就是田小田现在分不清自己是林阿龙还是田小田。从心理学上说，这是角色倒置的表现。也就是说，田小田在努力扮演林阿龙时，又时刻不忘自己是个警察。他既要当人又要当鬼，但不论他扮演哪个角色，都有物质和情感的需要。这对他来说无疑是一种痛苦的考验。田小田用两年的时间去扮演一个与他以前的生活经验大相径庭的毒贩，而且扮演得很成功。想想看，让一个演员用两年时间去演同一角色，他一旦入戏，能很快出戏吗？更何况，与田小田搭戏的人不是临时的，有的人从田小田时期延续到林阿龙时期，这种转化对田小田来说无疑是很难适应的，他……”

肖驰星的话戛然而止，因为她看见了田小田。

田小田站在门口。他来了有一会儿了。起初他看见肖驰星的屋门虚掩着，正准备敲门时，听见了里面的谈话，于是轻轻把门推开，站在门口听肖驰星讲话。罗明辉和曾副局长都背对着门，没发现身后的田小田。

田小田把手指放在唇边，示意肖驰星继续讲下去。肖驰星注意到田小田穿着警服，那警服如同为他量身定做的，衬托出田小田的挺拔英武。曾副局长和罗明辉是何等人物，马上注意到肖驰星的神情变化。他们并没有回头，只是互相交换了一下眼神。曾副局长说：“田小田，你也坐下来听！肖驰星，你继续说。”

肖驰星深深地吸了一口气，“刚才我说了，进入一个陌生的环境并熟悉这个环境对田小田来说也许不是很困难，困难的是从田小田时期延续到林阿龙时期的人物，这需要田小田彻底完成角色的转换。”

“你在说单芹吗？”田小田摘下帽子说。

肖驰星点点头，“是在说单芹。”

田小田说：“其实你们刚才的谈话我都听到了。肖医生的分析很有道理，但有一点我要纠正，那就是从这个行动一开始，我就是林阿龙。你刚才讲的田小田时期是不存在的。原谅我的直率，请继续讲吧。”

肖驰星看了看罗明辉。罗明辉知道早晚会有这么一天，田小田自己能完成从林阿龙到田小田的回归，为此他等了八天。看到肖驰星的目光，他知道有点儿对不住这位心理医生，不过，他从一开始就反对曾副局长给他派来这样一个人物。

肖驰星是不会轻易认输的。“田小田，你是当事人，你能讲讲和单芹的关系吗？”

田小田的眼角跳了一下，问：“你是要调查吗？”

“你可以这么认为。”

田小田说：“我记得以前对你说过，如果你不是和我师傅一起来的，我是不会和你有任何接触的。”

“没错。不过，我记得我也对你说过，了解你的心理状态是我的工作。”

田小田和肖驰星的针锋相对让罗明辉为难，他向曾副局长使了个眼色，希望他能出面说两句话。不料曾副局长没有理会罗明辉的暗示，笑呵呵地站起来走到田小田和肖驰星中间，“有不同看法，用不着争，要和风细雨地讨论。”罗明辉还想说什么，曾副局长却拍着他的肩膀说：“明辉呀，我们出去散散步。”说着，拉着罗明辉出去了。

现在屋子里只剩下田小田和肖驰星了。他们还是保持着刚才的站姿，瞧那样子谁也没有打算先让步。也巧，两个人的手机同时响了，他们同时拿出手机，但目光依旧停留在对方的脸上。谁也没有接听电话，只是默默地把电话挂断了。这样相持了一会儿，两个人几乎同时开口。

田小田说：“这样有意思吗？”

肖驰星说：“有意思吗这样？”

两个人同时笑了。

肖驰星敛住笑：“你穿警服的样子很像林阿龙。”

田小田问：“还有呢？”

肖驰星想了想：“你不穿警服时更像田小田。”

“我什么都不穿的时候呢？”

肖驰星迟疑了一下，这个问题让她有点儿尴尬。

不过，田小田并不需要她的回答。他目光蒙眬，喃喃自语说：“像个婴儿。”田小田的声音很轻，“躺在妈妈的怀抱里，闭着眼睛，听妈妈哼着小曲。”田小田说着在沙发上坐下，头仰在靠背上，闭上双眼。

屋里安静极了。好一会儿，肖驰星听到轻微的鼾声。是田小田的鼾声，他的鼻翼一张一合。这一刻，肖驰星觉得他的确像个婴儿。不过肖驰星心里清楚，田小田此时处于一种焦虑状态。他想过放松的日子，可是放松的日子让他良心不安。他不安什么？想到这儿，肖驰星想起第一次用催眠方式与田小田交谈的情形。那次她失败了，可现在……

她拉过一把椅子坐下，又想起了什么，起身从抽屉里拿出iPad，顿时屋里响起了勃拉姆斯《摇篮曲》的温柔旋律。她注视着田小田安静的面庞，田小田的眼角居然有了细细的皱纹。她伸手去试着抚平那皱纹，嘴里喃喃道："你不喜欢我吗？"

田小田眉头微皱："你是谁？"

"我是单芹。"

肖驰星看到田小田的眼角淌出一滴泪水……

第一次来到林阿龙的房间，爱尼就能看出林阿龙是个有条理的人。爱尼喜欢阳光的林阿龙。看见屋里没有人，她就把一张金色的请柬放在桌子上。请柬是徐展堂和单芹共同署名的，邀请林阿龙出席他们的婚礼。爱尼转身要走的时候，林阿龙回来了。林阿龙有些意外，他知道爱尼没有事情是不会来这里的。爱尼告诉林阿龙，徐展堂和单芹请他当伴郎，请爱尼当伴娘，还让他们在婚礼上献舞。

这消息让林阿龙蒙了，他呆呆地站在那里。

林阿龙刚从云嘎山寨回来，去那里检查工厂运行的情况。云嘎山寨的工厂是具有相当产量的海洛因提炼厂。这才几天，单芹就要和徐展堂结婚？

爱尼对林阿龙的沉默有些不解："林阿龙，我是曼谷大学艺术系毕业的，舞蹈是我的专业。"

林阿龙反应过来，连忙笑着问："那我们跳什么舞？"

爱尼说："我也没有想好。你会不会跳傣族舞？"

“当然不会，我是学国标的。”

爱尼说：“国标我也学过，要不，我们就跳华尔兹或者狐步？”

林阿龙有点儿不耐烦了，他没有接爱尼的话茬儿，他知道如果那样的话，谈话会没完没了。他转了话题：“爱尼，展叔为什么要娶单芹呢？据我所知，展叔自从妻子去世后就发誓不再娶了呀！”

爱尼的脸色马上由晴转阴。“林阿龙，你来这里的日子也不短了，应该知道规矩，展叔的事情是不能随便议论的。对了，我们就跳狐步舞吧，那天伴郎和伴娘的衣服也适合跳这种舞，你看怎么样？”

林阿龙的心紧缩了一下，看着爱尼精致却缺乏美感的面孔，木讷地回答：“好。对了，他们准备哪天结婚？”

爱尼的神情又舒展了。“请柬放在桌上了，你自己看。”

林阿龙站在窗前，看着爱尼走出院子，消失在绯红色的晚霞中。从窗口向远处望去，蓝山在晚霞中半是金红，半是青黛。林阿龙想，气候的变化可以让一座山在不同的时期有不同的面貌，那么人呢？不是也可以变化吗？

自从田小田变成林阿龙后，他也感到了这种变化。变化不是骤然而来的，而是潜移默化的。最初，罗明辉发现大锁对单芹产生了感情的时候，就立即决定让林阿龙进入南横西街。罗明辉知道林阿龙的出现肯定会转移单芹的视线。林阿龙对于任何一个青春少女都有致命的杀伤力。罗明辉把这项任务交给田小田时，田小田提出要拍一张穿警服的毕业照。这个要求被拒绝了。田小田感到很委屈，因为所有同学都有这样的照片，如果他不拍，肯定是一辈子的遗憾。大学一毕业就被罗明辉选中，田小田立即中止了和一位女同学尚在青涩期的交往。按照罗明辉的安排，他到另一个城市的监狱里待了一年，出来后到北京的一家舞蹈俱乐部工作。再然后，一天下午，罗明辉在一家咖啡厅里给他讲了单芹的故事。田小田喝着咖啡问：“既然单芹是我们自己人的后代，为什么还让徐展堂把她领走呢？为什么要让她进入一个她非常陌生的环境之中呢？”

罗明辉说：“单子翔和齐莲漪是我们长期潜伏在境外的关系人，

他们在当地已经有了很好的人脉和经济基础，他们和徐展堂的合作是稳定的，这些年来为警方提供了大量有价值的情报。但他们不是警察，因此我们不能按照警察的标准要求他们。我们得到情报是要付费的，还有些附加条件，比如单芹在内地要受到良好的教育，等等。”

田小田问：“那为什么要让我变成林阿龙呢？”

“不是变成林阿龙，你就是林阿龙了。你要记住，田小田只是公安局花名册上的一个名字。”

“这个名字还会还给我吗？”

罗明辉没有回答，而是说：“这个任务有点儿冒险，你要有心理准备。”

田小田说：“既然知道是冒险，为什么还要我去？”

“严格地说，是单芹让你冒这个险。”

田小田说：“第一次和你去南横西街，我就发现大锁对单芹有点儿意思……”

罗明辉打断田小田的话：“发现了为什么不向我汇报？”

“那时你只是让我熟悉情况，并没有给我交代任务。不过，我知道大锁这样做是不会有任何结果的。”

“为什么这样说？”

“这还不清楚吗？对自己的监控对象产生感情是危险的，何况大锁知道单芹的父母是贩毒分子。”

罗明辉赞许地看着田小田。

田小田说：“师傅，你别这样看我。”

罗明辉说：“你的出现马上会转移单芹的视线。”

田小田说：“何止是视线，那天我让大锁给我文身时，我就看出他对我的敌意了。”

罗明辉的脸色沉了下来：“田小田，你要记住，你只是一个舞蹈教练。”

田小田笑着说：“看来我爸当初让我练童子功还真有先见之明。你放心，师傅，为了这一天，我都受了这么多罪了，决不会在这个问题上马失前蹄！”

罗明辉脸上依旧阴云密布，“我还是担心，小田，你这么年轻，正是肾上腺素分泌旺盛的年纪，有时候在这个问题上是不好控制的。你让我放心，你有什么办法让我放心？”

田小田一本正经地回答：“我练过回春功，能消除这方面的欲望。”

罗明辉将信将疑：“真的？”

“逗你玩儿呢。不过，师傅，最重要的是，我是一名刑事警察，无论在何种情况下，我都会用生命维护它的荣誉。”

罗明辉叹了口气。

田小田说：“你不信？”

罗明辉说：“我信！不过，凡事都要做最坏的打算，懂吗？”

那天罗明辉与田小田的谈话就进行到这里，原因是罗明辉接到电话要去参加一个会议。走出咖啡厅时，罗明辉露出笑脸：“小田，去给那么美丽的女孩儿当舞蹈教练，要是我还年轻，这么好的差事绝对轮不到你。”

田小田却没有笑。他站在咖啡厅门口，一直看着罗明辉上车，看着罗明辉的车融进街上的车流，才长长地出了一口气……

仰靠在沙发上的田小田发出一声长长的叹息。肖驰星推推田小田：“甭装了，你清醒的时候才会深呼吸！”

田小田睁开双眼：“真是细节决定成败呀。”

肖驰星笑了：“真不容易，这么多天才抓住这么一点儿细节。我真不明白，罗队不知道你爱说梦话吗？”

“他真不知道。”

肖驰星说：“能告诉我吗，你当初是怎么糊弄罗队的？”

田小田说：“在那次测试中我根本就没有睡觉，我就是闭着眼睛，醒着，一直到测试结束。”

“你骗人！罗队说你在睡眠测试的过程中还打呼噜呢。”

田小田说：“我那是装的。”

“你可以装一次，可你在徐展堂那里能一直装吗？你就不怕万一有一天你真的睡着了说梦话吗？”

田小田说：“你的担心也是正常的。其实，那次测试之后我自己也担心。偶然一次蒙混过关是可能的，那么以后呢？谁也不清楚这次任务需要多长时间。但是一次过关也就说明我能过第二次。我相信人的潜能是无限的，到了某种环境里，加上某种诱因，就能爆发出来。于是我买了一台录音机，在我睡觉的时候打开，睡觉之前我都会对自己说，我不会说梦话。一连二十天，我都没有做梦，更没有说梦话。这让我坚信我有这方面的潜能。”

肖驰星说：“你这种努力，就是心理暗示！”

田小田斜了肖驰星一眼，“甭管什么暗示，反正我做到了。不过，我对你说这些无非是想告诉你，不要跟我耍小聪明！”

肖驰星当然明白田小田指的是什么，她不由得耳根发热。田小田刚才又是在装睡，她的小动作没有瞒过田小田的眼睛。但她还是不甘心，“田小田，我保证，从现在起，我不跟你耍任何小聪明了，咱们都实话实说好不好？”

田小田说：“只要你说的是实话，我的回答绝对是实话。如果我听出不是实话，就不要怪我虚与委蛇。”

肖驰星伸出手：“击掌为誓。”

田小田也伸出手，两只手掌相击发出一声脆响。

第九章

肖驰星从书包里拿出一支录音笔，打开开关，绿色的指示灯闪烁着，表明录音开始。肖驰星说：“第一个问题，你喜欢单芹吗？”

田小田没有回答，两只眼睛死死地盯着闪烁着的指示灯。

肖驰星用手敲敲桌子，“田小田，你为什么不说话？”

田小田为难地说：“肖医生，我们能不能换个时间谈话？”

“你是不是害怕说实话？”

田小田点点头：“说实话需要勇气。”

肖驰星说：“我们可以不录音，只当是医生和病人之间私下的谈话，好不好？”

田小田说：“不好。首先，我不是病人，你也不是医生。其次，这不应该是某种私密的谈话，因为我们之间的谈话没有什么见不得天日的内容，只是在现阶段需要保密。”

“你这个人真是很麻烦。我不是答应不用录音笔了吗？你不会出尔反尔吧！要是那样，你就不算个男人！”

田小田不高兴了，“你不要把话题扯远了。这和是不是男人没关系，只是因为工作需要！”

“那好，为了这项工作你有哪些需要？一并说出来，只要我做得到，一定会满足你。”

田小田歉意地一笑：“我需要换个地方谈话。去湖里怎么样，你会游泳吗？”

肖驰星说：“如果你用百度搜一下，就会知道你面前的肖驰星曾经是北京市大学生运动会百米蝶泳的冠军。”看田小田一副不以为然的样子，肖驰星说：“你不相信？”

“我当然相信。不过冠军和冠军是有差别的。”

“你什么意思？”肖驰星说，“冠军就是冠军。”

“那不见得。关键是和什么人比赛得到的冠军，尤其是游泳比赛。冠军不是标准，标准是成绩！”

“你要是不想谈话就直说，不要故意较真儿。就算我的成绩连小孩儿都不如吧，这样你满意了吧？”

田小田点点头。

肖驰星说：“那我们可以去湖里谈话了吧？”

汽车沿着公路西行，不到十分钟就来到湖边。正值中午，阳光穿越薄云，把湖面染成一片银色。肖驰星跳下车，拿着泳衣向车后走去，一边走一边说：“田小田，你站在原地不许动，我换衣服。”

田小田却追了过来，一把夺过肖驰星的泳衣，上下摸了一遍后扔给她，“你去换吧。”

肖驰星气得脸通红，“你什么意思，你还真以为我是间谍呀！”

田小田说：“我这是幽默，你没有觉出来吗？”

肖驰星呸了一声，返身上车。“这事就此打住。”说罢开车离开湖边，开向公路。

田小田见状大步跑到车头，拦住车大声喊：“肖驰星，你有毛病呀！”

肖驰星从车里探出头：“你才有毛病！”

田小田一脸歉意，“算我小心眼儿。”

肖驰星说：“好，从现在开始你得听我的，上车！”

上车后，肖驰星把车开上公路。大约半个小时，天阴下来了，接着飘起了细雨。从车窗向外望去，四野笼罩在一片白色的雨雾当中。田小田忍不住问：“我们这是去哪儿？”

肖驰星目不斜视：“少问。到了就知道了。”

田小田索性把身子往后一仰，靠在椅背上打盹儿。

徐展堂和单芹的婚礼并不像爱尼说的那样盛大和奢华。林阿龙和爱尼坐车来到慧明院。爱尼推开车门下车，回头看见林阿龙还坐在车里，就问：“你怎么不下车？”

林阿龙有点儿疑惑：“我们不是来当伴郎和伴娘的吗？难道他们在这里结婚？”

爱尼把一脸疑云的林阿龙拉下了车。“你记住，在这里什么事情都可能发生，为什么不能在这里结婚呢？”

一个小和尚走过来，双手合十：“两位施主，请出示请柬。”

爱尼从手袋里拿出请柬递给小和尚。林阿龙仍旧神情迷惘地站在那里，好像根本没听见小和尚的话。爱尼伸手在林阿龙眼前晃了一下，“想什么呢？你的请柬呢？”

林阿龙如梦初醒，在衣袋里乱掏，半天才嗫嚅道：“也许是忘带了……”

爱尼真的不高兴了，脸拉得很长，瞪了林阿龙一眼，便过去和小和尚解释。可小和尚没有半点儿通融，林阿龙听见爱尼生气的声音：“你以为你是谁呀！穿上一身黄袍就是六根清净的真人呀！”

小和尚脸红得灯笼一般，“师父是这样交代的，没有请柬断断不能进去。”

林阿龙知道自己惹了麻烦，想上去解释，却看到重显法师走了出来。重显法师一团和气：“都是熟人，为何吵闹？”小和尚当然要告状，爱尼也不示弱。重显法师说：“都有理，都进去吧。”

林阿龙从重显法师身前走过，重显法师虽然笑着，眉头却飘着愁云。

林阿龙双手合十：“多谢大师。”

重显法师收敛笑容，沉声说道：“本应同船渡，无奈两岸隔。无缘即是有缘，奈何缘是分合。”

林阿龙心里咯噔一下，脸上却毫无表情。重显法师与他并无深交，却在此时说出这样几句话，分明是替徐展堂试探什么。这几句话让林阿龙十分伤感，他想起了大锁……不过林阿龙毕竟是林阿龙，他双目直视重显法师：“法师的教诲深不可测，阿龙改日登门请教。”

重显法师道：“善哉善哉，施主请。”

没有婚宴的装饰，没有用于吃饭的大桌，没有宾客，只有林阿龙和爱尼站在空冷寂寥的经堂内。

小和尚无声无息出现在门口。“徐施主、单施主到。”

林阿龙转身看见走过来的徐展堂和单芹。重显法师也来了。小和尚不见了。偌大的经堂里只有这五个人。徐展堂身穿黑色西装，与穿着黑色长裙的单芹站在一起，不像是举办婚礼，倒像是出席葬礼。徐展堂没有理会林阿龙和爱尼，单芹更是眼睑下垂。

是她吗？是那个给林阿龙端茶的单芹吗？是那个和林阿龙跳舞的单芹吗？是那个和林阿龙在咖啡屋相见的单芹吗？

不容林阿龙再想，重显法师击掌的声音在经堂里回响。遮住佛像的帷幔拉开了，林阿龙看见在佛龛前安放着两个金丝楠木相框，里面有两张照片，一男一女，是单芹的父母：单子翔和齐莲漪。

重显法师说："徐展堂、单芹今日喜结良缘，是前世因缘。是缘，形也就不重要。重要的是两心变一心，两身融一身，相持相扶，跋山涉水走完今生入来世……阿弥陀佛！"

徐展堂与单芹在单子翔和齐莲漪的遗像前跪下，俯身叩拜。

俯仰之间，林阿龙心如刀绞。如果他什么都不知道也就罢了，偏偏他知道单子翔和齐莲漪是如何惨死的。单芹却不知道，还要和这个害死她父母的凶手结百年之好。林阿龙又想到自己，本应幸福的人生却落到这般田地。为何？何为？他对自己说：眼看你心仪的女孩儿被一群人渣蛊惑，不但不能报血海深仇还要嫁给仇人，你是男人吗？林阿龙浑身热血沸腾，不由得握紧爱尼的手，力气之大，让爱尼疼得直咬牙，低声说："林阿龙，你干吗？"

林阿龙清醒过来。他听见了罗明辉的声音："你是林阿龙，你是舞蹈教练！"终于，他放松了，轻轻地放开了爱尼的手。他听到爱尼呢喃般的叹息，感觉到爱尼将他的手反握住。不知何时，经堂里响起了音乐，不是佛乐，而是《蓝色多瑙河》的旋律。怎么可以在经堂里放这种音乐呢？不容林阿龙多想，人已被爱尼抱住，脚也踩在节拍上。他看不清爱尼，他的眼中全是泪水。他被自己感动了。他闭上眼睛，在音乐的波浪里起伏。一个黑影闪过来，两只冰凉的手抓住他的手。他知道这是谁的手。他深深地吸了一口气……在疯狂的旋转中，他听见田小田叹了口气：好你个林阿龙！

田小田醒来时，肖驰星不在车上。他坐了起来，发现自己身上盖了一件女式警服，是肖驰星的警服。他把女式警服叠好放在后座上，推开门下车，他被眼前的景色吸引了。在他面前是一片真正的湖水。和这片湖水相比，宾馆的那片水面只能称之为水塘。云南的阳光妩媚多姿，湖水在阳光的映照下泛着金蓝色的波光。在微风的吹拂下，金蓝色的波纹缓缓扩展。湖面上很安静，湖边都是绿草地，散发着青草的香味。田小田没看见肖驰星，索性躺在草地上，望着蓝天白云，他觉得自己又要睡着了。

这些天，田小田只要得闲就想睡觉，尽管他也想控制自己，但总是失败。他宽慰自己，这是因为八百多天以来，他几乎没睡过一个囫囵觉的缘故。刚开始，和其他人睡一个房间，他总是等别人睡着了之后才睡。他把闹钟定在五点，压在枕头下，为的是在其他人醒来之前先醒来。想到这儿田小田笑了。他想起和肖驰星关于说梦话的谈话。那都是他随口编的，要是他真有那种功夫，罗明辉和曾副局长一定会给他更重要的任务……

田小田坐了起来。他坐起来的速度很快，因为他听到周围有动静。循着声音望去，在金蓝色的水面上，穿着杏黄色游泳衣的肖驰星格外醒目。如果这颜色再深一点儿，就是枯叶蝶的颜色了。

田小田心里哆嗦了一下，为什么会有这种心思呢？

肖驰星游的是仰泳，修长的四肢有节奏地在水面上起伏，溅起的水花在阳光的照射下晶莹剔透。田小田把下颚抵在双膝上，盯着水面上移动着的如同一块漂移水晶的肖驰星，他的心情坏透了。

明明是杏黄色，为什么就联想到枯叶蝶的深褐色呢？田小田想甩掉刚才出现的念头，但他又止不住地去想。他心里清楚，一旦他有了什么联想，这种联想往往会在现实生活中得到某种反映。这算什么？下意识？特异功能？都不是。田小田认为这是经验的一种反馈，是这八百多天备受煎熬的日子给他的回报。

肖驰星上岸了。她的身材凹凸有致。如果说在水里她是一块漂移的水晶，那么现在她就是一座水晶雕塑，光艳照人。的确，她是一个美丽的女人。但田小田总觉得她哪里不对劲儿，哪里呢？田小田一时也说不上来。不过，田小田认为她作为心理医生是不合格的。她那些手段还不及徐展堂的一半呢。在田小田看来，这样的女人应该去恋爱、嫁人、生孩子，为什么总有些女人执意去做与她们的天性相悖的事情呢？比如肖驰星，比如单芹……

是云遮住了太阳？不是。是肖驰星站在了他的面前。田小田仰头看见了湿淋淋的肖驰星。

她笑吟吟地说：“田小田，你怎么不换衣服？这水很舒服。”说着，她把湿淋淋的头发挽成一个发髻，又把嘴里叼着的发夹取下夹在发髻上。

她的动作流畅一气呵成，田小田一边感叹着大自然造物的精致，一边更加坚定了刚才的想法。

肖驰星感觉到了田小田不加掩饰的目光，她没有丝毫羞涩，落落大方地说："你不去换衣服，不会是又改主意了吧？"

田小田说："你猜对了，我改主意了。我想在岸上谈。"

肖驰星从车里取出浴巾披在肩上，坐在田小田对面。"那好，我们开始吧。"

田小田说："好。不过开始之前，我可以问你两个问题吗？"

肖驰星迟疑了一下，心想他又出什么幺蛾子？定了定神，她说："好，就两个问题。"

田小田说："第一个问题，你和男人做过爱吗？"

肖驰星听罢脸一阵热一阵凉，她想起了多年前和高文的那些夜晚。"你……你什么意思？"

田小田显然注意到了肖驰星的表情变化，这是他意料之中的变化。田小田平静地说："什么意思也没有，只是一个问题而已。你只需回答，有或者没有。"

肖驰星撩了一下遮住眼睛的额发，"有。"

田小田说："第二个问题，你被人欺骗过吗？"

这次肖驰星的回答很爽快："没有。"

田小田说："好了。我的问题都问完了，我们可以开始谈话了。"说完，田小田用淡定的目光注视着肖驰星。

这让肖驰星有点儿不自在。一时间她的大脑一片空白，竟不知道该与田小田谈什么。田小田也没有催她，顺手从旁边揪下一片草叶放在嘴里，双唇抿着，吹出了俄罗斯歌曲《小路》的旋律。

应当说田小田吹得很好听，肖驰星却越听越烦，她从田小田嘴里抽出草叶，揉成一团扔到地上。

田小田诧异地问："你怎么了？"

肖驰星双手掩面，没有回答。田小田的两个问题让她忐忑。我真的没有被人骗过吗？田小田的第二个问题她回答得很干脆，现在想来却有点儿含糊。如果她没有被欺骗过，那高文的事该怎么解释呢？肖驰星觉得自己被田小田的问题搅乱了。

田小田看见肖驰星的后背在动，知道她哭了。这个年代，哪个女人没有一段被骗或者骗人的回忆呢？

徐展堂在婚礼后的第二天早晨来到林阿龙的房间。林阿龙听见了他的脚步声。林阿龙在任何情况下都能分辨出徐展堂的脚步声。林阿龙深吸一口气，让鼾声均匀平稳。徐展堂凝视着林阿龙精致的脸，听着他安稳的鼾声，想起了昨夜的情景。

他走进卧室，单芹看见他时略有胆怯。单芹是勇敢的，虽然她不喜欢面前这个和自己父亲一样老的男人。但她明白，无论如何，自己的第一次是属于这个男人的。那一刻，她有点儿恨林阿龙。她给他暗示，给他机会，他却像个傻子一样懵懂不知，难道他真是为了钱才跟她来的吗？不过，此时说什么都晚了，自从在慧明院知道了父母死亡的真相之后，单芹对自己身体的归属就看得不那么重了。她把她的一切给了徐展堂，因为徐展堂会帮她报仇。

单芹把灯光调得亮了一些。她开始脱衣服了。徐展堂看见了单芹的身体，他惊异如此完美的女人，在他有生之年遇到的女人当中不能算是绝后至少也是空前，他身体里那根与性关联的神经开始蠢蠢欲动。但毕竟他不是见色忘事的人。他想起了单芹的父母，想起他们的所作所为，若不是他们，他的妻子他的儿子又何以死于非命？单芹向他走了过来。他浑身燥热，但他控制着自己。单芹抱住了他，迷人的体香让他心醉。尽管如此，他把单芹抱到床上的瞬间还在想：这时，林阿龙在干什么呢？

林阿龙翻了个身，嘴里说着梦话："妈，我挣钱……钱……"

徐展堂叹了口气。早晨，当他看见白色床单上那朵桃花一般的血迹时，他决定来看一眼林阿龙。

徐展堂弯下腰，把掉在地上的毛巾被捡起来搭在林阿龙的身上，然后轻轻走出了房间。听着渐远的脚步声，林阿龙睁开眼睛，缓缓地出了一口气。

吃早饭时，徐展堂宣布，在他和单芹去美国度蜜月期间，由林阿龙负责这里的一切。

肖驰星不哭了。她站起来："我想回去了。"

田小田问："不谈话了？"

肖驰星上了车，关上车门，从车窗里探出头："田小田，你走不走？"边说边发动了引擎。

田小田没有动。"我觉得这不是你的风格。"

肖驰星没有理会田小田，将车开到公路上。她看了看后视镜，希望田小田追过来，可田小田依然坐在那里。肖驰星心里喊：见鬼去吧！她猛踩油门，汽车绝尘而去。

田小田轻轻叹了口气，他就势躺在地上，顺手又揪了一片草叶含在嘴里。这次吹的曲子有些哀怨，田小田却想不起叫什么名字……

单芹出现的时候，林阿龙正在和手下盘货，一块块用油纸包得方方正正的货物在仓库里堆积如山。林阿龙听见手下的声音："嫂子，您来了。"他发现单芹站在门口。正值傍晚，逆光中的单芹，林阿龙看不清她的面庞，自然也看不清她的神情。

单芹说："阿龙，展堂说想收你为干儿子，让我问你一下，愿不愿意？"

单芹的声音平静干涩，单芹的话让林阿龙无所适从。手下都走了，单芹走进了仓库。林阿龙这下看清楚了。单芹比原先胖了些许，应该说是丰满了。单芹说："我有了，医生说是个女孩儿。"

林阿龙说："这次是女孩儿，下次还可以生呀！总会有男孩儿的。"

"展堂说，你太像他死去的儿子了。"

林阿龙心里冷笑着，他明白徐展堂这招的高明。林阿龙给他当了儿子，单芹自然就是林阿龙的母亲了。林阿龙说："这消息太突然，我当然高兴都来不及呀！"林阿龙说话的声音很大，因为他听见了徐展堂的脚步声。

“不过这样的话，我真有点儿不好意思了，给你当妈了！”单芹脸上露出调皮的神情。

林阿龙心里酸了一下。世事难料呀！他还想说些什么，徐展堂满面春风地走了进来。“阿龙，单芹把我的意思转达清楚了吗？”

林阿龙说：“清楚了。不过，我觉得好像是在云里雾里。”

徐展堂过来抱住林阿龙的肩膀，“以后就是一家人了。你看，”徐展堂指着仓库里的货物，“只要我们一家人团结和睦，这些东西可以让我们几辈子都衣食无忧呀！阿龙，过几天，我会举办仪式，那时我们就是真正的父子了。阿龙，有个要求你能答应吗？”

“您尽管吩咐。”

徐展堂忽然变得有点儿羞怯，结结巴巴地说：“你看，我和单芹都在，你能先……先叫我们一声吗？我……我特想你现在叫我一声‘爸’……”

徐展堂用热切的目光注视着林阿龙。

他要让我叫他“爸”？他用那么真诚的目光看着我，脸上洋溢着慈祥的微笑，这微笑和他的年龄很相称！我已经两年多没有见到我的爸爸了，我甚至都有点儿想不起爸爸的模样和声音了。两年来，我每天都听见徐展堂的声音，看见徐展堂的模样。有的时候，我问自己，他是个毒贩子吗？为什么两年来他没有一次毒品交易？他让我从最基础的事做起，现在我几乎就是这里的二把手了，如果不出意外，过些年，这里的一切，不就都是我的了吗？都是我林阿龙的！单芹我都可以割爱，那为什么不可以喊他一声“爸”？

林阿龙紧闭的嘴唇微微张开，却被一只手狠狠地捂住。林阿龙看见田小田站在他的面前，伸手捂住他的嘴。林阿龙用力掰开田小田的手，喘着气说：你要憋死我呀！田小田说：憋死你活该！林阿龙说：把我憋死，你也活不成了。田小田说：我就是死了也不能像你一样认贼作父！林阿龙说：那你让我怎么做，一枪把他打死？他现在很信任我，正准备让我接他的班，你知道吗？田小田说：我当然知道，但是你刚才在想什么？你难道忘记了你是田小田吗？林阿龙说：我也知道，田小田现在是林阿龙！田小田说：你说的不错。田小田现在是林阿龙，但田小田永远是田小田。田小田是鹰，林阿龙是鸡。鸡有时也会飞，但鸡永远飞不到鹰那么高。你林阿龙可以有鸡的想法，但只能想一次，想第二次，田小田就要抽你的耳光！林阿龙说：老话不是说，树挪死，人挪活。我看将来做个老大也挺不错的。干吗非当这个警察，被人呼来唤去还得改头换面，喜欢的人被人睡，万一出个纰漏，被谁杀了都不知道。值吗？田小田说：住嘴！你再这样说，我就撕烂你的嘴。知道什么是职业道德吗？让鹰告诉你这只目光短浅贪图小利的鸡，职业道德就是一旦从事这项职业就要遵守的承诺，明白吗？这是底线！林阿龙说：那我问你，这声“爸”，我到底叫还是不叫？田小田说：该叫就叫！林阿龙说：叫徐展堂还行，可是管单芹叫“妈”，我实在叫不出口。田小田说：叫不出口也得叫，而且要叫得情真意切！

“爸！”

徐展堂微微颤抖了一下，这一瞬间，他想起了死去的儿子。徐展堂答应着，拉住林阿龙的手，两只手都湿漉漉的。他们来到单芹面前，徐展堂说：“这是你……”

单芹不等他话音落地就说：“阿龙，你还是叫我单芹吧。”

林阿龙深深吸了一口气。“你是我爸的老婆，就是我妈。妈！”他望着单芹大声喊着。

徐展堂笑了，单芹笑了，林阿龙也笑了！只有田小田躲在林阿龙身体里，使劲儿地击打着林阿龙的肚子，一边打一边骂：谁让你叫那么大声……

身后传来汽车刹车的声音，田小田回头，看见肖驰星气哼哼下车冲他走来。他站起来，双手环抱在胸前，对肖驰星说：“你干什么去了？”

肖驰星说：“田小田，我没见过你这样油盐不进的东西！我受够你了！你是林阿龙还是田小田都随你！”

田小田笑着问：“你愿意我是谁呢？”

肖驰星愣了一下，摇摇头淡淡地说："你爱是谁是谁，这对我已经无所谓了。我不过是一个不合格的心理医生，连你也搞不定。你不要以为我回来是接你的，我是来向你告别的。我订了回北京的机票，我来就是要告诉你，我再也不想见你了！你这个大傻瓜！"

肖驰星走了。田小田觉得她不会再回来了。他环抱胸前的双手垂了下来，晚风吹过，他的双手在身体两侧晃来晃去，像木偶的胳膊。他不由自主地笑了，声音越来越大，逐渐变成哈哈大笑。然后，他拿出手机拨了一个号码。

肖驰星发现站在路边的罗明辉，把车开了过去。她放下车窗，看到罗明辉充满希望的目光时，不禁趴在方向盘上哭出声来。肖驰星的手机响了，她没有理会。罗明辉说："接电话！"

肖驰星从口袋里拿出手机。"谁？"

田小田的声音好像很近。"肖医生吗？我是林阿龙。"

肖驰星心里一颤。"你是谁？"

电话断了。

罗明辉拍了拍肖驰星的肩膀。"你怎么了？谁来的电话？"

良久，肖驰星轻轻说出了三个字："林阿龙。"

第十章

曾副局长听完罗明辉的汇报，兴奋得一拳捶在桌子上，桌面上的水杯都摇晃起来。"我就知道田小田会过这一关！罗明辉，你当初是不是还有点儿担心呀？我派肖驰星去，你还不同意，现在这个结果你没想到吧？"

罗明辉尴尬地笑了笑。

曾副局长从桌上拿起一份文件递给罗明辉："你好好看看。"

罗明辉看过文件，不由得深深地吸了一口气，喃喃道："这也太像好莱坞电影了。"

曾副局长拿起桌上的烟斗用火柴点燃，用力嘬了一口，然后徐徐吐出青色的烟雾。

罗明辉闻到了一股淡淡的香味，由衷地说：“这烟不错。”

曾副局长说：“烟是不错，但也是有害的。任何事物都有正反两面。正如一位哲人说的，犯罪是一种伤害，制止犯罪也是一种伤害，伤害的是制止犯罪的人。”接着话题一转，“肖驰星那个男朋友高文你是见过的。”

罗明辉说：“见过，可是……”

“没有‘可是’。为什么人家的工作做得这样细，甚至可以把肖驰星上大学时的男朋友挖出来，目的不就是为了找到田小田吗？你想想，你从北京返回云南，在首都机场过安检时碰见了一位战友，你们就聊了一会儿，是吧？”

罗明辉想了想，点点头。

曾副局长拉开抽屉，拿出一颗纽扣放在桌上。“这是定位器，在那只 LV 包里发现的。”

罗明辉的神色开始紧张了。

曾副局长说：“你也不必紧张。当时你的工作就是调整田小田的情绪，有些情况也就没有让你知道。现在告诉你，就是让你明白，田小田不是你一个人的，而是国家的。明天他去见徐展堂，让他以田小田的身份去！这些天我和徐展堂聊了几次，他答应与田小田一起回去。这样一来，我们就能彻底铲除那里的毒源。这是功德无量的事情呀！”

铁门打开了，田小田跟着看守所所长走进了死囚监舍。一缕阳光透过高高的铁窗栅栏照在徐展堂身上。田小田又想起了他用枪抵着徐展堂下巴的情景。

看到田小田，徐展堂先是吃惊，继而恢复了常态，甚至还笑了：“林阿龙，好样的，你骗了我！”没等田小田开口，徐展堂又说，“是不是我的时候到了？”抓获徐展堂时缴获的毒品有三十公斤，徐展堂足够被枪毙几个来回的。

田小田从包里掏出一瓶五粮液和两只搪瓷杯子，打开瓶盖，把两个杯子倒满，顿时监舍里弥漫着酒香。

“五粮液?”徐展堂伸手去拿杯子，但手被铐在拘束椅上，够不着。

田小田在他长满老人斑的手背上敲了一下。“瞧你急的，我端给你。”他把酒杯端到徐展堂的嘴边。徐展堂马上用上唇和下唇含住杯沿，贪婪地喝着杯里的酒。看着他凸起的喉结一动一动的，不知为什么，田小田有点儿心酸。算起来他和徐展堂朝夕相处有两年之久。在贩毒集团里，徐展堂是非常器重田小田的，他把田小田当作自己的儿子，天性聪慧的田小田让徐展堂感到后继有人。不料，在最后一次考验中，田小田还是让他失望了!

酒喝光了。徐展堂抬起头看着田小田。与其说是看不如说是凝视，眼中全是温情。“知道我为什么要见你吗?”

“想看看我穿警服是什么样子?”

“这是原因之一。”

“原因之二呢?”

徐展堂问：“你爱单芹吗?”

田小田反问：“你希望我爱单芹吗?”

徐展堂笑了：“你这样回答，我相信你是警察了。”

田小田也笑了：“如果我说爱单芹，我就不是警察了吗?”

徐展堂收起笑容。“我答应你的上级和你一起回清迈，帮助你打开局面，一直到铲除毒源，解散团伙。你的上级说，这要看你是否同意。”

田小田说：“你是林阿龙的父亲，你定就行。”

“可我把他的女人睡了，他恨我，一心要置我于死地。”

“你多虑了，林阿龙不会因为一个女人与父亲争风吃醋。”

徐展堂说：“你不怕我回去之后把你杀了吗?”

田小田说：“我真正担心的是单芹一旦知道真相会不会把你杀了。你知道吗?虽然只有十天，清迈那里单芹是一把手了。”

徐展堂说：“只有我知道货藏在哪里，面上的东西她卖完了就没有了。”

田小田又倒了一杯酒送到徐展堂的嘴边。“成交!”

徐展堂把酒喝了。“你的上级说，如果你同意，你会给我打开手铐。”

田小田没有说话，却拿起酒瓶对嘴喝了起来。徐展堂仰头看着喝酒的田小田自言自语：“你喝酒的样子不像警察。”

徐展堂声音很小，田小田还是听见了。他把酒瓶摔在地上，碎片四溅。他抓住徐展堂的衣领。“你说！我像什么？”

徐展堂深深吸了一口气，一言不发。

田小田松开手，“你为什么不说话？”

徐展堂轻轻吐出那口气，依旧不说话。

田小田哈哈大笑：“展叔，干吗呢，玩深呼吸呀？”

徐展堂说：“阿龙，你喝多了。”

第二天清晨，天上飘着不大不小的雨。田小田拎着十天前的那个提包，走出宾馆来到车前。刚要开门，门打开了，肖驰星从车上下来。

田小田说：“早呀。”

肖驰星说：“油给你加满了。”

田小田说：“谢了。”

肖驰星说：“甭客气。”

田小田说：“他们来了。”

他们看见罗明辉和徐展堂走出了宾馆。肖驰星从口袋里掏出一个信封递给田小田。

“什么？”田小田问。

肖驰星说：“路上看，看完销毁。”

田小田说：“要是我留着呢？”

肖驰星说：“脑残呀。”

罗明辉和徐展堂走了过来，徐展堂上了车。罗明辉拍了拍田小田的肩膀，“走吧。”

车开动了，很快驶上了公路。田小田打开收音机，里面传来勃拉姆斯的旋律。徐展堂说："阿龙，换个台听听评书。"

田小田换了个台，是单田芳的《岳飞传》。单田芳说："那岳飞赤着后背，由母亲用针在背上刺了四个字……"

田小田听到这里猛然想起了什么。他停住车，从衣袋里掏出那个信封，从里面抽出一页纸。纸上一个字也没有，只是画了两只枯叶蝶。

田小田看了一会儿，把那页纸塞进嘴里，使劲儿嚼着……

（原载《啄木鸟》2011 年第 7 期）

魏人，本名魏东生。1953 年生，山西人。中国作家协会会员，国家一级编剧。公安部金盾影视文化中心艺术总监。著有长篇小说和中篇小说多部，曾获多项文学和影视奖。

老羊皮

海桀

一

6 月 5 日正午时分，嘎曲镇派出所民警老羊皮，奉命骑摩托车到六十公里开外的大石头羊圈出警。肇事的人名叫文苍，老羊皮跟他不仅是熟人，而且是相当好的朋友，交情很不一般。

按说，这样的关系由他出警很不合适，而且文苍投案自首的电话也是打给他的。更为巧合的是，文苍电话打进来的时候，他刚刚收拾好自己的东西准备回家，儿子后天高考，他得回去陪陪。可正在电脑前忙活的内勤小吴说：“杨哥你接一下。”老羊皮说：“咋恁没记性，谁是你哥？

叫老杨！”小吴嘿嘿两声，叫了声老杨。老羊皮提起话筒，就听一个仓皇的声音说：“我找杨昆！”杨昆是老羊皮的大号，一般人很少知道，就连所里都没人叫，冷不丁被人喊，他本能地觉得出事了。

果然，在得知他就是要找的杨昆后，电话里的声音马上就变了，说：“杨所长啊，我是大石头羊圈的文苍啊！”

老羊皮说：“跟你说过几次了，我早就不是什么所长了，我是杨昆！啥事啊？”

文苍说：“我闯祸了，我向你投案自首，我该死……”

老羊皮顿时冷静下来，脑海里急速地翻腾着文苍的为人和品行，嘴上却慢腾腾地说：“急啥呀，我正听着呢，啥事慢慢说，到底咋啦？”

“我把人给摔了……”文苍说完就没了声响，好半天才沙哑地叫了声杨大哥。

老羊皮说：“你现在在哪儿啊？听着，我叫你别急，究竟咋回事啊？”

文苍咳了几声，有气无力地说：“昨天朋友家娶媳妇，我去喝喜酒，晚上回来的时候，同去参加婚礼的娘本（人名）搭乘我的摩托车一块儿回家，半路上人不知怎么掉了下来，我赶紧停车查看，人已经昏迷不醒了……”

“现在啥情况啊？”老羊皮追问道。

文苍带着哭腔说：“半小时前人已经殁了……”

要搁以往，老羊皮肯定会说：“我知道了，你待在那儿，哪儿都别去，我就来！”可这次，他半天没敢声响。

如果对方说的是实话，案件应属意外事故，当事人已经投案自首，只要控制好局面，按照程序把人安全带到所里，接下来的事情并不复杂。问题是，这两天辖区内突发连环偷牛案，一伙人趁着夜黑风高，专门偷盗牧民的牦牛，一偷就是十来头，搞得人心惶惶。所里本来就少的人全都上一线了，除了他和内勤小吴，不可能再有人出警。小吴是警院毕业的大学生，来所里还不到三个月，除了上网、接电话，再就是眉飞色舞地发短信。据说他的老妈有门路，下基层也就是镀镀金，半年之内就能调到县局，这种人根本就不能指望。而他两周前就已经请好了假，今天必须要回家的。

考虑再三，老羊皮在电话里稳住文苍后，立刻给所长严均打电话汇报情况。

所长说："还是你去处理吧，我们这儿人手正吃紧，实在抽不开。"

老羊皮急了，说："别给我说这些行不行啊！我的假批过都两周了，马上要回家，儿子后天高考，你又不是不知道！"所长说："知道。"

"知道还食言？"老羊皮吼了起来，"这都二十多年了，好季节里我他妈啥时候休过假！好不容易轮上了，正赶上儿子高考，又给我往黄里搅！"

所长说："对不起，这几天太忙，实在没办法的事！坚持一下好吗？回头我给你加倍补偿还不行嘛……你又不是不知道，总不能把这么大的事交给一个刚从警院毕业的娃娃吧！再说了，当事人和你是熟人，又是找你投的案，说明对你很信任，处理起来应该比较顺利。"

老羊皮愈加冲动，说："不行，我老羊皮啥时候求过人啊！这次就算我求你了……实在不行，处分我好了，反正我是要退休的人了，你看着办吧！"

老羊皮气冲冲地说完，啪的一声将手机扔在了桌上，可没等他点上烟，手机就响了，唱着那首他永远也听不够的《祝你平安》。

所长说："不要激动嘛，不是不让你回家，但工作也要干，这是命案，马虎不得！你马上动身去大石头羊圈，按程序把文苍带回来交给小吴，这样的话，就可以工作回家两不误。你不是准备全家游海南嘛，那就去吧，我给你多批一周的假。"

"这可是你说的！"老羊皮闷声闷气地说。

"没错，是我说的！只要把文苍带回来，你走人就是了，大石头羊圈也就几十公里路，现在动身，晚上就可以赶回来，明天回家误不了事嘛！"

就这样，老羊皮穿上刚换下来的制服，骑上了去大石头羊圈的摩托车。

大石头羊圈在麻吉岗日山根的峡谷里，那儿散居着六七户人家，属于山口外一个叫隆台庄的小村子。由于他们的羊圈都是用河床里的大石头垒起来的，山崖下齐刷刷的一片，很是特别和壮观，久而久之，人们就把那儿叫成了大石头羊圈。

大石头羊圈不通公路，只有一条勉强能走手扶拖拉机的便道，因长期过往车辆不多，加之从未有人修护，坑坑洼洼不说，遇上洪水冲出的沟坎，就只能抬车而过。几次下来，他腰酸臂困、目眩耳鸣，关节疼痛、头昏脑涨，心慌得直往嗓子眼里噎，差点儿跌倒。这是没办法的事，嘎曲海拔四千多米，高寒缺氧，待得时间长了，各种高原病症就会纷至沓来。他的体质以前算是很不错的，今年刚满四十八岁。四十八岁的男人无论从哪个方面讲都应该是在顶峰上。可对他来说，四十五岁时就已经身心交瘁，杂病缠身，力不从心了。还好，到年底他就可以申请退休。退休后，他准备在省城找个合适的地方开个台球馆。他这一辈子就喜欢台球，手感好极了，是有名的无冕之王。

不知不觉间，云层阴沉下来，炸雷滚过，飕飕的劲风裹挟着豆粒大小的冰雹铺天盖地。老羊皮赶紧将雨衣绷在头上，蜷缩到横在风前的摩托车跟前。强风下的冰雹可不是闹着玩的，他就亲眼看见过鸽子蛋大小的冰雹把羊打死的情景，也就三两分钟，天堂地狱两重天。好在冰雹总是来去匆匆，雷声滚过了，疾风扫过了，天也放晴了。然而，这次的情况很不一样，冰雹过后天色更加阴黑，先是很大的雨点噼噼啪啪跌落下来，紧接着，冰凉的雨点儿就变成了雨线。也就眨眼的工夫，整个草原就笼罩在了雨雾之中。

老羊皮见阴云里的山头已是白雪皑皑，心里顿时嘀咕起来。山上已经下雪了，看样子，雨不会小，可他顶多走了一半的路，还有二十多公里呢。

老羊皮抖擞精神，顶着冷雨，使尽浑身解数开着摩托车往前冲。

不知过了多久，可能十几分钟，也可能二三十分钟，他担心的事情终于到来了，摩托车在湿滑的草滩上突突了几声熄火了，怎么也发动不着，而该死的大石头羊圈根本不见踪影。

他心里那个气啊——毫无疑问，这个案子又是喝酒惹的祸！

这几年，买摩托车的牧民越来越多，喝酒骑车的人也越来越多，草原上地广人稀，喝醉了，顶多摔在那儿，出不了什么大事。可要是上公路或者带人走夜路，那就凶多吉少了。想到这里，他猛一激灵，案子要真如文荟讲述的那样，是单纯的意外，他去大石头羊圈，也就是照章办事履行程序。可要不是呢？经验告诉他，对待任何案子，都不只是履行程序，何况命案。再说了，文荟的人品他真的了解？

想到这儿，老羊皮毅然弃车，朝着大石头羊圈疾奔而去。

二

七年前，比这个季节早两周的样子，老羊皮认识了文荟。

那是个星期一，刚到上班时间，文荟就骑马到所里来报案。他见到代理所长的老羊皮后，扑通一声跪倒在地，号啕大哭，说是昨天夜里三个外地口音的蒙面人拿着手枪和砍刀，把他们大石头羊圈的几户人家全抢了；说抢走的是他们刚挖的冬虫夏草，大家没敢反抗，也就没有伤亡，但每家至少数斤的鲜虫草全被洗劫一空；他是最惨的，被抢的虫草有十多斤。问哪来这么多？说是除了自己挖的，主要是看今年虫草成色好、价格高，一咬牙拿出全部的积蓄，花血本收购来的。

大石头羊圈坐落在雪山旁的草山下，山上气候潮湿，低矮的高原植被十分茂密，是冬虫夏草理想的生长之地。每年产草季节，周围的牧民们纷纷上山挖虫草。大石头羊圈的几户人家，更是近水楼台先得月。遇上好年份，仅虫草一项的收入，就能有六位数。以前，由于高寒偏远的缘故，外人很少到这儿来。这些年，随着经济的发展，情况有了很大的不同，探矿、采矿的，贩卖药材的、收购羊毛的，盗猎珍稀动物的，一夜之间纷纷涌入，特别是随着冬虫夏草价格的一路飙升，每到挖草季节，各路人马纷至沓来，给当地治安带来很大压力。

老羊皮了解了一下案情，直觉告诉他，犯罪嫌疑人并未走远。大石头羊圈周围没有正规公路，交通很不方便，西北两面雪山连绵、荒无人烟，南面是嘎曲镇，只有向东穿过黄羊滩越过嘎曲河直奔国道才是安全的去处，而到那儿至少有七十公里，没有十几个小时是走不到的。

有人疑虑，说会不会是当地人干的？

老羊皮肯定地说：不会！这么偏远的地方，民风朴实得近乎原始，他来十几年了，从没发生过邻里相劫的案子。也不大可能发生里勾外连的事。当地的牧民全都相互认识，谁家来了亲戚朋友，酒都拿来一起喝，怎可能把强盗往里引。再说了，即便有人有贼心来想，也没贼心敢干，再傻的人也不会在自家门前自掘坟墓。由此推断，这几个人十有八九是从百里之外的矿点上跑出来的。矿上工作环境恶劣，生活极其艰苦，所雇农民工不顾危险开溜的事儿时有发生。既然不顾性命地跑出来了，顺路打些野食儿，应该是顺理成章的事。

事不宜迟，老羊皮当机立断，带人在犯罪嫌疑人可能出现的路段巧妙巡逻，第二天一早，没费吹灰之力就将自投罗网的三个家伙来了个人赃俱获。

文苍等人怎么也没想到，价值上百万元的虫草，能在被抢不到三十个小时就失而复得，简直就是做梦啊！

老羊皮说，是运气好，要是嫌犯手里的枪是真的，或者他判断失误，那伙人不向东走而是直奔嘎曲镇，那麻烦就大了。

事后，文苍和几名乡亲一起，召集方圆百里的亲朋好友，把老羊皮等人请到大石头羊圈，杀牛宰羊，载歌载舞，像过年一样盛情款待，千恩万谢。

然而，乐极生悲。就在那天傍晚，醉了醒醒了醉的老羊皮执意要回。众人劝说不了，只好放行，派专人把他送回了嘎曲。他走了，留下来的民警小宋却出事了。出事的时候，大部分宾客都已散去，小宋已醉得人事不省，倒在热乎乎的毡毯上鼾声如雷。不承想，就在这个时候，一个九岁的男孩不知怎么看见了小宋腰上露出来的手枪。在强烈好奇心的驱使下，他见周围没人，就想看个究竟，结果，枪一拿到手就舍不得放下了，跑到外面叫了两个小伙伴，三折腾两折腾枪就响了，将自己的大腿当场打断。

男孩被送到嘎曲医院的时候，已是第二天的凌晨。由于伤情严重，加之路途颠簸失血过多，男孩严重休克，生命垂危。幸好当地医院救护得当，并及时安全地把病人送到了近两百公里远的县医院，一场大祸才得以幸免。

这起重大事件在县局引起强烈反响，相应的调查立刻展开。焦点很快集中到了老羊皮的头上。

深刻反省的老羊皮再三地主动检讨，承担责任，想要减轻处分，但还是被局里查办了。原因是除了严重失职引发重大后果外，老羊皮还涉嫌严重违法违纪，借工作之便为个人搜刮钱财。

原来，文苍等六人为了表示对老羊皮的感谢，共同商量决定，每人拿出一万块钱，对老羊皮诚表心意。没想到，他们热辣辣的心肠遭到了老羊皮断然的拒绝。思之再三，觉得很没面子，又觉得老羊皮也许是故意谦让，毕竟这是他们发自内心的极其真诚的愿望。于是文苍做主，几个人乘老羊皮酒酣之机，把钱巧妙地装到了他的大衣口袋里。不承想，老羊皮因喝醉了酒，压根儿就不知道自己的大衣口袋里装着六万块钱。更不知道，调查人员到大石头羊圈了解案情时，有人将那天给老羊皮送钱感谢的事也都说了出来。

在为自己辩护的日子里，老羊皮一下子瘦了七八斤。

三周后，事情的来龙去脉终于查清楚了，但老羊皮刚刚批复任命的所长职务被免了，还背了个记过处分。大伙儿都替他喊冤。

他真的冤！在嘎曲干了十几年了，按常规几轮所长都干过了，可他始终因这样那样的缘故，与升职擦肩而过。这次，好不容易如愿以偿，原想干上两年能够离开嘎曲，调到县城工作，至少退休前能到海拔相对低一些、生活条件好一些、离家近一些的地方干几年，没想到代理所长半年多了，正式批复刚刚下发就惨遭免职。

从那之后，老羊皮郁闷了很长时间。

三

老羊皮赶到山脚下时，天已经黑透了，阴森森的谷口劲风透骨，寒气逼人。这里的海拔比嘎曲镇又高了几百米，虽是 6 月天，但昼夜之间二十多度的温差是常有的事，只要太阳落山，立马冰火两重天，更别说冰雹、冷雨之后了，高原上特有的坚硬的风，就像毒针的尖尖带钩的刺。

好在老羊皮真是习惯了。习惯了高寒环境的人经得起风蚀，耐得住寒冷，忍得了饥饿，受得住寂寞，凭着敏锐的感觉和超人的记忆，他沿着崖壁径直朝着大石头羊圈走过去。

大石头羊圈远离村镇，交通不畅，再加上总共只有二十几口人，电力问题一直没有解决，人们世世代代一直是日出而牧日落而归。天黑之后，用大石头垒砌而成的院墙外，酥油灯的光亮很难被外界所看到。正因为这样，黑黢黢的峡谷中，你要在河流的咆哮声里听到藏獒的叫声，才能够确定要找的地方。

老羊皮听到藏獒发出的警告时，浑身的骨架都要散了，他又饿又累，精疲力尽。与之相应的是，他的眼睛照样好使，顺着黑沉沉的崖壁看过去，立刻就在斜坡上看到了白晃晃的石圈圈。这可不是适应性强不强的问题，而是来自基因的独特能力。他的父亲就有一双鹰一般的眼睛，站在高处能分得清二十里之外的牛和马，晚上走山路如履平地。比起父亲他差得挺远，可比起常人来，他的本事要强得多，尤其是夜视能力。

藏獒的叫声越来越近。记忆里，文苍的家就在第一个大石头羊圈的边上，找到他，稳住他，天亮之后找到受害人家里，再找到相关的证人，抓紧时间把案情梳理明白，赶在下午 3 点最后一趟班车前回到嘎曲交差，应该来得及。

无论咋样，这次陪儿子高考的事，绝不能黄！

然而，天有不测风云。老羊皮无论如何也没想到，已经自首，并在电话里再三向他保证一定老老实实在家等他到来的文苍，失踪了。

一开始，他压根儿没往坏处想。文苍家院门开着，灯亮着，狗咬着，他喊了几嗓子没人应答；推开亮灯的屋子，里面没有人；掏出手机打电话，没有信号。没有就没有。他渴得不行，见炉火上炖着热茶，不管三七二十一，倒上一大碗喝了再说。主人不在家，可能是遇上什么要紧的事儿了，马上就会回来。但他想错了，回来的人不是文苍，而是文苍的女儿文吉，一个身材高挑相貌漂亮的女孩子。

文吉惊讶地望着身穿制服的老羊皮，满脸的怀疑和戒备，说：“你是谁？干吗这么晚到我们家来？”

他定了定神说：“你是文苍的女儿吧？我是你阿爸的朋友，几年前到过你家。”

文吉笑着说：“我知道了，你是老羊皮叔叔，我阿爸经常提到你。”原来文苍的女儿文吉，今天下午刚从州上赶回家来，说是州上的民族歌舞团招收歌唱演员，她去年在省艺校学声乐毕业，还没找上合适的工作，此次是个好机会，要去闯一下。回家来，一是来拿户口本，二是趁家中安静，专心复习一下必考的文化课。

回家不久的文吉，对发生的事情一无所知，说他阿爸走了六七个小时了。走之前，她阿爸打电话对她说：“你要的东西都给你找出来了，在炕桌上放着，阿爸有事，要出两天门。”极其意外的文吉既惊讶又生气地说：“你没搞错吧？都三个月没见了，我那么远回来，你连面都不照，也不问问我的情况，像话吗你？”文苍支吾了几声说：“对不起，阿爸有笔生意要做，很重要的生意，机会难得，不能错过！”文吉不依不饶，说：“你明明知道再有几天我就要到州上竞聘考试了，还非要走，啥意思啊你？不行，你必须回来看我！”文苍干笑了两声，突然果断地说：“放心吧，你动身前阿爸肯定会赶回来的，家里安静，没人打搅，你就好好复习复习功课，等我两天行吗？”文吉犹豫，说：“你确定会回来吗？”文苍爽快地说：“当然。”

“就这些吗？”老羊皮严肃地问。

文吉目光躲闪了一下，没有说话。后面的话，她是不能说的。事实上，她是坐着文苍给她安排好的手扶拖拉机回大石头羊圈的，两个人通电话时，她正坐在颠簸的车厢里受罪。文苍给她说的最后几句话是压着嗓门说的，说箱柜右下角的绣品里有一张银行卡，上面有整整十万元，是给她近几年的生活费，密码是她生日，让她到家立刻拿上。她很惊讶，说：“干吗给这么多？”文苍说：“拿着吧，年初就给你存好了，以后自己在外不容易，一定要照顾好自己，钱该花就花，千万别受委屈。”话没说完，信号就断了。紧接着，一道刺目的闪电劈开云层，炸耳的霹雳声山崩地裂般地从头顶滚过，豌豆粒大小的冰雹打得她抬不起头，幸好开车的大叔给她遮了块羊皮才无大碍。

“你知道你阿爸现在在哪里吗？”

文吉说：“父亲到底在哪里，我真的不知道。”

“那你阿妈呢？”老羊皮问。

文吉面露痛苦状，说：“阿妈前年去世了。”

老羊皮叹了口气，来到院子里。这会儿他有点儿慌神了。种种迹象表明，文苍可能逃跑了。

一个老实巴交主动报案自首的嫌疑人突然逃匿，绝对是个糟糕透顶的坏消息。老羊皮想不明白，如果文苍自首的情形是真的，虽说有醉酒驾车的嫌疑，但主观上绝对不是故意的，再加上主动报警自首，所负的责任应该不至于很严重的。可要是逃匿，事情的性质就会截然相反。

明明知道事情的后果，干吗还要这样做呢？弄得害人害己，自欺欺人！问题是……老羊皮越想事情越蹊跷，总觉得文苍不像是个逃避责任的人，要逃早逃了，干吗自首啊？那就一定是事出有因。他会不会是在死者家里守灵呢？

老羊皮找到死者家时，已经是晚上 10 点多了，院子里弥漫着柏香的气味，嘤嘤嗡嗡的诵经声从敞着的门里持续不断地传出来。

这是按照藏族的习俗，专门请来僧人在为死者念经超度。

老羊皮敏锐的目光注视了一下院子，在微弱的光线里看见停放着四辆摩托车，悬着的心顿时放了下来。看来，他的判断没错，文苍应该在这里。

然而进屋一看，心口立马一阵突突，灵堂里并没有他要找的文苍。他赶紧亮明身份，迅速查问。死者的儿子热旦说：出事后，文苍给他拿来了两万块钱，一直跑前跑后张罗料理，但今天下午一直没来，也没在其他地方看到过他。老羊皮按照职业惯例看了看死者，拍下了照片，详细询问起来。热旦说：阿爸年事已高，都七十岁了，身体也不怎么好，出事那天家里人劝他不要去，可他非去不可，谁的话都不听，结果出了事。说到文苍，家属们没有太多的怨恨之词：事情不能全怨文苍，人家好心带他回来并没有错，要怪只能怪他自己，都那么大岁数了还见酒不要命，一点儿也不安分。可话又说回来，既然出了事儿，事因又只能听一面之词，按照规矩，应有的赔偿是少不了的。

到了这个份儿上，事情基本上算是清楚了。可老羊皮心口依旧堵得慌，总觉得事情不那么简单。按说，死者家属已经明确了态度，人家既没说上告，也没说追究，只是提了提赔偿的事，碰上这样的运气，你文苍不好好感激人家，不好好来给死者守灵谢罪，干吗要玩失踪呢？

四

老羊皮离开受害人家时，风停了，云散了，满天都是银晃晃的大星星，比光盘里闪烁着的大钻石晶莹得多、耀眼得多、漂亮得多。这样明澈美丽的星空，只能在这海拔五千米的高原才能尽情地拥有和享受。每次进城，夜晚的时候看到灰蒙蒙的天空，他总是想念嘎曲的夜色和明亮的星光，他给儿子讲过许许多多由他编造的有关天空、星星和宇宙的故事，可儿子越大越不喜欢，更别说老婆了，听见他说牧区的星空就会来气。当然要气，像他这样成年累月不着家、不管老人、不顾孩子、里里外外全都扔给老婆、奔不出前程、买不起新房又挣不上啥钱的男人，谁愿忍受啊！受苦受累、孤独寂寞不说，还要提心吊胆、担惊受怕，连最起码的安稳日子都没有，凭啥呀！正因为这样，每次回家或者想家，老羊皮总是带着一颗负荆请罪的心……

此时此刻，如果没有这件该死的案子，这个时间他肯定是在床上或者某个温馨的地方哄老婆。老婆是两个人早恋的结果。高一那年，他俩同桌不到一周，他就把人家骗到树林里约会了。因为都没考上大学，她靠着当局长的叔叔帮忙，在邮局当上了一名正式工。而他当了兵，复员回来分到了基层的派出所。当他知道昔日的恋人依旧单身时，立刻全面出击。她经不住他死缠硬赖、穷追猛打就缴械了，两个人很快就结了婚。婚是结了，孩子也都满十八岁了，两个人的心却越来越远。尤其最近，他发现老婆对他的态度已经由以往的抱怨变成了麻木，仿佛他的存在对她来说无所谓得很。一句话，她已经不在乎他的情感诉求和生存方式了。

老羊皮和老婆的关系出了问题，大问题！可这又能怪谁呢？

老羊皮运气不佳倒霉透顶。老羊皮疲惫不堪心境苍凉。回头看看，和他一起下牧区的，升职的升职、调动的调动，十年前就已经走光了。混得最好的，已经是省厅的处长；混得差的，也是县局的主任科员。像他这样，二十多年了还在基层混光阴，既没发财又没赚钱的绝对数不出第二个。

之所以这样，与他的个性有关。比如说，十年前发生的那件直接影响他命运的事。

当时，老羊皮刚在一起追捕盗猎分子的行动中立了功。紧跟着，他又以准确判断带人埋伏数天，将一名重大车祸逃逸嫌疑人干净利落地摁在了楼前的街道上。

那天是深夜，灯光下，那人见是老羊皮，并不反抗，只是连连磕头，大声叫喊：“大哥，警察大哥！求你们了，求你们先别把我带走吧，我有话要说！”要搁以往，类似的求饶老羊皮是不可能回应的，有话到派出所说好了，抓捕现场哪有听嫌疑人讲话的道理。

可那天老羊皮偏就中邪似的说：“干吗呀你，想说啥？知道不，我们等你四五天了。”那人说：“知道，我全都知道……”

老羊皮一愣，说：“你知道什么？”

那人抬起头，低声嘀咕：“你们一直在对面楼上。”惊讶的老羊皮不动声地说：“知道还自投罗网？”那人叹气地说：“我儿子做完截肢手术才八天，因为没钱今天出院了，我不能不回来。”

老羊皮不由得盯了那人一眼，说：“宁愿被抓？”

“已经这样了，只好碰碰运气。求你们让我看儿子一眼吧！”那人说着又磕起头来。

老羊皮不耐烦道：“早知今日何必当初，起来起来！”那人哆哆嗦嗦站起来，绝望之际悲情爆发，涕泪横流，哭喊道：“警察大哥啊，求你们了！求你们网开一面吧，就一分钟！不，只要看一眼就行。看完一眼，你们怎么制裁我都行，多加刑期、判重刑都可以！”

老羊皮发火道：“胡搅蛮缠呀你！犯法的是你，干吗扯孩子啊！”说着，老羊皮突然放缓语气，说：“四十多岁的人了吧？瞧你这没出息的样儿！好汉做事好汉当，这会儿当什么孙子呀你。走吧，到了派出所，可以给你老婆打电话。”

那人傻傻地瞅着老羊皮泪流满面，说：“她手机换了，我不知道她在哪儿。是真的……我们已经离婚，孩子判给我了，现在是由患过偏瘫的奶奶带……出事那天，我因孩子刚做完手术病情不稳，心里十分烦躁，再加上中午没吃东西，一个下午干下来，脑子昏沉得厉害，眼看太阳落山了，可就是不想停下来。儿子的手术费花了三四万元呢，多跑一趟毕竟能挣三十块钱。硬撑到天黑时天下起雨来，雨并不大，我也就没开雨刷器。突然，我的眼前一阵眩晕，恍惚间车子转过一个近乎直角的弯道时，我猛然看到右前方很近的地方有个骑自行车的人，急忙打了一把方向盘，踩了一脚刹车，感觉是躲过了，也就没停车。到了工地的停车场，我长长地出了口气，终于可以回家了。可就在这时，一道雪亮的闪电中，我突然看见卡车后排的车门上有扎眼的刮痕，过去用手一摸，借着朦胧的灯光，看见自己手指头上竟然有鲜红的血迹……我立刻明白发生了什么，赶紧跳下车，朝着出事地点赶过去。结果，到了那个该死的弯道时，我在近乎昏迷的状态里，看到的是闪烁的警灯和被人抬走的尸体……”

那人说完，戴手铐的双手捂着脸，痛苦地蹲在地上抽泣道：“我悔啊，悔死我了！当时真该立刻下车自首的！”

老羊皮说：“可你毕竟没有报警，也没有自首，天下没有后悔药可吃。”那人抬起头哽咽着说：“我当时心里跟猫抓似的，太乱了，都怪我啊……”那人又哭出声来。老羊皮看他倾诉后情绪起伏、精疲力尽的样子，掏出烟给他一支，自己也点上，深深吸了一口，说：“这么多天了，也该良心发现，该想明白了吧？”那人说：“不知咋了，我鬼迷心窍，出事以来心里想的全是残废儿子的可怜和未来……”老羊皮说：“那现在也该替受害人想想了吧？就没想过你给人家造成的痛苦和灾难吗？”

那人磨磨叽叽、可怜巴巴地说：“想过了，全都反反复复想过了，我该死！求求你们了，让我再看孩子一眼行不？只看一眼，立刻就跟你们走，我绝对说话算数！要不，走路掉井里，出门让车碰死我！”老羊皮说：“好啦，你要早想到这些，会有今天吗？”那人再次涕泪横流道：“我认罪。大哥啊，求求你了，让我再看一眼孩子吧，他是个不到三岁的没娘娃，已经失去了一条腿，而且没钱看病了……”老羊皮犹豫了，想了想说：“好吧，那就让你看一眼，上楼吧。”可那人依旧跪在地上，既没有道谢，也没有起来的意思，而是把铐着的双手颤抖地举到老羊皮的面前。老羊皮说：“干吗？”那人鼓足勇气说：“能给我打开吗？我不想让老娘看见。”老羊皮盯了一眼那人手上的铐子，回头对同事说：“给他打开吧，既然是见孩子和老人，还是人性些好。”

手铐打开了，那人带着老羊皮上了五楼，打开门直奔卧室，见了床上的孩子径直扑了过去。等到老羊皮反应过来时，那人已经抱着孩子两个大步蹿上阳台，眨眼的工夫就飞身跳出了窗口……

出事后，老羊皮差点儿丢了饭碗。局长在大会上说：“要不是看他多次立功，这样重大的过失，就算开除公职也并不算重。”不久，老羊皮被死者的亲属告上了法庭，并索要巨额赔偿。要不是单位出面承担责任、聘请律师，并对死者的老母亲支付抚慰金，天晓得麻烦成啥样。

像老羊皮这样心慈手软死脑筋的人，压根儿就不该干警察。有人说："老羊皮人不错，是个好警察！"他自己则说："得了吧，我啥本事没有，只是个糟糕透顶、背运透顶的尕民警。"

他的确糟糕，的确背运。照他老婆的话讲，他跟傻瓜差不多。

五

天亮了，老羊皮本身就黑的脸，跟非洲森林里的部落酋长没啥两样。

整整一夜，他找遍了大石头羊圈所有的人家，谁都不知道文苍的下落。都说这几年文苍自从女儿考上艺校，特别是老婆去世后，把家里的牛羊全都包给了人家，几个月不着家是常有的事。

老羊皮愈加沉不住气了。一般情况下，他是个自控能力不错的人，遇事沉着冷静，很少烦躁焦虑。但在这个天空湛蓝、云朵洁白、空气爽得令人陶醉的早上，他心急如焚。

事情明摆着，文苍跑了。他的黑脸上，蜘蛛网似的皱纹抽了几抽，使劲哼了几声，肚子里笑笑，掏出烟来丝丝拉拉往肺里猛吸。

他背运时总这样。以他的性格，就此交差是不可能的，他可不是推脱责任害怕麻烦的人。按说，他应该马上到第一现场，也就是文苍和受害人喝喜酒的人家了解清楚相关的情况，再到出事现场进行勘查，对整个案子做出基本判断，然后再确定下一步的行动。可要这样做的话，他就必须放弃回家的打算。如果不这样做，那就应该立刻按既定方针赶回嘎曲，回家陪儿子高考。问题是，他的摩托车坏在了路上，近六十公里的草滩路，没有摩托车是赶不回去的。当然，他可以从牧民那儿借上一辆。虽然他答应所长，一定把文苍带回所里，然后再回家，可毕竟事态的变化不以人的意志为转移。再说了，根据业已掌握的情况看，这并不像一起恶性案件，他完全可以向所长保证，陪儿子完成高考，马上停止休假，回来把那该死的文萶捉拿归案。

老羊皮决定向所长汇报情况。他踩着雪渣儿往山上爬，昨天还是绿茵茵的草山，一夜之间全都白雪皑皑、银光闪闪。灌木和草丛挂满了雾凇，柔和的光线里白里泛绿、冰中透蓝，异彩纷呈。但他无心留恋，他知道待一会儿太阳升高时，这些鲜美的景象，很快就会在阳光的温暖里渐渐消失。到不了正午，雪化了，冰消了，草山依旧是草山。就像他的生活。昨晚折腾了一夜，他心慌气短，头晕目眩，浑身没劲，就想倒在热炕上昏睡一场。而且胃里不舒服，阵阵恶心难以忍耐，是吃药吃的。昨天下冰雹那会儿，他腿上的关节炎说犯就犯。因为赶路，干吞了两粒药，没太在意。晚上大概是精神高度集中的缘故，身体基本上被忽略了。待到松弛下来，强烈的疼痛排山倒海，两个膝盖像刀剜似的，他赶紧吃药，在火炉边抱着两腿烤了好一会儿才没倒下。药是特效药，就是副作用大，吃了就恶心，可不吃又不行，百般滋味只有他自己心里明白。

老羊皮咬紧牙关爬到有经幡的山头时，大概用了八十分钟，也就几百米高的样子，把他骨髓里的热量都要耗尽了。没办法，身体太乏了，海拔太高了，再加上心率过快，脚下打滑，每上一步都得使出吃奶的劲儿。还好，尽管信号微弱，总算和所长联系上了。

所长说："老羊皮啊，辛苦了！我们这边打掉的不仅是个盗窃团伙，现正扩大成果呢，人手吃紧，州局的多杰局长亲自带人前来支援，你明白了吧？我的意思是，你要再接再厉，案子到底是什么性质，要查清楚了再回来……你听我说，大石头羊圈虽说只有几户人家，但是既有土族，又有藏族，周边还有蒙古族，通信、交通都不方便，在那儿办理涉命案子，一定要掌握好政策原则，不能留下隐患，这方面你有丰富的经验……这么着吧，我叫小吴马上去大石头羊圈，跑腿的事儿就交给他，年轻人嘛，正好锻炼锻炼。你也悠着点儿，身体要紧……"

挂断电话，老羊皮心头百感交集，什么再接再厉，什么悠着点儿，不就是叫他放弃休假继续工作嘛，装啥糊涂！他的心口有点儿疼。

和所长通话时，他几次想说回家的事，几次话到嘴边又忍住……所长当然知道他的个人问题，之所以只字不提装糊涂，是因为迫不得已。

想到这儿，老羊皮迅速翻出了文苍的手机号码，只要找到文苍，事情的转机立马就会出现。在强烈的希冀中，他迫不及待地拨了一下手机，预料中的关机使他血往上涌，再拨，再拨，依然如此。

该死的东西，会跑到哪儿去了呢？他的脑子里乱腾得厉害。家是回不去了！他想硬着头皮给老婆打个电话，可说啥呢？这么多年了，这样的事不知发生过多少次，该说的话早就说尽了，该吵的架也早就吵够了。可要不说不吵也不行，你自己保证回家的，就在昨天上午还打电话，说好晚上一定能到家，结果中午变卦，说是今天下午绝对到家！这可好，一变再变，连个商量的余地都没有，人家心里啥滋味啊……

那就给儿子发短信？不，万万不可！明天儿子就要高考，你答应得好好的，一定要陪人家的，突然食言变卦，扰乱了孩子的心情，影响考试成绩事情可就大了……

还是给老婆发短信吧。老羊皮抽出手写笔，在手机屏幕上一笔一画地写了起来：老婆啊，我现在出警在外，又回不去了。全是我不好，老放空炮，见面时你看着办吧……

该下山了，老羊皮抬头看看，蓝得透亮的天上耀眼的白云自由自在地舒展着、游走着；低头瞧瞧，山谷里碧绿的草坡鲜得发亮，弯弯曲曲的涧流银光闪闪；而永无止息的风，正悠然地抖动着身边的经幡，发出呼呼啦啦的声响，浪涛似的回荡在十万大山的怀抱里，回荡在他起伏着的心潮里……

老羊皮的鼻腔像是被草烟呛了，眼睛也酸涩起来，像是要流泪的样子，扯得心口隐隐作痛。不知咋了，这还不到五十岁，动不动就伤感。尤其最近，芝麻大的事情也会让他动感情。

这搁他以前的性格，绝对不敢想象！同事们私下里没少议论，都觉得他老了，有啥好事都紧着让给他。

三个月前，嘎曲派出所成功截获了一批境外走私的香料，价值不菲。省报的记者来采访，大家一致推举老羊皮为采访对象，他是头号功臣。谁知无论漂亮女记者怎么询问怎么启发，老羊皮硬是红着脸啥话不说，最后竟然很不礼貌地转身走人，弄得记者没脾气。后来文章见报，女记者还是没有忘记老羊皮，把他的事迹写了不少，不但夸他是铁胆柔肠的男人，还说男人心境深沉起来的时候，比星空要深邃得多！

六

老羊皮从山上下来，直接去找受害人的儿子热旦。他想找他询问一下文苍近几年的情况。

热旦很热心，见了老羊皮马上把他让到偏房里，请他坐在火炉旁喝奶茶吃糌粑，对父亲的死只字不提。灵堂内，请来的经师在念经，隔着墙壁听得清清楚楚。

老羊皮当然了解藏族人，了解他们对生死的态度和看法，更了解他们的生活方式。他对热旦开门见山：

“文苍不在大石头羊圈，你估计他去哪儿了？”

热旦不假思索地说：“不知道，可能不会走远。”

“你咋知道的？”老羊皮追问。

“昨天上午他说了，过两天就回来。”热旦说。

“那就是说，你知道他走？”老羊皮继续问。

“我咋知道？”热旦不耐烦起来。

老羊皮笑了笑，给热旦让烟点火。几口烟一吸，两个人再次轻松下来。“接下来打算咋办？就这么了结了，还是有啥别的想法？”老羊皮问。

热旦警觉起来，说：“人已经死了，我还能有啥想法。就算有想法，又有啥用？你们不会让文苍去坐牢吧？”

老羊皮说："他是主动报案的，既然有自首行为，就应该配合我们及时结案，而不是失踪。对了，他这几年做生意吗？"

"是的，这几年大石头羊圈的人都在想方设法做生意。"

"他做啥生意？"

"什么都做，贩虫草、收羊毛、倒皮子，逮住什么做什么。"

"知道他和什么人来往吗？比如说最近……"

"最近？"热旦犹豫了一下，突然想起什么似的，说，"对了，潘瘸子前些日子到他家去过，好像有十来天了。"

老羊皮心头一紧，紧跟着问："什么潘瘸子？你见过他吗？他是哪儿的人？长什么样？个多高？真名叫什么？"

热旦说："只知道他是姓潘的老板，叫啥不知道，也不知道是哪儿的人。这两年，靠着文苍的帮助，他时不时到这一带收购虫草，个子跟你差不多，左腿瘸了，大家都叫他潘瘸子。"

老羊皮脸一热，心里骤然扑腾起来。

两年多以前，在派出所独自值班的老羊皮接到群众举报，州公安局通缉的涉毒杀人嫌疑人范孤出现在了镇东的桥头面馆里。老羊皮急忙询问详情，但对方已经挂断手机。他赶紧打电话向出警在外的所长汇报情况，糟糕的是所长的手机不在服务区。高原牧区就是这样，山脉连绵，地广人稀，一旦远离乡镇，没有手机信号实属正常现象。老羊皮不敢犹豫，立刻向县局汇报情况，然后用最快的速度全副武装，开车直奔嘎曲桥头。

范孤在逃已经两年多了，老羊皮知道这是个危险的家伙，心狠手辣，生性狡诈。根据内部通报，在逃期间他曾到过西藏和新疆，给人的感觉是伺机外逃。怎么也想不到，他竟然出现在了嘎曲这样的地方。可他干吗要来这儿？有几个人？带有什么武器……想到这儿，老羊皮的脑子里闪电般掠过一串行动方案。

然而，他的车刚到桥头，还来不及对周围的环境进行基本观察，范孤和一个同伙已经吃完饭从饭馆里大摇大摆出来了。虽说事先没见过，也来不及打开电脑做更多了解，但嫌疑人的瘸腿特征，马上就将其特征彰显无遗。目标还在，太好了！老羊皮深深吸了口气，立刻拿起手机，但不等他打通县局的电话，警觉的范孤一见警车，立刻朝着只有十来米远的一辆切诺基跑过去。

一瞬间，老羊皮根本来不及多想，拔出手枪，一踩油门就冲了过去。无论如何不能让嫌疑人逃走！出乎意料的是，狡猾的范孤见警车突然加速冲过来，他没有立刻上车，而是果断地拔出了手枪。

说时迟那时快，老羊皮猛然看见对手拔出枪来，彼此的距离也就只有四十来米了，而且警车还在往前冲，想要躲闪根本就来不及。本能的反应让他狠踩了一脚刹车，几乎是同时向左猛打了一把方向盘。刺耳的刹车声里，伴随着两声闷雷似的枪响，他的右额骤然疼痛，强大的气流里，似有无数钢针呼啸而来……

也就三五秒吧，老羊皮回过神，发现自己竟然没事，子弹只是擦伤了他的右耳梢和头皮，摸了一把，满手是血，疼得钻心。

再看范孤，已经钻进了那辆切诺基，一眨眼的工夫，车身猛地一抖就窜了出去，迎头碰上一辆行驶的中巴车。就在碰撞即将发生的瞬间，切诺基猛然加油，在中巴车来不及做出反应的情况下绕了过去，紧接着三拐两拐，将一辆小车挤入桥边的地摊。在一片惊叫声中，切诺基窜上国道扬长而去。

老羊皮看得目瞪口呆。事先，他只知道范孤腿有残疾，心狠手辣，不知道他的车技竟是如此高超。他看了一眼风挡玻璃上的两个枪眼，不由得又摸了一把血糊糊的耳朵和疼得钻心的头皮，子弹肯定擦伤了头骨，就差了那么一点点！

一股血气蹿上来，老羊皮拉响警笛，猛踩油门追了上去。他的车技并不差，车也是崭新的一汽丰田，虽说风挡玻璃被打穿，但对驾驶影响并不是很大，不一会儿就将在逃的切诺基收入视野，紧紧地咬住了。

县局的指示非常明确，天网已经撒开，盯紧目标，避免交火，随时报告。

是的，上了国道的嫌疑人已经插翅难逃。前方肯定会有来自县城方向的警力拦截，身后嘎曲镇的警务人员已经追赶而来，周围是广袤的草原，范孤的出路只有一条，那就是束手就擒。

然而，如此狡猾如此凶残的范孤，对自己的处境难道真的一无所知？似乎不太可能，那他为什么还要往县城的方向跑，自投罗网？难道说……

老羊皮的脑袋里嗡的一声，突然想起前面不远的地方有一条数年前废弃了的通往山里的岔道，他因公务曾在道上骑摩托车走过，越野车开进去没有任何问题，而底盘低的车则相当困难。如果嫌疑人真是要往那条道上跑，那就麻烦了。他开的是四轮驱动的吉普车，在草原的便道上如鱼得水，很快就会将尾巴甩掉。而且，前面不会遇到任何堵截，待到大批警力赶到时，他很可能已经跑得不知去向了。更可怕的是，范孤这样命案在身的家伙心狠手辣，身上有枪。

再有几公里就是岔道了，直觉和经验告诉他，必须拦截！即便冒险，也要行动！

老羊皮加大油门追赶上去，准备随时抢夺先机将对手挤下路面。然而，出乎意料的事情再次发生——嫌疑人似乎早就料到了这一幕，他占好路面，掐好火候，在一个弯道处，突然减速猛打方向盘，硬生生将老羊皮挤下了路基……

范孤跑了，他得意地放慢车速，使劲摁响一串得意的喇叭，然后猛加油门，扬长而去。

老羊皮为此住了四个多月的医院，他的左手臂严重骨折，手术两次后才算是好了。

然而，他又绝不甘心！那家伙并不比自己年轻多少，两个人相差还不到三岁，不就一个回合的交手嘛，凭什么认输？凭什么败下阵来？问题是，这不是甘心不甘心的问题，你只是一个最基层的派出所里的普通民警，缉捕范孤这样的重大在逃犯罪嫌疑人，你根本就没有参与的可能。一生的机遇也许就这么一次，自己非但没有抓住，还以丢人的完败收场——他的心疼啊，煎熬似的……

伤愈后，县局领导找他谈话，准备给他挪个地方换个岗位。可他不知咋了，一口回绝，说他高寒地区习惯了，哪儿也不想去，坚决要求返回嘎曲，年龄到了就退休。

从那之后，他不知不觉有了一个习惯性动作，一闲下来就会情不自禁地摸他耳朵和脑袋上的伤痕，凡是与范孤和瘸子有关的信息，都会格外敏感，甚至成为一种莫名其妙的念想。而且，动不动就会在梦境里与之拼死格斗，每次的场面都惊心动魄，都惨烈血腥。他并没想刻意做点儿什么，也不想出风头，更没想过当英雄，就是骨子里的倔强和不服！两年多以来，他心里一直憋着那口鸟气！

怎么也想不到，就在他即将选择退休的时候，人生的机遇似乎再次从天而降。

潘和范两字谐音，两个人都是瘸子，直觉告诉他，这个和文苍有染的神秘兮兮的潘老板，很可能就是在逃的范孤。

老羊皮异常兴奋，他不由得挽起袖子，看了一眼手臂上留下的伤疤，摸了摸被范孤打伤的耳朵和头皮，牙齿咬得咯咯作响。

七

老羊皮从热旦家出来后立刻朝文苍家赶去。快 10 点了，按正常时间估计，小吴应该快到了。

现在，他满脑子都是文苍。只要找到文苍，一切都将豁然开朗。他始终认为，文苍应该回家才对，他是个没有前科的人，事故应该是意外，意外事故谁都有碰上的可能。碰上了，能够用积极的态度正确对待，自首了，对受害人的家属主动给予赔偿了，这些不都值得肯定嘛。那他和潘老板会是什么关系呢？如果仅仅是单纯的生意上的往来，他没有消失的任何理由。可万一不是呢……还有，那个神秘的潘老板，真的是范孤吗？

老羊皮吸着凉爽的空气，朝着文苍家大步流星走去。推开文苍家的木栅门后，他迅速扫了一眼宽大的院子，没有看见期待中的摩托车，倒听见堂屋内有异样的声响，像是有人在绝望地呻吟。他几个大步蹿到门前，果断地将门推开。不大的屋子里，只见文苍的女儿文吉衣衫不整，脸色苍白，牙关紧咬，极其痛苦地扶着套间内的墙壁抖作一团。

他吓了一跳，四处一打量后一个箭步蹿进卧室，里面没人，也没发现可疑之处，忙问文吉怎么啦？文吉咬着嘴唇，勉强支撑住身子，极其痛苦地说：“对不起，我……我要犯病了……你……你能帮帮我吗……”

老羊皮脑子里轰的一声，面对身穿内衣的文吉不知所措。

“快、快啊……帮帮我……包……包里……”

“包里怎么啦？包在哪儿？快说啊！”老羊皮急了。

文吉瞪着眼睛想说，可她的呼吸更加急促，嘴里白沫直冒，什么也说不出来。继而，她面部肌肉开始强烈地痉挛，身体在剧烈的扭动中抽搐起来，幅度越来越大，头碰在墙上咚咚作响。

到了这会儿，吓坏了的老羊皮哪里还顾得上多想，他将文吉紧紧抱住，毫不犹豫地将大拇指的硬指甲使劲顶向女孩鼻根处的人中穴，一下一下又一下……不知过了多久，觉得拇指和手腕酸痛时，文吉已不再扭动挣扎，僵硬的身体也松弛下来，软软地瘫在了他的怀里。

老羊皮抱着瘫软的女孩，浑身乏力，双腿打颤。他把女孩抱到炕上，猛然想起女孩说她的包，看样子包里很可能有药。可包在哪儿呢？他在屋里转了两圈，没有找到。

约半个小时后，女孩醒了。她躺在那儿无力地喘息着，清秀的脸庞愈加苍白，两只无神的眼睛不安地望着他，喃喃地说：“怎么啦叔叔？出什么事了？”

“你晕过去了。”老羊皮冷静地说。

“对不起，我太糟糕了……”

老羊皮笑了笑说：“没什么，你的包……”

文吉满脸歉意地从风衣底下拽出了随身的包包。老羊皮赶紧上前扶她躺下，努力放缓语调安慰道：“没事了。你这是怎么啦？”

“我犯的是癫痫。”

老羊皮吃了一惊，这样的病他知道一点儿，好像就是民间所说的羊角风，跟神经错乱没啥两样。

女孩看着他的反应目光闪烁，神情复杂地说：“小时候头部受过伤，昏迷了五天才醒过来，因为没去大医院，治疗不彻底，落下了病根。”女孩说着，突然烦躁起来，冲动道：“医生说……像我这样的，弄不好，应聘的时候……会有麻烦。”

“什么麻烦？”

“过不了体检关……考也白考……我咋这么倒霉啊……”文吉说着，两行清泪泉涌似的漫出眼眶。

老羊皮紧张起来，这样的氛围里，面对这样一个显然需要帮助、需要安慰的纯真女孩，他不光没有经验，而且心神慌乱。

女孩倒笑了，说：“对不起，你不用担心，我就是这样的人，早有精神准备。对了，你有孩子吗？”

“有呀！我儿子今年十八岁。”

“十八啦？”女孩想起什么似的突然盯着他说，“正好大我一岁，那……他不参加高考啊？”

“当然参加！”老羊皮脱口而出。

女孩马上疑惑地盯住他说：“那你咋不回家陪他？”

老羊皮被噎得心口闷疼，掩饰不住干咳了几声，见女孩忽闪着眼睛等待回答，只好再次堆出笑脸，嘿嘿两声说：“有他妈呢。”

文吉不由得长叹一声，说：“是啊，我阿爸明明知道我要应聘考试，还是把我扔在这儿，到没人知道的地方去了，而你也一样……”

老羊皮脸色青里泛黑，冷汗淋淋。

看着他的尴尬样，女孩敏感地说：“对不起，我不该这样说！可也没有错，连子女的前途和高考都不在乎，只知道赚钱，能算合格的家长吗？”女孩越说越冲动，不由得抱怨起来。

狼狈的老羊皮默默地望着发泄的女孩，渐渐沉静下来，冷不丁冒出了一句：“你阿爸对你不好吗？”

女孩一愣，说：“好归好，这不是一回事儿……”

咋不是一会回事儿？老羊皮温和地看着她，轻声说：“也许你错了，我是说你阿爸，他不是不想回来。你想想，他是你阿爸，咋会不愿陪你应聘呢？我敢保证，此时此刻，他不定多么想你，多么焦急呢……也许真有什么重要的事情，太忙了，脱不开身。当然也包括我，做父亲的哪有不关心孩子前途的？只是有的时候遇上的事儿会使你身不由己，甚至遗憾终生。你说得对，说得好！我不是个好父亲，离子女希望的标准差得太远，真的不够格！可我此时此刻，非常非常想念他……”

女孩惊讶地审视着他，看着他真挚的神态和慈祥的目光，像是突然意识到了什么，脸猛地一红，说：“不好意思，我刚才说的不完全是那个意思……”

“那是什么意思？”

“其实……我一直担心我阿爸。”

“担心什么？”

“担心他会出啥事儿。他不是这样的人！”

老羊皮笑了，说：“那他是啥样的人？”

“他还是挺好的。本来，他答应得好好的，前天非要把证件亲自给我送过去，陪我应聘考试！怎么也想不到，他突然变卦，不但不去给我送证件，还害我临考前赶几百里路往家跑。我回来了，他倒走了，实在让人憋得慌。”

就在这时，院门外响起摩托车的马达声，两个人几乎同时跳将起来，跑出门外。

来的是小吴，一见老羊皮，马上急迫地说：“老杨，你真在这儿啊，文苍那家伙归案了吗？”老羊皮见势不妙，慌忙摇头摆手。可不知究竟的小吴愈加冒失地说：“不是已经自首了吗，咋还没归案？非要自食其果啊！”老杨急了，一个箭步窜上去，恨不能捂住小吴的嘴，但已经晚了——遭到骤然刺激的文吉，突然两眼发直，脸色惨白，强烈的抖动中牙关紧咬，四肢痉挛，呜呜呀呀，哑巴呼救似的喊了几声，直挺挺地倒了下去……

八

文吉再次从神智昏迷中醒过来时，已经是临近中午了。

老羊皮给她服药后，一直坐在她的身边守候着，直到她悄然睡去又安然醒来。

他用低沉平缓的语调给她讲了车祸的事，告诉了她可能的情况和结果。眼见女孩情绪渐渐安稳，他的心情也平静下来。

现在，老羊皮已经有了一个初步的决定，要在这大石头羊圈守株待兔蹲点儿，直到文苍出现。

不料，他的决定遭到了小吴的反对。小吴说，根据犯罪心理学的一般规律和他的分析判断，文苍虽说打了自首电话，但由于无法排遣的恐惧，以及害怕对后果承担责任，在神智慌乱间，三十六计走为上，十有八九逃逸了。大石头羊圈天高地远，交通不畅，通信闭塞，总共只有几户人家，在不知道嫌疑人去向的情况下，根本没有蹲点守候的必要。

这让老羊皮很不高兴。在他眼里，小吴不过是个刚成人的孩子而已，不就是上了个警院吗？张口犯罪心理学，闭口规律判断，懂什么啊！但长江后浪推前浪，他还没傻到跟年轻人较劲的地步。再说了，小吴的话也不是完全没有道理，如果这只是一个单纯的交通意外，事故认定已经不是问题，嫌疑人有自首行为，当事人又没有正式提出其他诉求，事件只是一个照章处理的问题，蹲点真的没必要。然而，小吴的判断和他的想法并不完全是一回事。

事实上，潘瘸子才是他兴趣的焦点。没有诱饵，不能钓鱼，但未必不能捉鱼！

老羊皮高度兴奋，情绪饱满，忘记了疲劳，忘记了回家，甚至忘记了陪伴儿子高考的事。他要待在大石头羊圈，像一只隐伏在崖壁上的雪豹，静静地等待猎物的出现。

但这还是一个秘密，在没有得到确切证据的情况下，他还不想把他的猜疑和想法告诉小吴，为此，他必须固执己见，必须坚持留下来守株待兔。他把握十足、不容置疑地说：“文苍那人我了解，他不是个坏人，根本就没有逃逸的可能。他既然答应女儿回来，就一定会回来！”

“咋这么肯定？”小吴不屑地说。

老羊皮叹口气，说：“你当了爹以后就知道了。”

“不行，我要给所长打电话！”

老羊皮说：“随你的便，这儿没信号，要打的话，得往东边的山头上爬，爬到有经幡的地方就可以了。说到了山顶，别忘了帮我个忙，给我家里打个电话，该咋说你知道的。”说着，拉过小吴的手，在他掌心里写下一串手机号码，然后眯起眼睛堆出笑脸，用力拍了拍小吴的肩膀，压低嗓门，说：“去吧去吧，回来我给你烧羊肉汤，这儿的肉鲜，美得很！”说完，他点着烟四平八稳地吸了起来，吸得咝咝有声，恨得小吴咬牙切齿满脸情绪。

小吴走了。

老羊皮在火炉边靠着土墙坐了下来。他太困了，太累了，几十年来从没这么疲乏过，乏得连喘息的力气都没有，真想躺到热乎乎的大炕上就那么睡死过去。可是不能，那丫头吃了点东西，服了镇静药，睡得正香……其实也没什么，她睡她的，你睡你的，能有啥事？那年冬天，到药水泉出差，遇上暴风雪，几个人挤在人家的大炕上，夫妻为界，男女分开，一连睡了好几天……还有一次，出警在外，不得已住在牧民家里，还不是照样男女混住，你能做什么？什么都做不了。可现在不行，不管你怎么想，绝对不能往人家炕上躺，那躺地上总可以吧？找些铺垫的东西，抱床被子过来，美美睡上一觉……可想归想，身子不当家，一动心就慌，慌得要从嗓门里蹦出来……

已经有段时间了，他时常胸闷、头晕、恶心，睡到半夜，动不动就被自己的心跳惊醒。一开始，还以为是累了，没太在意，直到有天早上，起床时眼前骤然发黑，急速跳动的心脏不光隐隐作痛，而且伴有明显的停滞和间歇，他才慌忙跑到医院看医生。检查的结果是心律失常。医生在得知他没有家族病史，平时很少喝酒、基本不喝浓茶和咖啡之类的饮品后，告诉他：心律失常在高寒缺氧地区是常见病，建议他服药治疗，规律生活，好好休息，最好到海拔两千米左右或更低的地方休养一段时间。从那之后，他开始小心对待自己，不光随身携带调节心脏的药品，而且彻底戒酒，大量减烟，毕竟心脏病不是闹着玩的……

其实不光是心脏病，他的关节也很糟糕，动不动就疼痛难忍，还嘎嘎作响，听上去像是机器装置，很是吓人。肺部和气管也不好，一次感染就打了近一个月的吊针，好是好了，但不彻底，经常胸闷气短、憋气干咳，中药和西药不知吃了多少，都没什么明显效果，折磨得他痛苦不堪。一天上午，他在街上闲逛，碰巧遇上了到嘎曲购物的文苍，说话时，文苍见他面容憔悴，咳嗽不止，询问原因，他不想多说，轻描淡写应付了之。怎么也没想到，第二天，文苍从大石头羊圈特意下来找他，给他用顶级的冬虫夏草装了两大瓶纯药胶囊，至少有500克。500克的顶级虫草，能值好几万块钱呢，他哪里敢要。可文苍说，靠山吃山，大石头羊圈没啥好东西，就是产虫草。虫草是什么？是药。药是拿来治病的，不是用来牟利的，你就给我一次报答的机会吧，谁叫咱们有交情有缘分呢？非收不可！

冬虫夏草生肌润肺，名不虚传，两大瓶胶囊吃下去，他不光呼吸系统的病症消除了，而且人也精神了许多。但身体的状况大不如以前，稍不留神就会感冒，只要感冒，炎症就会接踵而至……

他的眼睛也有毛病，老毛病了，海拔四千多米的高原不光严重缺氧，紫外线辐射也相当厉害，待得久了眼睛常年肿胀充血、视线模糊、眼睑溃烂、遇风遇冷泪流不止。一位寺院里的老藏医特意为他配制了清凉去火、消炎止痛的眼药，是用棕熊的胆汁调成的，非常珍贵。老藏医说：根据他的病情，虫草和熊胆要经常使用，才能保持病情的稳定。

虫草、熊胆堪比黄金，偶尔获得赠予的机会，那是他为人做事得到的报偿，想要常用，以他的收入，跟上天揽月没啥两样。

看来，身体的零件真的破旧了，老朽了。伤感像山洼里的雾，缠缠绵绵地弥漫开来，很像那次同学聚会……

那是在省城五星级的大酒店，全部费用由两男一女三个做了大老板的同学分摊，他只是带着嘴巴去的。会友叙旧醉场酒，难得一乐。哪里想到，山中方一日，世上已千年，曾经的同窗不光彼此的身份天差地别，彼此的境遇更是天翻地覆。

人世沧桑啊！偏偏他这个来自牧区基层的小民警，遇上了当年的女友。那时候，两个人花前月下没少缠绵，留下过不少浪漫回忆。可现在，人家拥有数百万资产的店铺，浑身上下珠光宝气，年轻得像三十左右的少妇。哪里像他，双目红肿，黑皮寡瘦，皱纹都快勒破肉皮了。可他还是异常激动，眼看人家根本就不愿认他，还是再三上前搭讪。好不容易聊上了，几杯白酒下肚，他那显然兴奋的初恋同学实打实地说："这么多年没见了，我还以为凭你的能耐，最起码也是正科了，没想到竟然还在牧区熬光阴，竟然还是个尕民警。幸亏我当初没嫁给你，否则的话，现在的人生不定咋样呢！"

他无语，默默地望着她，咚咚作响的心一个劲儿地疼，比犯心脏病时难受得多。说啥呢？一直那样美好、那样幸福、那样纯真、那样珍贵的记忆，刹那间，竟然只是一个虚空的梦……

唱歌的时候，大家争先恐后地来了一轮又一轮，只有他默默地坐在旮旯里。他很少唱歌，连那首红遍大江南北的电视连续剧《便衣警察》里的主题歌都不会唱，可大家非要让他唱。没办法，那就唱首藏歌吧。在藏区待久了，他别的没学会，藏歌倒是能唱一两首，用藏语唱，是他最喜欢的那首《黑帐篷》——

风雪夜里/有一顶黑帐篷/牛毛编织的黑帐篷啊/孤灯闪烁/照亮我生命/风的声音/雪的絮语/送我一首歌/给我一个梦……

唱啊唱，他唱得嗓音沙哑，他唱得泣不成声……

大家都以为他醉了，失落的人借酒浇愁很容易醉，也很自然。其实他没醉，他的心里明明白白，他没毛病，他很正常，只是不可抑制地想喊、想唱、想吼、想哭。那天，他的泪水感动了不少同学，尤其是女同学。大家都来安慰他，越是这样越难过……

以前，他常常这样想，人这一辈子啊，咋过都是过。偏远地区草原深处，一辈子没见过世面的人多的是，好多人连州府是啥样都不知道，可人家照样活得好好的，悠闲自在、快快乐乐，啥叫压力、啥叫郁闷根本就不知道，哪有城里人那么多的痛苦和烦恼……

现在，他的想法变了，不能不变！别的不说，每次回家老婆的怨气就受不了。以前哄哄她就能过去，最多听她唠叨唠叨，这两年说不行就不行了，人家已经看透他了，看透了也就受够了，受够了那言语、那眼神、那态度自然也就不再客气了，叫你不受也得受……

不光老婆，早就长大了的儿子和他也有隔膜了。那次回家照看患病的老父亲，曾对他崇拜有加的儿子相当不满地对他说："老爸，你就不能想想办法调回来啊！这么多年了，你啥时候顾过家管过我啊？我爷爷病成这样，我妈都累倒了，让我去医院陪床，都两天了，落下的功课一大堆。"他不无尴尬地说："你都这么大了，偶尔照顾一下老人也是应该的嘛，我这阵子实在太忙……"儿子不屑地翻他一眼，毫不客气地打断他说："得了吧，是你没本事，以为我不知道啊！"

一句话，呛得他整整一夜没合眼。

没办法，感情这东西，向来就近不就远，想靠理解去滋养，那是幼稚。没人侍弄的花草，茂盛了才是怪事！还有……儿子说得对，你就是没本事。没本事，又没门路，混不出个人样来，那就只好活该。活该的事儿，不忍也得忍……

老羊皮怎么也没料到，就在他胡思乱想似梦非梦的时候，失踪的文苍已经不声不响地回到了大石头羊圈。

九

文苍进家的时候，老羊皮靠在火炉边的土墙上睡得正香。

听见屋里超强的呼噜声，文苍异常紧张。他摸着腰里的刀把一个箭步就冲了进去，立刻就看到了坐在地上耷拉着脑袋呼呼大睡的老羊皮。他悬着的心稍一下落，又狂跳起来——女儿文吉怎么啦？

为什么不在……可没等他挪步，纹丝不动的老羊皮突然沙沙哑哑地说：“文苍吗？你到底回来了！”

吃了一惊的文苍立刻上前，想把老羊皮拉起来，但没敢拉。他见老羊皮用力朝他挥了一下手，两眼放电道：“放心吧，我没事，你女儿也没事！”说着，揉了揉眼睛，使劲打了个哈欠，直起腰板说：“你这两天去哪儿了？有个姓潘的老板，你是不是和他在一起？”

“是！”有些愕然的文苍脱口而出。

老羊皮忽地一下跳起来，大声叫：“好啊，快说，他在哪儿？”

喊叫间，上山回来的小吴到了，女孩文吉也从套间里出来，全都惊讶地望着他。可他什么都顾不得了，双手揪住文苍，急切地喊道：“说话呀！他在哪儿？他是瘸子吗？到底姓潘还是姓范？你们认识多久了？是啥关系呀？快说啊！”

原来，这个神秘的潘老板让文苍代收虫草已经两年多了。两个人以前并不认识，是一个名叫华旦的朋友介绍来的，说有个人品不错的大老板，专在山里收虫草，为人慷慨，讲信誉，特讲义气。问他手里有没有现货，有的话，不妨打打交道。他当然愿意，这些年虫草年年挖，但大石头羊圈地缘高寒，太过偏僻，采集的虫草拿到嘎曲镇的收家那里，或者县城的商贩那里，价钱被压得很低，好货无好价。拿到省城去卖吧，来回三千多里路，受不住折腾不说，由于没和城里人打过生意交道，心里也没底。认识一个人品好的收购大老板，他真是求之不得。结果，事情的顺利超乎想象，那个潘老板不光慷慨义气，付钱更是干净利索，不管多大的金额，一旦交易，立刻现金支付，绝不拖欠。就这样，一来二去，两个人成了相当不错的生意伙伴。今年以来，潘老板更是把大石头羊圈一带的虫草收购全权委托给他，由他直接代理。免了他上山挖草之苦不说，利益收入更是翻上加番。

这两天，文苍之所以消失，主要是他出事后内心惶恐，考虑到可能惹上大麻烦，自己手里尚有二十多斤鲜虫草，是用潘老板的款子重金收来的，他必须把货亲手交给潘老板，然后再来料理其他的事情。

老羊皮问他潘老板现在在哪里，他说不知道。和这个潘老板交往以来，生意上他只是收购虫草，拿回扣，其他事情一概不知。至于潘老板的行踪，更是知之甚少，认识这么长时间了，连他叫啥都不知道，问了几次，都没问到。

文苍说，这个人性情孤僻，相当神秘，每次来只为生意，完成交易马上就走，从不过夜。这是行内规矩，不容任何人打听。由于虫草生意金额大，风险高，他一直不敢多问。两年多来，他只知道潘老板从来没有固定住所，忽东忽西，有时开吉普车，有时开摩托车，电话平时很难打通；有时几个月不见踪影，有时又幽灵似的说来就来，有两次甚至半夜三更来敲门，事先根本不给你打招呼。这次去送货，事先早就联系过，动身前两个人约好在七十公里开外的尕托乡见面。没想到，他辛辛苦苦地赶过去，潘老板又给他打电话说："很对不起，被其他生意绊住了，我离尕托还有几百里地呢。你先回去吧，最好再收点儿鲜货，过几天咱们再联系，也许我会去找你。"

就这样，文苍又急急忙忙赶了回来。

老羊皮要过文苍的手机，看了一下他和潘老板的通话记录，记下了手机号码，问他俩在电话里还说了些什么？文苍说："就那几句话，我很想问问他到底哪天来，但已经挂机了。"老羊皮问文苍潘老板平时来是几个人？文苍说："来过很多次了，每次都是独来独往，只有一次是两个人。"问潘老板还和大石头羊圈的什么人有来往？文苍肯定地说："没有！"

老羊皮抑制不住内心的亢奋。看来，这个神秘的潘老板十有八九就是通缉了几年的重大犯罪嫌疑人范孤。这真是踏破铁鞋无觅处，得来全不费工夫！然而，这只是他个人的判断，在没有见到这个潘老板之前，他还不能确认这个人就是范孤。

老羊皮拉着小吴走进文苍家的大石头羊圈，两个人踩着松软的羊粪，迅速交流了一下情况。

小吴说："要不把情况向所长汇报？"

老羊皮说："不用，我决定等候潘老板上门。"

小吴惊得差点儿叫出声来，说：“这么大的事你来决定？”

老羊皮笑笑说：“脑子进水了是吧？”

小吴有点儿急，压低嗓门说：“你别开玩笑好不好，这种事擅自做主，万一出了差错谁承担？”

“当然是我！”老羊皮态度十分坚定。

小吴固执道：“我看还是请示一下所长吧。”

“不！”老羊皮果断地说，“所长做事的风格我很清楚，在没有充分证据、不能确定潘老板就是范孤时，这种事他是不会答应的！”

小吴冲动起来，说：“咱们的任务，不是抓捕你说的范孤！”

“没错！”老羊皮认真地说，“咱们的任务的确不是抓捕范孤！可你想过没，带走文苍回去交差太容易了，可要放走一个通缉在逃的重大犯罪嫌疑人，没准儿就会出大事。”

小吴执拗道：“问题是，你咋知道那个人就是范孤？万一不是呢？或者发生意外怎么办？再说了，那个文苍的话就那么可信？”

老羊皮说：“怀疑当然可以，咱蹲点儿不就是为了证据嘛。”

“可这样做，有悖于我们的工作原则。”小吴勇敢地顶撞道。

老羊皮使劲吸了两口烟，稍稍冷静了点儿，说：“好吧，我本来就没权对你发号施令，你可以上山去给所长打电话，把事情汇报清楚。请转告所长，在没见到潘老板之前我是不会回去的。”

老羊皮说完，撇下小吴，转身走了。他要赶紧拉上文苍到受害人娘本的家里，好好稳住热旦的情绪。

十

夜幕降临，阴沉沉的山谷里，除了水流的声音、牛羊偶尔的躁动，以及藏狗发出的沉闷叫声外，没有任何声响。

老羊皮叫文苍陪他上山打电话。

小吴上山汇报情况，所长的反应完全如他所料，说：“小吴啊，你告诉老杨，保持职业敏感是必须的，但在没有可靠证据的情况下，千万不可盲目行事，你们的任务是处理文苍意外致人死亡的案子，有关范孤的情况让他回来详细汇报。”

情绪不稳的小吴，从山上下来，就一直想着带走文苍回去交差的事儿，对老羊皮关注的范孤的案子兴趣不大。在他看来，老羊皮不过是个即将退休的老家伙而已，混了一辈子，人生乏味，业绩平平，所谓一事无成百不堪。该回家了，还不甘心，想在最后的日子里弄出点儿动静罢了。而他就要调到县局了，在来大石头羊圈时，他接到母亲的电话，说他的调令已经发出，并告诉他到了县局好好干，想办法给他弄个学习的机会，一年后就能把他调回家，也就是回省城。他有这样的好前景，干吗要跟老羊皮这样的人瞎折腾呢？

回到文苍家，小吴再也没有了起码的耐心。他以所长的口吻对老羊皮说：“所长说了，咱们的任务是处理文苍的案子，让咱们立刻把文苍带回所里，其他事情要你当面汇报。”

说者无心听者有意。见到父亲后的文吉，一直疑虑重重提心吊胆，她很想亲口问问父亲到底发生了什么事，很想听父亲亲口把事情原原本本给她讲述一遍。可一直没机会。越是这样，她的心里就越是不安、越是烦乱，总觉得有什么可怕的事情就会发生。这会儿，她突然听见小吴这样说，她的情绪顿时失控，直愣愣地盯着父亲，泪水夺眶而出。紧跟着，她尖叫了一声，疯了似的猛然推开身前的老羊皮，扑向文苍，一面挥舞拳头在父亲的胸脯上使劲捶打，一面放声大哭道：“你说，你说啊……你究竟干了什么……说啊……这到底是咋回事啊……”

到了这会儿，文苍挺直胸脯，任由女儿捶打。

文吉这样的病最怕刺激，一旦刺激了，尽量由她释放心结，说过去也就过去了。以前这样的事儿没少发生过。可这次情况大不相同，在很短的时间内因过度焦虑、猜忌和惊恐的文吉，已经犯了两次病。她脆弱的神经和衰竭的心智，已经不起任何的刺激和打击。没等大家采取措施，她就口吐白沫浑身痉挛抽风倒下了。

几个人连忙找药的找药，倒水的倒水，好不容易才再次控制住了文吉的病情。多亏她随身带有药品，否则的话，天晓得会出啥事。倒是文苍神情镇定，说不碍事的，她这是老毛病了，从小就有，是伤了脑子造成的。

整整一天，文吉的状况一直不怎么好，老羊皮费了很大的劲儿才稳住了父女俩的情绪，并使小吴的心态有了变化，同意留下来蹲点儿。

老羊皮到达山顶后，叫文苍远远等着，自己走到经幡跟前接通所长的手机，将掌握的情况和自己的分析详细汇报了一下。所长说："好吧，既然你坚持你的判断，明天我会把情况向县局汇报。范孤不是一般的犯罪嫌疑人，你要高度警惕，随时保持联系。"

在挂掉电话后，老羊皮很不高兴地嘟囔了一句脏话，哪儿跟哪儿呀！这里的海拔四千多米，为打一个电话，上下山一次最快也得一个半小时，能把人累个半死。随时保持联系，这不是胡扯嘛！

好了，该和老婆说说话了，可又能说啥呢？明天儿子高考，考啥样暂且不说，他这个当爹的最起码的心愿是没法了……他心里酸溜溜的不是滋味，鼻子有点儿堵，胸口有些闷，闷得前胸后背隐隐作痛……他知道的，这个电话不打远比打要好，因为结果已经在那儿了，重复痛苦，实在没必要。

可又不能不打！果然，电话一拨通，老婆开口就撒气："你不是不回来了嘛，还打啥电话呀？"

老羊皮努力控制住嘭嘭的心跳，嘿嘿两声，低声讨好地说："还不是因为工作嘛，没办法的事儿……"

"就你有单位，就你有工作啊！"老婆压着嗓门，拧着的嗓音爆发了，"一年三百六十五天，你啥时候顾过家啊！"

老羊皮再傻笑两声，可怜巴巴地说了几声"对不起"。

"得了，你这一辈子对得起过谁呀！"老婆像是要摔电话了。

老羊皮赶紧说："不就是对不起你嘛！我知错了，真的知错了！老婆啊，我知道的，咱家有你在，我不管在哪儿也就放心了……"

"啥都靠我，要你这个男人干吗？"

老羊皮说："好好好。你看这么着行不：我保证，这次儿子高考完，咱们全家不光游海南，还到香港去看看，咋样？要不你说去哪儿就去哪儿，名山大川由你选，好好补偿一下还不成吗？"

“得了，这话我听十来年了！”

老羊皮赶紧干笑了两声，说：“你就不能再信我一次吗？我是你老公，再信一次还不行吗？”

“你叫我信啥？你这样的空炮手我还不了解！”

“这次绝对是真的！绝对是最后一次……能跟儿子说说话吗？”

老婆断然拒绝，说：“行了，明天高考，你不陪也就算了，少来影响他的情绪！”

老羊皮冲动起来，闷声闷气道：“我发誓，办完这个案子，马上回去！”说着，心里一酸，有气无力道，“求你了老婆……知道不，我出警的地方没信号，为打这个电话，我顶着月亮爬了一个多小时的山路……才打通的……这会儿，我脚下的海拔有五千多米……很……很不容易的……”

“你不容易，我容易吗？呜呜呜……”

挂断电话，老羊皮心口泛潮，半天透不过气来。千言万语全都大浪似的在他的胸腔里汹涌澎湃，漫过了所有的感触和知觉，他泪水扑簌簌地滚落下来……

可他不能哭出声，绝对不能！不但不能哭，还必须立马从这该死的情绪里解脱出来！想到这里，他粗粝的手掌在脸上使劲抹了一把，十根坚硬的手指捏得嘎嘣作响，心里的那根弦也绷得嘭嘭有声。文苍就在十步开外等着他，小吴还在山下，而那个幽灵似的家伙说来就来。是的，越来越强烈的直觉劲风似的扑打着他，刺激着他。

毫无疑问，情况比预想的要复杂得多，这是属于他的最后机会，也是命运最后的眷顾。一定要稳，稳稳当当地掌控局面，稳稳当当地出奇制胜，不能出任何差错。

老羊皮下山的时候，明晃晃的月亮挂在当空，皎洁的银光照耀着连绵的雪山，照耀着寂静的峡谷，照耀着沉睡的草原，也照耀着他脚下的那条灰蒙蒙的似有还无的山路。

无影无踪的风吹得经幡哗哗作响。他知道，这些印满经文的经幡只要被风吹动一次，就等于诵经一遍。都是什么经，他不清楚，也不想知道，只要是祈福，只要是吉祥就行！

他双手合十，朝着天地，朝着呼呼有声的经幡拜了几拜，心里默默地念叨着：天地有灵，菩萨保佑，让我的儿子平安入梦，让我的儿子顺利高考……

十一

夜深了。文苍守着女儿睡在套间里的大炕上。

老羊皮吸着烟喝着茶，在火炉上耐心地烤着两个大土豆，这是他和小吴的夜宵。最平常不过的土豆，在这远似天边的地方异常珍贵，不是尊贵的客人，牧民们绝对不会轻易拿出来。

小吴靠近老羊皮，没话找话说："问你个事儿行不？你干吗要叫老羊皮？"

老羊皮说："这还用问啊，不就是外号嘛！"

小吴不解，固执地说："我说的是为啥要叫这名字？"

老羊皮不紧不慢地翻着手里的土豆说："我咋知道，是他们要叫，你要真有兴趣的话，找件光板老羊皮做的大衣穿穿，可能就知道了。"

"啥叫光板老羊皮？"

"咋，你连这个都不知道？"说着，他忽然感慨道，"也对啊，你这么大的孩子，哪见过那玩意儿啊！"

小吴有点儿不高兴，可嘴上却说："确实没见过，你给说说不行啊？"

老羊皮说："有啥说的，想想不就知道了。以前人穷，羊皮大衣挂不起面子，就直接把羊皮缝成光板大衣穿，那玩意儿丑陋，像我一样，可就是挡风、隔潮、暖和。"

小吴似乎感觉到了什么，赶紧套近乎说："想儿子了吧！"

老羊皮抬起手习惯性地抹了把脸，叹了口气，自语似的说："不知道这小子准备得咋样。"

"你不是说没问题嘛！"

老羊皮话题一转说：“你给参谋参谋，要是考上了，填报哪个学校好？”

“当然是公安大学啦！”小吴故意讨好道。

老羊皮摇了摇头，叹气道：“还公安大学呢，他喜欢的根本就不是这行当，就是考上，将来也不是这块料！”

“不一定吧？”

“错不了，这小子从小就爱养猫喂狗侍弄花草，像他妈。”

小吴哪里知道他的心情，只顾信口开河道：“我现在知道，为啥小你十来岁的所长是你上司了。”

老羊皮没劲地自嘲道：“明摆着嘛，大材小用！”说着，不等小吴再开口，连声说，“好了好了，睡你的吧，后半夜你还得守夜呢。”

小吴心里不屑地哼了一声，心说睡就睡，没事找事，守什么夜啊，真是可笑。好歹也干公安几十年了，咋能仅靠一个当事人的传言，就凭感觉抓毒枭呢？都啥年代了，这样的职业素质，要不是亲自碰上，说出去不定传成啥笑话呢。

曙光映亮天幕时，大石头羊圈传出几声响亮的狗叫，跟平时没啥两样。这样的时辰，下山喝水的岩羊、捕猎的雪豹、偶尔跌落的山石，都有可能引起狗的叫声，没人当回事儿。

只有一个人例外，这就是老羊皮。

老羊皮听到狗叫时，炉中的残火映照着黑黝黝的房梁，身边的小吴睡得正酣，压根儿没把守夜当回事儿。再有一会儿，天就亮了。老羊皮看着白蒙蒙的窗户，警觉地听了会儿外面的动静，翻身起来，到院里拿了些干牛粪加到炉膛里，提起水桶到二百来米远的河边去提水。

已经是6月了，游窜的晨风依然刺骨。碧绿的嫩草上，绽放的花瓣上，洁白的霜渣晶莹透亮。天空湛蓝，一丝云朵都不见，鸟儿清脆的鸣叫声回荡在空荡荡的峡谷里，看上去听上去很有点儿辽远忧伤的味道。

他已经想好了，吃完早饭，再做一下文苍的思想工作。昨晚两个人下山时，他已经将有关范孤的情况给他做了必要的交代。他相信，像文苍这样祖祖辈辈守着大石头羊圈生活的人，本质上应该是善良的、纯朴的。再怎么着，也不会堕落成范孤那样的人。可也不能完全放心，毕竟他和那个可疑的潘老板已经有过两年多的交往，天晓得这期间他们之间发生过怎样的事。思来想去，他必须要和他开诚布公地谈一谈，只有在他真正明白利害关系、完全主动配合的情况下，才好叫猎物上钩就擒。待会儿，还要叫小吴和文吉好好谈谈，然后送她到嘎曲镇。一来这丫头病得不轻，必须先到医院看看病，然后根据情况，尽可能把她送上去州府的班车去应聘，能否聘上是一回事，去不去是另外一回事；二来小吴既然不想在这儿待，回去也好，能把情况直接向所长汇报。自己和文苍留下来，等候那个潘老板的消息，确切地说，应该是等待猎物的到来。

他就这么自信！他就这么固执！

然而，人算不如天算。就在老羊皮刚刚打满水，正要提桶回去时，狗再次叫了起来，不是一两只，而是所有人家的狗都在叫。

老羊皮猛一激灵，不对，好好的怎么会有这么大动静？也就十来秒吧，一种熟悉的声音突然触动他的耳膜，由远而近，越来越强地回荡在清晨的峡谷中。老羊皮顺着声音传来的方向一看，骤然加速的心脏顿时就在胸腔里狂跳起来——空透的视线里，两辆吼叫着的摩托车正从峡谷的坡道上急驰而来！

刹那间，老羊皮像被电击了，扔掉水桶，拔腿就跑，他在瞬间爆发的直觉引领下，朝着文苍家拼命奔跑。

老羊皮拼命往回跑的时候，几乎一夜没睡的文苍已经起来，他见老羊皮去提水了，也没拦他。他见小吴还在睡，就轻手轻脚地提起奶桶去羊圈，他要挤点儿鲜奶给大家好好烧点儿奶茶喝。

到了羊圈，正碰上前来赶羊的桑吉。桑吉比他小两岁，人很能干，他的羊群和牦牛就是包给桑吉的。大清早见面，自然要说点儿啥的，但又没话说。桑吉也一样，他知道文苍出了事，也知道文苍家来了两个警察，像这样倒霉透顶的事情，摊到谁头上都不好受。可他又不能不吭声，只好没话找话，瞅着摩托车来的方向，说：

“这么早的，谁来咱们大石头羊圈啦?”

摩托车的声音文苍早就听见了，但没在乎。不就来了两辆摩托车嘛，跟他有啥关系啊。他现在头疼的是即将到来的官司和女儿的病。至于老羊皮给他敲的警钟，压根儿就没往心上放。在他看来，潘老板是少有的好人和能人，不奸不猾、不欺不诈，在这么偏僻艰苦的环境里，凭着诚信收虫草，不知帮了多少卖虫草难的人，赚的是拿命换来的辛苦钱。因此，不管老羊皮怎么启发他开导他，有些话他还是没吐口。人家对他那么信任，常年把几十万元的现金交给他，收购的价格基本上由他说了算，从不在钱多钱少的问题上和他计较。分成的时候说一不二，他感激都来不及呢，无论如何都不愿坏他的事。再说了，就算他真的犯了法，帮不上他的忙也就罢了，至少不能没良心。还有，替潘老板收购来的二十多斤顶级虫草还在自己的手上，这可是价值百万的货，要是有个三长两短，怎么得了啊……

怀着这样那样的心思，文苍翻来覆去睡不着，被折磨了整整一夜。这会儿，冷不丁听桑吉一说，他回过神来，眼睁睁地看着两辆摩托车径直朝着他家开过来，知道坏了，来的人十有八九是潘老板。

文苍慌了。惊慌失措的文苍顾不得多想，撒腿就往家跑。

十二

来人正是潘老板。

潘老板就是在逃犯罪嫌疑人范孤。当所有人都认为他潜逃在外，有可能偷越国境逃命时，他却悄无声息地溜到这高寒偏远、人烟稀少的山里，靠着手里的毒资做起虫草买卖来。

一进院门，范孤就觉着不对劲儿，骑在车上警觉地冲屋里喊了两声文苍，不见动静，对随从的说：“你去看看他在没在家。”

随从的是个三十来岁的黑脸壮汉，下车就往屋里撞。

可没等他进屋，房门一响，出来的人竟然是个身穿制服的警察。这人顿时惊出一身冷汗，不等小吴做出任何反应，背有重大前科的恐惧使他在本能的驱使下，疯狂地扑了过去。猝不及防的小吴根本来不及招架，就被对手掐住喉咙扑倒在地。

其实，小吴起来收拾好地铺后，就听到了摩托车的轰鸣声。可他太大意了，以为是老羊皮在发动车，结果一出门，猛然看见面前有个凶悍的陌生人，愣怔间，想掏武器已经太迟了。好在他身手敏捷，在被扑倒的瞬间，就势发力，猛然一滚，摆脱了掐住他咽喉的两只手。清醒过来的小吴，拼命反抗，但他哪里是壮汉的对手，不到两个回合，太阳穴上就重重挨了一拳，顿时眼冒金星，天塌地陷。可他的意识没有崩溃，在第二次打击到来前，他使尽身体能够爆发的全部力量，将对手从身上掀了下去。然而，两个人的实力太过悬殊，仅仅翻了个滚，他又被人牢牢压在身下，只觉得鼻梁眼眶猛地一疼，在炸裂开来的痛感里，无数个被金剑刺穿的血红的太阳泰山压顶似的砸将下来……

当院里短兵相接时，惊慌失措的范孤没有下车，他拔出枪来加油就跑，正好碰上狂奔而来的老羊皮。

老羊皮一眼就认出了范孤。眼看范孤手里有枪，而且掉转车头要跑，他举枪就打。两个人相距也就二十多米的样子，要搁平常不说百发百中，打个不动的人绝对十拿九稳。只可惜他从河滩上一路狂奔而来，虽说只跑了二百来米的样子，但在这海拔四千多米的地方，这样剧烈的运动，即便是二十来岁的小伙子也是吃不消的。他跑得眼前一阵眩晕，脑袋胀痛，心脏都要破胸而出了。别说二十多米，就是五六米也没有打中的把握。好在是他先开枪。炸耳的枪声，摧毁了范孤的心理和判断，在心惊胆战中，他对着冲过来的老羊皮胡乱开了几枪，猛踩油门，夺路而逃。夺路而逃的范孤，迎面遇上从羊圈跑回来的文苍，他抬手就是两枪。文苍一个踉跄栽倒在地。范孤冲上便道，呼啸而去。

老羊皮冲进院里，正好看见黑脸壮汉骑在小吴身上，抽出藏刀，朝着小吴的咽喉猛刺下去。生死关头，小吴扭动脖颈的同时本能地抬手招架，锋利的刀刃刺穿他的手臂扎在他的锁骨上。紧接着，壮汉又将血红的匕首更高地举了起来，朝着小吴的心窝扎了下去……

老羊皮的枪响了——老羊皮的枪几乎是抵在壮汉的后背上打响的，十来米的距离，他不知道自己是怎么蹿过去的，甚至不知道枪是怎么响的，一切就结束了。

刚才还骑在小吴身上痛下杀手的壮汉，瘫软在地，垂死地抽搐着。

满脸是血的小吴惊恐地爬了起来，强烈地喘息着，直瞪瞪地望着老羊皮。当他明白过来后，两腿一软，慢慢地倒了下去。

老羊皮开着摩托车朝着范孤逃走的方向拼命追赶。他从没这么疯狂过，也从没开过这么快的车。他不知道范孤会往哪里跑，也没想该往哪里追。高度专注高度敏感的意识不容他推敲判断，只是跟着感觉朝着范孤逃走的东边一路狂飙。约二十分钟后，他鹰似的眼睛终于在山坡的便道上看到了那辆蓝色的大摩托车。

不可思议的是，又追出十来公里，在翻过一个山坡上的大垭口时，范孤竟然在空旷的山梁上提着手枪等着他，就像是事先约好等待决斗似的。

惊讶不已的老羊皮停车下车，盯了他一会儿，毅然决然地朝他走过去。当走到相距四十来米的地方，老羊皮掏出枪来，他也没把枪口瞄准对方，只是把枪紧紧握在手里。

其实，范孤之所以在这儿等他，并不是想要决斗，而是他的车里没油了，两个人相距已经不到两公里，在这一览无余的大山坡上，跑是没处跑的。但他绝不会这样认栽。他在冒出了无数个包括拼命在内的念头后，要用最安全的方式试试运气，赌上一把。可老羊皮并不知道他葫芦里到底卖的是什么药。

“又是你，真是冤家路窄啊。不过，你命挺硬的，我以为上次翻车你就死了。”范孤不无戏弄地说。

老羊皮不动声色，全神贯注地紧盯着对手的眼睛。范孤掏出一个漂亮的扁烟盒，拿出一支烟冲老羊皮说：“要不要来一支，掺K粉的，带劲得很！”

老羊皮从腰带上取下手铐，在手掌里掂了掂。

范孤打着火，极贪婪、极过瘾地吸了几口，两眼精光四射。“做个交易怎么样？你要钱，还是金子？”他信心十足地说。

老羊皮没听见似的，摸出烟，打着火吸得呲呲有声。

范孤朝前走两步，老到地说：“开价吧，一百万，不，两百万怎么样？这是你的机遇，两百万，你这一辈子不吃不喝也未必能赚这么多，我一次性支付，怎么样？要不给你金子也行，我包里有现货！”老羊皮哼哼两声，再次把手铐在手掌里掂了掂。

范孤又朝前走两步，生怕他听不见似的，大声说：“放心吧，我是不会要收条的！天地之间，就你我两个人，无论发生什么事，对他人来说都没证据。没证没据的事，就像这天上的鹰一样，飞过了，也就过去了，一点儿痕迹都没有。”

“如果我不愿意呢？”老羊皮闷声闷气地说。

范孤嘿嘿一笑，说：“你害怕啦？实话告诉你吧，这种事我遇多了，也干多了，否则也走不到今天。说白点儿，这在我来看，什么都不算！你太老实，想想看嘛，放我一马也就是天知地知，你拿钱，我走人，两不相欠！不要死脑筋啦，现在是啥社会，你比我清楚。许多人坐在家里，收收信息，打打电话，就成了百万富翁，像你这样卖命吃苦的能有几个？我看你岁数也不小了吧？该是享受享受的时候了，可还在这么高这么远的地方认真遭罪，何必呢？”

到了这会儿，老羊皮终于知道范孤为啥要在这儿等他了。

可就在这时，他右侧的腹部疼痛起来，越来越厉害，是来自里面的扯肝扯肺的疼，扯得天在摇摆、地在晃动……但他的意识相当清楚，他知道自己受伤了，是在救小吴的时候，那个中弹倒下的歹徒，没来得及把匕首扎向小吴的心窝，却在瘫倒的瞬间下意识地把匕首挥向了身后，刀尖正好划过老羊皮的腹部。当时他感觉并无大碍，甚至没有低头看看伤处，连眼皮都没眨一下就跨上了追赶范孤的摩托车。现在看来，可恶的刀子肯定伤到内脏了，一丝悲凉悄然滑过。可他明白，这样关键的时刻，稍一分神儿就会遗恨千古，他绝不会再让范孤从视线里溜走！

他想到了开枪，但死不争气的心脏一直在高度狂跳，跳得他呼吸急促，恶心难忍，全身颤动。这么远的距离是不可能命中的，必须要靠上去！

他双手举枪朝着范孤一步一步地走了过去。

范孤惊慌了，他惊慌失措地把枪指向老羊皮，说："你身上有血，你受伤了，是被我打伤的，你就要死了！"

"放下武器！"老羊皮大喊了一声。

"笑话！"范孤边说边往后退，显出随时要转身逃跑的样子。

"站住！"老羊皮咬牙切齿地喊道，"再动一步，我就打碎你的脑袋！"

范孤站住了，说："你也一样，再往前走，我就开枪！咱们……咱们不能好好谈谈吗？有啥要求你只管说啊！"

老羊皮没听见似的还在往前走。

两个人的距离越来越近了，也就十五六米的样子，可老羊皮还是坚定地往前走着。到了这会儿，他已经完全将生死置之度外。他坚信，只要多接近对手一步，获胜的概率就会加大一分。

现在，他锐利的目光已经清楚地看见范孤忽大忽小阴森惶恐的眼睛了，在最多也就相距十米的位置，他站住了。不可思议的是，他一站住，狂烈的心脏突然就平静了下来，像是跳累了该休息似的。随之而来的是一阵强烈的眩晕，身体也轻飘起来。可他的意识依然清楚，这样的距离终于使他能够放心，即便范孤开枪击中他，范孤也绝对跑不了！

他的枪口指向范孤的前胸，紧紧扣在扳机上的食指开始加力。

就在这时，出人意料的事情发生了。范孤突然扔掉手枪，扑通一声跪在地上，举起双手求饶道："别……别开枪，千万别开枪！我认栽，我服输，我投降……"

一阵清风迎面扑来，老羊皮的身子摆了几摆，脚下似乎愈加轻飘，可他的意识更加专注。他紧盯着跪在地上的范孤，一手把枪指向他的脑袋，一手拿着手铐慢慢靠过去……一步，一步，又一步，到距离两三米时，他把手铐扔过去，用沙哑的嗓音命令范孤十秒内把自己铐在摩托车上。

范孤绝望地瞪着老羊皮，愣了两秒钟，无奈地避开老羊皮锋利的目光，极不情愿地把自己的一只手铐到了摩托车的避震器上。

这时，老羊皮身子一歪，软绵绵地倒在了地上。他太虚弱了，虚弱得连动弹一下的力气都没有了，但他没有发昏。他奇怪地看着范孤坐在那儿朝他又蹦又跳，嘴里不断地发出困兽般的嚎叫，就差挣断胳膊扑过来了……

他不知道，范孤之所以扔掉手枪束手就擒，绝不是甘愿认罪，而是他的枪里没子弹了。事实上，他在枪口对准老羊皮的时候，恶狠狠地扣动了无数次扳机。

文苍的右肺被子弹击穿，当天中午由接警赶来的武警车辆紧急送到医院，保住了性命。

小吴伤势无甚大碍。事发后，他带伤果断指挥大石头羊圈的牧民群众，报警的报警，追踪的追踪，直到找到失血过多奄奄一息的老羊皮。他把老羊皮抱在怀里号啕大哭。

老羊皮望着他，古怪地笑了笑，撂下最后一句话："我……我他妈真想儿子……也……也不知道这小子……考……考得咋样了……"

老羊皮的追悼会开得很隆重，是和端掉范孤老巢的总结会一起开的。会上小吴发了言，他眼含泪水，只说了一句话："我改名了，请大家以后叫我'小羊皮'！"

（原载《啄木鸟》2011 年第 8 期）

海桀，原名尹海杰，1958 年生，籍贯河南。文学创作一级、编剧、中国作家协会会员。出版有《艺僧》等长篇小说 7 部，代表作长篇小说《唱阴舞阳》。在文学期刊发表中、短篇小说 70 余部，其中中篇小说 40 余部。中篇小说《麦仁磨快的刀子》获第二届"钟山文学奖"。

归　案

邓宏顺

一

风和阳光从樟树林那边斜过来，都灌进了这间办公室。室内的桌椅亮得很有精神地站着，它们固定的位置把坐在它们上面的人的身份明确起来。毛大队长和陈副在当地公安局的配合下，在这间办公室审问这个叫李子良的人时，的确没有费什么功夫，一问话，李子良就老老实实地交代，他就是故意杀人后在外逃亡十五年的李泽洲。当年他迂回曲折地先是逃到广东，在广东办假身份证时，他将自己的名字、籍贯都改了。陈副一边做问话笔录，一边仔细注意着坐在对面的嫌疑犯的音容神态。在这个李泽洲身上，仍然想象得出那位优秀乡村教师的文雅，虽然他完全是一位落魄流浪的汉子，衣衫褴褛，脸色死白，一只耳朵还丧失听力，两眼受过伤，已显得极为疲惫无神，但他讲话时吐字出词和思维逻辑仍不失一位教师的儒雅，让你很难把杀人的事和他联想在一起。陈副很想现在就问问李泽洲这十多年的逃亡生活是怎么过来的，然而，现在还不能，过几天有时间，他一定要和李泽洲好好交谈一番。他自告奋勇来执行这个任务，在很大程度上就是对这个嫌疑犯有着浓厚的兴趣。这个嫌疑犯一定有着复杂的内心世界，有着深深的忏悔，有着难以为人发现的重要东西。

这时候，毛大队长按捺不住内心的激动，给王局打电话报喜说，在逃十五年的嫌疑犯李泽洲已被抓获，两天内即可押解归案。

打完电话，毛大队长跟陈副说，我们明天起程回局吧。

陈副说，好。明天起程回局！

但嫌疑犯李泽洲突然一骨碌从凳子上跪下地来，前额磕地乞求说，报告政府，我有个请求。

毛大队长说，你说吧。

李泽洲说，请允许我到矿区去把工钱要回来。

毛大队长说，你说什么？

李泽洲说，我还有做苦工的工钱没有收回来，这是我这些年的血汗钱。我要到矿区去找工头把工钱收回来。

毛大队长鲜花一样的心情立刻像被人倒上了垃圾，他很不高兴嫌疑犯此时提出这样的请求，他黑下脸说，不行！

这一刻，陈副马上给毛大队长递了个眼色，让他不要把话说死，并放下笔把毛大队长拉到一边说，毛队，我想，我们应该同意嫌疑犯这个请求。

毛大队长说，这不妥当！

陈副说，别人欠他的工钱，他应该收回来。他这一走就不可能再回来，我以为不同意他这个请求反让我觉得不妥当。

毛大队长说，陈副，你不应该有这个想法。

陈副说，但我一有这个想法就纠正不过来。

毛大队长说，纠正不过来应该有理由。

陈副说，我的理由就是应该满足嫌疑犯这个请求。

毛大队长说，这会打乱我们的工作秩序。

陈副说，也许这会丰富我们的工作。工作可以在已有的秩序下进行，也可以在进行中构成新的秩序。

毛大队长非常严肃地提醒说，一林同志，请你明白，这次执行任务是你服从我，而不是我服从你！

陈副说，这我明白。我这不是在请求你嘛！

毛大队长说，我不同意。

陈副笑笑说，你不同意，我继续向你请求。一直到你同意为止。

毛大队长说，请你不要和我唱对台戏。当初让不让你和我一起来执行这个任务，局领导开会争论一上午。请你不要忘记！

陈副承认，这是事实。

开会那天，王局拉开小会议室的朱漆门页，一股热绵绵的烟雾扑上脸额，有一些挥之不去的黏糊感。走进会议室，他看了看在座的几位副局长和重案大队的正、副大队长都在默默地抽烟，就皱紧眉头说，你们再抽，我就要报警了！谁让你们把气氛弄得这么紧张？于是，大家轻松地笑了一下，将手中的烟头灭掉。

会议真的很重要，但王局有意显得举重若轻。他坐下来像是很随意地跟大家说，十五年前发生在我县的“7·19”命案，现在终于有了破案线索，今天，我们研究一下，这个案子谁上，采取什么样的行动方案……

分管刑侦的易副局长朝重案大队的毛大队长和陈副大队长看了看，意思是想让他俩响应一下王局的讲话，先说个意见。官最大的最后说，官最小的最先说，这是平日开会发言的规矩，所以，毛大队长就朝陈副大队长看了看。在座的人就陈副官最小，且毛大队长对陈副有成见，在日常办案中，陈副常常推翻毛大队长的意见，弄得毛大队长难堪，所以，陈副不说话，毛大队长宁愿保持沉默来维持自己的尊严。陈副却没有发现别人在注意他，正全神贯注地低头将一本书捧在怀里看得入迷，以致王局走到身边来了，他也没有发现。王局的手从他胸前插下去，拿紧了书脊往上提，陈副的眼睛像一条被钓起的鱼跟着王局手里的书从下往上升，直到看见王局的脸他才发现是王局又要没收他的书。

王局说，把书交了，免得你身心分离！

陈副常这样，一有空隙他就看书，开会时只要他不发言，也是常捧着一本书入迷，一副心不在焉的样子，王局已经多次没收过他的书了。

王局将书拿走后，陈副看着王局拿书的手笑了笑说，我集中精力开会就是嘛，把书还我。

王局听而不闻地拿走书放在台上，顺手又翻了几下。书是木刻版的，书壳残损，还有些霉味扑鼻而来，但书名还在，叫《洗冤录》；书的切口也陈旧得残破不齐，特别是经久的年月已经让书页非常黄老，有的字若隐若现，还有很多虫子啃出毫无规则的弯道儿，把一些字的笔画也销掉了。王局翻了几下说，什么书你都拿来看，这么老的小说也能让你着迷？真是怪事！

陈副笑笑说，这不是小说。

王局说，不是小说是什么？《洗冤录》肯定就是破案侦探小说。你还想蒙我？

陈副笑笑，不再解释。他常这样，对于别人还不能理解的事总懒得解释。这是他从旧书店堆积如山的旧书里淘出的一本好书。淘到这本书时，他心跳加剧，两手微颤，高兴得想蹦几下，但怕老板看出他的高兴劲儿而抬高售价，又只得沉了下来，压住自己的兴奋。他原以为这本书老板起码要几百元，没有想到他把书递给老板定价时，老板一边下棋一边瞧了一眼就跟他说，五十元。说实话，如果老板坚持要一千元，他也会买下，因为他在一本介绍古代衙门生活的书里看到过，那些破案的人在科技不发达的年代，世世代代就是凭着一本《洗冤录》破案吃饭的。在《洗冤录》里面，果真让他看出了侦破案子时的多维思考方式。现代破案手段有如现代医生行医，对科技的解读结果依赖太强，而《洗冤录》更好地体现了破案人所应有的智慧和主观能动性，如何将现代高科技破案手段和破案人的主观能动性更好地结合起来，如何在不具备现代科技手段的情况下，基层公安也能提高破案效率，这都应是当代基层公安人员探索的问题……

此刻，书虽然被王局拿走了，陈副却还在嚅动着嘴唇，默记着《洗冤录》上的那段话："仰面伤痕十六方，顶心左右思门当，额面额颅头必看，耳窍咽喉并太阳，肋乳胸膛并乳腹，脐间肚肪更须详，肾囊有子看双独，妇女阴户恐暗伤……"

陈副给领导的印象很复杂，量化起来，有两个最不顺眼的地方：一是他才四十出头却满头银发，一副老革命形象；二是他看书太多，言行出众，难以驾驭。但每次开业务会研究案子，无论别人说什么，说多少，王局和毛大队长听完后又都非要陈副发言不可，似乎没有听到他的发言，就像三脚架缺了一只脚支撑不稳，心里就老有一块空缺，老有一个看不见的漏洞没被发现，所以，这时候，王局就只希望陈副能够专注地听他讲完这些情况后，认真地说说意见；在这样的会议上，不同的意见越多越好，越是不同意见越能开阔思路，堵塞漏洞。这个积命案已经十五年没有破下来，这回有了线索，一定要选准人，订好方案，马到成功！

王局把书放在台上继续说，最近一段时间，由于我们局里加大了对积命案的攻坚力度，同时制定了举报有奖的机制，好不容易才获得这条重要线索，我们重案大队要以高度的责任感和顽强的拼搏精神，认真抓好这起案子的侦破。总的要求是：只能成功，不能失败！现在我们认真研究一下，看看谁上这个案子最合适。

小会议室里刚一静下来，外面的人车嘈杂声就从窗户缝里挤了进来。毛大队长看出了王局的眼神是要重案大队先说个意见，于是，毛大队长和往日一样，有所提防地说，陈副，你先说。

陈副毫不犹豫地说，这个案子我要上！

明明是个艰巨任务，陈副为何要主动争取上案呢？在座的各位都挪了挪身子，说不出是种什么感觉，像是一种本能的反应。有点儿高兴？有点儿意外？有点儿怀疑？有点儿担心？有点儿猜不透……反正陈副说的话，大家都要往复杂和深奥处想，生怕自己想简单了在他面前显得幼稚无知。不是都希望陈副说话吗？他真说了，大家的感觉又都不对劲，没有谁说好，也没有谁说不好。

毛大队长看着王局，也不知说什么好。王局说，这是个十五年的积命案，是个艰巨任务，陈副你干吗争着上？

王局把球踢回来，显然是要变被动为主动。陈副说，自从我知道这个案子，我就没有忘记过。这案子很特别，侦破它会非常有意思！

王局对这个回答不满意，认为陈副没有把内心话说出来。他正了正身子追问起来，一个十五年的积命案，什么地方会非常有意思？我倒想不出来。

陈副说，你想不出来那当然就没有意思，想出来了那当然就非常有意思。

王局说，请你这位大学问家跟大家说说，这个非常有意思在什么地方？

陈副说，你们可能不清楚，这个李泽洲在作案前，其实是一位很优秀的乡村教师。

王局说，是不是一位优秀的乡村教师，这不关我们的事。我们现在只知道他是嫌疑犯。

陈副说，他根本就不想杀死乡里的那位电管员，完全是一种被逼无奈的结果。对于罪犯心理和情感做充分的了解，其实很有助于办案，因为情感是犯罪的主要动因。

王局说，你带着这种感情能办好这个案子吗？真让我担忧。请你不要将这些感情因素带到办案中来，我们现在要完成的任务是尽快抓他归案。

陈副说，对他当时作案的相关因素做深入了解，这并不妨碍尽快抓他归案；相反，只会对尽快抓他归案有利。

王局说，什么事到了你那儿就变得学问高深了，就总有一套与众不同的理论了。现在，还不知道能不能让你上这个案子，你还用不着想那么多，你还是慢点跟我高谈阔论。

陈副笑了一下说，这案子很有味道，我真的想上。

王局说，搞案子可不能光顾着有没有味道，有没有意思。这样吧，你先出去回避一下，等会儿叫你时，你再进来。

让陈副上这个案子，一定会有激烈的争论，陈副在座，肯定不合适，所以王局叫陈副避一避。

陈副说，此地无银三百两！这不就等于是同意我上这个案子了吗？

王局说，你说的？我看是不同意你上这个案子才叫你回避！

陈副站起来却不走，王局说，你怎么还不走？

陈副说，书呢？书还给我我就走；不然，走出去干什么？

破书，给你！王局长把书抓起来朝着陈副摔过去。

陈副敞开胸怀往后仰，让书稳稳地飞落到他的胸肌上，然后一抱护住，拿着书高兴地出了门。

大家又静下来。王局说，毛队，你的意见呢？

毛大队长说，我服从局里的决定。

王局说，我还怕你不服从局里决定吗？我是想先听听你的不同意见。

毛大队长说，这是一个十五年的积命案，局里应该引起足够的重视，我们重案大队更应该引起足够的重视。

王局说，这个还要你说吗？不重视我开这个会哄菩萨？我现在要问的是谁上这个案子最合适。陈副他要上，你看行不行？

毛大队长说，我刚才已经说过，这个我服从局里的决定。

王局说，那么陈副和你一起上这个案子如何？

毛大队长最怕的就是和陈副一起办案，两个人的思路常常大相径庭，王局是照着他的痛处踩了。但他知道，王局喜欢他忠厚听话。此时，他不能坚决反对王局的意见，如果不同意陈副上案子，王局会不高兴，将来自己在这个案子上出了差错可负不起责任。毛大队长说，这个，我原则上服从。不过，陈副这个人太个性化了，办案中难以形成合力。说实话，如果是在本地办一般案子，遇到什么不同意见，我们还可以随时到局里来协调；现在是要去江西赣州办案抓人，而且是去对付在逃十五年的杀人犯，我担心，到时候他那牛脾气一犯，不听我的话，闹起矛盾来影响执行任务。

王局说，你说完了？

毛大队长又补充一句说，一旦要有行动，他不跟我配合，我可就孤掌难鸣了啊！

王局再问，你说完了吗？

毛大队长说，我暂时就只想到这些。

王局把视线散落到在座的各位副局长脸上说，你们各位都谈谈，别的就不要扯远了，就是谈谈陈副上这个案子合不合适。

其他几位副局长都站在毛大队长这边说话，认为陈副的个性不宜上这个案子。大家都说了一通，自然就该分管刑侦的易副局长讲话了。管刑侦的最后还是要破案。案子破不了，再听话的人也没有用！易副说，我看行。毛队办事稳重，尊重领导意见，有他在，有利于贯彻局领导意图；陈副在工作中富有创新精神，这两个人组合在一起，应该是互补的，可以放心。王局清楚，易副的前一句是在给毛大队长面子，后半句才是他真要说的心里话。

易副这么一说，首先是毛大队长着急，因为在刑侦这方面王局会听易副的，而现在易副明显倾向陈副。以前他和陈副有过几次不协调，每一次易副最后都站在陈副一边，有两次他还和易副顶了起来，所以，他和易副其实是有点小隔阂的，不过工作上也还没有什么大碍，但每次他都提醒自己：对易副要多提防一些，至少不要钻易副设下的套子。那么，现在易副用意如何呢？他难道就不会在这个时候摆个八卦阵捧陈踩毛？易副不这么尽往好处说，他还不太在乎，易副越是说得这么好听，毛大队长就越是怀疑，抵触情绪也就一下子大起来，越觉得自己此时应该金蝉脱壳。他说，陈副这个人，我不是说他不好，而是难以配合，这么复杂的案子，让我们俩一起上，以我看，这不叫互补，应该叫作互咬。如果要我上这个案子，请王局重新给我考虑搭档；如果一定要陈副上，那就请领导重新给陈副考虑搭档。

毛大队长看着王局，等着答复。王局没有马上答复，而是朝其他几位副局长看着，说，你们几位还有什么意见？

因为各有分工，各位副局长都说没有别的意见，请王局拍板。王局有些情感复杂地笑了一下，说，好啊，大家不说，那就该我说了。这个陈副实在是不知该怎么说他好，他的优点像是他的缺点，他的缺点也像是他的优点。也不知我这么说对不对，不过出于两点考虑，我表示同意陈副上这个案子。

毛大队长抢了话说，那就给他另配搭档。

王局说，不，就你们俩上这个案子。他当你的帮手。第一，陈副是主动要求上这个案子的，他在工作中会很有积极性；第二，只有你在，才能保证局里的意图随时贯彻到底。

毛大队长还要张嘴说话，王局一扬手阻止说，你不用再说了，刚才已经“民主”过了，现在我是在“集中”！上案子的人就这么定了，就是你毛大队长和陈副大队长。现在就请毛大队长叫陈一林进来，看看他还有什么要说的。

毛大队长似乎有些犹豫，王局照他的软肋上修理了他一句，你不是一再说服从局里的决定吗？怎么，现在不想兑现了？毛大队长只好勉强笑一下。

毛大队长出去了一会儿就同陈副一起进来坐下。

毛大队长的脸变成石板一块，而陈副却面带笑意。王局指着陈副说，看你那高兴的样子，是不是毛队向你泄密了？

陈副说，什么密？他才不会呢！

毛大队长说，我才不跟他说这些让我不高兴的事呢！

王局说，那我就告诉你吧，大家都说你不宜上这个案子。说你爱标新立异，不听话，不让你上！

陈副说，欲盖弥彰。

王局笑着说，精怪。什么事都瞒不住你。——大家都同意你的请求了，现在，你先谈谈行动方案吧。

陈副说，也不是大家都同意我上了。我也没有行动方案，请毛大队长谈。

毛大队长记起以往的教训，说，你先谈吧。

陈副说，要我说，我还没有什么方案，我只知道一切决策都要符合具体条件。我们现在要赶快去嫌疑犯所在地实施抓捕，以防夜长梦多。一个逃犯是随时都有可能变换自己的居住地、姓名和一切信息的。我们必须尽早，最好的方案就是具体情况具体对待，相机而动。

王局点了点头说，我看行！你们到了那边，请随时向局里反馈新情况，以便我们决策。会议就开到这儿。

二

从上车那天起，两个人就难免有些别扭，在侦破过程中也有过不同意见，但毛大队长看出来了，陈副这次也在克制着自己的个性。

那天，两人约好在火车站集合上车。

农历四月的火车站广场上，树木葱绿，显出生命的最强状态，风把繁茂的树叶和灯光摇晃得像有羊群奔跑的牧场。陈副拖着行李箱早早赶到了候车室门口的树下，他知道毛大队长对他上这个案子有异议，说透了，就是怕在行动中两个人统一不了意见，造成内耗，办不好案子，所以，现在他早早地等在候车室门口，也算是谦逊的表现。

陈副没等多久，毛大队长就拉着行李箱到了。陈副主动走近毛大队长说，你也来得这么早啊？

毛大队长笑笑说，你先到了，还说我早？今天你怎么变得这么和蔼可亲了？

陈副回笑一下说，谦敬载福啊！

毛大队长看看手表说，还有半小时呢。

陈副说，去候车室坐坐吧。

两个人走进候车室，在人少的地方毛大队长先坐了下来，陈副紧靠着他坐。毛大队长暗里高兴了一下，心想，这回王局使了什么药，让这个一肚子犟脾气的陈副这么跟紧他了？毛大队长说，这回我们俩的任务艰巨啊！

陈副说，飞不了九万里就算不得鲲鹏，移不了大山就算不得愚公！

毛大队长敏感地说，刚才还表现谦恭，这会儿又忍不住要禀性复发了？又要给我抬杠子了？

陈副说，我这个人还是装不来假象，王局个别交代过我，说这回要我好好地听你的话，跟紧你，才说上两句话，我又原形毕露了。

毛大队长说，王局说得对。这回我们是外出执行重要任务，你可不能和我抬杠子。

陈副说，我干吗要和你抬杠子？我们俩要站在一边拔绳，劲往一处使！

毛大队长说，这话说得好。但你可要记住啊，不要过会儿又忘了。

陈副说，大队长，你对我也太不放心了。

毛大队长说，你叫我无法放心。

陈副说，这回我一定让你放心。

毛大队长说，你说得好听！你已经让我不放心了。

陈副说，我什么地方做错了吗？

毛大队长说，你昨天哪去了？老实告诉我。

陈副说，我没去哪儿啊！

毛大队长说，你还不认账，我打了你老婆手机，你老婆把你的行踪都如实告诉我了，你还想隐瞒？

陈副一笑说，大队长就是大队长，还是高我一筹！老实说，我去嫌疑犯的老家了。

毛大队长说，你怎么能这样呢？要是惊动了嫌疑犯呢？

陈副说，我穿着便衣装成“荒货客”，神不知鬼不觉地在村里弄清了嫌疑犯的很多情况。

毛大队长说，你不能这么无组织无纪律地去弄那些无关紧要的信息。

陈副说，我们储藏的信息越多，就越利于我们制伏嫌疑犯。

毛大队长说，你知道我为什么不愿意和你一起执行任务吗？

陈副说，别说这个，我不想知道。

毛大队长说，你这个人什么都好，就是不好驾驭。

陈副说，老虎也还可以驯化嘛。

毛大队长说，再驯化，它饿了还是要吃肉。

陈副说，它饿了还不吃肉，那就不是老虎，是猪！

毛大队长瞪了一下眼，不满意陈副这么说话，想敲他几句，但喇叭里正喊着这趟列车的旅客检票上车，两人汇入人流朝检票口涌过去。

一路上，毛大队长为防备陈副张扬个性，不愿意再跟陈副多言，也一直对陈副瞒着他去嫌疑犯老家弄情况有看法，认为这不是现在要做的工作。快到嫌疑犯所在的江西赣州的一个县城时，毛大队长才不得不跟陈副商量说，我们还是先去当地县公安局，和他们取得联系，然后，再开展行动。

陈副显得很听话地说，好，是应该这样。

毛大队长又嘱咐陈副说，这次你可要听话啊！

下车后，为不引人注意，两个人坐一辆残疾人代步车，慢慢转到当地县公安局。当地公安侦查部门根据他们提供的线索积极配合，对嫌疑犯进行了排查，初步锁定了嫌疑犯所在的范围。

在锁定的范围内侦查了几天，一个细雨蒙蒙的上午，他们终于在河边的一个竹场里发现了一个姓孔的竹木老板与一个姓李的男子联系频繁，根据线索提供的情况分析，这个姓李的男子，很可能就是他们要抓捕的嫌疑犯。

毛大队长和陈副化装成竹木生意人在竹木场里看了半天堆积如山的竹木货物，又与孔老板谈了一笔竹木生意。谈价格时，孔老板见他们都是外地人，每两码子多要了十块钱。毛大队长要砍价，陈副不让砍，就答应明天在县城付定金。毛大队长本不想同意的，但他还是依了陈副。

通过翻看生意单等多种侦查手段，发现这位与孔老板来往频繁的李姓男子不叫李泽洲，而叫李子良。

回城路上，毛大队长不无丧气地说，这个线索恐怕又断了。

陈副说，现在还都说不定。

毛大队长说，以前在侦破这类案子时，也几次碰到类似情况，好好儿的一个线索，说没就没了。我看这回情况也差不多。

陈副说，不，现在这个线索希望还在。不是约了孔老板明天来县城里交付定金吗？待孔老板到了县城，我们要当地县公安局秘密传唤他，我们作为生意人身份不好问的事，公安人员就都可以直接查问了。

毛大队长说，这么快就传唤孔老板不太适宜，孔老板要是真有这方面线索，就有可能惊动嫌疑犯。

陈副说，恰恰相反，时间越长，我们被发现的可能性越大。我们动手得越早越好。

对于陈副这种近于武断的说话，毛大队长听起来很不顺耳，但他也还是依了陈副。

第二天，毛大队长和陈副在当地公安的配合下，如约早早来到县城二码头上等待孔老板的到来。码头上很热闹，大小不同的各式的客船、货船，像把码头围成一把张开的折叠扇。抬水泥的、担砂卵石的、搬运蔬菜的、运家电的、人来人往，络绎不绝。毛大队长和陈副的视线像手电光一样，几乎将每个人都照射了一次，但没有孔老板。毛大队长和陈副对视了一下。毛大队长说，孔老板是否发现了我们什么疑点，他不来了？

陈副说，他会来的。

毛大队长说，为什么？

陈副说，商人只认利。每两码子我们多给他十块钱嘛！

此时，毛大队长才明白陈副昨天为何不让他砍价。

果然，正在码头上来往行人最为稠密的时候，一个熟悉的身影出现了。毛大队长有些耐不住性子，站起来要迎上去，陈副一把按住他说，慢！让他来找我们！

果然，孔老板找来了。刚说上几句话，当地公安人员将孔老板秘密传唤到公安局问话。通过交谈，孔老板毫不隐瞒地说了那个叫李子良的人，大约五十多岁，他们是在矿山打工时认识的。那时候，李子良和他妻子廖有枚都在孔老板手下打工，他们的工作就是整天在山上捡拾松枝和挖松树蔸背回来熬松焦油。但公安人员问到李子良是哪里人时，孔老板说的却不是李泽洲的原籍。

当公安人员问孔老板，李子良现在在何处从事何种职业时，孔老板说李子良仍在矿山上给一个工头打工。

交谈完毕，毛大队长还是像往常一样，希望陈副先发表意见。毛大队长喜忧参半地问陈副，下一步怎么办？

陈副轻松地笑着说，赶快抓人归案。

毛大队长说，疑点还不少啊！

陈副说，是啊，疑点还不少！姓名不对，籍贯不对。但一个外逃的嫌疑犯，他肯定想到要改动这些。何况他曾是一位有文化的乡村教师呢！现有的两个重要情况非常可信：一是这个叫李子良的人与李泽洲的年龄相仿；二是这个叫李子良的人妻子也叫廖有枚，与李泽洲的妻子完全同姓同名。孔老板说的年龄是从这个叫李子良的形象上看出的，而非其他渠道所得，这是眼见为实，而廖有枚正好是李泽洲妻子的名字，世上的事，要这么凑巧，恐怕很难。据我在他老家暗探得到的情况，李泽洲的妻子是在李泽洲外逃几年没有被抓捕之后才出来的，她很可能疏忽了改名这一点。

两个人正说着，毛大队长的手机响了，是王局打给他的，问行动情况。毛大队长说，进展顺利，不久将有重大收获汇报。王局又问陈副的配合情况，毛大队长就在王局面前表扬陈副，说陈副从来没像这次这样配合得默契。

毛大队长打完电话，看着陈副说，这回你该高兴了吧？

陈副却摆摆手没说话。

毛大队长带着玩笑的口气说，那你是打算下一步不好好配合我了？

陈副说，如果下一步问题出在你身上呢？也要我配合你？跟着你做错事那我可不答应！

毛大队长说，看看你，都把我往哪儿想了。

陈副说，如果嫌疑犯还在矿山上打工，我们的行动就一定要安排得非常周密，因为矿山上的人员、地形都相对复杂，很容易出意外。我们只有先熟悉地形，锁定嫌疑犯之后才能实施抓捕。

毛大队长说，我同意你这个方案。不过我们一旦去侦查，会不会打草惊蛇？

陈副说，这就要看我们如何去进行侦查。

毛大队长说，我们和当地民警一起去矿山，以查户口为名，就可以把情况弄清楚，条件成熟的话，我们也可以实施抓捕。

同行的当地县里民警插话说，这个办法也不是不可以，以前我们也常用这办法，不过也很容易出问题。只要嫌疑犯听说我们查户口，他就会想办法跑掉。

陈副说，这样吧，请你们当地公安出面，借两辆货车给我们，让孔老板与我们同行。我们还是以拉货为名，深入矿区，在不惊动任何人的情况下把地形侦查清楚，然后让孔老板去与嫌疑犯联系，这样，我们就能准确无误顺藤摸瓜地将嫌疑犯抓获。

大家都觉得这个方案比查户口稳妥。

夜里下了一场大雨，溪沟里的水一阵乱涨，地上的石头被洗刷得长高了一截，满山上的树都像是刷了一遍新绿，雨后的太阳也露出了红润的脸蛋。当地公安部门把借来的两辆货车和孔老板交给毛大队长和陈副，于是，两辆货车在崎岖不平的简易公路上走了九十多公里到达了要去的矿区。

车进矿区后停了下来。他们没有下车。这里地形的复杂远超出了他们的想象，几乎没有什么平地，绵延起伏的大小山脉让人目不暇接，近溪两岸树木繁茂，遮天蔽日。加之矿洞多，工棚多，流动人口多，一时的确难以找到这个叫李子良的嫌疑犯，倒是担心李子良先发现他们的行踪。如果李子良往山里一钻，那就会轻松逃脱他们的追捕。

毛大队长说，陈副，看来，我们的行动得十分谨慎！

陈副说，我们别下车，就这么开着车子在矿区里转，看看孔老板能否发现那个叫李子良的人。

货车按照孔老板提供的路线，在矿区转了一通，孔老板仍然没有发现那个叫李子良的身影。

孔老板有些着急地说，让我下车去打听打听，他应该还在这个矿区。

毛大队长不敢答应，他对孔老板不了解，信不过，不敢放单飞。他说，陈副，我想给王局打个电话。

陈副说，你这是把责任推给领导。

毛大队长说，你说话怎么这么尖刻？那你决定吧。

陈副说，行！孔老板，你下车去打听吧。我们车子就跟在你后面，如果有人问我们来做什么，你就说是来联系货源，别的都不要说。

孔老板下车去了，毛大队长说，陈副，这是你同意他去的啊！

陈副说，我绝不会说是你同意的。

毛大队长说，你太大胆了，你怎么就这么毫不犹豫地答应孔老板一个人下车去打听情况呢？

陈副说，拴住猫你就别指望它捉老鼠。

毛大队长说，如果孔老板给嫌疑犯通风报信呢？

陈副说，孔老板在当地做那么大的生意，他会非常明白公安对他有着重要的利害关系！我们有当地公安配合，你放心！不让他下车去打听，我们就无法发现和抓住嫌疑犯，这是绝棋。

毛大队长说，我们应该紧随其后。

陈副说，不，我们守株待兔更好！

毛大队长说，这太冒险了。

陈副说，冒险的背后才有惊喜。

孔老板去了半个小时还没有消息，毛大队长又着急地跟陈副说，我们是否失策了？

陈副说，如果让孔老板去打听情况这个决定是错的，那这个责任完全由我来负。

毛大队长说，我们一起上这个案子，有了责任怎么能有你我之分？

其实，陈副心里也没有把握，他用心理学上那句话安慰自己：需要是动机的源泉。孔老板需要的是安安定定做自己的生意，这个叫李子良的人不过是他的一般熟人，又穷得没有什么好处给他，他无须放走这个叫李子良的人而让公安部门找他的麻烦。这么一想，他心里又稍微踏实了一些。

大约四十分钟后，陈副陡然精神起来，他指着远处的两个人跟毛大队长说，毛队，你看，来了！

毛大队长尽力伸长颈项朝远处望去，果然是孔老板带着一个人来了。

毛大队长脸上一喜，但马上又担忧起来说，如果孔老板带来的不是嫌疑犯呢？

陈副说，不是嫌疑犯他带来干什么？

孔老板越来越近了，很快就走到车前。孔老板按照预先约定的暗号说，两位老板，这位就是我的老熟人李子良。毛大队长和和陈副将手中照片一比对，果然不错，他就是嫌疑犯李泽洲。他俩和当地公安部门的一名民警一齐跳下车去，将这个叫李子良的人抓获。

三

应该说，这个任务已接近大功告成，没有想到陈副现在却不能和他想到一起，突然同意要让嫌疑犯去收工钱。这显然是节外生枝，很有可能导致前功尽弃。两个人的话都说到了悬崖峭壁，已经没有了再往下说的余地，但又都不愿让步。

毛大队长坚持说，我不能同意嫌疑犯再去收工钱。

陈副说，这样做也不是不可以，但你要知道，这个嫌疑犯不同于一般嫌疑犯，这笔血汗钱没有收回来，会是他最伤心的事情，他甚至路上发生什么意外都有可能。

最后这句话让毛大队长心里一惊，觉得如果和陈副再对抗下去，万一嫌疑犯在路上出了意外，他很难负这个责任。他不得不软下口气说，那好吧，我同意他这个请求。不过，他现在必须在我们的严格监管下进行活动。

陈副说，那当然！

于是，李泽洲在毛大队长和陈副的监管下回到他的逃亡之家。

这个叫家的地方只是工棚中的一小间，由一些杂木棒和几块松木板搭成的床上堆满了杂物，除了床之外，根本就没有家具，必需的东西都用蛇皮袋装着吊在竹子织成的屋壁上，凉风钻过竹壁缝挤拉成长长的扁条状吹进来，那些吊在竹壁上的行李就像圆圆的灯笼被风拍打得一晃一晃的。李泽洲的妻子廖有枚见公安来了就哭，但没敢哭出声，一把一把地擦拭着泪水收拾行李，她真没有想到公安人员这么多年还没有把案子忘掉，还会找到他们。这个世界真是没有找不到的地方。

她现在准备和男人一起上路，送男人归案。

收拾好行李，李泽洲在毛大队长和陈副的监管下去矿区工头那儿要工钱，但一分钱没有要到，还挨了工头的辱骂。李泽洲回到工棚十分绝望地和妻子搂成一团大哭起来，一边哭，一边诉说着这些年他们所经历的非人生活，诉说着家庭的惨状，诉说着没有良心的工头……

哭诉过一阵，李泽洲还把一大摞皱巴巴的工钱欠条复印件递给陈副说，你看看，这都是工头欠我的工钱。工头认为我不敢暴露自己的身份，就想吃掉我在矿区做苦工的工钱。

毛大队长看着这一幕，心里也难过，但他反复地跟李泽洲两口子说，这都是你们罪有应得，你们还怪谁呢？你们还怪谁呢？这是罪有应得！

陈副却忍不住咬紧了牙帮骨，因为只有他知道，李泽洲背负命案在逃后，一家人不愿在当地生活，把房子卖掉后，躲在廖有枚娘家过日子，因为杀人犯使家里名声败坏，三个子女无脸读书，年幼时都跑到外面打工谋生，饱尝人生的艰辛，小女儿被人拐骗，强迫她卖淫，还因病无人照顾，十三岁就客死他乡。廖有枚不堪身心煎熬，也弃家外出寻夫。至今两个儿子尚无着落，老娘也气得早赴黄泉。这时候陈副把毛大队长拉到门外的松树下说，我要再去矿区为李泽洲讨回工钱！

毛大队长说，你说什么？你要再到矿区为李泽洲讨工钱？

陈副说，是的。毛队你没有听错。

毛大队长说，陈副，你怎么会有这样的想法？在讨工钱的问题上，我已经迁就过你了，你也太得寸进尺了。我希望你不要天亮时在被子里拉尿！

陈副说，看着这种事，我受不了。

毛大队长说，他是嫌疑犯。

陈副说，我知道他是嫌疑犯。

毛大队长说，你要记住我们的任务只是抓嫌疑犯归案！何况我还迁就你的意见，让他去找工头讨过了工钱。

陈副说，这没有错，但我们也还没有法纪规定不能为嫌疑犯讨还公道。

毛大队长说，你这简直是在讲哥儿们义气！

陈副说，哥儿们义气只是个人感情，这和哥儿们义气完全是两回事。我们不能践踏人类所需要的良心，这是一个人有没有正义感的大事，是我们还维不维护社会正义的大是大非！

毛大队长说，你不要忘了我们的身份和职业，你不要见人家几滴眼泪就心软，就感情用事，这是要坏事的，这是我们这种职业的大忌。

陈副说，我太清楚我自己的身份和职业了，也根本不是感情用事，我老觉得不这样做，在良心和正义面前麻木不仁，那才真是要坏大事的！

毛大队长说，你现在简直已经完全站在嫌疑犯一边了。

陈副说，你也可以这么说。嫌疑犯犯了法，该当的罪他必须当，但他的正当权益也应当受到保护。我总觉得我们有责任帮他讨回这笔工钱！

毛大队长沉默了好一会儿，他后悔自己跟王局汇报时把陈副表扬得太早了。看来，陈副的牛脾气现在又犯了。他感到有些棘手，他知道陈副只要一犯牛脾气，就很难扭回。但他也清楚，在这个问题上，他不能让步。他坚决不能同意再去帮嫌疑犯讨工钱！毛大队长说，陈副，我问你，如果李泽洲的工钱十天半月甚至一年半载都讨不回来呢？难道我们俩在这里守他一年半载？

陈副说，毛队，你最多给我三天时间，讨不来他的工钱，我们走人，我心里无憾。

毛大队长说，你以为三天时间还少吗？我们已经抓获了嫌疑犯，还要在嫌疑犯这里为他讨三天工钱，你想想，谁能同意你这种荒唐想法？我们必须明天起程押送嫌疑犯归案！

陈副说，那好，明天你押上嫌疑犯回局，我在这里为他讨工钱。

毛大队长的眼神在陈副身上绞了一阵说，陈副，你是不是太过分了一点。

陈副说，你这样听不进我的意见，我也觉得你过分了一点。

毛大队长说，你自己回想一下，这一路来，你还有什么意见我没有听取？干吗到这时候你要和我发这个难？

陈副说，我根本不是要向你发难，我是容不得这号事出现在我的眼前。

毛大队长说，陈副，你想想，那工头为什么敢如此欺负他李泽洲？还不是因为李泽洲见不得天日。

陈副说，但李泽洲这样的人才更需要我们为他维权。

毛大队长说，我请你认真想清楚，为这种人打抱不平将是毫无意义的。

陈副说，我恰恰觉得为这种人讨回公道的意义非同一般，具有特别意义。

毛大队长说，我们接受任务之前，王局有话，你得服从我的领导。在你面前，我本是不想说这话的，但你现在实在是太信马由缰，我不得不做这样的说明。

陈副说，是的，你是领导。但是，我宁愿在领导面前犯这次错误。

不再有对话的时候，时空完全是一片空白。

空白好一会儿，毛大队长又只得软下来说，那好，我的话你现在听不进了。这样吧，我给王局打电话说明情况，如果王局同意你的意见，就按你的办，如果王局不同意你的意见，我们一定要按王局的指示办。

陈副想了想说，那好，你打吧。

毛大队长拨通王局的电话，如实将情况跟王局汇报后，王局指示说，第一，毛大队长的意见是正确的，必须按毛大队长的意见办；第二，为嫌疑犯讨回工钱虽然不错，但不是我们的工作任务。命令毛大队长必须和陈副两个人按时起程，将嫌疑犯押回来归案。一个都不能少，少一个就唯毛家用是问。

毛大队长说，陈副，你自己在这里听着。除了照办，我们还能怎样？

陈副说，为李泽洲讨回工钱，我也是死心塌地了。我还是那句话，你押上他走，我留下来为他讨工钱！

毛大队长说，不行！王局说，我们一起起程，一个都不能少！

陈副说，难道你还能把我也押起来吗？你还没有这个权力。我愿意犯这次错误，回到局里我自己请求处分。

陈副的话让毛大队长没有了退路，他眉头皱起了无数道山丘。这次本来可以高高兴兴地回去报喜了，没有想到这个陈副突然给他挖了这么一个陷坑。如果他一个人押着嫌疑犯回去，王局肯定要追究他的责任，也难保嫌疑犯李泽洲不在路上发生意外；如果再等三天，王局也肯定要追究他的责任。但相比之下，如果他一个人押着嫌疑犯归案，中途发生意外，比如嫌疑犯逃跑、寻死之类的事，他怎么办？即使不发生这类事情，一起执行任务的陈副没有归队，王局也会追究他的责任；如果等到一起回去，就只有一个问题，那就是没有按时归队，但没有按时归队是找得出理由的。毛大队长不得不委曲求全地说，陈副，如果三天内你讨不回李泽洲的工钱，你将是好事不成，坏事留名。

陈副说，尽其在我，成其在天！我既然决意这样，我就不在乎别的。

毛大队长说，好，既然碰上你这个冤家，我也认了。不过，只能三天。

陈副一下子笑起来，握了毛大队长的手说，毛队，谢谢您这么理解我。

毛大队长甩开他的手说，我理解你什么？根本就谈不上理解，我这是无奈。

陈副说，你可是向来执行局里指示不走样啊！你这次是个例外。

毛大队长说，和你这个冤家一起执行任务，我有什么办法呢！我真的是无法理解你这种行为。

这时候，陈副的心情平静了下来，他跟毛大队长说，如果你多了解一些李泽洲这个人的背后情况，你也许会和我一样，你也许会理解我为什么会做出这样的决定。他作案前其实是个很优秀的乡村教师……

毛大队长说，我想，一个故意杀人犯，再好又能好到哪里去？

陈副说，杀人犯里也有很多种。李泽洲当时根本就没有想要杀人。他是乡村的优秀教师，养有两儿一女，在当地有个很幸福的家庭。他备课特别认真，虽然没有住校办公，但每天回家都要批改作业和写教案。有一天，自家的照明线路出了问题，他从哥哥家接了根电线临时照明，正在他给学生批改作业时，村里电管员来了，二话不说就剪了电线。李泽洲出来一看，两人争吵起来。

李泽洲说，我晚上要批改作业，你为什么要剪我电线？

电管员说，你还有理了？你干吗要偷电？

李泽洲据理力争，不付钱才叫偷！我家电线出了问题，从哥哥家接根电线来，这也能叫偷电？

电管员说，我们有规定，私自接线就算偷电！

李泽洲是教书的，他想想，电管员这个话虽然包含着一种特权，但也还有点儿道理。试想，村里人如果大家都不讲规矩随意接线，村里还不成了蜘蛛网？再说村子就这么大，如果大家都这样，自己不买电表，不装电表，不立户，都从别人家拉线用电，电管员哪还有收入，他还吃什么？李泽洲忍了，他的声音软下来说，那好，你们既然有规定，就按你们规定办。

电管员说，按规定也不是一句空话。

李泽洲说，那怎么办？

电管员说，偷电一次罚款三百元！

李泽洲心里不服，但毕竟用电是急事，他说，只要你们把我的电弄好，保证我正常照明，罚款我照交就是。

电管员说，什么事都由得你说，那还要我们干什么？你不先交罚款，就想把电弄好，世上还没有这么容易的事！

李泽洲想想，这话也有点儿道理。说，那好，明天我就交罚款，你明天把我的电弄好。

电管员说，交了罚款再说。

第二天，李泽洲早早就交了罚款，但电管员却没有去把他家的电弄好。李泽洲每晚都必须要批改作业和写教案，他以为既然交了罚款，接上电线应该不是什么问题了。天黑时，他赌气又把昨天电管员剪断的电线接上了。妻子说，他昨天剪了，你今天又接，他不又说你偷电？李泽洲说，昨天说好了交了罚款就来接电，我早早交了罚款，他为什么天黑了还不来接电呢？这错在他，不在我。他来了我跟他辩理，他一个电管员也不会这么不讲理！

李泽洲家的电灯刚刚亮了一会儿，突然就又断了。李泽洲走出来，果然看见电管员拿着电工钳站在那里。李泽洲说，电线是你剪断的？

电管员说，除了我还有谁？

李泽洲说，昨天说定了的，我交了罚款你就来接电，今天我交了罚款，你为什么天黑了还不来接电？

电管员笑了，说，你以为你是谁？你以为交了罚款马上就能给你接电？

李泽洲说，我是每天晚上都要批改作业啊！

电管员说，那你住大城市去啊！

李泽洲感到和电管员无法沟通，无法说理，他只求把电接好就行。他说，好，别的理都不说了，现在你在这儿，罚款我也交了，你把我的电接通。

电管员说，你当电业局长了？

李泽洲说，我不当电业局长，但我是用户，用户就是上帝。

电管员嘲笑李泽洲说，世界上只有读书人最蠢！人家说你是上帝你就是上帝了？说句假话你就当真了。

李泽洲还真是没话回答，就问道，我家这电你接还是不接？

电管员说，老实告诉你，你这是第二次偷电。罚款三百元！

李泽洲的妻子就在一旁说，我叫你不要自己接，你要自己接，又算偷电了吧！李泽洲说，我不接电，学生作业怎么改？妻子说，作业不改没谁来罚款，算你偷电就要交现钱。李泽洲说，我还得有银子交给他。

电管员就在一旁插话说，你不交也行，但你就别想用电！电管员说了这么一句就走了。

夜很黑，李泽洲在黑夜里站了很久才平静下来。当天晚上他用手电筒把作业改完之后，才跟妻子说，胳膊扭不过大腿，人家在乡里、县里都有人，不然他一个电管员也不会这么猖狂！明天还是把三百元罚款交了，没有电我没法工作。

李泽洲交了罚款后等了一天，电管员还是没有接电。李泽洲忍了一天。第二天天黑了，电管员还是没有来接电。李泽洲火了，说，就是要老子坐牢，老子也要把电接了！李泽洲又把电线接上。但刚亮灯不久又突然黑了，李泽洲气呼呼地跑出来，果然是电管员又拿着电工钳站在那里。

李泽洲说，你真是一只乡下电老虎啊。请你接电你没工夫，剪我的电线却非常及时，准确无误！

电管员晃着电工钳说，你这是第三次偷电！

李泽洲说，天底下没有你这样的道理。我交了两次罚款，你都不来接电，我自己接上电线难道还算我偷电？还是我错了不成？你还让不让我批改作业？你还让不让我教书吃饭？

电管员说，你书读得多，会说理，你爱怎么说，你就怎么说去。我只管你偷不偷电。你偷一次电，我罚一次款。你不交罚款你就别想用电。在这件事情上，只有我说的，没有你说的！

李泽洲说，你不要仗势欺人。不要以为你乡里、县里有人就为所欲为！

电管员说，仗了又怎样？欺了又怎样？

李泽洲说，逼得老子没路了，老子拿火枪放倒了你！

电管员就朝李泽洲逼近，说，你今天不拿火枪来放倒我，你就是我孙子！

看他们吵架的村民越来越多，李泽洲这时候没有台阶下了，只得进屋去把父亲赶山打猎的火枪从门角里提出来。他本来也只想吓吓电管员，把他吓走了事，没有想到他对着电管员一扣扳机，火枪却响了，一股红火划破夜空朝电管员冲过去，电管员应声倒了下去……

四

穿过山谷的风带着浓浓的矿石泥水味道吹过来，发了黄嫩芽儿的松枝全都在泥水味里摆动起来，像是很多松鼠在他俩面前摇动着灵活的尾巴。陈副抚摸了一下松枝，还想讲下去，毛大队长却接了话说，陈副你不用啰唆了，我明白，你说这些就是要说明为什么你要留下来为李泽洲讨工钱。你在出发来执行任务之前就已萌发了对李泽洲的同情，这就是你最深的思想根源。

陈副说，是的，我总觉得这个悲剧的根源不在李泽洲，也可以说不在电管员，似乎还在更深更远的社会深处。李泽洲打翻的其实不是一个电管员，而是乡间那些土霸王，是那些关系复杂的特权。我不明白，我们这个社会的人，为什么一有权力就要胡作非为？

毛大队长说，有时候，知道得太多并不好。比如，你不去想这么复杂，不偷偷地去李泽洲老家了解那么多情况，不去想这些良心、正义之类的事情，我们只要执行自己的任务，这不是很简单的事嘛！现在我们留下来为一个嫌疑犯讨工钱，你知道这要冒多大的风险？讨来了工钱没人表扬我们；如果讨不来工钱，嫌疑犯又出了什么意外，那责任就全在我们，我们如何担当得起？

陈副说，这些我都想过了。我一定看紧他，毛队你多休息，我自己要做的事，哪怕不吃不睡我也乐意。

毛大队长说，我们是一起来执行任务的，出了什么事，责任就是我们共同的，何况我还是队长。我们现在只有抓紧给李泽洲讨回工钱，缩短在这里的时间。

陈副说，是，我们抓紧行动，带上李泽洲去矿区找工头。

毛大队长和陈副回到工棚内，李泽洲和妻子并排坐在两个塞得满满的尼龙袋旁边，两双绝望的眼睛朝毛大队长和陈副望着。他们已经悄悄商量过了，如果不让讨工钱或者讨不来工钱，他们就在路途上跳车逃跑或者一起寻短见。

陈副说，李泽洲，我们毛大队长同意了，我们要留下来为你讨回在矿区做苦工的工钱。

李泽洲可能是耳朵不灵的原因，好像反应有些迟钝，他妻子一骨碌跪下了，马上作揖磕头，李泽洲反应过来时，也就跟着妻子作揖磕头，连声说，谢谢啦！大恩人，谢谢啦！

毛大队长严肃地说，快起来，谁要你们这样了。

陈副也跟着说，你们快起来，我们带你们再到矿区工头那儿要工钱去。

于是，毛大队长和陈副带上李泽洲两口子再次来到了矿区工头所在的工棚里。

肥头大耳的工头正赤裸着上身和他的弟兄们吃肉喝酒，热出一身亮亮的汗油。工棚里很简陋，床前就是餐桌，餐桌不过是一张废旧的办公桌，他们坐在床上手舞足蹈，举杯说笑。吊在头上的灯泡倒是很亮，照得每一个喝酒的人都脑门光芒四射。李泽洲走进去看见这种场合就有些胆怯。这些年来，他的胆量越来越小，越来越不愿意在人多的地方出现，尤其不愿在不恰当的场合出现，不愿意在有头有脸的人面前出现，任何一句有关他身世的话，他都十分忌讳，十分敏感。如果有人欺负他，他宁愿自己忍辱也不跟别人较量。妻子经常说他这些年已经变成一个完全没有自己意志的人了，以前可完全不是这样！这一刻他实在是没有办法，只得走到工头面前说，头儿，求求你，把工钱给我吧。

工头故意瞪大双眼逼视着李泽洲，哈哈大笑之后说，你是谁呀？认错人了吧？工头凭经验早就判断李子良绝对是外逃人员，绝不敢声张自己。

李泽洲说，头儿，我是个没用的人，你别拿我耍猴把戏开心。

工头说，我要你开心？我要你还能开心？我要妹妹才开心！

李泽洲说，头儿，那一万多元钱可是我这么多年的血汗钱啊！对我家庭来说，这可是救命钱啊。

工头顺手扯着帐檐抹了一把脑门上的汗水说，什么钱？我听不懂！弟兄们，你们听懂了没有？

陪工头喝酒的弟兄们齐吼一声，我们听不懂。

又是一阵狂笑声。

李泽洲的妻子见丈夫如此受欺侮，就上前说，头儿，砍朽木不算刀快！我男人是个无用之人，你们别欺负他。他这些年在你手下做的都是别人不愿做的重活、脏活、危险活。他来矿上时是个健康人，这些年呢，耳朵累聋了，一双眼睛也快累瞎了，现在他成了半个残疾人。你每天只给开十元的工钱，还要吃自己的伙食。这么多年才一万多块钱工钱，你现在还不肯给，头儿，你也摸摸良心。无论你是在哪个行道上吃饭的，良心总得有吧？

工头说，弟兄们，听到这女人说话了吗？她一定还读过书吧？话说得这么好听！不过，请你告诉我，良心在什么地方？

廖有枚说，良心在你胸腔里。

工头说，那你有良心吗？

廖有枚说，我们老百姓什么都可以没有，就是不能没有良心！

工头说，那好，你过来让我摸摸，看看你良心在哪儿，有多大，是圆的还是扁的。

工头说着就下床来抓住廖有枚的手要摸她的胸前，李泽洲因为自己的特殊身份，不敢乱说乱动，不敢给妻子帮忙，廖有枚张嘴就咬了工头的手。工头痛得大叫一声挣脱手说，弟兄们，正好这地方没女人，把她绑牢了，让大家快活快活！被捉住的女人就尖叫起来。

站在工棚门外一直观察着这些情况的毛大队长和陈副跑了进去。陈副和毛大队长口头制止无效，一连放倒几个之后才没人敢乱动！

工头醉得有些晃花的两眼看着餐桌上的饭菜都打落在地上，几个弟兄正在那些油腻里滚爬，一时也真摸不着头脑，不知来的到底是什么人。但他使劲睁大眼睛认真一看，凭经验判断，这很可能是穿便衣的公安人员来了。如果是公安人员来了，外面就很可能还有埋伏。工头霎时变出笑脸说，弟兄们好说好说。

工棚内的打斗平息下来，陈副逼视着工头说，你把李子良的工钱开了。

工头两眼一转，觉得不对劲。来的这两个人虽然看拳脚像公安人员，但没有穿警服，如果是公安人员，就绝不会帮李子良讨工钱，很可能是李子良讨钱讨伤心了，才叫来这两个黑弟兄。工头转身喊道，弟兄们，重新上菜，好好招待这两位弟兄。

几个弟兄抬了一张沉沉的高脚木凳过来，让毛大队长和陈副坐。毛大队长刚坐下，工头就闪手从床头掏出一支短枪来，陈副几乎是飞过去一般一把将工头扼住，同时掏出枪来，重重砸在工头手背上，并缴了那支自制短枪。

陈副对工头说，已经较量过两次了，现在你应该知道我们是什么人了吧？

工头说，知道知道。

陈副说，知道了就好，把李子良的工钱开了。

工头说，我没有欠他的工钱。

每年从年头干到年底，工头不给李泽洲开工钱，只给他写一个欠条，答应到时一起结账，但到第二年年初，工头又要将欠条收回去，说是要到上面报账，不然领不回来现钱。可欠条一拿走，又不见付钱。李泽洲再去要钱时，工头就说，我要到公安局去查实了你的身份再给钱。李泽洲心虚，不敢再去要钱，所以现在工头就说没有欠李泽洲的工钱，因为李泽洲的手上没有证据。

陈副说，那么，是这个李子良冤枉你了？

李泽洲赶紧说，谁说冤枉话，雷打火烧！

工头说，我真的没有欠他的工钱。他这种人什么话说不出来？什么事做不出来？他说不定连人都敢杀，还不敢诈我的钱吗？

陈副说，听你这么说，你对这个李子良很了解？

工头说，他肯定是在家乡犯了案才逃出来的嘛。

陈副说，你怎么知道呢？

工头说，他从来不敢跟别人较真！一言一行都只想把自己埋在人海的最深处。有几次我试着说他是在家乡犯案逃出来的，他脸都变色了，从来不敢认真抗争。这种人我一眼就能看出来。

陈副说，如果你懂得这些，你就应该算是窝藏犯，就更加说明你有可能欠他的工钱，因为你知道只有这种人最好讹诈。

工头狡辩道，我是好心好意给你提供情况，你们还把好心当成驴肝肺。

陈副说，谢谢你提供这个情况，不过，这个情况在我们这里早已过期作废了。

工头恍然大悟地说，噢，我知道了，你们已经把他抓起来了。他到底犯了什么罪？

毛大队长说，这个不在你账里算。你现在要做的是给李子良付工钱。

工头猜想李子良是被抓了之后，就更加坚定了语气说，我真的没有欠他的工钱！真的！

李泽洲说，头儿，你要这么说，我去矿区把证人喊来。

工头说，好啊！你去把你的同伙都叫来，叫公安局都把他们也抓走！

陈副说，不许你这么吓唬人。去，把证人叫来。

毛大队长带着李泽洲去叫证人，刚走到门口只见很多人都围在工棚门口。原来他们得知李子良来讨要工钱了，就都来助威，也想趁此机会讨回工头欠自己的工钱。李泽洲跟毛大队长说，我在这矿上干了十几年，他们都能给我作证明。毛大队长说，你们当中，谁能为他作证明？好些人站出来说自己能。

于是，毛大队长照个头大的、形象凶猛的点了五个人来到工头面前说，证人来了。

那五个人连骂带嚷地说工头不仅欠着李子良的工钱，还欠着很多人的工钱，要他赶快还清，还说自己干够了什么的。

工头说，你们不要以为现在抓到了救命稻草。李子良是什么人？他已经是被公安抓捕了的嫌疑犯。你们帮他讲话，你们就成了同伙。跟他李子良同伙，你们知道下场吗？

这帮做苦工的人并不怕工头吓唬，有人还指着他骂道，你吃人肉不吐骨头。这几个苦工钱都想骗。

工头说，你们说我欠他李子良工钱，有什么证据？

大家说，我们在一起做工，谁还不知道谁的事？还要什么证据？

陈副说，这可是人证啊！

工头说，他们空口说空话。根本不能为证！

陈副说，那么，你要什么证据才能为证？

工头说，我欠别人的钱都写有欠条。当然是见我写下的欠条才能为证。

陈副说，据我所知，你把你写给李子良的欠条都收走了，他现在哪还会有欠条呢？

工头得意地说，没有欠条怎么能说我欠他的工钱？我怎么能付他工钱？我说你欠我的工钱作不作数？

陈副说，那要是我什么时候找出你的欠条了呢？

工头摸摸又肥又大又光的脑袋，想起自己已经把写给李子良的欠条早就要走烧掉了，绝不会还能找出证据来。他说，那不可能。

陈副说，你要想到，天底下有很多不可能的事都会变成可能。要是拿出你的欠条怎么办？

工头认定这是在诈他，在吓唬他，工头说，要是拿出我写的欠条，我立马付钱！

陈副说，好！大家听得清清楚楚啊！

陈副从衣袋里掏出一大摞皱巴巴的工钱欠条来放在桌上说，请你睁开眼看清楚，这是你的手迹吗？

工头肥大的脑袋马上低下去一看，果然是他亲手写的那些欠条复印件。他有些惊慌失措，但马上又计上心来，一把将那些欠条揉搓成一堆丢在火里烧了，然后，得意忘形地大笑起来说，欠条呢？把欠条拿来，我好付你工钱啊！

李泽洲一下软在地上说，头儿，你可怜可怜我吧！你这么一烧，可是烧了我十多年的血汗哪！

工头说，你多读几本书就想跟我耍心计！保存了欠条复印件。我看你现在还去保存什么？

李泽洲妻子也大哭起来骂道，你这丧尽天良的工头啊……

工头以为自己现在把所有问题都处理完了，他朝天怒吼一声，滚！都给我滚！为一个嫌疑犯讨工钱的公安人员我还从来没有见过。我不相信你们是什么公安人员。

陈副目睹这一切，确实感到这工头心狠，他尽量抑制着自己的愤怒，用极为冷静的口气问工头，你凶完了没有？

工头信心十足地说，请问，现在你还有什么事要我帮忙的？

陈副不急不忙地又从衣袋里取出一摞欠条来，对工头说，请你再看看，这摞欠条是不是你刚才烧掉的那一摞？

工头迫不及待地低头一看，和刚才的一模一样。这个世界的魔术太真实了，他傻了眼！

陈副说，你还想烧吗？你还可以继续烧。我告诉你，我复印了很多份，底稿扫描后都已经存在了你们县公安局的电脑里。

工头终于沮丧地低头不语了。

陈副说，付不付工钱？

工头仍不回答。

陈副再问，你付不付？不付就跟我到你们县公安局去！

工头一听说要带他到县公安局去就像抽掉了筋骨，只得说，我付。

陈副说，什么时候付？

工头说，过几天。

陈副说，过一天都不行！要么，你现在就付钱！要么，你现在就跟我去你们县公安局！

工头说，好，现在就付钱。

陈副说，拿钱来！一万八千五百元！

工头磨蹭着从床下抽出一个蛇皮袋，从里面掏出两大捆票子，将其中一捆票子数出一千五百元装起来，然后，把剩下的一把丢给陈副说，你自己数数。

陈副点过钱说，好，一分不多一分不少！陈副又对工头说，拿笔来。

工头说，你还要做什么？

陈副说，给你写个收条。

工头说，你们快走，我不要你们的鬼收条。

陈副说，那不行，我得写清楚。

于是，陈副写下收到工头付给李子良工钱现金一万八千五百元。落款处写下自己的名字，然后，跟李泽洲夫妇说，走吧，赶快告别你们这非人的生活吧！

五

为李泽洲讨回工钱这么顺利，对于陈副来说，这是意外之喜。照陈副想来，毛大队长更应感到两全其美，于王局那边，没有耽误归队时间，于这边又显得很有人情味。但不知何故，毛大队长却老不高兴，从矿区回县城的路上，他始终冷着国字脸一句话不说。看样子，又不像是在嫌疑犯面前显示威严，而是有意做给陈副看的。

两个人换上警服，押着嫌疑犯到当地县公安局交了那支从工头手里夺来的自制短枪后，又把为嫌疑犯讨工钱时发现的矿区复杂社情进行了通报，建议当地公安部门注意这个扣压李泽洲工钱的工头，这个工头看样子很像是个黑老大。当地公安人员说，他们早已发现这些问题，正在撒网，还没有到收网时间。这之后，毛大队长才显得有一些轻松。

在赶往火车站的路上，陈副避着嫌疑犯夫妇悄悄地跟毛大队长说，你老这么冷着脸，是做给我看的吧？

毛大队长说，不做给你看，我做给谁看？

陈副反而笑了一下说，其实毛队你应该高兴。

毛大队长说，我还应该高兴？和那个黑工头较量的当时，很可能闹成一场大事故。你想过没有？如果我们和工头他们打起来，或者我们打死了他们，或者他们打死了我们，或者打死了嫌疑犯，或者打死了别的人，这个责任谁来负？你要知道，为嫌疑犯讨工钱不是我们的工作，我们这么干纯粹是你脑子发热，谁也没有同意我们。出了事故，我们浑身是嘴都说不清！你还想我高兴？

陈副说，我想，我们没有耽误归队时间，又为嫌疑犯讨回了工钱，我现在是没有一点遗憾。说真的，我非常高兴！

毛大队长说，这种结局只是侥幸，我们这种职业是不能凭侥幸的。你看看今天的天气，天气已经变了。昨晚我看了电视台天气预报，最近几天，闽、赣、鄂、湘、桂、渝将有大到暴雨。如果我们真在矿区那地方再待一天，将有多少不可预计的因素？会发生多少不可预料的事情？我现在最大的心病就是违背了王局的指示。你知道，我是从来不违背局里指示的。

为了安慰毛大队长，陈副说，是，毛队你说得很对。我们应该下不为例。

毛大队长提醒陈副说，看你这高兴样子我就担心。我看这嫌疑犯和他妻子时常用眼睛交流着什么意思。在火车上，你可不能看书啊！我们一定要百倍警惕嫌疑犯，一刻也不能放松。直到把嫌疑犯移交了，我们这次执行任务才算是画上一个圆满的句号。我已经违背过一次王局的指示，这已是我的一块心病，如果再加上一个什么事故，我这辈子就让你给毁了。

陈副说，我们回去不要跟任何人谈及为嫌疑犯讨工钱的事，你这块心病不就解决了吗？反正没有耽误归队时间。

毛大队说，我也是这么想的。别人不知道的事情，我们就不要屁股插稻穗儿——逗鸡啄。

陈副说，到了火车上，把嫌疑犯的手和我的手铐在一起吧，你的第二块心病不也就解决了。

毛大队长说，这倒没有必要。

陈副说，上了火车，我就守着他，和他聊天，一直到下车为止，都不用你操心。

毛大队长说，我再次提醒你，你可千万别看书啊。你看入迷了，嫌疑犯什么行为都有可能发生。

陈副说，你放心，我不看书，只跟嫌疑犯聊天。我也正想跟他深入地聊聊从当年一名优秀乡村教师到现在变成一个背负命案的嫌疑犯有何感慨。深入细致地研究一个人真是其乐无穷；研究一个命运起伏很大的人，更是其乐无穷啊。

两人说着穿过热闹的县城到了火车站，正好赶上从东部过来的一趟列车进站，虽然买票紧张，但因为是执行任务的公安人员，车站给了特别照顾，他们四个人上车很顺利。

车站给他们安排的是两个下铺，嫌疑犯夫妇被批准带在他俩身边。

上车坐好后，陈副一看不是空调车，就很警惕地把被旅客推开的窗子放了下来，毛大队长很满意陈副这种警惕。但一位旅客说，开窗透透风吧，外面那么大的风，里面却又闷又热。陈副用嘴巴朝旅客示意他们带着一个嫌疑犯。旅客一眼看到了李泽洲戴着手铐便不再多言。

车厢内的确很闷热，而窗外的树林已经被大风摇摆出各种各样的舞姿。毛大队长感到非常疲倦，坐在下铺往被子上一靠就来了瞌睡，但他不让自己睡着，突然又坐起来猛烈地摇了摇头，一双眼睛盯着嫌疑犯李泽洲。

李泽洲和妻子坐在靠窗的两个活动座位上，毛大队长在他脸上看不出一丝悲哀和绝望，倒看出他一脸的轻松和解脱。这让毛大队长有些猜不透，他是这些年的逃亡生活过得太苦、太累、太不像人了吗？还是他现在想好了什么鬼主意准备逃脱？毛大队长示意陈副注意李泽洲的神态。

李泽洲凝视了好一会儿窗外才回过头来跟妻子说，我们那个工棚今天一定被风吹得摇摇晃晃了。

妻子说，屋顶上的牛毛毡肯定揭起来了。

李泽洲说，看样子今天有大雨。

妻子说，如果我们还在那个工棚里，又会是一身水啊！

李泽洲说，好了，现在好了……

陈副插话说，李泽洲，你们说什么呢？

李泽洲说，说我们比牢里还艰难的生活。

陈副说，一定很留恋当乡村教师的生活吧？

李泽洲点点头，眼眶立刻红润起来说，是啊，这些年，我最怀念的就是以前每天太阳升起的时候，我和我的学生站在操场上升国旗，唱国歌。那时候，村里小学没有喇叭，没有扩音机，只有一把自制的二胡，每天都是我用那把二胡拉着国歌和同学们一起把国旗升到高高的旗杆尖上……

陈副说，我知道，那时候你是很优秀的乡村教师啊。

李泽洲说，是的。那时候我是乡里、县里和市里的优秀教师。我写的教案县里都拿去复印作参考资料。

陈副说，如果你不是一时冲动，现在就是几千块一月的工资了。

李泽洲说，钱倒是其次，我最伤心的是我的三个孩子因为我犯罪而葬送了前途。他们都很聪明啊！

陈副不想跟李泽洲谈伤心的事情，他马上把话题引开了说，所以都说冲动是魔鬼啊！

李泽洲说，一切后悔都晚了。

陈副说，人生到任何时候都可以看成是开始。什么时候开始都不晚！早晨开始，太阳正升起；中午开始是日正中天；傍晚开始是残阳如血！

陈副一边谈话，一边揣度李泽洲的内心，他还想跟李泽洲谈下去，但火车广播说是列车在运行中遇到了大暴雨和泥石流，往下可能会缓行或出现临时停车现象。

毛大队长一下坐直了身子跟陈副说，看看这恶劣天气！幸好我们上车了！

陈副说，这样的天气反而使我感到安全。

毛大队长说，我听不懂你的话。

陈副笑笑说，没有人敢跳车啊。

陈副的话说完不久，列车就停了下来。陈副看了看表，是凌晨一点。广播临时播音说，前面遇到了泥石流，列车临时停车。

不过停车半小时后，列车又继续启动前行了。毛大队长长叹一声说，鬼天气，真是让人担心。

陈副说，有惊无险，你不用担心。

一路上在遇到有灯光时，透过玻璃窗，陈副就能看到外面的瓢泼大雨。陈副一直看到李泽洲夫妇趴在座位上打起了瞌睡，才跟毛大队长说，你休息一下，我看着他们。

毛大队长说，我真的很想休息一会儿。我们俩还是轮流休息一下。

陈副说，好，你先休息吧。

毛大队长就睡了过去。

凌晨两点钟的时候，突然列车剧烈地抖动起来，行李架上的行李全倾倒下来在车厢里乱滚。似乎是来不及广播，列车又剧烈地扭动起来，电灯突然停了，眼前漆黑一团。紧接着就是一种说不清的感受，辨不明方向，毛大队长和陈副感到列车正在发生意外事故，他们赶紧抓住李泽洲不放。列车立刻在空中颠簸起来，翻滚起来，剧烈地抛打起来，列车里，哭叫声夹杂着器物的撞击声！随着重重的跌落声，列车里突然安静了一会儿，但立刻又哭叫起来，凄惨的哭叫声把黑夜撕得破烂不堪。黑夜很厚，很厚的黑夜让人们不知道离光亮到底有多远。

终于有一只手电亮了起来，这是李泽洲的手电，他在寻找毛大队长和陈副。但他没有看到他俩，看到的大都是满脸血红的陌生面孔，还有奄奄一息躺在地上呼喊救命的人们。李泽洲记得刚翻车的那一刻，毛大队长和陈副是紧紧抓住他的双手的，放开他时是在列车重重跌落后的那一刻。他的双手被铐着，但他妻子不知怎么就顺手抓住了一床被子，他们夫妻最后一下是跌落在被子上，因此，他们除了当时受了点痛之外，马上就没事了。伤得半死不活的人慢慢苏醒过来，列车里更是惨不忍睹。车窗玻璃已经砸得粉碎，好些人都被摔打出去。一些肉皮和纱线还挂在螺丝钉帽上。廖有枚抓紧李泽洲的手找了好一会儿毛大队长和陈副，但没有找到。

李泽洲夫妇找不到毛大队长和陈副就从车厢里钻出来，这才发现一些伤轻的人都在外面开始打电话，有打120的，也有打给亲人或者单位的，有打给政府有关部门的，到处是呼救声，大雨如注的现场混乱不堪。

李泽洲对着列车滚落的方向照了一下，那是看不清的悬崖！他说，毛大队长和陈副会在哪儿呢？

妻子说，这么高的悬崖摔下来，谁知道他们会在哪儿？

李泽洲说，我得去找到他们。

妻子一下拉紧他的手，将他往一边拉去说，泽洲。

李泽洲知道妻子要说什么，他更加清醒地说，我得去找到他们。

妻子说，你按我们商定的计划逃跑吧！这是上天给你的逃生机会。

李泽洲说，你说什么？

妻子说，你逃跑吧！

李泽洲抓紧妻子的手说，我不能。

妻子说，进了公安局，你就别想出来。

李泽洲说，出不来我现在也不能跑。

妻子说，你要明白，杀人是要抵命的。

李泽洲说，抵命我也不再逃。

妻子说，我知道这样做是错的，但我不愿睁眼看着你去送死。

李泽洲说，是的，现在我完全可以逃跑。但我不能！

妻子说，泽洲，你别等死。

李泽洲说，如果换两个我不很佩服的公安人员，现在我肯定会逃跑，在毛大队长和陈副面前，我绝不允许自己有这想法！他们的任务本只是来抓捕我归案，但他俩却冒着那么大风险为我讨要工钱！你想想，他们为了什么？我能对不起他们吗？一个人可以去死，但不可以无情无义！如果我现在逃跑，我就是一个真正的故意杀人犯！我不能逃跑，我要等到毛大队长和陈副来找我。即使到了枪毙那天，我也要让人们看到，死去的只是那个杀人犯李泽洲，而永远活下去的是那个叫李泽洲的老师。

妻子说，你看看，雨已经越下越小了，天也快亮了，你再不逃跑就来不及了。

李泽洲说，我不能这样！不能对不起为我讨回公道的人！不能对不起尊重我人格的人。如果他俩受伤了，我们就抬着他俩回到他们所在的公安局。如果他俩牺牲了，我也要跟着他们的尸首一同到他们所在的公安局归案！

妻子说，你再逃跑十五年，就是被抓了，死了，也七十岁了，我也心甘了。

李泽洲说，我宁愿这么去死。人什么都不怕，就怕以心换心。

妻子说，你真是死心眼！

李泽洲说，不！恰恰是两个警察让我现在的心眼儿活了。

妻子说，泽洲，你快跑！

李泽洲用戴手铐的手捂了妻子的嘴巴说，不许你再说这些，跟我去救人！

于是，李泽洲戴着手铐和妻子一起找人，只要找到了人，不管死活，就用最快速度抬到路边去。虽然李泽洲手被铐着，但他和妻子从近到远抬了一个又一个，因为有些忙乱，他们没有记数，感到好像是抬了十几个。

手电光慢慢地暗了下来，不过，雨小了，天也渐渐地亮了。现场上来了好几辆救护车，来了很多医生和其他救护人员。这时候人们才看清楚列车已有三节车厢被山上突然下来的泥石流冲出了铁轨翻下悬崖。

清理现场完毕，死伤几十人。在伤员中，李泽洲夫妇找到毛大队长。毛大队长伤得很重，李泽洲跟妻子说，你在这里守着毛大队长，我去找陈警官。

陈副被救护人员救起来时，他的第一句话是，你们快抬着我去找人，我是公安局抓嫌疑犯归案的，现在我不知道嫌疑犯在哪儿。救护人员一看，他已经断了一只脚，就说，你伤得这么重，我们得马上送你进医院。陈副说，坚决不行！我一定要找到我的同事和嫌疑犯。你们抬着我，让我把所有的人都看一遍，活的，死的，伤的，我都要看一遍。请你们理解！

救护人员只得按照他的意愿抬着他，让他在现场上一一认人。当他看完大半个现场没有发现李泽洲而在心里发紧时，突然一双戴着镣铐的手从他背后特地伸到眼前，他转过脸来，果然是李泽洲。

陈副说，你还在这儿？

李泽洲说，我怎么会不在这儿呢。

陈副说，你和你妻子都还好吗？

李泽洲说，都好。

陈副说，我以为你不是死了伤了，就是趁机跑掉了。

李泽洲说，如果你不为我讨回工钱，我很可能会跑。再逃十五年我就七十多岁了。

陈副说，你把钱看得这么重？

李泽洲说，根本不是钱！是你们给我讨回了人格。我虽然被现实逼成一个背负命案的逃犯，但你们没有贱看我，我不愿做一个没有良心的人！

陈副说，这个结果我当时真没有想到。

李泽洲说，能做到的事想不到没有关系。

陈副说，你跟着我走。

李泽洲，我们去哪儿？

陈副说，去找毛大队长。

李泽洲说，毛大队长躺在那一头。

于是，李泽洲在陈副的担架前面带路，他们朝毛大队长走去。

陈副看见了像是死去的毛大队长，他抓紧一身黄泥的毛大队长哭着说，毛队，我还活着，你也不能死，我们一定要把在逃十五年的嫌疑犯抓捕归案。毛大队长像是被唤醒了，他睁开了眼睛。陈副赶快要李泽洲扶毛大队长坐起来，然后叫来了担架。

他俩在担架上抓紧了手。陈副转过身来对着李泽洲严肃地说：李泽洲，走，上路归案！

于是，两副担架抬着毛大队长和陈副，李泽洲和他的妻子在担架后面跟着，往救护车走去。

毛大队长跟陈副说，叫李泽洲走前面。

李泽洲说，我走后面看着你们。

陈副说，不行！你走前面，我和毛大队长要押着你！

毛大队长点了点头，竖起拇指对陈副表示了夸奖。

（原载《湖南文学》2012 年第 3 期）

邓宏顺，1958 年生，湖南辰溪人。中国作家协会会员。著有长篇小说《红魂灵》、中篇小说集《回望乡村》等。中篇小说《苍天有眼》获 2004 年全国通俗文学银奖，《有儿为官》获《中国作家》2003 年大红鹰文学奖，2004 年被授予湖南省德艺双馨文艺家称号。